一点近
一点靠
非

姬璟 著

横店

陕西新华出版
太白文艺出版社·西安

图书在版编目（CIP）数据

一点点靠近 / 姬璟著. -- 西安 : 太白文艺出版社,
2025. 1. -- ISBN 978-7-5513-2725-1

Ⅰ. I247.5

中国国家版本馆CIP数据核字第2024SZ5419号

一点点靠近
YIDIANDIAN KAOJIN

作　　者	姬　璟
责任编辑	李明婕　慕鹏帅
封面设计	郑江迪
版式设计	建明文化
出版发行	太白文艺出版社
经　　销	新华书店
印　　刷	西安市建明工贸有限责任公司
开　　本	787mm×1092mm　1/16
字　　数	300 千字
印　　张	22
版　　次	2025 年 1 月第 1 版
印　　次	2025 年 1 月第 1 次印刷
书　　号	ISBN 978-7-5513-2725-1
定　　价	68.00 元

如有印装质量问题，可寄出版社印制部调换
联系电话：029-81206800
出版社地址：西安市曲江新区登高路 1388 号（邮编：710061）
营销中心电话：029-87277748　029-87217872

谨以此书献给挚爱的家人、挚友、科研伙伴及群演朋友，

因你们，旅程更闪耀。

特别缅怀马思珍女士。

目录

contents

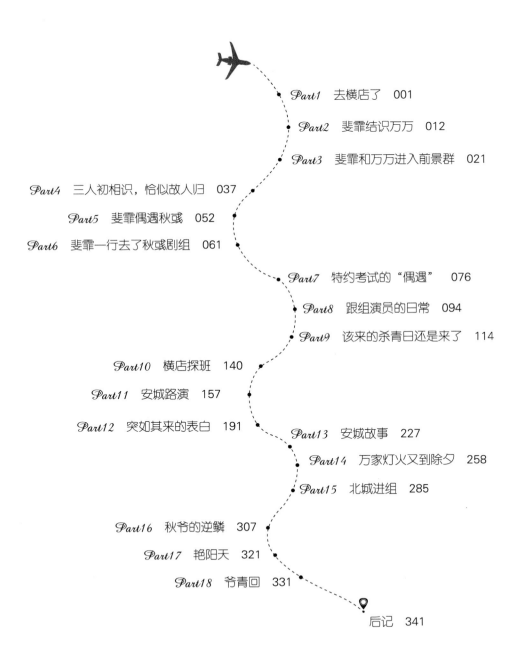

Part1　去横店了

　　坐落于古都安城的镐京华都大学，是国内首屈一指的综合性研究型院校，平均五千名考生中只录取一人，自然是考生心目中的神级院校。

　　该校的戏剧影视学院博士二年级学生斐霏，是一名优秀的研究人员，她勤奋、努力，善于思考问题，有刨根问底的钻研精神。教研室的同学们，尤其是"大嘴巴"陈橘子，常常调侃这位小师妹："最怕的就是你这种聪明好学的学霸，搞起研究像个陀螺连轴转，还偏偏拥有校花般的长相，气人不？"

　　斐霏和同学们整日泡在教研室里搞研究课题。他们来自不同的师门和年级，但332这个教研室让大家组成一个大家庭，成为学术路上的家人，常常一起探讨学术问题，也少不了插科打诨。茶余饭后，师姐们爱凑在一起聊八卦，师兄们则喜欢来杯咖啡，顺便逗逗新来的小师妹们。斐霏知道陈橘子就是想逗自己、找乐子，缓解学术研究的枯燥和紧张，她偶尔会补上一句，橘子师兄，能不能在你发的国际顶级期刊的论文里，也挂上师妹我的名字。嘿，别说，这招对陈橘子挺管用的，他忙做个把嘴封上的动作。

　　同学们看到他被怼的窘样，大多会心一笑，桃桃还会偷偷向斐霏竖起大拇指。她也常常受师兄调侃之苦，但限于自身的软萌性格，只得任由其调侃。博士生不像本科生那样只管上课拿学分，而是需要在导师引导下培养独立的科研能力，就像学习某个手艺，被老师傅领进门后，修行就全靠个人了。

斐霏的研究拼劲儿有目共睹，暂且不论已在国际顶级期刊发表的两篇论文，就拿今年下半年即将在美国举办的全球顶级影视领域会议来说，斐霏一人独中五篇论文，这在本院史上是前无古人的。趁着放暑假，斐霏一头扎进毕业论文开题报告的构思中。镐京华都大学的博士生平均毕业年限为七年，而斐霏凭两篇国际顶刊论文已满足毕业条件，就想着提前设计毕业论文的研究框架，但左思右想，还是毫无头绪。

到底真实的剧组生活如何？

粉丝经济在实践中的表现有哪些？

IP影视化的可持续创作发展模式是什么？

这些问题像几座大山一样横在面前，拦住在研究路上行进的斐霏。连熬几个整夜，斐霏已显憔悴。对着镜子，她还是感谢造物主的，立体感十足的脸部轮廓，配上视觉冲击强烈的精致五官。两道浓眉弯成舒服的弧度，缓缓舒展，浓密纤长的睫毛扑闪着，睫毛下是一双明媚的褐色大眼睛，略显倔强的小翘鼻坚挺地立在脸部中央，鼻子下是如朝霞般娇嫩的红唇，轮廓清晰、唇峰凸起、唇形圆润，皮肤也是水润娇嫩、透亮明媚。斐霏就是传说中同时拥有完美皮相和骨相的"硬核美女"。

至于身材，一米七七的身高，颀长健美，细若水蛇的腰、笔直的背，手臂、小腿如嫩藕一样修长纤细，懂的人一看就知道她小时候学过舞蹈。更令人叫绝的是，她身上散发的淡雅如菊、沁人心脾、清新脱俗的书卷气息，有一股清冷、远离俗世的文艺氛围感。由内而外完美结合的斐霏，呈现出一种和谐、舒服，极具个人特色的魅力，在芸芸众生中非常有存在感。

斐霏一旦被某个学术问题激发起钻研精神，她便会熬夜工作，而且越熬越精神，越熬越兴奋，严重的失眠就随之而来。到了第二天，她又会接着前一天的工作，继续熬夜。她对学术负责了，就会欠了身体的账，好在年轻，气血旺盛，经得起折腾。

"嚯，瞧你这皱皱巴巴的背影，可不像那个一点就通、连发两篇国际顶刊论文的斐大校花。"粗重的推门声伴着张扬的声音，走进来一名身材高挑、装扮酷帅的美女。

"沬沬，培训结束啦？昨天微信聊天，你没说今天回来呀？"

"人家不是想给你惊喜嘛！你怎么一脸愁容的？可要长皱纹了。走，我们去校南门口你喜欢的那家店吃饭。"

这个酷女孩名叫李沬伊，人称沬哥，是斐霏的发小兼舍友，她们同学院不同专业。李沬伊主攻影视创作中的美术研究，这次是带着"关于影视创作中美学的发展路径研究"的任务外出考察去了。乍一看，她的外表酷酷的，有着不同于世俗眼光的美，散发着生人勿近的强大气场，以及清冷、淡漠的气质。但熟悉的人都知道，她是外冷心热，对朋友肝胆相照，甚至有点儿"中二"的人。她特立独行，喜欢独来独往，能独自搞定很多的事。

李沬伊的朋友不多，算上斐霏、哥哥李槿逸，还不到十位。绝大多数的人称她为沬哥，是觉得她有种不好接近的距离感。

李沬伊父母和斐霏父母是大学同班同学，两家算是世交。李沬伊父母早早下海经商，做进出口贸易，生意越做越大，上过两次全省富豪榜前五。斐霏的父母则中规中矩地在公务员行列，斐爸成熟稳重，很受领导器重。李槿逸和李沬伊是一对龙凤胎，斐霏是独子，她打小就羡慕有哥哥的人家，于是就随李沬伊喊李槿逸哥。李槿逸是家长眼里的那种别人家的孩子，成绩优异，懂事听话，才华横溢，精通五门外语。虽说和李沬伊、斐霏同岁，但他中学时连跳两级，现在是镐京华都大学管理学院博士四年级的学生，已在走毕业流程，大概率会在明年年初毕业。

镐京华都大学是国内顶尖名校，毕业的流程严格又烦琐，毕业论文要层层把关，大半年能走完流程就算快的。当然对于平均七年才能博士毕业的学生们来说，这样的流程实属正常。所以李槿逸博五毕业算凤毛麟角了，而且他在博二时还获得了国家基金委双博士学位培养项目，去美国沃顿商学院留学，两年便修够了所有学分。李槿逸办事稳妥、靠谱，比同龄人成熟稳重。李沫伊则从小调皮、叛逆，常拉着斐霏干一些"捅马蜂窝"的事情，但出了事都赖在李槿逸身上。李槿逸也只好无奈宠着，替妹妹收拾烂摊子。不过，他们三个孩子从小的成长环境相对宽松、自由、民主，养成了富有创意的思维方式。

斐霏和李沫伊的宿舍方方正正不算大，但有独立卫生间和一个大阳台，还算温馨、明亮。镐京华都大学的经费充足，在改善学生生活方面也舍得投入，保证学生有良好的居住和学习环境。

她们的宿舍里配有空调、洗衣机、饮水机等生活必备设施。两张床一左一右摆放着，左边的床上铺着亚麻色床单，上面是一条随手拉开的蓬松的淡黄色空调被；右边的床上铺着黑灰色法兰绒床单，整齐地叠放着与床单同色系的被子，找不到一点儿褶皱的痕迹。

床尾分别摆放着一张写字桌，斐霏的桌子上面摆放着笔记本电脑、打印机、书、水杯等，像它们的主人目前的头绪一样，杂乱无章。

另一张写字桌上摆放的物品也大同小异，不一样的是多了一个玻璃饲养缸，里面养着一条三四十厘米长、深绿色的水龙蜥蜴，这是李沫伊的宝贝。斐霏刚开始还很害怕，走路都绕开李沫伊的桌子，而现在已经可以和小家伙和谐相处了。在李沫伊外出的这段日子，斐霏即使再忙，也会抽空找蔬菜、水果、面包虫喂它，还会费劲儿地将它挪到阳台上晒太阳，甚至隔段时间还给它洗澡。这家伙好像也通人性，洗澡时很听话，任斐霏摆布。

"怎么样，龙龙是不是更有光泽了？"斐霏问。

"霏霏，你给龙龙洗澡了？还香香的……咦，龙龙跟你单独待了这么久，脾气好像变温顺了……"李沫伊边观察边说。

"昨天刚洗了澡。还别说，最近龙龙确实没乱发脾气。"斐霏边说着边整了整桌上的资料，然后走到衣柜旁脱下皱巴巴的睡衣，换了一条白色牛仔短裤，套上一件鹅黄色短袖，又随手拿了一顶白色渔夫帽，边系鞋带边应和着李沫伊对她的催促。

七月初的镐京华都大学校园被郁郁葱葱的梧桐树包围着，贯穿校园南北的崇文路是主干道之一，梧桐树像卫士一样整齐排列在道路两旁，守护着人来人往、繁忙嘈杂的校园。在大片的梧桐树叶照拂下，道路被庇护在阴凉之下，点点叶影洒在地面上，缓解了夏日的烦闷，带来一丝清凉。

这会儿已是下午六点，太阳却仍然散发着炽热的光，丝毫没有下山的意思。

"她们好美啊！"

"这可是斐大校花和沫哥，有阵子没看到她们了。"

"霏姐的短袖太好看了。"

"好像是'优衣库'的，她穿得好平价哦，我好喜欢。"

"赶明儿我也去入手一顶那种渔夫帽。"

"我看那件短袖很普通，咱们穿不一定好看，但她穿简直太美啦！"

"沫哥的发型好酷啊！"

"沫哥的墨镜也太有范儿了吧！"

"……"

同学们议论的，是一个戴着顶秀气的白色渔夫帽的女子，她乌黑的秀发如绸缎般散落在腰间，上身穿着明艳的鹅黄色短袖，配了条白色短裤，一双大长腿更是润白得发着夺目的光；另一个是留着干练的黑色短发的女子，她的刘海随意、蓬松地在额头弯出一个绝美的弧度，衬得那巴掌大的脸更加精致、英气，高高的鼻梁上架着一副黑色墨镜，可能是脸太小的缘故，俊秀的面庞被墨镜遮住了三分之一。虽然走在烈日骄阳下，穿着一身黑色的T恤加黑色牛仔中裤的她，身上却散发出凛冽的气质，给人一种距离感，但又因为她时不时地对走在身边的同伴报以微笑，或点头附和，所以暂时少了些清冷气息。

这两个女子就是斐霏和李沫伊。

"啊，槿哥也回来了？前一阵子他不是去美国办理申请双学位的手续，这么快就办好了？"斐霏问。

"我哥的效率没的说。一会儿他也来吃饭，刚还特意嘱咐我……咦，来消息了。霏霏，你看前面站着的是他吧？"

岔路口站着一个清瘦、高挑的男生，白色的T恤束在一条深蓝色的复古牛仔长裤里，显得腰细背窄，身形修长。背一个黑色皮质双肩包的他，用修长的手指握着电话，在与什么人沟通着，远远望去，清爽、干净，极为养眼。

"这么亮眼，不是槿哥又是谁？"斐霏说。

李槿逸的视线向她们这边扫了下，看见斐霏时他的眼里顿时泛出光芒，他立刻挥了挥手，草草结束了电话，快步走来："霏霏，你怎么看起来有点儿憔悴，最近忙些什么？"

斐霏看着眼藏星星、唇含笑意的李槿逸，正想该怎么回答他，李沫伊抢先一步，故作生气地说："喂，你还是我哥吗？咱俩有阵子没见了，怎么不关心关心我，眼里只有霏霏，过分了哈！"

李槿逸像是被猜中心思一样，对霏霏露出稍显羞涩的笑容，然后转头无奈地笑着对李沫伊说："就你这嗓门，中气十足得很，外出肯定吃得好、睡得好，也玩美了吧？回头做个PPT给我们展示一下。对了霏霏，你瘦了好多……"

李沫伊做了个双手摊开的动作，无奈地笑着摇了摇头。

"嗯，应该是吧，最近确实睡眠更不好了，烦得很，研究上遇到了卡脖子问题……"斐霏答道，将学术难题细细与李槿逸和李沫伊兄妹俩道来。

李槿逸与李沫伊一左一右走在斐霏身边听她讲话，时不时微微点头，有时又应和几句。三人边说边走出了校门，直奔玖龙安菜馆。俊男靓女三人成行，引人注目，甚至驻足。

镐京华都大学南门口的玖龙安菜馆是家夫妻店，主营安城本地菜，老板叫陈龙飞，老板娘叫张玖妹，二人各取一字得店名。玖龙安菜馆创立已有些年头了，比斐霏他们的年龄还要大。随着城中村改造，馆子从学校东门迁到东南门，又迁到南门，现在，已然是师生们的第二食堂。无论学生聚餐、会议聚餐，还是生日聚会、毕业告别宴，玖龙安菜馆都是师生们不二的选择。馆子陪伴了一届又一届学子，迎来送往，热闹无比。

玖龙安菜馆店面不大，包间也就五个，但口味极其正宗，他们家的泡泡油糕、葫芦鸡、水盆羊肉、带把肘子和牛羊肉泡馍更是一绝。和江浙菜、粤菜这些菜系相比，安城菜无疑是重磅的热量炸弹，不太适合减重人士，但斐霏属于怎么吃都不会发胖的人，她百无禁忌，专挑喜欢的肉菜来吃。一方水土养一方人，斐霏喜欢安城菜的单刀直入、朴素直白。她喜欢的菜肴都有着突出的口感，比如说想让食客体会酸味或辣味，那么就强调酸或强化辣，绝不会是不酸不辣、混合的复杂口味。

此时正是饭点，大厅里坐满了人。又赶上毕业季，包厢早几天就预订出去了，幸好李沫伊提前给老板娘打过招呼，留了大厅相对安静的桌子。斐霏挨着墙角坐在桌子内侧，李沫伊坐外侧，李槿逸坐在斐霏的正对面。

"霏霏，你们终于来啦，可有段时间没来了，玖姨都想你们这几个娃娃了。照老样子上菜，还是今天想吃点儿别的？" 斐霏顺着话音抬头看，正是操一口爽朗、粗犷的安城话，五十岁左右的老板娘，她往桌上放了三瓶冰峰汽水，"请你们喝的。"

"谢谢玖姨。"斐霏忙说，然后向李槿逸和李沫伊投去征求的目光，问："槿哥、沫沫，你们今天想吃啥？要不老样子？"

李沫伊闻声应道："我没问题，还真有点儿想水盆羊肉了，哥，你说呢？"

"我都行，按老样子上吧，玖姨。"

"好嘞，今天刚从安北运来新鲜羊肉，待会儿好好尝尝玖姨我的手艺。"

李槿逸接着路上的话题："霏霏，你继续说，毕业论文开题有哪些构思了？"

"我想做有关IP影视改编的可持续发展研究以及粉丝经济对其发展影响，可是我完全不懂剧组的现场运作模式，以及粉丝经济在实践中的具体表现形式，想来想去都要愁死了，几天都没好好睡觉。"斐霏一股脑将心中的烦闷倾吐出来，马上觉得舒畅了许多。

"你们这些从白天到晚上都窝在教研室里的人，包括陈橘子他们，就知道和文献死磕，从文献输入到文献输出，做研究路上文献的搬运工，完全搞不清楚影视创作时现实存在的问题，这样下去搞出来的许多东西都是不接地气的。所以，遇到瓶颈也很正常。但得该吃吃，该喝喝，可不能对不起身体。"此时，李沫伊俨然变成了斐霏的家长，怼得她无话可说。

"霏霏，别听沫沫说大话。你们搞理论创新没错，对整个传媒影视领域文献脉络的发展很有贡献，比如你发的两篇国际顶刊论文具有极高的创新性。不过，沫沫有一点也没说错，就是理论还是得回归、深扎于现实的问题，二者该深度结合，通过理论来解决实际问题，才能推动发展，服务社会。"李槿逸用温暖的眼神看着斐霏，柔和地说道。

斐霏听他柔声细语地讲述着观点，心里默默地思索着。

葫芦鸡、带把肘子、烧三鲜和金边白菜，外加一个水盆羊肉，很快上齐。槿哥先给斐霏夹了块肘子肉，又给李沫伊夹了块鸡肉，说："聊了这么久，饿了吧？"

"谢谢槿哥。"斐霏嘴里塞着肘子肉，含糊地说。

李沫伊用略带嫌弃的语气说："我们自己会夹啦，又不是小孩子。"

"对了，李沫伊，你可要记得回家看看，妈天天念叨你这小祖宗啥时回家。"

"多大的事，一会儿就和你一起回家，我还得从家带点儿资料过来。"李沫伊说着，顺手夹块肉放斐霏的碗里。

李槿逸嘴角一抿，心想，刚还说不是小孩子，这会儿又给人家夹上菜了，嘿，李沫伊你还真是"双标"。

就这样，三个人其乐融融地边吃边喝，聊了会儿李槿逸在美国那边发生的事，以及李沫伊这次出去的收获，不知不觉时间已过很久。

吃完饭，李沫伊坐她哥的车回家了。斐霏独自回到宿舍，给龙龙喂了吃的，自己坐在桌边，脑海中不断回想起李槿逸和李沫伊说的话，"现实存在的问题""文献的搬运工""理论和实践相结合""去实地调研"……这些话不断蹦出来，在斐霏脑中碰撞着，她手里也没停，刷着"小红书"，猛然间，一篇有关横店演员公会的帖子吸引了她的注意。"对呀，我咋没想到去横店当群演，从剧组基层做起，现场调研体验一下真实的剧组是如何运作的，IP影视的改编是如何在现场完成的，以及粉丝经济的表现形式有哪几种也可以去了解了解……"斐霏自言自语着，脸上浮现出些许兴奋。

说一不二，做事雷厉风行的她立马查起了攻略，上网订好第二天的机票和酒店，准备好办理演员证所需的材料后，开始收拾电脑、iPad、学习资料等物品，这些就足足占了半个行李箱，再带一些衣物、防晒用品、水杯等。收拾好后，斐霏拿起手机给斐妈语音留言："妈妈，我明天出差去浙江，需要一个月。"从小到大，斐妈很信任斐霏的能力，一般不干涉她的学习。

"霏宝，妈妈知道了，出门在外一定要注意安全，每天报平安。"很快，斐妈就回话了。

斐霏又给李沫伊发微信："沫沫，今天听了你和槿哥的话，我深受启发，打算明天去横店当群演，现场了解影视的创作过程。你记得回来喂龙龙。"

"什么？你这速度简直了，行吧，你把航班信息和酒店信息发来，我得知道你去了哪儿要住哪儿，为你着想啊。"

第二天一大早，斐霏正睡得香甜，忽然听到一阵窸窸窣窣的脚步声，是李沫伊回来了，她对还没睡醒的斐霏说："斐大小姐，你咋还睡着呢，忘了今天的航班了？赶紧起床，我哥在楼下，他送你去机场。"

"呀，都九点四十了！"斐霏大叫一声，赶紧穿衣洗漱，拉着行李箱就往楼下跑，李沫伊的声音在后面撵着："霏霏，慢点儿走，不在这一两分钟上。"

李槿逸今天换了身装扮，浅蓝色的缎面衬衫，白色的牛仔长裤，整个人清爽、利落。他还喷了香水，散发出淡淡的青草香，沁人心脾。看到斐霏走来，他笑着上前拉过箱子，说："上车，霏霏。"

去机场的路上，李槿逸问了斐霏去横店当群演的想法，他也认为深入调研的想法不错，但一个人出门一定要注意安全，如果有什么问题一定及时联系他或者李沫伊，又絮絮叨叨地说了一堆类似的话。在斐霏的印象中，从没见槿哥这么啰唆过。恍惚间斐霏感觉他真是自己的亲哥，于是一股暖意涌上心头，她乖顺地说："知道啦，槿哥，一定照你说的办，有事及时和你、沫沫沟通。"

到了机场，李槿逸把车停在停车场，然后帮斐霏拎着行李换了登机牌，直到看着斐霏过了安检，方才离去。

Part2　斐霏结识万万

"哇，横店，我来啦！"斐霏在义乌机场开心地喊着。

横店影视城所在的东阳市航班比较少，大多数到横店的游客选择坐飞机先到义乌，再转四十分钟的车去横店。斐霏一下飞机就在手机软件上订好车，乖乖站在停车场等着。

义乌的夏天非常热，太阳炙烤着地面，沥青都要融化了。斐霏用帽子不断扇着风，突然间从一个角落传来嘈杂声，闻声望过去，是一群男人围着一名年轻女孩，叽叽喳喳说着什么。女孩二十岁左右，拉着一个大行李箱，听口音不是本地人，像是游客。斐霏不放心女孩，就拉着行李箱凑近一些，终于弄明白了大概。男人们是开黑车的，见女孩独自一人要去横店，就围着她漫天要价。而她一脸懵懵懂懂的，眼看招架不住就要上一辆黑车时，斐霏冲过去，一把拉住她说："小美，就说你上厕所咋这么久，害得我找了半天，咱的车约好了，就在那儿呢！"说着，她一把拉着女孩走向停车场的另一个角落。

"你认错人了吧？我不是小美，也不认识你。"女孩诧异地说。

斐霏见女孩一脸吃惊的表情，瞬间绷不住了，笑道："你好，陌生人，我叫斐霏，初次见面，请多关照。"

年轻女孩迟疑了一下，伸出手说："你好，斐霏，我叫王婉一，可以叫我万万。"

斐霏见她瞪着一双疑惑的大眼睛，就不再卖关子，解释说："万万，刚才那一圈围着你的是黑车司机，坐他们的车很不安全，而且跟你要价两百元，太黑心了。我听说你也是去横店的，我手机上预约好了车，就是那辆，有第三方平台保障，很安全的，而且我约的车价才六十。你不介意的话，可以和我一起走，顺路载你一程。"斐霏边说边带着万万走到约好的车旁。

万万听完斐霏的解释，忙说："真的可以坐你约的车吗？那真是太感谢了，不瞒你说，这是我第一次一个人出门。谢谢你的解救。"

"不客气，咱们出发吧。"斐霏边说边把自己的行李和万万的行李放进后备箱。

"这边真的太热了，刚一会儿工夫就要热化了，还是车里凉快些。"斐霏说着拿出湿纸巾擦汗，顺手递给万万一张。

万万这会儿才从懵然中彻底缓过来，开始认真观察身边这名女生。虽然她的穿着宽松、舒适，一件普通的白T恤，搭配一条复古牛仔短裙，配一双淡黄色帆布鞋，外加一顶鹅黄色渔夫帽和一个浅黄色皮质双肩包，但普通的穿着还是遮盖不住她优越的相貌。豆大的汗珠顺着她美丽的脸颊滑落，连长长弯弯的睫毛上也挂着金光闪闪的汗珠，她扑闪着亮晶晶的大眼睛，鼻翼微微颤动着，红彤彤的脸蛋诱人至极。说来也奇怪，这种美艳的女生一般来说气质也应该是那种雍容华贵的，但万万感觉这名女生散发着与其美艳长相极不一致的清新雅致的气质，又一点儿不冲突，出众的外表和清新的气质融合得极其完美，独一无二。

"想什么呢，万万？"万万还在遐想，被斐霏的一句问话打断了思路。

"没、没想什么。对了，我能喊你一声霏姐吗？"刚才两人聊天，互相得知了对方的身份。万万是北城工商大学金融系三年级的学生，斐霏也向万万自报了家门。

"当然可以，我比你虚长几岁，你就喊我霏姐。"

"那可太好了。我是去当群演的，霏姐，你是去当群演，还是有别的事情？对了，到了横店你打算住在哪儿呢？"

"哦？你也是去当群演的？我打算体验一个月左右的群演生活，准备住在雷布加森酒店，你呢？"

"雷布加森？霏姐，我还没订酒店呢，想着到了再说。你看这样行不行，我能和你成为室友吗？房钱，咱们ＡＡ，还有这个车钱，也各付一半。"万万可怜巴巴地说着，眼里充满了渴望。

"哦，行吧，不过车钱别给了，是我顺路载你的。那个酒店订的稍微有点儿贵，不知道你能接受不？"斐霏善意地问。

"没问题。不瞒你说，霏姐，我也了解过这个酒店，这是我男神他们剧组最近下榻的酒店，本想着去横店后就住这个酒店来着，这样离男神就更近啦！现在好了，又找到这么漂亮的室友姐姐，不过车费还是要给，谢谢霏姐，多亏你的帮忙——"万万兴奋地、开心地、自顾自地说了一堆。

"不要感谢了，太客气了不好。看来你来横店主要是追星的。"涉及追星，斐霏想起了她的开题报告。

"是一方面吧，我的男神在这边拍戏，我就想过来看看；另一方面也是为圆儿时的梦。小时候我在少年宫学习舞蹈，本来被导演看中要演一个小角色，我也非常想演，但我父母是那种很传统的人，不想让我进入演艺圈，只想让我中规中矩学习金融，毕业后进入银行、证券公司这些单位。唉，这次我还是趁着暑假，背着他们偷跑出来的。"万万说着，情绪由刚才的喜悦，慢慢变得落寞。

"好了，你已经到了这边就不提这些了，趁着放假好好体验一下群演的日常，有机会再近距离看一下你的男神，希望玩得开心。"斐霏安慰着万万。

"谢谢霏姐，咱们都要开心，希望都能有所收获。"

"好的。"斐霏点头应着，看着这个比自己小几岁的丫头，圆圆的脸蛋、圆圆的眼睛和圆圆的嘴，甚是可爱，也为她的勇气感动。生平第一次一个人出门，就独自过来弥补儿时的遗憾，来见喜欢的明星，真是后生可畏啊！

雷布加森酒店，是横店众多豪华酒店中最豪华的一家，基本上被一线明星所在的剧组承包。酒店很大，像个城堡一样，房间数量众多。别看斐霏平时衣着朴素，常年穿着舒适的"优衣库"，从不追求品牌，但她出门在外的原则就是要住得舒适。她长期熬夜写论文，睡眠质量一直不好，因此对住的环境格外看重，自然就选择了这间超五星豪华酒店。

雷布加森酒店位于云雾缭绕的山区，坐落在一座无名山的半山腰。车开进酒店大门，驶过很多条林荫小道后，绕来绕去还没开到酒店大堂。司机正在纳闷时，斐霏看到前面的一条林荫小道旁人头攒动，很多人坐在小马扎上，前面放着支架撑着手机，像在搞直播。还有好多穿着时尚靓丽的年轻人，激动地叽叽喳喳议论着什么，有人手拿一些明星的灯牌、应援牌之类的。这时开来一辆高级白色保姆车，有人看了眼车牌，兴奋地朝着车奔跑过去，嘴里喊着某明星的名字。其他人听到呼喊，也跟着兴奋地跑起来。那群坐小马扎的人也收起小马扎，一窝蜂地举着手机对着车狂拍，还念念有词地对着屏幕说着什么，可谓盛况空前。斐霏是第一次见这种场景，但心里已猜了个大概，准是一群粉丝等着明星下班。

"哇，是天然哥！他太帅了吧，我还是第一次见到真人，好高好瘦好白啊，妈呀，真的是天然哥哥本人吗？见到活的了，简直难以置信。"万万一声惊呼后，开始喋喋不休地自顾自话。

斐霏顺着万万的视线看过去，白色保姆车已经停住，车上走下来两名工作人员，他们一左一右在人群中清出一条路，然后一名穿白色西装的男子下了车。他戴着白色口罩和白色棒球帽，虽然看不到脸，但高挑的身材无比出众，他用那纤细的双手和一旁的粉丝打招呼。天呀，这白皙的手指长得太好看了。

"楚天然演技不错，我还蛮喜欢他的，可他包裹得这么严实，万万是怎么认出来的呢？这丫头也真够厉害。"斐霏思忖着。

"凭我这骨灰级的老粉，绝对不会认错。不过，我现在已有新欢，天然哥是'过去式'了。如果从车里走出来的是暴爷就好了，哎，没事没事，在这儿要多待几天，总该能见到暴爷吧？"万万自言自语似乎魔怔了。

斐霏刚想问暴爷又是谁？司机师傅问她们："前面那里人多的地方是酒店大堂吧？要不开过去停在那儿？"

"也好，我俩的行李确实有点儿多，麻烦您了，师傅。"斐霏礼貌地说。

司机师傅等白色保姆车开走后把车径直开过去，车停好后，斐霏她们下了车。那群围观的人本来要散去，见又来了一名美艳无比的女生，忙又围观起来，纷纷议论是哪位明星还是刚出道的新人？有大胆的小姐姐凑上来，问斐霏身边的万万："请问，你家这位是哪个明星小姐姐，方便透露一下吗？"万万噗的一声笑了，故作神秘还来个眨眼，说："是刚出道的霏姐，记得关注相关动态哦。"斐霏见这么多人围上来已经有点儿不自在了，听万万这样说更不好意思了，赶忙说："她是闹着玩的，我们就是游客。"那名小姐姐说："不会吧，你长得这么好看，不是明星也太可惜了。"其他人听说她不是明星，也跟着说"好可惜，如果出道拍戏，我一定追"之类的话。

斐霏不想成为众人议论的焦点，匆忙拉着万万快步进了酒店大堂，扭头对万万说："你就别闹了。"万万嘻嘻哈哈地说："霏姐，这可不能怨我，要赖的话就只能赖你长得太美了，气质比明星还明星。"斐霏表示拒绝捧杀。

俩人入住的是631房间。等电梯时，斐霏从刚才的哄闹中缓过神来，对万万说："还别说，万万你真厉害，刚进来时我听到那群粉丝在议论那位明星，果然是楚天然。你看个背影就能认出来，眼睛挺尖。"

"当然了，我是'鹰眼'。霏姐，你看到了吗，好多粉丝都拿着暴爷的灯牌，说明这里能看到暴爷，祝我能见到暴爷，美梦成真。"

"你提到的这位暴爷，我压根儿不知道是谁。"

"啊？霏姐，你居然不知道暴爷是谁？"万万惊讶地喊了出来，"那我得好好给你普及普及，暴爷就是秋彧呀！秋彧知道是谁吗？"

"哦，秋彧，这个我知道，最近似乎很火，好像不仅演戏，还是唱跳型歌手？"斐霏说道，她依稀记得好像是沫沫为数不多提起过的艺人名字。

"我的霏姐，秋彧岂止很火，简直是超级火，在全亚洲也非常火，甚至火到了北美！九月份他要去美国开演唱会！知道吗，他真是太帅了，浑身上下散发着魅力，简直就是国民男神！不对，是国民老公！霏姐，你真该看看他的演唱会，去年我有幸抢到北城演唱会的门票，那舞台真是帅炸了！他跳舞简直太有力量又极具魅惑，亦正亦邪那劲儿，挠得人家心痒痒的，当时我都呆了！哎，两千元一张的票面价，被黄牛炒到两万还买不到。面对黄牛的乱象，你知道暴爷咋出手宠粉的吗？他委托工作室直接为粉丝预付了三千张门票，然后收集粉丝信息进行审核，通过的粉丝原价购票。他演的戏你看过吗？就那个《璀璨的尘埃》，简直就是现代偶像剧男主角天花板，帅得要舔屏了。"提到暴爷，万万就喋喋不休，越说越上头。

万万如痴如醉的描述，激发了斐霏对暴爷的好奇，她随口问："粉丝为什么喊秋彧为暴爷？"

"秋彧的性格耿直，有话直说，还是反矫情达人、破梗王，经常怼粉丝，但我们反而更喜欢这样真实的他，更爱他了，所以送给他暴爷这个爱称。"

"以前他还有过其他称呼吗？"斐霏问。

"有的，早期刚出道时，他就是秋哥、彧哥这些，后来喊暴爷的人越来越多，粉丝们也是越喊越顺。因为他的粉丝活跃度一直名列前茅，属于第一、第二的那种，他就坐稳了爷的称号。给你举几个他有脾气、有个性的例子，一次记者会上，有记者替广大女粉丝喊话暴爷'何时娶粉丝呀'？暴爷直接怼了句'让她们赶紧换别人吧！别等了'。虽然我们听得有些伤心，但更觉秋彧爷们儿，不像有些明星很装很做作；还有那次，暴爷私下朋友聚会，发现有狗仔在偷拍，他就径直走过去很随意地拍了下狗仔跟拍车的引擎盖，又随意地喊了句'喂，不早了，收工吧'，把那狗仔吓得不轻，还以为暴爷要过来揍他；还有次记者问他'是否会送心爱的手办给粉丝'，你猜他怎么回答？他直接说'你都说是心爱的，不会送'，记者一般得到的答案都是'肯定呀，会送'之类的，听到这另类的回答就有点儿蒙，诧异中又问'为什么'，他说'那是私人物品'。暴爷和粉丝的界限感还是蛮强的，他对自己有很清醒的认知和定位。虽然他经常回怼粉丝，不给我们不切实际的幻想，但他其实又很霸气地护着粉丝团。正因为如此，我们更愿意支持他，希望他好。"万万喋喋不休着。

只要提到有关秋彧的问题，万万就停不下来，说了一堆又一堆。斐霏看着两眼放光、兴奋不已的万万，发现她对热爱的人和事蛮有研究的，很热血，很青春。斐霏自己不追星，身边的李沫伊、李槿逸这些牛人，还有陈橘子他们那群学霸，也没发现有人追星，顶多关注一些明星八卦，从万万身上才近距离体会到真实的粉丝情感原来是这样子的，果然书上写的没亲眼所见的令人感受深刻，这让斐霏对粉丝经济领域有了更进一步的感受，得到了一些启发，她发自内心感慨道："万万，谢谢你的解释，真的很全面。对我很有帮助，以后有不懂的再向你请教。"

"霏姐，这有啥可谢的，真把我说蒙了。"

雷布加森酒店果真很讲究，房间内的装修风格和酒店大堂一致，都为新中式风格，给人一种雅致舒适的感觉。色系为典雅的原木色，有两张床，办理入住时斐霏把原来订的大床房改为标准间，还有一张大大的书桌，这也是斐霏看重这家酒店的原因之一。另外，还有一张方方正正的茶几和两把古朴的椅子，茶几上放有两大盘新鲜的水果。

"哇，霏姐，这个酒店真是不错，不愧是我男神所在剧组入住的酒店。看这个洗护用品，欧舒丹特供的，还是我最喜欢的马鞭草香味，你说暴爷是不是也用同款洗发水？"从卫生间传来一阵万万开心的声音。

"这个就不得而知啦。"斐霏边回答着万万，边把电脑、书、学习资料等一系列物品放到书桌上，突然她想起了什么，问道："万万，你平时需要用书桌吗？"

"书桌？什么书桌？"万万从卫生间出来，看到书桌上的物品，惊呼道："霏姐，你这哪儿是来当群演的，分明是来学习，准备考试的啊？带了这么多纸质材料，好重，太压箱子了吧。"

斐霏有点儿不好意思，说："那个，万万，在来的路上，就告诉你我是博士，但还没来得及说，我的专业是戏剧影视研究方向，是有关影视制作的具体路径分析、粉丝经济这些的，我到横店来，是想体验一下群演的日常，但更重要的是通过实际体验，更好地服务于我的研究工作，所以，一般情况下，我晚上回来可能还要突击搞一搞项目研究，总结一下白天的实践调研啥的，会多有打扰。"

"霏姐，你也太厉害了吧。请你放心，我保证绝不打扰你的工作，书桌呢，你随便用，我也用不上的。"万万衷心佩服地说着，"哦，对了，你说研究的是影视制作、粉丝经济，难怪刚才给你讲暴爷的事，你要对我道谢，敢情是把我当作你的研究对象了吧，有趣。以后有啥需要问我的，作为粉丝我一定知无不言，竭尽全力，辅助你搞研究。"

斐霏被万万的表态感动到了，说："那就先谢谢你这个被调研人啦，对了，睡哪张床，你先选一下。"

"就这张吧。"万万选了靠近卫生间的床，而把那张靠书桌的床留给斐霏，她开始捣鼓行李。行李一打开，就掉出几件短袖、裙子和一大包面膜。万万也被自己这乱塞的行李逗笑了，指着掉出来的衣服对斐霏说："霏姐，看你那行李装的是书啊电脑啥的，看看我，简直太有生活气息了吧。"说着，她随手抽出两张面膜，给自己的床上扔了一张，把另一张递给斐霏，说："这面膜可好用了，是我夏天变白变美的神器，霏姐，你也试试，虽然你已经够美了，但还是需要锦上添花的。"

"谢谢万万啦，我一会儿就试。对了，我还带了些猪肉脯之类的零食，放在那个茶几上，想吃的时候你自己拿。还有就是，明天我们一起去演员公会办演员证，攻略我查好了，办理了演员证，咱们就可以正式开启群演之旅了。"斐霏边说边收拾着书桌，她是喜欢吃肉食的人，走哪里总要带些猪肉脯、肉松饼之类的零食，而且，经常半夜查资料搞研究消耗很大，她总会半夜饿，就拿这些零食救急。

"太好了，我跟着你准没错，一切都听你安排。说实在的，我就没做什么攻略。"

"那行，明天酒店吃完早餐咱就出发。"

"真棒，我都开始期待了！"

新奇、兴奋但又疲惫的一天，就在二人敷面膜中结束了。

Part3　斐霏和万万进入前景群

在酒店早餐即将结束的时候，她俩终于醒了，简单收拾了下，去餐厅吃了顿丰盛的早餐，开启了充满期待的横店之旅第一天。

横店的阳光非常灿烂，十点已是艳阳高照，万分明媚。

"我的天，霏姐，这横店的太阳也太毒了吧！幸好你有帽子我有伞，不做防护的话几天就晒黑了。"万万看着大太阳说。

"是啊，这里每天都是艳阳天。"斐霏穿了一身清爽的粉色系衣服，上身是淡粉色的短袖，搭配一条复古玫粉色高腰宽松短裤，脚穿一双粉紫色的复古帆布鞋，整体看起来十分明艳。

"怎么还有这么多人？"万万顺着斐霏的目光，看到酒店门口围着的人虽没昨晚的多，但确实也不少，还是以粉丝为主，还有一些站姐、代拍。

"咦，这不是昨晚进去的那位漂亮小姐姐吗？"人群里有人指着斐霏小声问。

"哪位，哪位？"

"就是那位虽不是明星，但胜似明星的小姐姐呀，被别人误认为是明星的那位。"

"哦哦，还真是她，她今天的这身粉色穿着也好美，衬得皮肤好白好嫩啊。"有不少粉丝就是昨晚的那些人，他们认出了斐霏，这记性也是绝了，不过主要是斐霏太美了，让人印象极其深刻。

"霏姐，昨晚酒店进进出出那么多人，他们居然还记得你呢。姐，你以后出门也跟明星学学，好好用帽子、口罩、墨镜遮一下。"

斐霏本来就有点儿难为情，听万万又在逗她，就说："你别贫了，咱找个阴凉地，我给咱叫车，先去政府行政服务中心办理居住证，再找家银行办理当地的银行卡，办理演员证的时候需要这些。"

"霏姐我知道了。你看，我也学你下载了这个叫车的手机软件，已预约到车啦，我找找，对，就是那辆车！"万万四处张望，发现不远处的一辆白色轿车，对了一下车牌号，拉着斐霏上了车。

"行啊，万万，有进步。都不知道你啥时候预约的，倒是省了我不少心。"

"姐，在你去卫生间时我就预约啦，总不能啥事都让你干吧。"万万笑嘻嘻地对斐霏说。

"给你点个赞！一会儿微信给你转车费。"斐霏笑着对万万说，"对了，门口那帮粉丝咋大清早也守着酒店门口，很多还是昨天的那些人，当粉丝真的很辛苦啊。"

"姐，车钱不着急转，回头还有房费、饭钱那些要给你的，咱们记个账。那是呢，有好多就是昨晚的那些粉丝，也有新来的。可能有人等偶像下班回来没见到人，或见到了还想多见几次，就一大早过来等。我刚看暴爷的粉丝都没在，估计暴爷一大早就出工了。今天有好多郑颜柔的粉丝，我对郑颜柔一点儿好感都没，她那人又装又假，之前还让她工作室的人在网上散布一些她和暴爷的绯闻，气得暴爷让工作室发声明辟谣。还有上次，有个电影节走红地毯的时候，她还假摔来着。"一说到明星八卦，万万又开始喋喋不休，根本停不下来。

"除了粉丝，我看还有好多不像粉丝的人，他们好像在搞直播，昨天看到忘记问了，他们在路边坐在小马扎上，用支架撑着手机，又说又比画，是干什么的？"斐霏问。

"那群人啊，是明星代拍，他们一般不是谁都拍，而是每个人都有固定要跟拍的明星，通常受雇于某些人，或利益驱动，对明星的上下班啊，去机场和赶通告等进行跟拍，然后直播整个跟拍过程，从中获得明星粉丝的打赏，据说利润不小呢！很多粉丝没有条件来横店追自己喜欢的明星，但又想了解明星日常的一举一动，时间久了，就催生了代拍这个行业，花点儿直播打赏这种小钱，满足他们对偶像的好奇心。"万万解释说。

"粉丝经济在现实生活中的体现形式真的好多，而且是不断更新的，远远不止书本上所说的。"斐霏感叹道，确实如沫沫所说，该多出来走走、看看，要比待在教研室搞理论知识更能产生事半功倍的效果。

"横店这里的确很与众不同，剧组、明星集中，因此给当地带来很可观的收入，就像你说的粉丝经济，就在这里有很好的体现。"万万说。

"确实如此，你看明星来这里拍戏，相当于为横店做了免费代言。带来了很多粉丝、代拍、狗仔等来追星、直播、挖隐私，这些群体得吃、住、行吧，这样很好地拉动了当地餐饮、酒店等经济发展。来之前，我在网上订酒店时了解到，这里不仅各大酒店生意很好，还有很多当地人开的民宿、农家乐那种包月的单人间，生意也异常火爆，尤其在暑假。当时我还觉得这个地方咋会有这么多人呢，光看咱酒店门口的景象，我就明白了，粉丝经济真的对传统产业，产生了直接或间接的巨大影响。"斐霏说。

"对对，横店还专门请明星作为横店的代言人呢，你猜是谁？"还没等斐霏猜呢，心直口快的万万就公布了答案："当然是暴爷啦！哦？这么巧，霏姐快看，那个LED显示屏上就是暴爷代言横店影视城的宣传海报，哇，老公太帅了吧！"

顺着万万手指的方向，斐霏看到一幢大厦外立面的巨幅LED显示屏上，出现了一个英俊帅气的男子。斐霏之前只是听过秋彧的名字，隐约知道他很火，是演员也是唱跳歌手，但并没有过多地关注过他，脑海里对他的长相没有概念。从昨天开始总能听到万万在她耳旁念叨秋彧、暴爷，这让她对此人产生了一些好奇心，此时细细打量，只见秋彧身穿黑色丝绒质地的西服，一只手自然下垂，另一只手则霸气地揣在裤兜里，西服的领子是深V字，露出了雪白修长的天鹅颈，整体感觉很清瘦、高挑，体态相当的挺拔，且头小肩宽腰窄，外形非常优秀。车开近时，斐霏被他那通透、清醒、无欲无惧的神韵深深吸引了，久久挪不开眼睛。那仿佛是一双能洞察许多世事的灵魂才拥有的眼睛，好像看你一眼就能一下子看透你的心一样，很犀利又很有故事性，同时又非常的清澈、明净，仿佛未曾沾染过世间烟尘气，但又呈现出经历过人生低谷后才有的沉稳、冷静。眼睛上面的两道浓浓的剑眉英气逼人，异常凛冽，极具个性，斐霏脑海里出现一个成语，剑眉星目。鼻子很高挺，但又很俊秀，鼻子的下面是棱角分明的嘴唇，秀美的唇形略微向下弯曲，嘴唇微微张开，极具魅惑与清冷、疏离感。斐霏很少被异性吸引到，此时也只想用一句"陌上人如玉，公子世无双"来形容秋彧。

"霏姐？姐？"万万叫了两遍斐霏，才让她回过神来。万万看她这样，便笑着说："姐，我说的没错吧，暴爷是不是特别帅？愿咱们在横店早日见到他本人，肯定要比海报上帅好多倍。"

行政服务中心大院不让外来车辆进入，她俩就在门口下车，顶着大太阳进入大院，到室内时已是满头大汗。

"这横店的太阳，果然名不虚传，太热了。"万万说。

"是啊，这太阳光真是明晃晃的灿烂。"斐霏边说边递给了万万一张湿纸巾，自己也拿一张擦汗。

很快办好居住证后，她们赶往下个目的地——银行。等所需材料都准备好后，已到了午饭时间。

斐霏打开"大众点评"寻找美食。不刷手机不知道，一刷才发现横店的美食简直不要太多。可能因为横店的人员构成比较复杂，当地人占比并不多，更多的是来自天南海北的人，明星、剧组人员、影视后期制作人等均来自全国各地，还有粉丝、游客、代拍、狗仔等等，也来自不同的地方，所以这里有各地美食，想吃什么菜都能找到，且很多家的口碑很不错，网红餐厅遍地开花。

"万万，你想吃什么？这儿的美食太丰富了，简直什么都有。"斐霏说。

"看得我眼花缭乱了。之前在粉丝群里，听来过横店的小姐姐们说，很多明星还在横店开了饮品店、餐厅之类的，然后成了网红餐厅，每天座无虚席，光排队都得在一个小时以上。那个郑颜柔就开了家奶茶店，她的粉丝经常去消费，人很多。不过，我不喜欢她，才不要去喝。"万万撇嘴说。

"万万，这家怎么样，好像是当地人开的夫妻店，做家常私房菜，评分很高呢。想不想去试一下？"斐霏问。

"是古草店吗？这家特别有名，我曾看过很多明星在综艺节目中提到古草店来着，说他家的秘制鸡翅是必点菜。走起，咱去尝尝。"万万说。

于是，她俩叫车来到古草店。横店地方不大，叫车也基本就是起步价，且很好叫到，加上天气炎热，她们出行都默认叫车。

中午这家店人不算太多，没等一会儿就有了餐位，菜品看上去都很好吃的样子，两人点了四道必点菜，秘制鸡翅、爆炒河虾、肉末茄子，外加一盆鱼头汤。

"霏姐，这个鸡翅是我喜欢的咸蛋黄口味，表皮酥脆，肉质细嫩，入口即化，太好吃了。还有肉末茄子，好下饭啊！"万万嘴里塞着鸡翅，还在喋喋不休地说。

"确实很好吃，每道菜都精准地唤醒了我的味蕾，而且这家夫妻店好温馨，忙碌的感觉让我想起我们学校门口的一家小店，也很好吃，下次如果你去安城，我一定带你去尝尝。"斐霏说。

"真的吗？姐，那我先提前预订了哦，期待安城之行！对了，咱们以后可不可以常来这家店？"万万开心地说。

"好啊，只要咱们不出工、不忙时，想吃就来！这个鱼头汤我还要再来一碗！"

"太好了！姐，和你吃了几顿饭，发现你真是肉食主义者呢，不过我也喜欢吃肉，咱俩还挺默契的！要是碰上个素食主义者，吃不到一块去，想想都悲催。"万万感慨道。

"肉类含有优质蛋白质，能提高免疫力，最重要的是好吃。"斐霏笑着说。

"可是霏姐，看你也吃的不比我少，怎么就长不胖呢，肉都长在我身上了，太不公平了！"万万委屈地说。

在欢乐的就餐氛围中，她们度过了大概四十分钟。结束了美味的午餐后，二人搭车前往横店演员公会，准备办理演员证。在演员公会，才见识到什么叫人山人海，排队等着办证的人以二十来岁的年轻人为主，大多是长得好看、衣着靓丽的小姐姐、小哥哥，还有一些四五十岁的中年人。有这么多人来横店当群演，出乎斐霏的意料。排队时，斐霏无意间听到周围的人聊天，很多年轻人是趁暑假来体验一下新奇、有趣的群演生活的，还有的是为了追星，想近距离接触明星的，当然，也有些就是来打工赚钱的。至于来实现当演员的梦想，期待从群演成为全职演员的人，估计是凤毛麟角。

斐霏还在琢磨如何将眼前这些群演朋友写进自己论文的时候，万万猛地拽了一下她的衣角，打断了她的思路。

"霏姐，又在想你的研究选题了？"万万越来越了解斐霏了，一脸坏笑地说，"你看，好多人都在盯着你看呢！"

斐霏抬头向四周看了一眼，果然周围人群中向她投来好多道炽热的目光，其中不乏小哥哥痴迷的目光，也有小姐姐羡慕、欣赏，甚至是嫉妒的目光，还有一些人朝着这边指指点点，小声议论："这样的美女来当群演？应该直接签约经纪公司出道。"

斐霏在学校是风云人物，走在路上会遇到议论，但学校毕竟是一个封闭的小圈子，不像外面的社会。昨天在雷布加森酒店门口被围观，她还是很不自在，不过现在她的心态越来越轻松了，淡定从容了很多。她对万万说："我现在脸皮变厚了，指指点点也无所谓，办好演员证咱们就撤。"

终于进入到演员公会的室内，在一个墙上挂着"横漂宣讲会"横幅的大会议厅里，斐霏和万万找了个空位坐下。不一会儿，几名演员公会的工作人员走进来，收走了个人资料，然后，另一名工作人员讲解起注意事项，包括拍摄古装戏，要确保女生的头发是黑长直；在工作现场不能对明星跟拍或偷拍；等等。大概讲了半个小时，斐霏还沉浸在演员公会的管理模式，如何高效促进影视产业可持续发展等问题时，突然被走近的宣讲老师点了名："你好，请问你叫什么名字，跟我过来一下。"

斐霏愣了片刻，说："您好，老师，我叫斐霏。请问有什么事情？是我资料不全吗？"

"不是的，是有其他的事情。"老师客气地说道，又对其他人说："今天的宣讲就到这里，大家在座位上坐好，等一下陈老师审核完各位的资料，就依次为大家办理演员证。"

斐霏和万万对视了一眼，万万也不知发生了什么事情，斐霏跟着老师去了讲台前。

"斐霏你好，我姓刘，你叫我刘老师就行了。我看你外形条件很出众，属于老天爷赏饭吃的那种，你想直接免面试进入前景群吗？"刘老师问。

"前景？"斐霏有点儿疑惑。

"哦，你不知道？我给你解释一下。前景就是前景演员，顾名思义就是出现在拍摄画面中更靠前位置的群演。比如说，在古装戏中女主角贴身的丫鬟、男主角身边的侍卫，会在镜头中露脸，有时候还会有大特写。作用嘛，主要是为故事的发展营造和烘托氛围的。一般群演分为普通群演、前景演员及特约演员，以你的条件再经过培训，完全可以从特约演员起步。不过特约演员要有一定的演技，是需要剧组专业的表演老师来考试的，我建议你可以考一下。前景演员完全看外在条件，我有在初来办理演员证的人员中推荐一到两位进入前景群的权力，你考虑一下吧。"老师耐心解释着。

"谢谢刘老师的认可，就是我还有位朋友，名字叫万万，坐我旁边的那位。她长得很可爱，也很喜欢表演，您可以考虑让我们一起进入前景群，一起出工吗？"斐霏礼貌地问。

刘老师望向万万，思考了一下，说："那行吧，今天就推荐你们两位，一会儿给你朋友解释一下，去陈老师那加前景1群，明天就去剧组开工。"

"谢谢刘老师。"斐霏微笑着道谢。

斐霏回到座位，给万万解释完并征求她的意见，万万开心得不得了，欢喜地说："哪里有意见，我举双手赞成！霏姐，我就说你是我的贵人吧！这下咱们都进前景群，还在一起出工。太棒了！你知道吗，前景演员的工资比普通群演高很多呢！最关键的是，前景演员一般都站男女主角身边，如果去了暴爷剧组，咱们饰演暴爷的丫鬟的话，就能更近距离地看到暴爷了。天哪，简直不敢想，站到那儿，甚至能感受到他的呼吸。"

斐霏一阵无语，说："别梦游了，咱们等陈老师审核好资料，就去找他加前景1群。"

"好嘞，霏姐，霏大贵人！"

陈老师喊斐霏拿资料的时候，斐霏说了加群的事。陈老师显然有点儿诧异，问："刘老师这么给你说的？他那人眼光极高，已有两年没推荐过新人啦，这次居然一推就是两位。"他又细细打量了一会儿斐霏，"哦，也不奇怪，你这条件确实值得。"说完，他又看看万万，微微皱了下眉头，欲言又止。

"这位是万万，我朋友，刘老师说让我们俩都加入前景1群。"斐霏立刻解释道。

陈老师听后说："行吧。前景1群里的前景演员，外形是最优秀的，是被老天爷眷顾的人。"

拿到演员证并且加入前景1群后，斐霏和万万走出演员公会大门，心情正如那头顶艳丽的太阳一样，明媚灿烂。

"姐，咱们去吃个好的，庆祝一下。"万万提议。

"没问题，吃完顺便再逛逛，咱得买双古装鞋，明天开工时，鞋是需要自带的。"斐霏说。

"好的，我还得入手几件日用品。姐，要不去吃那家德记冰室吧，中午你在搜美食的时候，我留意到了这家，是小德哥开的一家港式茶餐厅，就在万盛南街，那一片是横店的商业中心，咱们吃完了逛起来很方便。"

"好，现在就去。"

十来分钟的车程，两人到了德记冰室的门口，未到饭点，店里人不是很多。不用排队，二人找了窗边的座位坐下。万万翻着菜单，一副垂涎欲滴的样子。"感觉都好吃哦。霏姐，小德哥是演《侠客雾里行》男主角苏烟的那位明星。他是广东人，特别喜欢吃广式茶点，因此开了这家茶餐厅，也算网红餐厅，榜上有名的那种，评论说甜品非常好吃。咱点个黑巧漏奶华、经典菠萝包，姐，你看再点什么？"

"我也想吃这两个，再来个干蒸烧卖、鲜虾红米肠，咋样？要不要来两杯冰咖小熊冻柠茶？"

"好嘞，我喊服务员点菜。"

很快菜上齐了，菜品看着极其美观，让人很有食欲。装冻柠茶的玻璃杯里放了一只咖色的，差不多有半个杯子高，刻画极其细腻的冰块小熊，甚是可爱。斐霏端详着，说："这是怎么做的？提前将冻柠茶冻成小熊模样的冰块，配在现泡的红茶中吧？口感很丰富。万万你尝一下，蛮正宗的粤式冻柠茶。"

"哇，真好喝！太解暑气了！棒！"万万答道。

一道分量很足的菠萝包上桌，外皮烤得酥脆，掉了一层渣儿，热气腾腾地铺在盘子上，四周堆放着冰冰凉的黄油，相当诱人！黑巧漏奶华也看着极有食欲，焦黄香酥的面包片上铺着厚厚一层巧克力酱，万万用餐刀切开面包片，顿时涌出一股热气腾腾的牛奶，视觉味觉都得到了满足。

"这个漏奶华让人太有幸福感了！"斐霏说。

"嗯嗯，太好吃啦！怎么横店的餐厅做的食物都这么好吃？"万万也赞叹道。

干蒸烧卖和鲜虾红米肠也是相当正宗，嫩黄色的烧卖口感爽润，嫩滑鲜香；色泽红润的鲜虾红米肠则是香气四溢，软糯细嫩，一口咬下去让二人赞不绝口。

"太好吃了！吃得好撑啊！"万万打着饱嗝说。

"咱们去活动活动吧，逛街走起，好在这会儿也不太晒了。"斐霏提议。

二人走出德记冰室，很快就来到横店商业中心地带的万盛南街。此街一眼能望到头，街上开的服饰店也没什么特别，和国内其他小城的商业中心的店铺无异，是一些价廉物美的国产品牌。逛了一会儿，二人发现这里还开了好多家古装店，提供各个朝代的服装、饰品及鞋子、袜子等等，可以说是一应俱全，显然是为剧组、群演和游客服务的。她们选到称心的古装鞋后，又去隔壁日用品店逛了逛。

"霏姐，得换防晒霜了，我带的防晒霜指数太低了，已经防不住这里的暴晒了，得再买两支高防晒指数的喷雾。"

"是的，我也被晒红了，得再买两支备着。那种自带喷雾的手持小风扇各来一个？还有折叠椅，我看其他群演也是人手一个的。"

"对对，姐想得真周到，咱得备着。"

从日用品店出来时，天色已暗了下去，她俩采购了防晒喷雾、折叠椅，甚至洗衣盆等一堆东西。斐霏想的是，酒店虽然有洗衣服务，但内衣还是手洗为好。二人大包小包拎了一堆，站路边等网约车。

夜色逐渐笼罩了大地，华灯初上，万盛南街的夜晚非常忙碌、拥挤。不是很宽敞的街道两旁，不知从哪里冒出好多小商小贩，摆起各式各样的夜市摊，有卖烤串、煎炸鱿鱼、咖喱鱼蛋等小吃的，还有卖新鲜水果、饰品、纪念品等商品的，整条街热闹非凡。不远处的小广场上，也已挤满了正在进行表演的街头艺人，有弹琴浅唱的人，用美妙的歌声表达着心中的情愫；也有装扮成国内外影视中各种经典人物的人，如蝙蝠侠、超人、孙悟空、康熙皇帝等；还有耍杂技的特技演员，进行着喷火、蹬瓦钟、耍坛子等刺激又精彩的表演。与白天的横店完全不同，此时这里形成了独特的气氛，既充满烟火气息，又散发着浓厚的艺术氛围。

"这种烟火味我太喜欢了。霏姐，咱们以后找一个晚上专门来逛夜市，吃小吃。"

"好的啊，改天来！"斐霏说着，手机响了，"喂，您好，到了吗？哦，我看到您了。"

网约车刚好到达，她们的车子从热闹无比的街道开出来，没多久就来到郊外的一片安静与黑暗中。二三十分钟车程后，她们回到了雷布加森酒店。大门口依旧围了很多粉丝，道路两旁还是坐满了搞直播的代拍们，一派追星的兴奋、激动景象。

"那位小姐姐又回来了，她咋买这么多东西，是不是真是剧组的人啊？哼，骗人，还说是游客。"人群中有人小声说。

斐霏和万万对视一眼，沉默了一会儿，发现此时大部分的粉丝并不是昨晚的那些，他们也没在意刚才那句话，只是盯着斐霏看。斐霏淡定了很多，从容走进酒店大堂，快步回到房间。

"霏姐，我想下去蹲蹲暴爷，要不要和我一起去？"万万问。

"不了，我想看一会儿文献资料。"

"去吧姐，下去也是调研。咱就在粉丝堆里潜伏着，听听他们聊什么，还有那群代拍们，也可以去聊一下。走啦，走啦。"万万撒娇地说。

斐霏想，眼下只接触了万万这一个粉丝，她所讲的已让自己感触颇深，再多接触接触其他粉丝群体，听听他们的亲身体会，估计收获会更大，于是，斐霏说："那好吧，我换件衣服，一起去。"

斐霏不想太多人关注自己，便戴了口罩和帽子，换了一身宽松、舒适的运动服，如万万所说，一起潜伏到酒店门口的粉丝堆中。

"你们在等谁呢？暴爷还是鹿哥？要不是天然哥？不会是郑颜柔吧？"万万问身边一名打扮时尚靓丽、二十岁出头的女孩。

"想什么呢？郑颜柔？她不配。我们等的是暴爷。不过里面也有好多鹿哥的粉丝，那边就是。楚天然的粉丝在这边。只有那几个，才是郑颜柔的粉丝。其他明星的就比较零散了，没有集中在一起。"女孩说着，还热心地指给万万看。

"哦哦，那我就放心了。不愧是暴爷，走哪儿粉丝都是最多的，厉害，太有排面了！"万万开心地说。

"当然了，那可是暴爷呀！听你这么说，你们也是暴爷粉了？"女孩问万万。她说的你们，分明把斐霏也算了进去。

"啊，当然。"万万也把斐霏算在暴爷的粉丝里，她心虚地看了一眼斐霏，好在斐霏没说什么。

"那你们赶巧了，据说暴爷已经下班，估计他的车快回来了，咱就在这等着，一会儿很可能会见到。"

"好嘞！终于要看到暴爷了，太开心了！"万万说。

"万万，你先在这儿等着，我和代拍们聊一下，看看他们怎么直播的，一会儿再过来找你。"斐霏对万万说。

"好的，霏姐，一会儿联系。"

万万等暴爷的时候，已回来了好几个明星，最后回来的是沈微鹿，鹿哥。从白色丰田埃尔法下来的他，有着一双亮晶晶小鹿眼，可爱又帅气，身材高挑，一头浅灰色的头发下是一张精致小巧的娃娃脸，皮肤超好，笑容灿烂，还长有两个可爱迷人的小梨涡，一张樱桃小嘴，让人忍不住想咬一口。粉丝们冲着他兴奋地喊叫："老公，看这里！""辛苦哥哥了，好好休息！""老公，爱你哟！注意身体！"有些胆大的粉丝还给沈微鹿递上卡片、礼物，以表心意，沈微鹿双手接过，并表示了感谢。代拍们则将镜头对准他的脸，进行直播。

"鹿哥和暴爷在一个剧组，鹿哥收了工，暴爷说不定马上也会回来。"女孩对万万说。

"对对，鹿哥和暴爷同属一个经纪公司，暴爷的戏常带着鹿哥。他俩私下的关系可好了，鹿哥是暴爷的小跟班，一口一个哥、哥地叫着。对了，鹿哥官方身高是一米八七，比一米八九的暴爷矮了一点儿。"万万说道。

"看来你也是骨灰粉。"女孩转头看了眼万万，眼中流露出了相见恨晚的欣喜之情。

"彼此,彼此。"万万开心地回道。

夜色浓浓,突然间代拍们向酒店大堂这边狂奔过来,同时对着直播界面大喊:"暴爷回来了,暴爷回来了!"一声比一声响亮,一声比一声兴奋。

万万抬头望去,浓浓夜色中,出现两束耀眼的白色车灯光,定睛一看,一辆黑色的奔驰保姆车缓缓驶了过来。

"没错!是暴爷的车!"女孩喊道。

"啊!真是暴爷的车吗?天呀!这就要看到暴爷了,简直跟做梦一样,这小心脏呀,受不了了!"万万也喊道。

车一停在酒店门口,便被里三层外三层的粉丝围得水泄不通。车门勉强打开,走出一名魁梧男子,他径直走进酒店大堂,车又缓缓驶离,停到了旁边的停车场,司机师傅走了出来,低着头,后面跟着几名高大威武的保镖打扮的男子。众人期待着,但再也没人从车里出来了。此时众人难掩失望,有议论的,有叹息的,但都不愿散去,幻想着或许下一秒暴爷就从哪儿冒出来了。

"刚刚进去的那壮壮的男人,是暴爷的经纪人睿哥,刘星睿,胖乎乎的是司机小王,后面的几个人是保镖。睿哥就别提了,嘴一向很严,小王师傅的嘴也很严。估计暴爷从其他的门或地下车库走的,这会儿已回了房间。唉,太难见到真人了。"女孩止不住地叹气。

"我就说,见他哪有那么容易。期望越大,失望越大。不行不行,心态不能崩,我得放好心态,肯定有机会见到的。"万万自我安慰道。

随着时间流逝,众人也摇着头、叹着气,散开了去。代拍们回到他们工作的小路旁,收拾起小马扎、手机支架等,准备打道回府。明天又是新的一天,日复一日,继续追星、直播。

随着人群散开，万万见斐霏走了过来，便和女孩打招呼道别。"霏姐，我太伤心了，暴爷竟然没在车里。哎，你说他会从哪儿进房间？别的明星都抢着营业，他可倒好，刚有代拍说十几天都没见到他了，车回来时只有经纪人、司机和保镖。"心情低落的万万，向斐霏倾诉着。

"别灰心，只要有守株待兔的耐心，肯定能见到你的偶像。我刚和代拍们聊了好久，有个小姑娘和我聊得十分投机，她透露了一些行业信息，对了，一开始她就猜测说，秋彧今天肯定又地道了。"

"地道？霏姐，啥是地道？是哪两个字？我咋听不明白呢？"万万望着斐霏眨巴着眼睛，一脸疑惑。

"我刚开始也不明白，经她解释才知道，地道是这个行业的黑话，形容他们跟拍的明星不想营业，而绕开粉丝等人群后，通过私密行程回到住所的状态。这个词，还蛮形象的。"斐霏说。

万万想了一下，恍然大悟道："确实蛮形象的，真有意思！代拍们真是厉害。"

看到万万笑了，斐霏轻松了许多，说："你笑了，我就放心了。那个代拍和我聊了一些别的事，她让我别对粉丝们公开讲，不过万万你知道就行。她说，其实秋彧除了有剧组在酒店开的总统套房外，他还在横店买了别墅。平常收工后，他是先回别墅，保镖和司机才来酒店。公司对艺人营业次数有要求，他们要隔段时间回酒店露脸，出来营业一下。但隔多久，估计就要看艺人自个儿的心情吧，秋彧最近一次露脸是十几天前的事情了。"看到万万期待的目光，斐霏又连忙说："你看都过了这么久，他一定很快就会在这边露面的，你就不要沮丧了。"

"霏姐，你真太神了！居然获取了连粉丝都不知道的内幕消息。你是给了代拍啥好处？居然什么都告诉你！"万万惊呼道。

"没什么啦，因为我不懂这个行业，所以就虚心真诚地请教。人家可能看我也不像粉丝，觉得告诉我这些没啥吧。"

"那你问了一些啥样的问题呢？"

"一开始我们聊了别的话题，总不能直接上来就问行业内的事。等聊得投机了，再慢慢问，接着就虚心请教了，比如说他们是不是就一直跟着特定的明星，连轴转跟拍？是什么动机让她进入这个行业？赚的钱能包住日常开销吗？收入来源除了粉丝打赏，还有别的吗？以后是不是一直从事这个工作？等等类似的问题。"斐霏一口气说道。

"霏姐，你搞了访谈调研啊，这社交能力，也太牛啦！"万万由衷佩服地感叹道。

"是收获颇丰，好了，咱们回房吧。今晚要早睡，刚前景1群的吴老师联系我，说明天早上得五点出工呢，是要去另外一个酒店集合。"

"啊，五点！咱还是赶紧回去收拾收拾，洗洗睡吧。"万万说，"对了，姐，你刚看到鹿哥了吗？他看着好乖！又帅气又可爱！"

两人聊着天回到房间，把买回来的东西整理归置了一下。洗完澡，已经是半夜十二点了。

Part4　三人初相识，恰似故人归

嘀嘀嘀，嘀嘀嘀……闹铃无情地敲打着斐霏和万万的耳朵。睡眼惺忪的斐霏挣扎着打开床前灯。

"万万，起床了，出工的第一天，咱可不能迟到了。"斐霏还未完全清醒，喑哑着说。

"好的，起。"万万恍恍惚惚地答道。

差不多半个小时后，二人匆忙洗漱完，收拾好东西，准备出门。

"万万，你的古装鞋是不是没带？"

"哎呀，幸好霏姐你提醒我，我换了个包，鞋装另一个包里了。"万万边说着边翻包。

"对了，还有折叠椅，也要带上。"斐霏再次提醒说。

"对对。"万万说着。

等她们装好全部物品来到楼下，预约车已等在酒店门口。

"夏日的天就是亮得早，我很久、很久没看过这么早的天空了。"万万打着哈欠，望着窗外微亮的天空说道。

"是吗？我之前倒是经常看到，因为到了这个点，我才开始睡觉。"斐霏清了清嗓子，笑着说。

"啊？你熬夜这么厉害？可得注意身体啊！老听到你清嗓子，是不是嗓子也不舒服？"万万关切地问。

"老毛病了，我有咽炎。"

万万看到司机在抽烟，就说："师傅，麻烦您了，能不能不抽烟？我朋友嗓子不舒服，谢谢您了。"

见司机一脸不高兴地灭了烟，斐霏对万万轻声说："谢谢万万。"

集合地点在索丽酒店，是《桃花庵里小神仙》剧组的大本营。酒店挺大，好几栋楼连在一起，但是楼龄看着有些年头，装修也比较一般，像普通连锁酒店。

"昨天吴老师说，咱们到了后可以直接去二楼装造室。"

"有这个待遇呀。看，楼梯正好在这边。"万万高兴地说着，大步走上二楼。

走廊尽头的会议室门大开，里面的灯光很亮，还有嘈杂声，看起来已聚集了不少人。她们快步走去，见会议室的门上贴着"桃花庵剧组装造室"字样的纸。

套在会议室里的装造室很大，有不下二十个化装台，台面上堆满各种化装工具，还有剧本之类的纸质材料。此时化装台前已坐着演员，化装师们专心致志地在为演员化装。角落里设有高大的木质储物架，塞满各种服化道用品，还摆有好多透明储物箱，上面贴着"叶笙""裘念""娥柔""柳花"等字样的标签，是主角专用的饰品箱。

"请问你们找谁？"她俩正四处张望时，一个女孩走过来问她俩。

"您好，我们是吴老师推荐来的前景演员，我叫斐霏，她是王婉一。请问我们需要签到，还是？"斐霏回答道。

"哦，稍等一下，刘老师，前景演员来报到了。"女孩冲着远处一名忙碌的中年女性大声说道。

"知道了，你去忙吧。"刘老师回答着，从桌上拿起一沓订好的材料走过来，边看材料边问："你们谁是斐霏？谁是王婉一？"

"刘老师您好，我是斐霏。"

"您好刘老师，我是王婉一。"

"今天一共就三个前景演员，两女一男，还有二十来个普通群演。来，签下到，斐霏我给你化装，王婉一的话，小西，你给这个女孩化一下。"

刘老师把斐霏带到一个很大的化装台前，示意她坐下。斐霏扫了一眼，除化装用品，还摆着一沓纸质材料，是化装师、造型师的工作安排表。看样子，刘老师是装造负责人。

"你长得可真标致，皮肤也太好了，连个痘印都没有，遮瑕液都用不上。如果拍现代戏就不需要化了，素颜上镜效果一定好。不过，咱这是拍古装戏，还是要化一下的。"

斐霏听到刘老师耐心的解释，就忙说："您按照剧组的要求尽管化就是了。对了，刘老师，大家出工好早啊。"

"是的，现在化装的是跟组演员，普通群演四点就到了，多数已化好，现在在三楼吃早饭。主演们估计中午拍，开工比较迟。"刘老师顿了下，又说，"一会儿化好装后，你们记得去三楼吃早饭，拍戏很辛苦的，要吃饱，午饭不定在几点。"

造型师给万万梳了两根麻花辫，辫子上还缠有假的碎花瓣、碎叶子，看起来甚是可爱，妆容也主打可爱风，亮晶晶的大眼睛、红扑扑的脸蛋，憨态可掬天真烂漫。万万有点儿不情愿地看着镜子，小声对斐霏说："姐，和你一比，我咋觉得自己傻里傻气的呢？你的装造也太好看了吧，仙侠感好浓。"她说完，又痴痴地盯着斐霏看。刘老师只取了斐霏一头秀发中的少许，将其先绾成一个造型简洁的发髻，再用一枚琉璃簪固定，任由其余的秀发如瀑布一样散落在背后，仙气飘飘。妆容走的是仙侠风，眉眼胜星华，面若桃花开，清秀婉丽，把她独特的清冷、高雅气质发挥到极致。

"斐霏，我给你照个相。这装造配你的长相真绝了，拍照留档，以后做模板用。"刘老师拿着相机走过来，还和旁边其他人讨论，大家一致认为斐霏太美了，这装造整体很惊艳。

咔嚓咔嚓，刘老师照了好几张，心满意足地离开时，她示意斐霏二人快去吃早餐。

来到三楼，不大的餐厅里早已挤满了人，好多用完餐的群演聚在一起聊天。斐霏拿了鸡蛋、豆浆和包子，眼尖的万万瞅见一处角落空着张桌子，就拉斐霏走过去，刚准备坐下，一个男生端着盘子也朝这桌走来。

"请问，我可以坐吗？"男生问道。

斐霏万万表示可以。三人同时坐下来，男生安静地吃着包子，万万边吃边和斐霏说笑，聊刚发生的一些趣事，说装造小姐姐还给她头上试戴过葫芦饰品。斐霏不想浪费任何的机会，见男生吃完，就主动搭话："你好，我是斐霏，请问怎么称呼？"

男生面露喜色，说："你们好，我是范才修，可以喊我饭饭，是今天的前景演员，你们也是吧？"想必刚才他也很想加入聊天中，但又不好打断她们，现在斐霏主动搭话，他很开心地融入进来。

听说饭饭是三个前景演员之一，斐霏便仔细观察起他来。他和万万差不多的年纪，长着甚是讨喜的娃娃脸，虽说不是很白，但细腻的皮肤上没有什么瑕疵。他的眼睛不是很大，但眼神很灵动，整个人洋溢着青春、少年之感。

"你好，我叫王婉一，你可以叫我万万。你是怎么知道我们也是前景演员的？"万万很好奇地说道，顿了顿又说，"想必是我霏姐的美貌，让你觉得了。对吧？"

"万万，你说什么呢！"斐霏不好意思地说，又转身对饭饭说："她逗你呢，别听她瞎说！"

饭饭被万万逗笑了，还有点儿害羞，脸红着认真回答起万万的问题："其实在我签到时，看到另两位前景演员的名字，就是斐霏和王婉一。斐霏刚介绍了她的名字，自然就对上号了。"

见饭饭如此认真地回答，斐霏和万万乐了，他好实诚哦。万万说："今天剧组的前景演员就咱仨，那一起加油吧！"

他们正聊着，剧组老师发话了："安静一下，大家楼下集合了，马上赶往拍摄地。"

酒店门口，停了两辆橘色的大巴车，斐霏他们走上其中一辆，坐在同一排。

"饭饭，你知道一会儿咱们去哪儿拍吗？"万万扭头问饭饭。

"哦，好像说在春秋战国城布了景。说实在的，这个剧组我也是第一次来，还不太熟悉。"

"你是专门从事前景演员这个职业，还是说只是短暂地体验一下？"万万好奇地问道。

"我是北城艺校大三的学生，专业就是表演，这次放暑假过来，等于实习。过几天，我还想去考特约演员，你们要去吗？"

"那天，演员公会的刘老师提起过考特约演员的事，建议我试着考一下，成为特约演员进剧组的机会就多一些，体验会更丰富一些。万万，你也去试下？"斐霏对万万说道。

"好啊，咱都去考，希望都能考上。"万万对斐霏和饭饭说道。

"饭饭，你是艺术院校的学生，进剧组的机会应该很多，老师有没有给你推荐一些角色来演？"万万又忍不住好奇地问。

一丝忧郁划过饭饭的眼睛，被斐霏捕捉到了，她用胳膊肘推了推万万，示意不要再问，紧接着圆场说："很多人都是自己摸索着来横店体验的，不一定非要靠老师推荐，就像你我这样，饭饭你说是不是？"

万万也意识到说错了话，忙道："不好意思，我只是好奇。"

"其实没什么，我读的是一所名不见经传的专科艺术院校，不是中戏、北影这种知名学府，机会自然没那么多，一切得靠自己争取。"

"哦，其实好多明星开始也没什么资源，都是靠自己闯出来的，饭饭加油！你一定可以！"

"嗯嗯，谢谢！"饭饭感激地说。

没多久，他们便到达了春秋战国城入口处。剧组工作人员喊："各位同人，里面不好停车，大家就拿好自己的随身物品在这里下车，步行前往拍摄地，就十来分钟的路程。"

大家一起下车，前往拍摄地。"需不需要我帮你们拿折叠椅？我的东西比较少。"饭饭对斐霏说。

"谢谢饭饭，这个不重，我们自己可以拿。"斐霏说。

"对对，不重，自己拿，谢谢啦。"万万也跟着说。

"那好吧，需要帮忙的时候千万不要客气。"饭饭真诚地说。

"知道啦！"万万笑着回答，露出"这小伙子真心不错"的表情。

春秋战国城不大但很有特色，整体略显荒凉，符合时代特点，有一些景，很适合拍仙侠剧。城里就两条街，但风格迥异。一条街是干燥的黄土路，两边有宅子、茶楼、店铺等建筑，有些建筑还根据剧组的需求进行了精心的布置，街边还设有一些贩卖各种小件物品、食品的小摊，是一条热闹繁华的街道。另一条街则一片狼藉，是泥泞的黄土路，刚洒了水营造的氛围，街道两旁分别盖有大小十来座简陋的茅草屋，还有牛车和马匹等，充满了破败之感。

"好酷啊！泥泞的街道上拍侠客雨天对决的画面，肯定很绝，很有氛围感。"万万说道。

"饭饭，和我搭一下戏好吗？开始了哦！放着这么多条路你不走，为什么要走邪道？回答我！"万万突然正经起来，她的手里真像有一把剑直指饭饭的喉咙，愤怒地问道，神情疑惑又坚毅。

"什么是善？什么是恶？谁来定义？你不要再执着了，还是一切都放下吧！"饭饭配合起万万，手里也像握把剑似的，抵着万万想象出来的剑，那冷漠的眼神，似乎能穿透万万的内心。

周围这么多人，斐霏本想阻止他们，但看到他们投入了表演，找到了状态，还被他们现编的台词、临场的演技所触动，便没有阻止，还表扬道："你俩这演技行啊，不错不错，戏剧张力有了。"

"就说我喜欢表演，有点儿天赋，没骗你吧！"前一秒还沉浸在严肃的戏里，下一秒万万就嚣张地笑起来。

"万万，你的演技真不错，我很看好你！"饭饭认真地说道。

"彼此彼此，你的眼神也真绝了，咱们都加油！"

他们的手自然握在一起时，剧组老师喊："大家去前面服装车那儿拿衣服，具体请老师搭配！带古装鞋的穿自己的，没带的穿剧组的。"

"幸好咱带了自己的鞋，霏姐，穿剧组的公共鞋，真怕传染了脚气。"万万小声对斐霏说。

剧组老师给斐霏选了件淡黄色的抹胸裙，又选了件同样为淡黄色的纱质外衣。别说，这一身正是她喜欢的颜色。斐霏换上后，仙气飘飘，顿时吸引了好多人的目光。

"太漂亮了，霏姐，这衣服像是为你量身定制的。自带仙气，又温柔又淡雅。"万万又开始起哄。

"万万，你这身淡绿色的衣服也很衬你的肤色，显得古灵精怪的，很可爱。"斐霏说。

"嘻嘻，那就好。"万万说着，扭头看饭饭，问："饭饭，实话实说，我和霏姐谁更好看？"

饭饭被问的语塞，抓耳挠腮的，一时不知如何回答。

"你就别为难饭饭了，你更好看。"斐霏笑说。

"就想逗一逗他嘛！"万万对斐霏说，又扭头对饭饭说："饭饭，你这身藏蓝色的衣服很适合你！"

"谢谢，你们都很美！"饭饭看着万万，脸上泛起一片红晕。

万万捂着嘴对斐霏小声说："不知怎么了，我对饭饭一见如故，挺有好感的！他每次说话眼睛直视我的时候，我都觉得他好真诚，眼神是不会骗人的，对吧？"

斐霏看了看万万，又看了看饭饭，笑而不语。

剧组人员布置好场景、调试好机器，把灯光、录音等安排妥当后，喊群演们拍有烟火气的长焦街景，力图展现热闹非凡的生活气息。斐霏三人走在街上，按副导演的要求，左右穿插着来回走对角线，属于在街上"划水"的。

突然，副导演对斐霏这边大喊："那个女孩，对，就是你，站茶楼里看账本，假装这家茶楼是你开的，你是老板娘，给你拍特写。"他又转身对工作人员说："安排一下，是导演要求的。"

斐霏发现说的竟是自己，就和万万饭饭说了一声，然后独自朝茶楼方向走去。她是第一次上镜，难免有些紧张局促，好在她聪明，善于总结规律，仅琢磨了一下就找到窍门，轻松地把特写镜头拍完。对讲机里传来导演和摄影师的对话，似乎对她的表演很满意。

"一会儿主演们来了，拍他们来茶馆喝茶、聊天和发生打斗的戏，你是茶馆老板娘，会有你的镜头，注意，你千万别抢戏，碍着主演。"副导演说着，也不等斐霏回应，就自顾自转身要走，差点儿被一个道具箱绊倒，他又破口大骂："他妈的，这是谁放的？差点儿把老子绊倒，给我把管道具的小赵叫来。"

斐霏皱了皱眉头，看着粗鲁的副导演，也不好说什么。

群演们的代名词就是等待，拍三两分钟少说要等半个小时，在主演们没来片场的情况下，更需要等待。斐霏一直在默默观察剧组现场的制作环境、条件及制作准备过程，琢磨如何与自己的论文选题相结合，所以时间对她来说并不漫长，反而很紧张。万万和饭饭开心聊天，也不觉得漫长。那些在等待区的群演们，就觉得时间很难熬了。他们坐在折叠椅上，玩手机的，睡觉的，听歌的，都处在一种无聊的状态里。

中午十二点左右，几名长相出众的帅哥、美女走进片场，身边跟着工作人员，显然是主演来了。之前一直说话粗鲁的副导演，匆匆向群演等待区走来，继续着粗鲁的作风，喊："都别睡了，打起精神，说你们几个呢。主演来了，难道让人家等你们？"

"这人怎么这么没礼貌，是他让大家坐这里等的。"万万嘟嘟囔囔。

斐霏没说话，赞同地点了点头。他们仨随着众人来到片场。斐霏站茶楼里当老板娘，万万站在一个美女身边，演美女的丫鬟，主演中的一个帅哥喊这个美女为娥柔，斐霏想起装造室里看到写有娥柔字样的储物箱，满满一大箱的饰品，应该是主角之一。娥柔身穿嫩粉色的衣裙，衬得皮肤甚是雪白，娇滴滴的神情流露着藏也藏不住的妩媚，真是一笑百媚生。

副导演安排饭饭站在喊娥柔的那个帅哥身边，对饭饭说："你就跟着叶笙，当他的小跟班，但要保持距离，别整出什么幺蛾子。"被唤作叶笙的帅哥身穿白色锦缎长衣，搭一件纱质的外衣，又贵气又仙气，俊朗的面庞上长了一双勾人的桃花眼，笑起来格外明艳、甜蜜。

"原来这就是叶笙。"斐霏心想着，又听副导演用那种口吻对饭饭说话，她皱了皱眉头，对这个不尊重人的副导演更加反感。其他群演一一被安排了身份，有人当小摊贩，有人当路人，还有人当茶馆里的喝茶人。

一切安排妥当，静待开机。

"一会儿你跟在叶笙后面，不能妨碍他的表演发挥，而喊你的时候，就把怀里的令牌递给他，做出诧异的一系列反应。听明白了吗？嘿，跟你们说话真他妈的费劲儿。"副导演对饭饭极不耐烦地叮咛完，又转身向斐霏走来，说："导演说也要给你拍特写，你呢，向叶笙要茶钱，但他是从天上来的，没钱，就会把令牌给你，充当茶钱。你接过来，发现是无价之宝。简单吧。"副导演对斐霏说着，比较客气。

"开始，3，2，1，群众走，开拍！"导演发出威严的开拍声。

斐霏见叶笙饮完茶准备离去，就赶紧走了过去，伸手示意他要付茶钱。叶笙扭头望向身后的饭饭，疑惑地问："人间的钱，你有吗？"

饭饭见他临时加词问自己，也不顾副导演的警告，就上前一步，小声说："尊上，咱没那个东西。"

"你把令牌递给我吧。"叶笙对饭饭说。

饭饭迟疑地递上令牌，脸上露出了诧异的表情，吞吞吐吐道："可是，尊上，这是证明您身份的物件，可不能随便给出去啊！"

"卡！"导演按下了暂停键。

叶笙一脸不屑地嘀咕："什么啊，这戏是怎么接的？"

另一桌喝茶的娥柔也不耐烦地说："又在浪费时间，导演喊卡，肯定是因为群演接不住笙哥的戏。"

副导演火急火燎地走进茶楼，劈头盖脸对着饭饭骂道："你会不会演戏？还敢给自己加词？耽误了进度，你负得起责吗？就这水平谁敢用你？滚吧你！"

饭饭委屈地小声道："是叶笙临时加词，问了'人间的钱，你有吗'，我总不能不回答吧，所以就现接了一句。"

"还有理了？你的意思是笙哥错了，得给你赔礼道歉？能摆正自己的位置不？"副导演对饭饭吼喊。

饭饭被吓到了，强忍着委屈说："我，我不是那个意思，对不起，副导演，对不起，笙哥。"

副导演和叶笙根本就没看饭饭，一脸嫌弃，觉得导演喊了卡肯定是因为刚才没表演好，就把气全撒在了饭饭身上。娥柔身后的万万此时也是瞪大了眼睛，完全不敢相信刚刚发生了什么。

斐霏看不下去了，走上前对副导演说："请您有事说事，不要进行人身攻击。刚才的事情，首先，确实是叶笙现加了一句词，导致范才修不得不配合叶笙，就也现加了一句，形势所迫。其次，就算他有过错，我们就不能有商有量地解决问题吗？您可以给出合理的建议，为什么非要辱骂他？再次，群演也是人，这个职业身份并不比其他职业低人一等，请您不要身份歧视。"

副导演、叶笙及娥柔，谁都没想到这个前景演员会这么强硬，敢这样跟他们说话，一时间都傻了眼。副导演的对讲机传出滋滋的电流声，打破了凝固的空气。

"刚那个镜头回放我看了，临场发挥倒是挺生动的，我们再来保一条。"从对讲机里传来导演的话，让已经尴尬的气氛更显尴尬。

"演员公会会保障群众演员的权益，我们可以找他们。反正这个剧组我是不打算待了，你一起走吗？"斐霏问饭饭。

饭饭感激地看着斐霏，坚定地说："好，我跟你一起走。"

"霏姐，饭饭，等等，我也要走！"

三人大步流星就要离开片场，副导演急了，马上变了副嘴脸上前劝说，斐霏说："不是你刚要我们'滚'的吗？"

"怎么回事？副导演你那边什么情况？刚演茶楼老板娘的那个女孩和叶笙的小跟班，怎么都离开了？他们演得很不错呀，我还想补几个他们的特写，现在是什么状况？请你给我解释一下。"

副导演的对讲机里传出导演的连环问话，副导演支支吾吾不知该如何给导演解释，看着斐霏他们渐渐远去，气得脸一阵青一阵紫的。

换下衣服，拆了头发，收拾好随身物品，三人走出春秋战国城，天气还是一如既往的明艳，他们的心情却有些黯淡。万万主动打破了沉默："现在过了饭点，好饿，我提议咱们吃顿好的，有家东北铁锅炖很好吃，我来叫车。"

"好啊，我来请！"饭饭说道，想说感谢的话又觉得多余。

位于康庄街的刘记柴火铁锅炖有着浓浓的东北风，土炕上铺了红绿碎花棉布，还有一个柴炭烧火的灶台，能炖鸡、鸭、鹅、鱼、排骨和万物。这里环境既喜庆又热闹，空气中弥漫着浓郁的肉香，时刻刺激着味蕾，而东北特有的欢乐喜庆氛围，一扫他们的沮丧。

"舅舅、舅妈，今天来咱这儿要吃点儿什么？"一名年轻的女服务员走来，亲切地问。

"舅舅，舅妈？"万万看了看斐霏和饭饭，好奇地问。

"这是东北的习俗，没听东北乡村百姓说，'娘家来且（客）啦！'娘家里娘亲舅大，喊舅舅、舅妈以表尊敬。"斐霏对万万和饭饭解释道。

"对，对。这位舅妈说得很对，我们就是这么个理儿！舅妈，看来你很了解东北文化啊。"

"姐，你涉猎的好广泛啊，太厉害了。"万万说。

斐霏笑了笑，说："之前我去东北调研过，在那边就待了二十来天，不能说了解，只一点儿皮毛吧。"

铁锅炖土鸡被服务员稍显吃力地端来，那是一口笨重的锅，里面装满各种食材，有生菜、莲藕片、土豆片、菠菜、山药，还有一小盆用来做贴饼子的玉米面糊，摆了一大桌。他们专心致志地吃着美食，吃得差不多了，才又有了聊天的心情。

"估摸着你比我大一点儿吧，我今年21岁，跟着万万喊你霏姐，如何？"饭饭望着斐霏说。

"可以啊，只要你不嫌弃，我很乐意。"

饭饭说："哪儿能呢，霏姐。真的很感谢你替我说话，还让你受了牵连。哎，要不是因为我，你们还在剧组工作着，真是不好意思。"

"你可不要这么说，不是你的错，就不要往自己身上揽。演戏时我就在旁边站着，看得一清二楚，叶笙改词，你接词，且效果不错，连导演也认可了。就是副导演和叶笙、娥柔他们，把脏水往你身上泼，说话咄咄逼人，太不尊重人。在不对等的剧组工作很是憋屈，离开是我自己的决定，所以请你不要往心里去。不开心、压抑的工作环境，对作品的创作是没好处的。"斐霏一口气说完，顿了下又看向万万，说："你还别说，今天这事提醒了我，在研究影视制作的过程中，要从剧组工作环境、工作氛围及剧组文化入手，研究这些对拍摄工作的影响。"

"谢谢霏姐，听了你的一番话我心里好受多了，真的谢谢你。"饭饭又说道。

"心情好一些了吧，饭饭，咱不和他们这帮人计较，他们对待群演，用各种脏话骂着，根本就看不起人。这帮欺软怕硬、见风使舵的人，与他们共事就是与狼共舞。离开了好，我们还有新的工作机会。"万万也安慰着饭饭。

"嗯嗯，谢谢万万！咱们要开心！"饭饭感激地看着万万说。

"我也21岁，咱俩同岁，你是几月的，如果我比你大，还得喊我姐。"万万开心地说。

"哦，我是五月的。"

"啊，好气人，我是九月的。"万万假装生气说，"算了，咱们还是互相喊名字吧。今天咱们来个桃园三结义，哦，不对，现在在横店，就是横店三结义。咱们也算患难见真情的弟兄们。以后咱们要互相鼓励，共同进步，一起加油哦！"

"万万，你说的正是我所想的，今天感谢霏姐和你，以后如果你们有需要我的地方，尽管开口，我定竭尽全力。来，一起加油，从明天开始一切顺利！"饭饭顺着万万的话说。

"会的，一定会的！希望大家开心、快乐，一起加油！"斐霏也说。

"我很幸运，在横店遇到霏姐和饭饭你，有一种与君初相识，恰似故人归的感觉。虽然我们认识不久，但可能真是缘分，和你们一见如故，是陌生又很熟悉的感觉。来，碰杯！横店三姐妹，哦，不对不对，横店三兄弟姐妹。"万万说道，顺势举杯。

斐霏和饭饭频频点头，一起举杯，和万万碰了杯。

三人天南海北地聊了好多，更增进了对彼此的了解。了解越深，越觉得缘分这东西太奇妙了，他们就该是朋友，三观好一致。时间不早了，斐霏想起了什么，说："吃饭前吴老师微信联系我了，问是怎么回事？我给他说下午找他当面说清楚。咱们现在去一趟演员公会吧，毕竟是吴老师介绍的这个工作，现在又发生了这个事情，和他当面说清楚为好。"

"同意！双手赞成。"万万说。

"同意，霏姐，那咱走，买单！"饭饭附和道。

刚听饭饭在讲自己的事情时，言语中明显听出他的经济状况不太好，本来就是学生，没什么经济来源，斐霏和万万异口同声说大家均摊，但饭饭执意由他买单，她俩只好作罢。斐霏说："那下次我来请！"

"下下顿是我的！都别抢。"万万也像比赛似的急忙说道，惹的斐霏和饭饭一阵哄笑。随后，三人一起前往演员公会。

"副导演已经来告你们的状了，说你们不得了，要上天了，我怎么也劝不住他。没想到原来是这么个情况，他说的和你们说的完全不一样。他压根就没提自己辱骂群演，以及叶笙先改词的事。请你们放心，咱们演员公会就是群众演员和剧组的沟通桥梁，保障咱群众演员的正当权益。真像你们所说，那他就是避重就轻，歪曲事实。你们看这样，我一会儿就去实地调查，晚上迟点儿给你们答复，如何？"吴老师听完斐霏对整个事件的表述后说。

"谢谢吴老师，辛苦您了。"斐霏说。

有了吴老师的明确表态，他们顿时感到轻松了不少。走出演员公会大楼，感到太阳更加明媚。

"还别说，吴老师人挺好的。他挺公正的，并没偏袒剧组那边。"万万说。

"是啊，吴老师挺不错的，就是不知最后的结果如何。"饭饭担心地说。

"别担心，咱身正不怕影子歪。过错方不是咱们，就无须担心什么。有了结果，我第一时间给你说。对了，我们还没加微信，赶紧加了，互通有无。"斐霏说。

三人互相加了微信，组建起一个名为"横店三结义"的微信群。万万说："霏姐，咱先回酒店吧。饭饭，你住在哪儿？"

"我是月租房，比酒店省不少钱呢。离这儿不远，在清明上河图路那片居民区里，走着就能回去。"

"行，我们回头联系。"

Part5　斐霏偶遇秋彧

　　万万一头栽倒在床上，说："好累啊！霏姐，你今天真的巨帅！怼副导演的时候，简直太精彩了，你没看到他的脸色，都黑绿了。这个剧组的人真是，看那叶笙，还有娥柔，白长那么好看了，却都是些欺软怕硬的主儿。他们眼里的群演，都是低人一等，好像生来就得受尽侮辱。社会很单纯，复杂的是人。不行了，我得打个盹儿，一会儿还要下楼蹲暴爷呢，说不定今天就能见到，让暴爷安抚一下我这受伤的心灵！霏姐，半小时后麻烦叫醒我。"

　　"好，万万，你睡一会儿，我看会儿书。"

　　斐霏打开电脑，默默地看起了资料，还在笔记本上勾画着什么。半个小时过去了，斐霏轻拍了下万万的被子说："万万醒一下，要不然晚上睡不着了。"见她没反应，就又说，"万万，快起来！秋彧来了！"

　　万万一个激灵坐起，抓起衣服就往头上套，嘴里说着："暴爷在哪？"

　　斐霏被她这痴迷的追星行为逗笑了，摇了摇头说："哈哈哈，你呀你，真是的。"

　　万万洗了澡，收拾了好一会儿，换了身清爽的裙子准备下楼，见还盯着电脑屏幕发呆的斐霏，就问："霏姐，你不去吗？"

"嗯，我不去，要总结一下，一会儿想去健身房锻炼一下。万万，祝你心愿达成。"

"好吧，谢谢祝福，我们待会儿见。"

酒店大堂门口，依然站着不少粉丝，远处的代拍们也热火朝天地开着直播，日复一日，热闹无比。万万四处寻找，嘿！果真找到了，就是昨天那个女孩，暴爷的粉丝，还站在人群中。

"嗨！又见面了。你好呀，昨天没来得及自我介绍，我叫万万。"万万走过去，对她开心地说道。

"咦，是你呀，今天也来了！太好了，咱们一起等暴爷，你喊我小媛就行。"女孩也兴奋地和万万打招呼，又吃惊地问："你住这里？"

"嗯，你呢？住哪里？"

"这里太贵了，我是从别处打车来的。"

"每天都来，挺折腾的吧？"

"咱不都是为了一个共同目标嘛！"小媛笑着说。

"暴爷！"两人异口同声，一来二去，两人便热火朝天地聊起来，话题全是有关暴爷的。一个多小时过去了，她们越聊越投入，因为彼此对暴爷的看法十分契合，都属于事业粉。其间，明星们倒是回来了几个，除前几次见到的那几个流量明星外，还多了一个知名谐星和一个著名导演。万万和小媛就是完全冲着暴爷来的，对其他人没多大兴趣，都没迎着他们的保姆车上前围观。

"哎呀，都过了一个多小时了，暴爷咋还不现身？"小媛问。

万万倒是想起斐霏昨天说的暴爷在横店还住别墅的事，但谨记着斐霏的叮嘱，没有对小媛提起。她略显不安地顿了顿，像是为自己打气般说："暴爷十几天没营业了，就算今天不现身，最近也应该出现吧。别气馁，这几天咱就蹲蹲看，一定能见到的！"

"嗯呢，大概率也在这几天能见到！我们加油！"小媛附和着说，两人互相打气。

说话间，暴爷的黑色奔驰车像往常一样缓缓开来，众人又是满怀期待地一窝蜂拥上前去，把车围得里三层外三层。代拍们也追着车狂跑过来，边跑边直播。酷暑让好多人满头大汗，但丝毫不影响他们的活力与激情。

黑色奔驰车的电动车门缓缓开启，和前几天不一样的是，先下来了两名身穿黑色西服、神情严肃的壮汉，有条不紊地开始清路，似要清出一条直通酒店大堂的路。

"稳了，稳了！暴爷肯定在车里！"小媛激动得双手合十，对万万说道。

"太兴奋了，保镖先下来清路，暴爷的助理东东也在，还有代拍们也很激动，说明暴爷真的回来了！"万万声音颤抖地说道。

"啊！暴爷出来了，啊！"万万的一声声尖叫，瞬间被巨大的声浪所吞没，粉丝们、代拍们欢呼雀跃，激动地往前拥。

"暴爷，我爱你！""老公，看这里！""暴爷，注意身体！""暴爷，工作顺利！""彧彧，妈妈爱你！""暴爷，今晚好梦！"四面八方的声音肆意地宣泄着，一片混乱。

敢情秋彧的女友粉、事业粉、妈粉等粉丝，齐聚这里了。

秋彧一个跨步利落地下了车，大步流星地向前走着。不愧是一米八九的身高，熙熙攘攘的人群都不能将他淹没，而是显得他鹤立鸡群，让在人群外围的粉丝都能很容易地一眼看到他。他的打扮保持着一贯水准，低调不张扬，戴着黑色的渔夫帽，拉得很低，遮了大半张脸，又戴着一个黑色的口罩，把剩下的半张本来就不大的巴掌脸几乎全遮掉了，耳朵里戴着有线耳机，应该在听着什么。一个黑色的手机正在他手里被颠来倒去地把玩，看着很轻松自在。虽然脸几乎被完全挡住了，但他这种特有的松弛感和这优越的身形，以及这落落大方的仪态让人一看就知道是秋彧。他身上没有多余的装饰物，甚至都没有给手机装一个手机壳。只见他上身穿了一件干净、利落的黑色宽松中袖，露出的半截胳膊，不像其他注重保养的男艺人白得发光，而是已经被晒得黝黑，配合若隐若现的肌肉线条，散发着浓浓的男性荷尔蒙；下半身穿了一条同品牌、同色系的伞兵裤，纤细、性感的脚踝还未受到太阳的毒打，格外雪白，充满了致命诱惑。他脚穿一双黑色老爹鞋，舒适随性。这一身衣服都是他多年来一直代言的品牌，不愧是行走的合格代言人。

秋彧快步走向酒店大堂，拥挤的人群开始骚动与欢呼，想让他多留一会儿。后排的粉丝推搡前排的，前排的粉丝被保镖挤压着，向后倒去，站前排的万万被挤倒在地。眼尖的暴爷迈开大长腿跨上前，一把拎起万万，问："你没事吧？"

万万被秋彧突如其来的举动震惊到，说不出话来，脑袋嗡嗡的一片空白。秋彧见万万惊魂未定的样子，不想再吓着她，快速扫了眼她的膝盖、胳膊等处，没发现有什么外伤，他又怕人群再次拥挤上前，于是没等她回答，就对身边的保镖说了句"不要让她们受伤，管理好现场秩序"，便匆忙进入酒店，消失了身影。

一阵骚动停歇，粉丝们不愿离开，都在回味刚才的情景，大家议论纷纷。"暴爷好暖啊，看到粉丝受伤，还过来搀扶。不愧是我所认识的暴爷！""是啊，那个女孩好幸运，暴爷扶了她，真希望是我摔倒。""暴爷对粉丝是真爱，暴爷刚说'不要让她们受伤'真的太暖心了！""暴爷今天穿得好酷，我要买同款。"

万万这会儿才缓过劲儿来，对小媛说："小媛，刚刚暴爷是在关心我吗？"

"是啊！他站你身边，我紧张得不行。他扶起你，问'你没事吧'。

天，太温柔了。你咋就不回答呢？不过也理解，换作是我，我也会傻掉的，蒙蒙地说不出来话。你听到他离开时对保镖说的话了吗？'别让咱们的粉丝受伤'。"小媛小嘴停不下来地叭叭说道。

"真像做梦一样。我的偶像居然扶了我，今晚我一定会失眠的。"万万说着，又埋怨起自己来，"哎呀，真恨我自己，咋就没回答暴爷呢，当时完全是蒙了。"

万万、小媛站在人堆里，和大家热烈地讨论着，细细回味刚才的细节，久久不愿离开。

与此同时，斐霏忙完了当天的工作，拿过手机查看微信，还是没收到吴老师的信息，已是晚上十点，想着万万还没回来，就打算先去健身房，收到吴老师信息后，再和万万、饭饭一起商量对策。斐霏换好淡黄色的运动背心、短裤，外面又罩了一件清爽的白色速干短袖外套，拎了便携运动包匆匆出了房间。

这个点健身房没有几个人。望着空荡荡的健身房，斐霏面露喜色。突然斐妈的微信发来，问她在干吗？斐霏便拍了张照片发过去，说在酒店的健身房。斐妈便不再发微信了。她径直选了一台门口的跑步机，脱掉外套塞在包里，开启了跑步模式。很快跑得满头大汗，便在减速后，弯腰从包里拿毛巾。刚扭头就和站身后的高个男生撞了个满怀，她吓得啊一声喊出来。连忙退后几步，跟跄了一下。虽然她险些摔倒，但这位男生也丝毫没有要搀扶她的意思。

"吓死我了，你怎么走路没声？请问站在我身后，有事吗？"

男生避嫌似的举起双手，边向后退边盯着她看。斐霏仔细打量起男生来，他身材高挑，外形出众，穿着一套灰色的运动短袖和短裤，脚上的运动鞋也是灰色，简约、高级，浑身散发出清新的少年感。他戴着黑色口罩和棒球帽，脖子上搭块干净的白色毛巾，从被汗水浸湿的短袖上能看出，他刚才进行了高强度运动，但没有汗臭味，相反靠近他时还闻到了淡淡的檀木香味。透过被浸湿的短袖能看到其若隐若现的腹部的肌肉线条，沟壑分明、凹凸有致。

换作是别的女生，这时可能已犯了花痴，但斐霏不是一般人，且还生着他的气呢！真不明白，他何时站在自己的身后，究竟有何目的？

"来健身房，你戴什么口罩、帽子呀？莫非你是明星？"斐霏问。

"说吧，你是记者、狗仔，还是私生饭？"男生缓缓地问道。

"有病吧你，莫名其妙，什么跟什么，乱七八糟。你到底是谁，还没告诉我？再问一次，为什么站我身后吓我？"斐霏生气了。

"别装了，不知道我是谁的话，为什么要跟踪我到健身房来？还偷拍我？好了，你赶紧收工下班吧。"

"笑话，要说跟踪的话，是你在跟踪我吧。我好端端地跑个步，你悄没声息地站我身后，刚刚吓得我差点儿摔倒，如果真的摔了，你能负责吗？"斐霏生气地质问。

"可以给我看看你刚拍的照片吗？另外，我可对你负不了责。谁知道你是不是要碰瓷我？"男生一本正经地说。

"嘿，我说你这人，有那什么被害妄想症吧！行，给你看照片。"斐霏气鼓鼓地从包里掏出手机，打开刚拍的照片递给男生。

他用手指拨了拨，发出轻蔑的哼声，道："还真被我说中了，你自己看吧。"

斐霏抢过手机一看，傻眼了，那张发给斐妈的照片里，后排器材那里果然有一个男生的身影，当时他是躺着举杠铃，所以斐霏进来时没注意到。斐霏低着头，不知如何解释。

"秋哥，没事吧。不好意思，我刚在门口守了一会儿，闹肚子想上厕所。想着这个点应该没什么人进来，怕打扰你就没说，谁知……"一个小伙跑进来，自责地连连解释说。

"没事，东东，咱们回，我也有些累了。"男生说。

"秋哥？你是，秋彧？"斐霏诧异地脱口问道。

"还装，你要不知道我是谁，偷拍我干吗？"

"真的要气死我了。这是公共场所，我也住这间酒店，难道不能来这儿吗？令人无语！"斐霏说的时候，手机突然响了，是吴老师打来的，心里有事，她就不愿继续和秋彧纠缠，收拾起包要离开。

"心虚了吧？我说要离开，好巧你也要离开？那好，你先走，免得再跟着我。"秋彧做了个请的手势，"你请。"

斐霏瞪他一眼，想着一时半会儿解释不清楚，就说："要不是我有事要处理，今天咱们非得讲明白。算了，你随便想我是什么人吧，反正以后你我再也不见，拜拜。"她头也不回，匆匆离开。

出了健身房，斐霏发现吴老师已挂了电话，赶紧给吴老师回过去："吴老师您好，不好意思，刚有点儿事没接起电话，您请说……"

健身房内，秋彧和东东愣在那里。东东问："秋哥，真的没事？没发生麻烦？赖我，是我的工作没做到位。"

"你不要自责，主要是我给保镖们放假，让他们去休息了，想着这个点健身房应该是安全的，就突发奇想来锻炼。刚那个女生即使拍了，顶多也就是几张健身的照片，无所谓了。主要是烦狗仔、私生饭这些。咱们回，明早还要开工呢。"

"好的，秋哥，以后我一定更加注意。"东东说。

斐霏兴冲冲回到房间，见万万一脸开心的样子，问："看你这么开心，肯定见到那谁了？"

"霏姐，你是咋知道的，见到了，我要讲给你听，让你也分享我的喜悦。"万万兴奋地说。

万万眉飞色舞地把发生的事连珠炮般说了，见斐霏有些神情迟疑，就问："霏姐，你咋了？"

"我有一个好消息和一个坏消息，你要先听哪个？"

"那就先听好消息吧。"

"吴老师刚给我来电话了，说他调查清楚了事情全部经过，确实是副导演有错在先，现已说好让副导演给饭饭当面道歉，但前提是，咱们不能把这个事情传播出去，免得对该剧的播出造成负面影响。"

"真的吗？这可太好了，饭饭知道不？"

"我已经给饭饭发了消息，他说当面道歉就可以了，也不想把这件事的影响再扩大。我同意他的观点，你呢？另外，吴老师已推荐咱们仨明天去另一个剧组工作，剧组名称没说，就说明早五点半在咱们酒店二楼集合化装，我想应该是大剧组。"

"太好了，这件事处理得非常圆满。饭饭能收到副导演的当面道歉实属不易，这还得感谢吴老师出面调解。看来演员公会在保障群演的权益方面，还是很有作用的。姐，你说，咱们明天去的剧组，会不会是暴爷的剧组？"

"咳咳，咳咳。"斐霏刚喝的一口水，差点儿被万万的话呛到。

"你咋啦？"万万疑惑地问。

"接下来我说的坏消息，就和他有关。"斐霏一口气把刚发生的离谱事讲出来。

"啊？哈哈哈，这么搞笑？霏姐，暴爷把你当成狗仔？等等，让我缓缓，又离谱又好笑，不行，你先让我笑一会儿，哈哈哈。"万万笑个不停，"万年隐身的暴爷居然也会去公共健身房，真是稀奇，他难道不怕被私生饭跟踪？"

"我把你当好姐妹，你却看我的笑话，你不知道，刚才我快气炸了，你还在笑。"

"好了，我不笑了。言归正传。霏姐，我理解你的委屈，去健身房锻炼，好端端地被人误会为狗仔，心里自然不会舒服。但我绝没偏袒暴爷，不，秋彧的意思，你不了解情况，他之前经历过太多的网暴，被狗仔、娱记包围着，没有自己的私人生活和空间。你能想象到，他在高速路上被疯狂的私生饭逼到停车，要和他合影；被狗仔在私家车上安装窃听器；被娱记曝光个人的隐私——所以，他对狗仔、私生饭、娱记特别敏感和反感。他作为当今顶流圈里的大佬，通常出门带很多保镖护体，也不会去公共场所，今天奇了怪，居然去健身房？当然，这不能算做他冤枉你的托词。但是姐，我说这么多，你有点儿理解他了吗？你俩今天的这事，我看属实是个美丽的误会。"

"好吧，明星也是不好当，不容易。我多多少少理解了一点儿，但当时主要是受不了他咄咄逼人的霸道。我还是祈祷明天去的不是他们剧组吧。"

"姐，你反着想想，要是去了他们的剧组，不是正好可以解开误会？"万万眨巴着眼睛说。

"就算去他们剧组，我们也不会有什么交集，他最好不记得我是谁，那样对谁都好。睡吧，咱们明天要准时起哦。"

Part6　斐霏一行去了秋彧剧组

　　清晨五点半，睡眼惺忪的斐霏、万万和饭饭来到酒店二楼，入口处站着两名安保人员，问他们是干什么的。说明来意后，一名安保拿出名单，找到他们的名字，核对身份证后，指着长长的走廊，说请去207装造室。

　　整个二楼被豪横的剧组全包了，除了装造室，还有服装室、道具室、后期制作室、剧本研讨室、选角导演室，等等，看得出此剧组的配置非常专业，不像昨天去的剧组，组名打印在纸上，贴在各办公室的门上。不过，奇怪的是，他们路过几个室，依然看不到剧名，让人觉得低调又神秘。

　　走廊尽头是灯火通明的207装造室。三人自报家门，一位稍年长、像是负责人的装造老师，安排他们分别坐在不同的化装台前，准备给他们上妆。

　　"是吴老师推荐你们过来的？"装造老师热情地与斐霏寒暄起来。

　　"是的，老师，请问您怎么称呼？"斐霏礼貌地问。

　　"我姓刘，是装造二组的组长，喊我刘老师吧。我就说吴老师的眼光不错，你们仨都挺适合人物造型的。你们是前景、跟组，还是特约？"那位负责人老师问。

　　"谢谢刘老师，我们是前景演员。问一下，咱们剧组名称是什么？吴老师没提，刚看门上也没写。"斐霏说。

"哦，咱们是保密剧组，就不公开剧名了。剧情呢，是古装探案题材的，一会儿你们到片场会有演员副导演同你们讲戏的。"刘老师说。

斐霏三人陆续化好妆、做好发型并换好衣服。万万是一袭粉底的素花纱衣，腰间的飘带一系紧，更显出纤纤细腰，仙气飘飘，她的头发集束于头顶，左右各编一个发髻小鬏鬏，状如树杈，俏皮可爱，一看就是丫鬟打扮。饭饭则是一袭青衣，标杆般笔挺的修长身材，腰间配有一把宝剑，凸显出正气凛然的气质，但娃娃脸又显得真诚可靠，应该是一名与主子一同长大、忠心不二的随从。

"霏姐，你咋是这身装扮？"万万看着斐霏，惊诧地问道。饭饭也顺着万万的声音望去，同样是一脸的疑惑。

斐霏一身男子般飒爽、利落的装扮，一袭浅紫色袍衣上，绣有绛紫色花纹，看起来干净、清爽。高高盘起的发髻更显英气，衬得面庞更加俊秀，一双明眸忽闪忽闪着，明艳动人。小圆领卡在锁骨处，露出的天鹅颈修长、白皙，气质十分出众。

"霏姐，我们该称你是霏姑娘，还是霏公子？"万万说着，忍不住哈哈大笑起来。

"当然是霏姑娘，这个故事设定在唐朝，要知道，开明的唐朝，风尚是女子出门办事可以着男装，所以剧情就是，斐霏扮演的是个仵作，穿成这样方便查案工作。"刘老师听到万万的疑问，笑着回答。

"原来是这样，刘老师，我还以为让霏姐女扮男装呢。唐朝民风这么开明，女子都可以着男装了。不过，霏姐穿这身好看又帅气，气质绝了。"万万说。

"是啊，真挺好看的。"饭饭也在一旁夸赞道。

装造完毕，按照刘老师嘱咐的，三人来到致雅堂中餐厅吃早餐。这会儿餐厅里有很多工作人员用餐，他们有的还佩戴印有"副导演""场务"等字样的工作名牌，有的是身着古装的演员，看装扮是普通群演或跟组演员。早餐是自助餐，放了满满当当三排各式餐点，和平时酒店提供给住客的早餐并无二致，只是将早餐时间提前了，并且是剧组包场。

"万万，这儿的早餐真丰盛啊，你们平时也吃这些？"饭饭问。

"就这些。这个剧组真心不错，我有预感，这就是暴爷所在的剧组。"

"咳咳，咳咳。"刚喝了一口牛奶的斐霏，听到万万用期待的语气说出暴爷二字，差点儿被呛到了。

"暴爷？你是说秋彧？我研究过他的表演，他很有自己的风格，善于用自然、真实的演技表达人物的关系，情感处理得恰到好处。我很崇拜他的！"饭饭惊喜地说。

"你也喜欢暴爷？我们是同道中人，来，再吃个鸡蛋补补。"万万开心地说着，递给饭饭一个鸡蛋，作为奖励。

"万万，你自己吃不完，就别打着奖励的幌子让饭饭吃。"斐霏毫不客气地拆穿万万。

"没事，霏姐，我本来还没吃饱，再吃个鸡蛋正好。"饭饭笑嘻嘻地说。

"看，他就是需要鸡蛋。"

三人说说笑笑用过早餐，随着大部队到一楼集合，坐车前往拍摄地。差不多经过半个小时的车程，视野逐渐从开阔的郊外转到拥挤的影视城一带，车速骤然递减，斐霏拿出手机，打开高德地图，对万万说："这一带是清明上河图影视城，估计拍摄地就在这儿。"

"好啊，本来我还想着有时间买门票来这里转转，这下好了，省了门票钱。"万万开心地说，"哇，车子居然直接开进了景区。"万万开始欢呼雀跃了。

大家下车，前行一百来米，一座宏大的建筑耸立在眼前，一块巨大的牌匾上写着三个大字：逸王府。进入这座建筑，众人就被逸王府的奢靡震惊到。王府院子里种满了珍奇盆栽和娇艳的花卉，池塘里不时跃出几条金灿灿、红彤彤的锦鲤，在阳光下闪闪发光。正殿的柱子和屋顶雕满了华丽的图案，屋里的陈设向外透着金灿灿的光芒，整个王府里弥漫着逼人的贵气，真可谓雕梁画栋，金碧辉煌，气派无比。

"这就是王爷所住的地方吗？真像个暴发户。"斐霏说。

"暴发户？霏姐你这形容简直太贴切了。咱真是刘姥姥逛大观园啊！"万万惊叹道。

"不得不承认，这个园子挺不错的，再加上精心布置，真的很别致，很气派。"饭饭附和道。

三人看着说着，道具组的人还在手脚不停地干活，很快让整个逸王府"穿"上了白纱，牌匾、柱子、房檐、花盆等，甚至连大门口的石狮子，都被罩上一层悲痛、凄凉之感。

"咦，那几个人不是刚吃早饭坐咱们旁边那桌的吗？原来他们也是群演，穿起丧服了，难怪吃饭前没换服装，是来这边换的。"万万指着正走进逸王府的几位穿白色丧服的男女说。

"估计是逸王府的丫鬟和家丁。"饭饭猜测道。

"应该是站在查案大人身边的人。"斐霏也分析道，"就是不知查案大人是谁？"

他们在琢磨剧情，一名佩戴"演员副导演"名牌的男士过来，客气地问："请问你们是斐霏、范才修和王婉一吗？"

"是的，是的，您好，请问该怎么称呼您？"斐霏连忙道。

"喊我黄导吧。我是负责群演的副导演，给您三位说下今天的戏。你们分别是萧璟玉大人身边仵作团队的一员、随从中的一员和丫鬟中的一员。今儿的戏是，逸王府前几天发生了命案，逸王妃惨遭毒手，死因十分蹊跷。朝廷派萧大人来逸王府查案，萧大人带着两名仵作，也就是俗称的验尸官，现在说法是法医，一位是跟组男演员，另一位就是斐霏。斐霏，你主要配合那位男生，需要有点儿专业知识，带着手势、动作，一会儿有专业的徐老师来指导，台词就是一句：'大人，发现有三大疑点，还需要时间进一步探明究竟。'而范才修和王婉一，跟在萧大人身边，当故事推进时，根据剧情的发展，合理给出表情、眼神及动作反应。都听明白了吗？如果还有什么疑问，请随时跟我沟通。"

黄导谦和并耐心地讲戏，态度友好，与昨天的副导演形成鲜明对比，斐霏顿时倍感温暖，连忙回答："谢谢黄导，我听明白了。"

万万和饭饭也赶紧表态。

"那就行动起来，斐霏去那边找徐老师，也见见那位叫刘池御的，他是你的仵作搭档，过去磨合一下，学习一下那些专业动作。"

斐霏顺着黄导手指的方向，见不远处站着两名比画、交流的工作人员，其中一名稍年长，应该是徐老师，另一名年轻男孩应该是刘池御，斐霏便径直走了过去。

黄导又看了下饭饭和万万，道："您二位先到旁边稍微休息一下，估计在二十分钟后开工。"正说着，他的对讲机里传出"萧大人已到片场，在房车换衣服了"的声音，"收到！"黄导果断地向对讲机回复，疾步离开，去了摄像那里。

剧组人员开始拉起防偷拍的幕布，很快将片场里三层外三层包裹得严严实实，万万对饭饭说："这个剧组保密工作真到位啊，就算无人机代拍也很难取到景的。确实，对偷拍、私生饭就得这样坚决抵制，才能对得起剧组的辛勤付出。"

饭饭点头赞同。两人你一言我一语嘀咕着，忽然听到有人喊："李护卫微鹿哥和逸王爷天然哥来了。"

话音刚落，从逸王府门外走进两名帅哥，他们有说有笑着。

其中一名帅哥身材高挑、面容姣好，整个人散发着天真可爱的气息，那双亮晶晶、自带笑意、招牌式的迷人小鹿眼还能是谁，只能是沈微鹿了。他穿身浅蓝色、质感柔软、色泽光亮的袍衫，踩着轻快的步伐更显俏皮活泼，妥妥的一枚可爱系帅哥。他边走边不忘与工作人员礼貌地打招呼，并对着监视器后面坐的人笑吟吟道："这天气不错，哦，严导，秋哥改一下衣服，他真是太自律，增肌成效显著啊！"

相比活泼的沈微鹿，另一名帅哥则显得端庄稳重。他有着高挑板正的身形，迈着沉稳的步子，不急不躁地走来，白皙的面庞精致无比，一双修长白皙的手非常吸睛，这么白的皮肤除了楚天然还能是谁。他穿着一身白色麻衣，肯定扮演的是逸王爷。沈微鹿和严导闲聊，斐霏朝不远处的万万望去，见她早已灵魂出窍。斐霏心想，这是楚天然吗？说真的自己还蛮喜欢他的。看他居然能把粗布麻衣都穿得这么好看，绝了。另外那位是谁啊，是不是前几天在酒店冲粉丝们礼貌打招呼的那位，听他说到秋哥，没听错吧，秋彧真的也在这个剧组？想到这里，斐霏深吸了一口气。

"萧大人秋哥已到片场。"对讲机传出声音的同时，人群中快速地被清出一条通道，两名黑衣保镖打着巨大的黑伞，伞下是一名身材高挑的男生，他大步流星地跨进逸王府大门。万万定睛一看，惊喜到心脏跳动差点儿漏了一拍，不得了了，萧大人不正是让她百爪挠心的秋彧吗？只见秋彧身着一件银白色丝绸质地的圆领袍衫，用金丝线绣有金光闪闪飞禽样式的明暗纹，在两把黑伞之间漏下的太阳光的照射下，更显流光溢彩。他腰间系的金色革带，随着他的脚步晃动，衬托得其身形更加挺拔高大、帅气十足，有一股生机勃勃、向上拔起的生命力。

斐霏恰巧完成了仵作动作要领学习，留意到这边的骚动，就张望过来，一看不要紧，正巧与秋彧那桀骜的眼神撞在一起。

秋彧身上的袍衫极其合身，丝毫没有因为清瘦而拎不起，相反袍衫衬出他优越的头肩比，宽大平展的肩膀，无形中给人一种安全感，在霸气凛冽的气质中，掺杂着一丝邪魅。合身的袍衫被填充得恰到好处，平整、光滑，没有一丝褶皱和空隙，若隐若现的胸肌，引人遐想。袍衫的小圆领引导出他修长的天鹅颈，顺着往上看，是一张被上天亲吻过的面庞，完美无瑕。两道流星剑眉下，是一双犀利、清澈又灿若星辰的明眸，高挺的鼻梁配着精致鼻头，鼻子下面那张棱角分明、饱满秀美的嘴唇充满了诱惑，弯曲的弧度极具邪魅和疏离感，让人欲罢不能。

昨天在健身房的秋彧戴着口罩、帽子，斐霏没见到真容，今天一见，是如此的气质超凡。要不是发生了那件事，平时不是花痴的斐霏也要犯花痴了，他怎么能将帅气、精致、不羁、明媚及男性荷尔蒙气息融合得这么和谐，堪称世间一绝。

二人直勾勾对视了半天，秋彧微微蹙了下眉头，很快恢复了往常的神情。斐霏捕捉到这个细节，不由自主地抿了抿嘴唇，尴尬地移开视线。看来真是秋彧剧组，而且他也认出了自己，估计还把自己继续当狗仔呢。斐霏心里暗暗叫苦，可不妙呀，简直是大型"社死"现场。

秋彧几个大步来到逸王府院子中央，找到贴有定点标记的位置，准备走戏。他的周围很快就凑过来了一堆人，有导演、副导演、沈微鹿、楚天然和逸王府的家丁、丫鬟，还有拿水杯、小风扇的助理，正从工装的马甲兜里掏出剧本，递给秋彧。

斐霏尴尬地往万万和饭饭那边挪去。

"霏姐，咱们居然真来到暴爷剧组了！"万万露出喜悦的神情，激动地对斐霏喊。

"你小声点儿啊，生怕别人不知道你喜欢秋彧吗？可别让人家听见，昨天他就误会我了，今天我又来到他的剧组，别真以为我是冲着他一路追过来的变态。哎，太尴尬了。"斐霏不开心地说。

"霏姐，什么情况？秋彧咋会把你当成狗仔？"饭饭一脸吃惊。

"饭饭，这场合不好展开说，回头再告诉你。对了，霏姐，我感觉刚才暴爷似乎认出了你，一直盯着你看，足有好几秒，不，十秒。我都有点儿嫉妒你了。"万万说。

"认出就认出，没做亏心事，不怕鬼敲门。做好我自己的事就行，再说其他的事也不由我控制啊。"斐霏无奈地说。

"嗯嗯，霏姐你是身正不怕影子歪，咱们是吴老师推荐来的前景演员，按道理说，和暴爷还是同事关系呢！"万万开心地说。

秋彧和导演已沟通完毕，开始和沈微鹿、楚天然顺台词串戏。导演坐回监视器那边，黄导拿着对讲机开始喊："各位演员请就位，各部门请准备，咱们先按刚才给各位讲的来走一遍戏。"

斐霏拽了拽衣角，整理下衣袖，厚着脸皮和万万、饭饭等人向秋彧和沈微鹿那儿挪过去，斐霏与提工具箱的刘池御站在秋彧身后，万万和饭饭则是站在李护卫，也就是沈微鹿的身侧。大家对面是披麻戴孝的楚天然扮演的逸王爷及王府家丁、丫鬟一干人等。

正式开拍，秋彧和楚天然的表演行云流水，一镜到底，特别顺畅。只见正颜厉色的秋彧不断对楚天然施加着压力，使其不得不在一问一答中节节败退。秋彧那演戏时自带的强大气场，让演技发挥得这么浑然天成。这就是天赋型的演员。

"卡！好，过了！"严导喊着，朝秋彧走过来，远远地竖起大拇指。
"彧彧，你刚给的反应特好，特对！接下来这场戏的话，你……"严导兴奋地对秋彧说了半天，转过来看到楚天然，像才想到什么似的，后知后觉地对他说："天然，你刚才的表现也不错，下场戏再给足点儿反应。"

"霏姐，暴爷这演技给力吧，一条过，实力就是这么强！我还像在做梦，居然看暴爷现场演戏，太牛了！"万万激动地侧着头对斐霏说。

斐霏不得不承认，自己对秋彧的表现非常震惊，他的业务能力这么强，大段大段的台词说得轻松自如，没磕绊一下，关键是表情、神态、动作，那么完美、自然，把大家很好地带入戏中，引导着对手楚天然更好地参与进来，最大限度地激发对手之间彼此的灵感和默契。斐霏也看明白了人物关系，秋彧扮演的是正气凛然、锄强扶弱的萧大人，妥妥的男一号。楚天然扮演的应该是男二号，大反派逸王爷。"秋彧确实专业。"斐霏嘟囔了一句，刚想着再硬气点儿说完下半句"但楚天然也不赖"时，身后幽幽传来一个充满磁性的男声："这我知道。"斐霏抬头一瞥，正看到挑眉的秋彧，不知这家伙什么时候走到万万的身后。糟糕，他一定听到了我的话，该不会以为我崇拜他吧。斐霏暗暗叫苦，脸颊忽地一阵发烫。万万听到秋彧居然回应了斐霏，就使劲儿给斐霏递眼色，浑身上下都是藏不住的兴奋。

"这位女士，请问我们是不是在哪儿见过？比如昨天……"秋彧用冷峻的眼神盯着斐霏，径直发问。

"不好意思，应该没有吧，我不记得了。"斐霏心虚地赶紧打断秋彧的问话，躲开那让人发毛的眼神，想了一下，又补充道："哦，我记得，你是大明星，电视上经常见你。自我介绍一下，我们是吴老师推荐的前景演员，不是那个啥……"斐霏算是见过大世面的人，知名高等学府的风云人物，此时也紧张得自报起了家门。

"不是啥？狗仔？"秋彧不客气地追问。

"秋哥，你们认识？快展开说说。"平日行走在吃瓜前线的沈微鹿，闻着八卦的气息窜过来，微微吃惊地看着秋彧和斐霏二人。

秋彧看到沈微鹿过来，顿时没有继续追问下去的意思了，淡淡地说："哦，不认识，是我看错了。"他拍了一下沈微鹿的肩膀，"你小子的精力怎么这么旺盛，瞎操什么心。回原位，要开拍了。"

"这不是难得看万年的冰块居然会主动搭话。哥，今天你让我刮目相看。不过呀，你这套路也太老了吧，都什么年代了，还用'我们是不是在哪儿见过'这种烂梗搭讪小姐姐。"沈微鹿不顾死活地，居然敢拿秋彧寻开心。

"我看你是皮痒了，要不然我让睿哥过来一趟，跟你聊聊。"秋彧说道。

沈微鹿一听到这个名字，顿时不敢造次了，边撒娇边说："别，别，秋哥，我错了，你永远是我的好大哥，是弟弟唐突了。"说着顺势做了个闭嘴的手势。

斐霏刚听秋彧提起"狗仔"的时候，心里一阵紧张。但听到沈微鹿打趣秋彧的话，心里又暗爽，哈哈，让你追问我，这下你难堪了吧，顿时轻松了大半。转念一想，这沈微鹿和秋彧的关系应该特别铁，所以才敢在秋太岁头上动土，接着听到沈微鹿这么害怕这位睿哥，就开始猜想睿哥又是何方神圣。

身为秋彧百事通的万万见斐霏听到睿哥二字后，神情有点儿发蒙，就知道她不认识睿哥，于是凑了过来，咬着耳朵说："刘星睿，人称睿哥，经纪人业界稳坐第一把交椅，是他们的经纪人，也是暴爷的贵人加兄弟，睿哥能把鹿哥拿捏死死的，鹿哥是毫无还手之力哪。"

万万还在喋喋不休时，秋彧突然回过头，对斐霏说："微鹿这小子拿我寻开心，但对你没有任何恶意，请别在意。"

"对对，小姐姐，真是不好意思，我长这么大也是第一次见我哥主动搭讪别人，就有点儿激动，如有任何冒犯，我向你道歉。"沈微鹿笑眯眯地眨着小鹿眼说道。

"你快闭嘴吧！"秋彧听到沈微鹿还在打趣自己，就要上去捂沈微鹿的嘴。这时，导演喊开拍，结束了这场小小的闹剧。

被沈微鹿称为万年冰块的秋彧居然还对我解释，怕我难堪？斐霏心里暗暗吃惊。刚还为沈微鹿打趣秋彧而暗爽，没想到秋彧在误会的情况下，还顾及她的感受，顿时对他有了不一样的认识。

演戏的时光紧张又刺激，秋彧、楚天然和沈微鹿的对手戏进行得非常顺利，剧组提前给大家发了午餐盒饭。

"今天真是大开眼界了，从三位老师身上学到很多，这专业素养太强了，看他们现场演戏真是难得的享受啊！"饭饭嘴里塞满了饭菜，情不自禁地感叹。

听饭饭这么夸赞自己的偶像，万万非常开心，忍不住说："饭饭，你说说，都学到了什么？"

"首先，秋老师对细节把握太到位了，处理很高级的，丝毫看不出演戏的痕迹。万万，你知道吗？表演的最高境界就是，成为戏中的那个人物，而不是演那个人物，要让观众看不出来你在演。其次就是……"

"饭饭，你早上还秋彧秋彧地叫着，这会儿就改口秋老师了，你认真起来的样子，好可爱啊！"

饭饭被万万打趣得脸色一片绯红，乖乖地默不作声，埋头干饭。斐霏见饭饭害羞了，不想让万万继续调侃他，就转移了话题，说："给你们说件正事，黄导和徐老师都建议咱们去考特约演员证，你们怎么想？"

"哦，我之前一直想考来着，如果通过的话，演戏的戏份会多一些，再就不是背景板了。"饭饭认真地说。

"我也想考，霏姐。拿到了证，说不定未来某一天，我和暴爷有对手戏。当然，能做他的背景板，我也相当的开心。"万万附和道。

"那行，既然我们来了横店，就多提升一下，多体验一下不一样的事物，这是难得的机会。听徐老师说，过几天就有一场特约考试，我们今晚就在网上报名。不管最终能否考上，只要尽力了就行！"斐霏说。

"嗯嗯，就这么着！"万万说。

"好的，霏姐，一起考！"饭饭也附和着。

午餐后，拍群戏部分。按黄导对众多群演、跟组演员的嘱咐与安排，拍摄进行得十分顺利，就是斐霏对萧大人说唯一一句台词时，出了点儿状况。放在平时，斐霏一定表现得很松弛，可是萧大人是秋彧啊，她还是表现出了一点点的紧张，旁人难以察觉，但没逃过秋彧那双锐利的眼睛，当然也没逃过严导的火眼金睛。"卡！这位女仆作放轻松一点儿，正常对上司说话就行，大家原地休息，待会再保一条！"严导粗犷的声音从对讲机里传来。

"你还会紧张？这可不像昨晚那副刁蛮的样子，嗯，就是，做自己很重要。"秋彧见斐霏站在原地若有所思，就阴阳怪气地对她说。

"你这人！反正和你说不清。"斐霏气得直跺脚。

她的头脑里被生气的情绪充满后，忘记了紧张。导演喊开始后，斐霏表现得俨然一位称职的下属，不卑不亢地回答着上司的问话："大人，发现有三大疑点，还需要时间进一步探明究竟。"台词说的不紧不慢，言语到位，严谨诚恳。

"过了，非常好！"众多的对讲机里同步传出严导肯定的话语。

斐霏暗自松口气，心想这演戏果然和看戏太不一样了，有好多点儿需要不留痕迹地花心思设计，隔行如隔山啊。

众人随着剧本情节紧张又有序地开始拍摄，渐渐的，天黑了下来。"过了，辛苦大家了，收工吃晚餐！"严导的一句话，结束了今日的工作。

"秋哥，辛苦了！然哥、鹿哥，辛苦了！"工作人员和走出片场的秋彧、楚天然及沈微鹿几个人打着招呼，道声再见。秋彧也是招牌式地挥了挥手，快步流星地和沈微鹿并肩走出逸王府，楚天然则不紧不慢落在二人身后。

"秋哥，刚才你跟那位小姐姐说了什么？从你说完，她的演戏状态提升了不少，导演都夸了。"沈微鹿歪头问秋彧。

"也没什么，就说做自己。"秋彧淡淡地说，嘴角不自觉地向上翘了翘。

"做自己是什么鬼？秋哥，你今天状态不对，还主动跟人家搭话，要不要我帮你打听打听她的情况？"沈微鹿古灵精怪地眨着眼，追着秋彧问。

"哪个女孩？秋彧主动跟人家搭话了？"楚天然一脸吃惊地问沈微鹿。

沈微鹿很警觉地回头说："哦，没什么，我故意逗秋哥的。"然后岔开了话题，说起秋彧要开演唱会的事。

楚天然回到他的埃尔法商务车后，沈微鹿紧跟着秋彧，二人上了一辆宽敞的房车。"秋哥，我今儿跟你一起吃饭。没想到咱俩打诨被楚天然听了去，幸亏被我岔开。之前，他把你害惨了。"

"什么咱俩的打诨，明明是你一个人在演独角戏。还有，睿子也说要一起吃饭。"秋彧丝毫没将楚天然的事放在心上。

"什么？睿哥也要一起吃饭？那我，我有别的安排了，弟弟先撤了。"沈微鹿一听刘星睿一会儿也要来，忙告辞。

"鹿小子，怎么？不想跟我吃饭啊？"突然沈微鹿的背后传来这么一句，只见一名魁梧男士进入车里，沈微鹿的肩膀瞬间被他死死按住。

"没，没有，睿哥，我不是怕你嫌我吵嘛。嘿嘿。"沈微鹿尴尬地干笑了两声。

刘星睿松手后也不再管沈微鹿，而是用征求的语气说："彧子，三天后横店演员公会要举办一场特约考试，他们说正好你在横店，到时想让你去当当评委，也提升一下横店影视城的形象和知名度。你看怎么样？"

"不去。"秋彧干脆地说。

"哎，你好歹也是横店影视城的形象代言人，又碰巧在这里拍戏，就给个面子嘛，让小鹿陪你去转转？"刘星睿软磨硬泡，还向沈微鹿使眼色，让他也当说客。

沈微鹿对刘星睿挑了挑眉毛，转头对秋彧说："秋哥，我陪你去耍耍吧，你演技这么好，扶持刚跨入演艺界的新人，提提建议，指导一下，也体现专业精神。"见秋彧没说话，他又继续说："刚咱休息的时候，我好像听那个小姐姐和她的同伴说，过几天约着一起考特约的。"

"哪个小姐姐？"刘星睿凭借着职业敏感，警觉地问道。

"别听他胡说，我真服你俩，那就到时候安排一下。"不知是不是想让小姐姐的话题终结，还是真的耐不住他俩的死缠烂打，总之，秋彧最终应了这事。

"秋哥，嘿嘿。"沈微鹿顿时眉飞色舞，转头看向刘星睿，灿烂地咧着嘴，说，"睿哥，你得对我好点儿，这件事记账上哟，下次可要补偿我。"

"就你机灵，好，下次补偿。我们走，吃饭去，去彧子喜欢的古草店吧，我提前订了包间。"刘星睿说道，催着秋彧和沈微鹿下了房车，又上了秋彧的黑色大奔，离开了清明上河图影视城。

"霏姐，幸亏咱俩分了一份饭，其实我很饿，但累得吃不下多少，这不，吃几口就顶了。"万万说道。

"是啊，别浪费粮食。这大晚上的，咱也吃不了太多。来，把这个光盘吧。"接着拨拉着饭盒，又埋头吃完最后几粒米，和一旁的饭饭一起把垃圾收拾妥当，不慌不忙地去找来时的那辆大巴车。

"饭饭，你明天来雷布加森找我们，咱仨一起找些影视片段预演，就当为三天后的特约考试突击，怎么样？"斐霏对饭饭说。

"好啊，霏姐，明天一睡起来我就来找你们，今晚回去我先给咱筛选一些影片资料。"饭饭说。

"饭饭你好给力！"万万欣喜地欢呼道。

"不过也不着急哦，咱仨一起找也来得及，今天累了一天，都回去好好休息哦。"斐霏说。

"谢谢霏姐的关心，我今天很兴奋，一时半会儿睡不着。对了，霏姐，万万，我住的地方就在这附近，就不坐大巴了，明天见。"

"哦？你住这附近啊。行，饭饭明天见。"

饭饭和她们告别，给剧组人员说明了情况，就先行离开。斐霏和万万坐上开往雷布加森酒店的大巴车。一路上，万万异常兴奋，小嘴叭叭不停地向斐霏复盘今天发生的事，好在声音并不是很大，没有吵到旁人，话题当然还是围绕着秋彧展开。

斐霏顶着嗡嗡作响的脑袋，以左耳朵进右耳朵出的方式听着。倒也不是她故意为之，实在是很累。昨天在健身房的误会，和今天拍戏的画面不断浮现，她的心更累。望着暮色中越来越开阔的山地，闪耀着零星的灯火，斐霏的心境敞亮了许多，头脑也轻快了不少。

不想那么多了，总之今天收获颇丰，实地体验了专业影视制作团队的工作流程，对研究课题又有了新的认识，明天再好好琢磨一下演技，每天进步一点儿。斐霏这么想着，感觉理出了头绪，顿时倍感轻松，一扫刚上车时烦闷的情绪，又重整旗鼓，精神饱满地准备迎接新一天的挑战。

Part7 特约考试的"偶遇"

骄阳如约而至。

夏天，横店天亮得特别早，斐霏拉开窗帘，阳光瞬间铺满了大半个房间。昨晚睡得太晚，原因是万万不仅兴奋地给斐霏复盘白天拍戏的经过，还给要好的小姐妹们打电话，一遍遍炫耀式地分享着。而斐霏呢，则忙着整理在拍摄现场观察到的种种现象，并由此引出影视制作中尚且存在的问题，简单写了份田野调研报告，因此起床的时候已过中午十一点。

"都十一点了？饭饭是不是等很久了？万万，看他联系你没？"

睡眼惺忪的万万滑了滑手机屏幕，道："没有，估计他也在睡觉吧。霏姐，你先去洗漱，我来联系他。"万万拿起手机，拨了电话，"喂，饭饭吗？你现在在哪儿呢？"

"我在酒店大堂的休息区呢，就知道你们昨晚睡得晚，没敢吵你们。我给咱整理了一份影视排练清单，一会儿商量。"饭饭温柔地说道。

"好嘞！你太靠谱了，我和霏姐马上下来找你，请再耐心等一下哦。"万万毫没察觉到，自己对着饭饭说话的声音都温柔了起来。

"万万，你是不是喜欢饭饭？你俩的组合名我都想好了，叫'一碗饭菜'。"听到万万刚打电话的语气，斐霏打趣道。

"霏姐，你就别乱点鸳鸯谱了，我和饭饭是好朋友，和你一样。"

万万急急反驳道。

斐霏哈哈笑了几声，心想，我就看你什么时候承认吧。

两人紧赶慢赶，二十分钟后来到酒店大堂，万万看到休息区坐着一个人，抱着电脑思考着什么。

"饭饭，我们来了！"万万开心地喊。

饭饭看到她俩，站起来说："好嘞！万万、霏姐，你们还没吃早饭吧，我带了小笼包，你们先垫垫。要不直接吃午餐，边吃边聊？"

"饭饭，你想的真是周到！我们去三楼致雅堂中餐厅，这会儿剧组没包场，人不会很多。"万万说。

"霏姐的意思呢？"饭饭问。

"好，咱走吧。"

致雅堂这会儿还有早茶可点，三人点了水晶虾饺、干蒸烧卖、豉汁蒸凤爪、酱汁金钱肚、鲜虾红米肠等粤式小点心，还将饭饭带的小笼包在厨房加热了，又要了一壶热气腾腾的普洱茶。

"饭饭，小笼包真好吃，简直太香了！"万万嘴里塞着小笼包，含糊不清地说。

"好吃的话，我经常给你带！"饭饭看到万万吃得这么满足，开心回应着，随手递张餐巾纸给万万。

斐霏看在眼里，喜在心上，默默地吃着小笼包，心想，我这是吃包子吗，分明吃的是"狗粮"啊！

"霏姐、万万，给你们讲一下我所了解的特约考试的过程，还有我整理的排练清单。"饭饭说着，打开电脑的一个文档，斐霏扫了眼屏幕，满满当当的内容，还包含一个有条有理的表格，心想饭饭做事蛮认真靠谱的，对他好感倍增。

"我通过线上线下多渠道、全方位了解，总结了近年来横店特约考试的几个要点。

　　"他们首先考察的，是无实物表演和台词功力。无实物表演吧，最重要的是建立十足的信念感，虽说没有实物来辅助表演，对表情、动作、神态等进行加持，但是抛开了实物，能更好地探到表演的核心内容，把最本质的内核呈现出来。那就是相信自己所呈现的角色，相信自己就是他或她，甚至是它，不管这个表演的主体是模仿动物、人物还是其他，都需要建立与角色间强大的共鸣，做到感同身受。

　　"刚入校，我就进行过这方面的训练，记得有一次模仿动物园里的大熊猫，当我表演完，老师说无实物表演不仅要注意动作细节，更重要的是注意动作背后角色的内心活动，做出这些动作的出发点是什么，将它背后的逻辑基础呈现出来的表演，才是站得住脚的好表演。特别是要注意对三感的掌握，即分寸感、质感和重量感。

　　"这些听起来简单，实际做起来还是相当有难度的，理论和实践间的鸿沟是比较大的。

　　"还有，当我们进行无实物表演时，一定要仔细阅读题目，做到审题严谨，要尽可能地使表演的内容丰富、有序，绝不能东一榔头西一棒槌，让自己的身体处于松弛的状态，一定不能紧张，不然呈现出来的动作会显得僵硬、不自然，表演效果就大打折扣了。

　　"再说台词，最基本的就是普通话需要标准，吐字清晰，这咱都没问题。

　　"其次是重点难点，一个人得说两个以上人物的台词，就得注意区分人物和人物之间的区别、联系，以及各自的特点，通过台词把人物的形象立起来后，一切感觉就对了。比如万万在读两人的台词时，就要注意尽可能地读出两个不同的人物来，而不能都用自己的声音去演绎。

　　"至于人物本身蕴含的情感、情绪和潜意识，就要通过台词内容感受，还得进行呈现，做到成果的转化。

"综上所述，表演以上的内容，就要把握好表演节奏，慢慢体会。

"最后是考察情景式对话表演。无实物与说台词考察通过后，评委会随机配对面试人员，将其两两分组，随机抽取情景表演的题目，给四十分钟准备时间，表演完成后，面试评委会很认真地点评，给出最终的分数。

"针对考试流程，我给咱们拟了份排练清单。首先是无实物表演清单，我列了几个常规的题目，比如打扫房间、看足球赛、打蚊子、吃面条，以及模仿猫、狗、蛇这些常见动物的日常生活。

"其次是台词表演清单，列了一些经典的、有张力的，包含两人以上的台词等，如《红楼梦》里王熙凤初见黛玉时的多人对话，再如《大话西游》中至尊宝与紫霞仙子的经典爱情对白，《阿飞正传》中旭仔和苏丽珍诗词般禅意的对白，等等，你们有想说的台词，也可加进来。

"最后，重中之重的是影视化表演清单，按以往的特约考试来看，表演类型的考试，主要有古装戏，如仙侠、历史、武侠、偶像、悬疑、破案、宫廷，以及年代戏，如谍战、抗战等，我也列了《琅琊榜》《甄嬛传》《知否知否应是绿肥红瘦》及《潜伏》的经典桥段，作为咱们的练习素材。

"以上呢，就是我个人的一些想法，不知合不合适，霏姐和万万你们有什么补充或者建议？"饭饭一口气说完。

斐霏和万万面对眼前滔滔不绝的饭饭，感到震惊，觉得他熟悉又陌生。万万说："饭饭，没想到你如此专业，谈起演戏头头是道，我对你的佩服油然而生！喊声饭老师了！"

"没有，没有那么夸张。万万你不知道，我在学校学了些专业知识，那是我们老师教得好，'知道'与'会运用'是两个概念，现在我只是处于'知道'的初级阶段，至于如何将理论知识真材实料、实打实地运用到实践中，转化出优秀的影视作品，我还没琢磨透呢。昨天亲眼看到秋老师的实地演戏，堪称是一场完美的现场教学，确实学到了很多，领悟到很多。所以呀，我还得再接再厉！"饭饭真诚地回答道。

"加油，饭饭，还真是隔行如隔山，刚听你对特约考试的概况陈述，不像艺校大一新生能领悟出来的。饭饭你很棒，日后你肯定会成为一名非常出色的演员！"斐霏由衷地赞叹，想了想，又补充说，"你所提议的我非常认同，我们可以按清单展开考前的突击训练，但是有一点，也不知道对不对，就是咱们在塑造任何角色时，要尽量靠近角色，以期与角色融为一体，但是也得保留自我，不能在塑造的角色中迷失，因为迷失的角色是没有灵魂的，只会是单纯的模仿，傀儡一般的存在，而缺乏用自我深层的底层逻辑对角色进行解读、理解和诠释，塑造出来的人物也是没有个性、没有自我，是千篇一律的工业化产品。一千个读者就有一千个哈姆雷特，同样一千个演员就有一千个哈姆雷特，我们要创造的，是属于自己的哈姆雷特，而不是像捏橡皮泥捏出的一个没有灵魂、只有皮相的哈姆雷特。咱们在演戏的时候，不要刻意抗拒自我本真的东西，一味追求角色、强调角色，会演出一个没有个性、没有灵魂的人物，那样会适得其反。以上只是我个人对表演的一点儿理解，和你们探讨。"斐霏诚恳地说完，端起茶杯呷了一口深红色的普洱茶。

"不愧是霏姐啊，听得我愈发摸不着头脑了，您二位的话真真让我佩服，好像没听懂，细细想想，好像又听懂一些。似懂非懂，懵懵懂懂。我们真是组了个高端局啊，斐老师，饭老师。"万万惊叹道，又补充说，"不过我本着抓大放小的原则，最核心的听明白了，就是在诠释人物角色时，不要刻意抗拒带入自我的一些东西。角色的塑造本来就没有谁对谁错，艺术本来就是很私人的，就会融合个人的东西，因此艺术作品的呈现和创作者本身不能脱离。是不是这样的？霏姐。"

"还说你没听懂，这不是解释的到位了嘛。我就是这么个意思，影视化表演虽然要高标准，严要求，但也不能太死板，太绝对，少了人情味，塑造出来的就不是人喽。"斐霏笑着说道。

饭饭听完斐霏和万万的话，他猛然点头，激动地说："霏姐，你的这番话点醒了我，让我茅塞顿开。之前我就强调角色，觉得当演员诠释角色的时候没了自己，只有人物。听完你所说的，开始我还困惑，怎么能在诠释角色时，还要保留自我？你和万万讨论时，我才豁然开朗。确实，在演绎角色的时候，不仅要有角色，还要有诠释角色依托的主体，有自己的情绪、认知和感情，这些都是客观存在的因素，是不能被忽略的。与其拼命排斥抵抗这些客观存在的东西，还不如与其和谐共处，利用其更好更全面地诠释角色人物。"

"饭饭，那只是我个人的一些感悟，不一定对，不能全听，也不能全信，咱们还是得多从实践中去摸索，找到适合自己的表演方式。"斐霏真诚地说道。

斐霏、饭饭和万万相互交流着、切磋着，从特约考试这个话题，不断展开与延伸，对表演艺术进行深入的交流与探讨。午饭后，三人在雷布加森酒店的花园里找了块草地，进行排练。

紧张、有序的排练时光飞逝，眨眼太阳就要落山了。

"今天太充实了，自从来横店后，就没一天虚度过。好饿，霏姐，饭饭，咱们来个肯德基？"万万询问着他们的意见。

"好啊，我来点，还有几张外卖优惠券。"饭饭说。

"行，我要一个鸡腿汉堡，一个小薯，再来一小杯可乐，就是那个最普通的套餐。"斐霏说。

一个小时后，三人吃饱喝足，心满意足地坐在草地上，聊着下午的练习成果。在为第二天的排练做了详细规划后，三人疲惫中带着收获，离开了临时排练场地，互道晚安。

　　三天后，在期待又紧张的气氛中，横店演员公会定期组织的特约演员考试就要开始了。斐霏定了闹钟起了个大早，拉起万万，开始收拾洗漱。

　　"霏姐，你穿什么？我穿裙子，行吗？"万万拿件粉色的裙子在身上比画着。

　　"要我说的话，你今天不要穿裙子，裙子会限制表演。你要是拿到'假小子'，穿裙子会适得其反。我自己的话，穿件白色T恤吧，配条柔软的长裤，黑色的，也方便做动作。"斐霏说道。

　　"霏姐，想得真周到啊！得亏我问你了，光想着穿裙子美美的，给评委留下好印象，就忘记做动作表演了。"万万恍然大悟，拿起一件浅粉色T恤就往头上套。

　　他们三人随人群进入考场，突然走在前面的考生发出一阵欢呼声，原来是看到了坐主评委位置的秋彧，这让斐霏差点儿没惊掉下巴。本不紧张的她，瞬间紧张起来，小声嘀咕道："怎么哪儿都有他？不忙吗？来当什么评委！哎哟，万万，你快把我的胳膊拧断了，能不能淡定点儿、矜持点儿？"斐霏摸着被万万掐着的胳膊说道。

　　"霏姐，咱这是啥神仙运气，又遇到了暴爷，我还淡定矜持个啥呀！当个群演，他是我的大人；考个特约，他是我的评委，这足够向小姐妹们炫耀一整年了！"万万激动得语无伦次。

　　斐霏脚步沉重地挪到评委们面前，选了最靠边的位置，试图躲开秋彧的目光。显然她失败了，秋彧的眼睛直勾勾地盯着她，嘴角微微翘起，表情似笑非笑，耐人寻味。

　　"各位面试者们，大家好！欢迎参加演员公会定期举办的特约演员考试。我是演技考试的评委之一，大家可以喊马老师！想必大家也看出来今天考试的特别之处，那就是，我们很荣幸地请来了两位大明星做评委老师。从大家走进来时热烈的欢呼声判断，想必已认出了他们，对，秋彧，秋老师是今天的主评委，还有沈微鹿，也是咱们今天的评委之一。让我们以热烈的掌声欢迎他们的到来。同时，也期待大家马上开始的精彩表现！"坐秋彧右手边的一位老师介绍着秋彧和沈微鹿。

马老师的介绍，迎来热烈的掌声和欢呼声，考场工作人员则不断抓拍着秋彧和沈微鹿，没有间断的闪光灯，让人产生了错觉，这好像不是考场，而是大型追星现场。

"那我们就正式开始特约考试。第一位面试者，孙超，你先进行……"马老师为孙超出了第一道考试题，让他进行"熨衣服"的无实物表演。

很快，面试者陆续登场，在饭饭和万万进行表演后，秋彧说："斐霏？"然后便不再出声，也不出题目，只是盯着斐霏看。

斐霏上前一步，硬着头皮说："老师，您好，我是斐霏。"

秋彧慢悠悠地说："你是斐霏？好，现在你想象自己是一只狒狒，表演一下它的日常。"

"狒狒？可是……好吧！"斐霏硬是把一句"可是前面的人都表演的是人的日常生活，怎么轮到我就成狒狒了？"憋回去，她知道自己说不过他，再说考试中遇到表演动物也很正常。她豁了出去，解放自我的天性，当众表演栖息在峡谷峭壁上的狒狒。她时而瘫坐在地上，时而进行攀爬，时而哺育着怀中想象出来的小狒狒，并不时发出很大的叫声，似乎在警告着敌人。斐霏的表演惟妙惟肖，栩栩如生，活脱脱把一只母狒狒的形象立了起来，逗得众多评审老师开怀大笑，尤其是沈微鹿，都笑趴在桌上了，还不忘对秋彧小声嘟囔："这小姐姐有两把刷子，哥，你没难倒人家。"

斐霏表演完成后，看着秋彧，挑衅地挑了一下眉，似乎在说这也不难嘛，看你能把我如何。秋彧并未在意斐霏的挑衅，嘴角盛着藏不住的笑意。

"好！十位面试者的初级考试已经完成，你们先在备考室稍作休息，等评委老师进行最后评议，十分钟后宣布进入下一轮的面试者名单。"马老师宣布。

备考室里，万万和饭饭围坐在斐霏旁边。

"霏姐，刚暴爷怎么会想到让你表演狒狒呢？是不是因为'斐霏'和'狒狒'读音相近？不过，你完成得太棒了，是一只特别可爱的狒狒。"万万嘻嘻哈哈地说着，完全忘记了等待考试结果的紧张。

"谁知道呢！说不定他是看我不顺眼，故意整我的。"斐霏气鼓鼓地说。

"霏姐，你真可以，我觉得呢，咱仁都对得起考前的突击，发挥稳定。"

"嗯嗯，我也觉得我们属于领先。"万万附和道。

重新回到考场，秋彧径直向斐霏发问："斐霏，你觉得你刚才的表现能通过考试吗？"

"我觉得，还可以吧。"斐霏说完，大胆地看向秋彧。

秋彧脸带笑意，卖着关子，不再发问也不回答。

你倒是继续说呀，秋大爷！斐霏心想。

过了一会儿，秋彧看够了斐霏的焦急，便用淡淡的语气说："那就恭喜你，通过。"

马老师接过秋彧的话茬，手握名单补充道："同时，也让我们恭喜范才修、刘大仁、王婉一、胡淑妹通过初级面试，进入终极考试。没有念到名字的人，请先行离开。通过的五位须两两成组，进行情景式对话表演。"

"咦，马老师，这里有个问题，通过五位，两两成组不是还剩一位吗？"沈微鹿疑惑地问。

"没错，按以往的惯例，如果考试通过者是单数，落单者就要和现场的评委组队进行考试。今天秋老师和沈老师难得来到考场，一会儿您二位谁来助演？就当是送大家的福利。"

"喂，你去。"秋彧推了推沈微鹿。

"哥，你确定？"沈微鹿对着秋彧眨巴着眼睛。

五位面试者抽签来决定队友，斐霏抽到了"1"，饭饭和万万都抽的是"2"，自然成了一组。斐霏期待地看着另两位面试者，结果人家都抽了"3"。最终只有斐霏"受伤"的世界达成了。

"范才修和王婉一组队，刘大仁和胡淑妹组队，斐霏和……"马老师边说着边向秋彧和沈微鹿投去期待的目光。

"我来吧！我和斐霏组一队。"秋彧抢先说道。

"好，很好！斐霏和秋老师组队成功！"马老师欣喜地说道，真难得秋彧这么活跃。

沈微鹿幽幽地瞥向秋彧，小声嘀咕："嘿，没想到这么快就反悔了，你真是我的好大哥。"

秋彧居然主动请缨，斐霏料定他对自己没安什么好心，这时连弃考的心思都有了。万万则对斐霏投来羡慕不已的目光，口水都要流下来了："姐，我真是羡慕嫉妒恨啊！恨自己得不到啊！"

斐霏懒得搭理万万，整个人恹恹地，想着一会儿该怎么办。

"接下来请各队派一个代表上来抽取考试题。"马老师说道。

万万和饭饭抽到的是现代言情剧的表演题目，刘大仁他们抽到了仙侠剧的表演题目，斐霏看着秋彧，见他用眼神示意自己，她只好挪步走到抽题箱，随手胡乱一抓，抽到了谍战剧的表演题目。斐霏暗暗松了口气，好歹不是言情、古偶那类题目，又转念一想，我在怕吗？为什么要害怕跟他演言情剧？难道……斐霏拍了拍脑袋，强制打断了思路，我在胡想些什么？

"各组已抽取了考试题目。请各组成员在备考排练室内进行排练，四十分钟后，请再次回到考场。"马老师说着考试流程。

斐霏只得挪着沉重的步子，走到评委桌跟前，极不情愿地对秋彧说："走吧，秋老师！"还故意在"秋老师"三个字上加重了语气。

沈微鹿笑眯眯地看了看斐霏，又看向秋彧，表情耐人寻味地说："秋哥，快去吧！期待你们的精彩表现。"

秋彧拍了拍沈微鹿的肩膀："你这是什么表情？臭小子。"起身跟斐霏一起去了备考室，坐在他身后的助理东东赶紧带上秋彧的随身水杯和外套，紧随其后。

备考排练室是在备考室内单独开辟的几个小玻璃房间，斐霏和秋彧进来的时候，发现前两组占了两个相对大一点儿的房间，已热火朝天地开始排练，剩下的小排练室成了他俩唯一的选择。斐霏先走进去，秋彧和东东紧随其后，房间里站了三个人，特别是两个还是大高个，顿时显得空间异常狭小局促，气氛有点儿微妙了。

"东东，你到外面转转，有需要再喊你。"秋彧说道。

"可是……"东东还没来得及说完，就被秋彧打断了："没事，你先在外面等。"

"行，秋哥，您有需要就喊我。"东东说完，瞪了眼斐霏，仿佛在警告她，不要对秋彧做出什么过分的事。

斐霏听着他俩对话，心里不爽，想该担心的应该是我吧，怎么反倒我像是图谋不轨的人，真是气死我了，还把我当狗仔。

秋彧好像看穿了斐霏的心思，笑而不语的他，气定神闲地盘腿坐在木地板上，打开水杯，一小口一小口地喝起来，丝毫不着急排练。

妈呀，这哪是助演，分明是请了尊大神，这样下去，一会儿考试不仅丢人，还可能被淘汰。我还是把心态放好，好好跟他说话，谁让我有求于他。斐霏内心挣扎着，经过一番思想斗争后，主动开口："秋老师，看您也喝够了水，休息好了，要不您看看剧本，咱开始排练？"

秋彧看她强忍怒火，却还是用谦逊的语气喊自己秋老师的时候，便想逗逗她，就冷冷地回了句："随时可以开始啊，我看着你排练！"

"你这话什么意思？刚才是谁一口应承下来，现在却又来这出？"斐霏顿时火冒三丈地吼道。

"对喽！这性格这脾气才是你嘛，早就让你做自己，你却偏要装。来吧！我们排练。"秋彧挑着眉，嘟着嘴，用打趣的眼神看着斐霏说。

"你！"斐霏虽然气得咬牙切齿，还是把剧本递了过去。

情景剧背景是这样的，1945年日本投降后，一名共产党地下工作者余兰（斐霏饰演），潜伏在国民党军统局，为取得信任，获取最高机密，她牺牲了自己的婚姻，假意与军统局副局长马东林（秋彧饰演）结婚，她以高超的间谍技巧，左右逢源，隐藏着不可告人的身份，又暗度陈仓式地传递着情报。在一次重要行动中，一举斩获最核心的情报，为解放战争的胜利做出重大贡献。让余兰万万没想到的是，马东林无微不至的关怀，激发了她的情爱细胞，让她渐渐地爱上了最不应该爱上的马东林。在理智和爱情的痛苦纠缠中，余兰最终选择了理智，坚定不移地拥护着自己的信仰，生生掐断了好不容易萌发的爱情。在最终获取重大情报的关键时刻，余兰被拆穿了身份，早就做好赴死准备的她，准备接受命运的安排。偏偏在这个时候，马东林出现了，并奋不顾身地替她挡了一枪，救了她而牺牲了自己。斐霏和秋彧再现的，就是临别的一幕。

看完故事梗概，两人都傻了眼。"这是什么破剧情，这么离谱？"秋彧不屑地说道，随手把剧本扔给斐霏。

斐霏更是无语，还以为是纯粹的谍战片，准备和秋彧斗上个几百回合，怎么在谍战题材的情景戏硬塞进爱情戏，而且是这样的剧情。但好歹是自己抽的题目，跪着也要完成。斐霏违心地对秋彧说："秋老师，我觉得这剧情还可以呀，咱们要不先排着？"

"你别睁着眼说瞎话，自己好好看看，故事梗概下面那矫情的台词，我是一句都念不出来的。"

就你是最专业的，也就你的要求多。斐霏心想。

说起来也奇怪，平时情绪稳定的斐霏，在学校和家里几乎从不发火，来了横店发了几次火，都是被秋彧点燃的。转念一想，秋彧说的也不无道理，这台词确实非常生硬，表演起来索然乏味。她索性不再理会他了，爱咋咋，顺势也坐在地上，从裤兜里掏出一支黑色中性笔，在剧本上勾勾画画。秋彧也懒得再理会斐霏，从裤兜里掏出一副耳机戴上，闭上眼睛坐在另一边地上靠着墙壁。

"喂，你看看，这台词能说得出口吗？"差不多十来分钟后，斐霏走近秋彧，用脚踢了踢他的脚问道，顺势把写得密密麻麻的剧本扔给他。

被突然抛来的剧本打到的秋彧，睁开双眼，拿下耳机说："你怎么这般粗鲁？一点儿不像女孩子。"

"不是你说让我做自己吗？我正在做自己。"斐霏得意地将了秋彧一军。

"哦，确实是你的作风。"秋彧嘀咕着，拾起掉落在地上的剧本快速浏览了起来，看完后秋彧心里一惊，这小丫头片子居然还有这功力？

"可以了，我们开始排练。但是，有几点要强调一下，首先这段情节的底层逻辑咱在排练时要一直记得，不能擅自脱离它而进行毫无根据的表演；其次，你改的这小段台词，不太符合女主角的心境和故事逻辑走向，你看这样呢？"秋彧随手在剧本上加了几行字，删掉了一句话。

斐霏看了看，暗暗佩服秋彧对人物心理活动细腻揣摩的深厚功力。原来这家伙没睡着，是在思考如何排练，还整出了个底层逻辑，斐霏想着，觉得自己之前可能误解了他，对他的态度是不是不够友好？想到这里，斐霏带刺的态度缓和了，语气温和地答道："可以啊，这么改挺好的，很符合余兰的人物特性，我们就按你说的，开始排练。"

秋彧扫了眼斐霏，没想到她一下又变了态度，真让人捉摸不透。他索性就不管原因了，邪魅的一笑，补充道："还有最后一点，就是在排练期间，可别碰瓷我。"

什么？碰瓷你？我还想说你别碰瓷我呢！斐霏心里暗暗骂着，又不想再继续与他纠缠下去浪费时间，就说："当然，大家都是有职业道德的。"

经过一番斗智斗勇，留给他们的时间不到二十分钟了，好在这点儿戏对演技精湛的秋彧来说根本算不了什么，排练一开始就进入了状态，并引导着斐霏，激发她的表演灵感。

斐霏被秋彧的表演带动着，精准地呈现出一位大义凛然、为解放战争的胜利而无私奉献自己爱情，却又对男主角充满深深歉意和爱意的女主角形象。人物形象一下被二位的演技立了起来，有血有肉，符合逻辑，人物关系也很自然、流畅，充满看点。故事情节串了下来，比原剧本顺畅多了。

看到秋彧甚是满意的眼神，斐霏知道自己的表现确实比他预期的好了太多，也就渐渐开心起来。

"你也别太得意，排练的还凑合，但还得提醒你一句，演戏的时候你的小动作实在太多了，你大概认为有了小动作，演起戏来才自然、真实。但是我不得不提醒你，演戏是件严肃认真的事，包括在演戏中出现的小动作，其实都是事先设计的，并不是毫无目的、毫无逻辑地表现出来。镜头会把你的神情、动作等放大很多倍，观众会一帧一帧地扒你的表演，这些没有任何目的的小动作就会被呈现出来，会让观众看得一头雾水，从而影响观感。"秋彧打开了话匣子，见斐霏没说话，不知她是什么想法，又问："喂！狒狒，我跟你说话，听明白了吗？"

斐霏没有说话，只是暗暗惊叹秋彧的洞察力，她心想，他仿佛有一双能看透我内心的眼睛，这也太吓人了吧。怎会如此了解我的想法呢？我的确很随性，不管不顾做着小动作，而且这些小动作可以使我的表演自然、真实、流畅。他居然看出来了？他可是污蔑我是狗仔的秋彧啊，怎么会这么懂我？这也太诡异了。不过，他分析的确实有道理，镜头自带放大镜，做那么多小动作确实会使呈现出来的画面杂乱，影响正常的表达，阻碍了剧情的推进。

听到秋彧问她，就赶紧道："确实，你说得很有道理，还是化繁为简、清晰表达是上策！谢谢你的建议，我会注意的！"

秋彧没想到斐霏直接承认了自己表演的不足，并虚心接受他所提出的建议，没有丝毫的矫情和做作，而且她的领悟能力还这么高，一下就明白了自己的中心思想，秋彧顿时觉得眼前这个丫头很不简单。

"咦，不对，你刚喊我什么？狒狒？我是斐霏，不是狒狒！你这什么发音？"斐霏反应过来，心里的火又冲上了头。

"知道了，狒狒！"秋彧面无表情地说道。

"秋哥，考试开始了！马老师让大家现在过去。"东东从门口探头说。

"走吧，狒狒！"秋彧说着径直走向门口。

"你还叫！"斐霏跟在秋彧的后面，气冲冲地说道。

先考试的是万万和饭饭那组。他们表演的是现代言情剧题材的情景剧。这个题材太适合他俩了，表演起来也是得心应手、游刃有余，活脱脱的就是一对真情侣。甜蜜的恋爱气息充满了考场，一众评委老师们脸上也都洋溢着甜甜的笑容，俨然被这对"小情侣"勾起了往日青春的记忆。

接下来考试的是刘大仁、胡淑妹那组。他们表演的是仙侠剧题材的情景剧。这个剧本设计在三个剧本里是最出彩的，讲了师徒虐恋的故事，抓心挠肺，引人入胜，剧本给表演加持不少。可惜的是，刘大仁和胡淑妹的演技功底差些火候，信念感太弱，都没能说服自己相信自己演的故事，怎么能做到让观众相信呢？他们的表演和剧本完全分离，"两张皮"式的演绎让观众看的味同嚼蜡、兴致索然。评委老师们也频频摇头，感到遗憾。

斐霏和秋彧来到舞台中央时，毫无悬念地引来一阵阵欢呼，斐霏知道，掌声是送给秋彧的，她反而放平了心态，专注于接下来的表演。

十多分钟过后，表演结束，考场一片静寂，突然爆发出雷动的掌声，反响异常热烈，连评委席上的老师们也非常激动，甚至有人流下了热泪。

"暴爷，霏姐，你们简直太牛了！"万万激动地喊着，眼泪在眼眶里转动，感觉下一秒就会掉下来。

"秋哥！小姐姐！这段处理得真不错！"沈微鹿也坐不住了，站起来鼓掌，对着舞台上的秋彧和斐霏喊道。

斐霏扭头用懵然的语气问秋彧："这，算成功了？"

"这，除了成功，还会有其他可能吗？"秋彧自信地回应道。

咦，这人真自恋。斐霏嘴上嫌弃着秋彧，心里还是乐开了花，心想，我的特约演员证估计是稳了。

马老师宣布斐霏以第一名的成绩通过特约演员的考试，饭饭和万万分获二、三名。刘大仁、胡淑妹则惨遭淘汰，斐霏、饭饭及万万，正式步入特约演员行列。

"今天真是美好的一天！霏姐、饭饭，你们都别和我抢，我请你们吃大餐，好好庆祝一番，我太开心了！"万万欣喜若狂地喊道。

"没想到居然这么顺利就拿到特约演员证！离梦更近了一步。"饭饭也激动地说，喜悦之情难以言表。

没想到今天的经历这么波折，居然和秋彧那家伙搭档演了情景剧，总归结局是好的，嘿嘿。斐霏心里暗想着，嘴角也没放下来过。

"霏姐，你考特约还和暴爷搭档演戏，这是什么运气？一会儿好好讲讲你们是怎么排练的？真真让我羡慕死了，肯定很精彩。"万万对着斐霏欢呼雀跃道。

"对，霏姐，快说说暴爷是怎么排戏的，我想多学习！那天听了一耳朵他把你误认为是狗仔的事，到底是怎么回事啊？这几天忙着排练，今天终于能坐下来好好聊聊。"可能和万万最近待的时间久了，饭饭也变得八卦起来。

"今天吃崔记东北铁锅炖，怎么样？铁锅炖的气氛，太适合侃大山了，二位意下如何？"万万兴奋地说道。

"还等啥？走吧。"斐霏边说边拦了辆出租车，嘿，这急性子。

在演员公会众多评委老师陪同下，沈微鹿随秋彧和助理东东一同走出考场，坐上了奔驰商务车，直接开回影视剧拍摄地，他们今天是夜戏。

"秋哥，一会儿吃点儿什么？我来安排。"东东贴心地问秋彧。

"给我来一份沙拉，不要放酱。鹿子，你小子想吃什么？"秋彧问。

"秋哥，今天我被塞了一嘴'狗粮'，哪会觉得饿？"沈微鹿嘻嘻哈哈地说道。

"你又胡说些什么，别贫，一会儿开工就没时间吃饭了，想吃什么现在还来得及。"秋彧说道。

"那就给我来一大份牛腩面，你这么一说，真有点儿嘴馋了。秋哥，最近你脸上的笑容，是那种藏都藏不住的。"沈微鹿说道。

秋彧暗暗吃惊，心想，不会吧？难道是因为她？又一想，怎么可能？他冷冷地回道："你小子眼神不好，看错了！"

"哼，哥你就嘴硬吧。"沈微鹿噘着嘴反驳道。

Part8 跟组演员的日常

成为特约演员后，饭饭以崭新的身份出了好几次工，在各大剧组客串，甚至还拿到了有一两句台词、露脸的小角色。因此，饭饭更勤勉地钻研演技，除了出工就是泡在出租屋中，刻苦研究那些经典影视作品。

斐霏呢，前段时间她亲身体验演戏，实地调研观察，积累了大量素材，因此一连几日待在房间里奋笔疾书，查阅资料，整理、汇总新鲜出炉的研究思路。

万万呢，躺平好几天了，说是累了，就把每天80％的时间消耗在床上，要么跟小姐妹们煲电话粥，要么抱着平板反复观赏秋彧之前的影视作品和综艺节目。当然，晚上还会一如既往地下楼在酒店大堂门口转一转、蹲一蹲，以期能再一次看到心心念念的秋彧。等不来秋彧，欣赏其他的帅哥美女明星，也是好的。秋彧好多天都没出现过，这不奇怪，谁让他还有别的住处，是我也回家住舒服。万万心想，他要是天天出现才是奇怪，根本不符合他的个性。

万万完成"看明星"的遛弯活动回到房间，正要洗澡，发现斐霏关了电脑，躺在床上举着手机刷搞笑小视频。

"哟，霏姐，真稀奇了，你不搞研究了？"万万好奇地问。

"我已经把灵感都转化成了产出，梳理了思路，回顾了相关文献，完成了相应报告的撰写。就文案工作来说可以告一段落，接下来凭特约演员证，继续展开实践调研，进一步观察和思考。"斐霏语气轻松地答道。

"太好了，我这几天真是孤独了，虽说咱们住一个屋子，低头不见抬头见，可你搞起学术来那头悬梁锥刺股的劲头，我实在不好意思打扰你。霏姐，你没发现我怕电视声太大影响你的工作，都没开过电视，而是抱着平板刷视频吗？咱俩这是不是世界上最遥远的距离？现在好了，又能愉快地玩儿了。"

"啊，难为你了。"斐霏恍然大悟道，她专注于项目研究工作，确实没注意那么多，万万居然这么在乎自己的感受。

此时，手机铃声响起，是吴老师打来的，万万激动地示意斐霏快接。斐霏被火急火燎的万万逗笑了，开了免提。

"您好，吴老师，有什么吩咐呢？"

"斐霏，你和王婉一、范才修都高分通过特约演员考试，太好了，祝贺你们！还有，听说你居然和秋彧演了对手戏，是吧？"吴老师的语气，又激动又兴奋。

没想到严肃的吴老师会这么问，重点居然停在了秋彧那里，万万瞄了瞄斐霏，笑盈盈地小声说："原来吴老师也爱聊八卦。"

斐霏赶紧捂住手机底部的收音孔，指了指免提按钮，做个用右手食指抵在唇中间的动作，示意万万不要说话。

"谢谢吴老师，那天我仨真是运气好，侥幸都通过了考试。至于我和秋老师演对手戏的事，是机缘巧合，一不留神，秋老师成了我的搭档，帮助我完成了情景剧的考试。"斐霏一脸认真地解释道。在吴老师面前刻意尊称秋彧为秋老师，是有意拉开和秋彧的距离。

也不知道吴老师听没听明白斐霏那卖力的解释，只听他说："哎呀，什么机缘不机缘、巧合不巧合的，反正就是秋彧和你搭戏了，那是事实。你们能通过特约演员考试，说明具有一定的实力，我当初没看错你们，是不是？"吴老师滔滔不绝地聊着，突然话锋一转，说："哎呀，我一激动差点儿把正事忘了，就是前一阵推荐你们去的秋彧剧组，黄导特别满意你们的表现，私下里夸赞过你们不止一次。严导这几天在片场把原本的戏改了不少，加重了你们那天参演的剧情发展，成为主线的探案故事。你饰演的仵作，范才修和王婉一饰演的随从、丫鬟的戏份也相应加了不少，还增加了对应的台词，所以还得麻烦你们去接戏。不知你们的时间安排如何？这是突发情况，我也没想到严导导起戏来这么随性。黄导让我和你们商量一下，请你们以跟组演员的身份加入剧组，需要你们留够一个月，工资待遇的话，月薪七千左右，另外管吃管住，就住雷布加森酒店，行不行？"

听到吴老师的话，斐霏心情甚是复杂，本以为再用不着去招惹秋彧那尊大神。但因为严导改了剧情，需要接戏又找到自己。怎么办？本着职业道德，真是不能回绝，况且涉及的不止她一个人。稍作思考后，她对电话那头的吴老师说："征求饭饭和万万的意见后，我再给您答复。可以吗？"

"好，你们商量一下。"

斐霏刚挂断电话，按捺不住的万万嘶吼起来："我不是在做梦吧？霏姐！暴爷的剧组邀请我们，还是跟组演员？这是什么神仙运气？霏姐，别说，自从来横店跟你在一起，我就变得特别幸运！可能是上辈子我拯救过你，这辈子你来我身边报恩的！霏姐，我的好姐姐，我的大福星！"

"你的意思是，同意去？"

"这根本不用考虑吧，我肯定去，做梦都想去。机会送上门了，如果不抓住，实在太可惜了。撇开暴爷这个原因，这个剧组真的很专业，很良心，对你的研究课题也很有帮助，能学习到很多新东西，可以助力你学术能力的提升。"万万说服着斐霏，认真的模样逗得斐霏无奈地笑出声了。

"万万，你是懂劝说别人的，还上升到研究、学术层面上来。这样吧，我给饭饭打个电话，看他的意见如何？"

"我来拨！"万万说着，迫不及待地拨通饭饭的电话，也按了免提，她心急火燎地转述了吴老师的话，并添油加醋地附上一大堆理由，生怕听到饭饭拒绝的声音。

饭饭见万万态度如此强烈，又讲得这么清楚，就说："这几天我去了好几个剧组，论剧组制作能力、财力、物力和导演水平，以及演员的配置，都不如秋老师的剧组。既然吴老师送来这么好的学习机会，那咱们应该抓住，刚有老师推荐我明天去《珍珠》剧组，正好还没答应呢，那我这就把《珍珠》的活推掉。"

"既然你们俩都同意，我也没意见，只是……"斐霏后面的话还没说出口，万万着急地打断说："霏姐，你要是担心暴爷的话，那完全不是问题。暴爷脾气就那样，但他的心是好的呀，你看他还帮你搭戏，助你通过了特约考试。你可能还不够了解他，要是接触时间久了，想法肯定会转变。"

"也罢，不提了，那我给吴老师回话，就听他的安排。" 斐霏说。

吴老师特别开心，说把斐霏的电话给了黄导，让黄导直接对接。很快，黄导联系了斐霏，说拍摄安排得紧凑，让他们明天正式以跟组演员身份出工，统一安排食宿。听到斐霏和万万住雷布加森时，黄导微微吃了一惊，说巧了，剧组也住在这里，只是需要搬到统一的楼层。他也问了饭饭的住址，准备派车去接，最后他给了制片王主任的电话，要斐霏和万万立即报道。

"不收拾不知道，咱来了才多少天，东西咋就多了一倍？太累了，明天收工回来再收拾吧，霏姐。"万万抱怨道。

"不行，一是不知明天收工几点，万一三更半夜呢，二是明天中午过后再搬，岂不又要多掏半天房费？"

"好吧，一天的房费也真不便宜，能省则省。现在收拾！搬！"

万万一鼓作气道。

从住的631房间一点点把东西搬到王主任分配的421房间后，万万瘫倒在床上，说："霏姐，住免费酒店的感觉这么爽啊！还有，二楼、三楼、四楼和五楼都被剧组包了，整个二楼改成服化道室及后期制作室，三楼、四楼、五楼供剧组人员休息，这简直太豪横了！"

"是啊，咱一直住六楼，不知道楼下居然全被剧组包了，他们的保密工作做得真到位。"斐霏也在感叹，忽然想起了饭饭，就问："饭饭到了没？"

"刚到，我联系他了，说王主任正在给他安排房间呢。"

一会儿，屋外传来闷闷的敲门声，万万从床上一骨碌爬起，奔跑着开门。果不其然，门口站着疲惫又开心的饭饭。

"饭饭，你搬来了，太好了！住哪间房？这下咱仨可以一起愉快地玩耍了。"万万愉快地说。

"在419，你们隔壁，这下方便了，日常你们有什么需要帮忙、跑腿的，尽管吩咐啊。"饭饭说。

"好嘞，我可要当真了。"万万开心地回应着。

"万万真没拿自己当外人，你这丫头。对了，王主任给你安排好了吧。"斐霏问饭饭道。

"他说明天早上五点半先去二楼做头发、换衣服，再去吃早餐，出工是七点。"饭饭说完，发觉已到深夜，忙说："霏姐，万万，你们先休息，咱们明早见。"

"嗯嗯，好呢，你也回去休息，太迟了影响室友。"斐霏说道。

"王主任说，我的室友是秋老师的助理东东，秋老师一般住家里，东东也跟着去了，所以他很少回酒店的。我走了，你们有啥需要随时喊我，不要客气。"饭饭边走出房门，边说道。

第二天一大早，传来清脆的敲门声，睡眼惺忪的斐霏应着："来了，来了。"看了看手机，突然清醒了，道："妈呀，都五点二十了？闹铃咋没响？万万，赶紧起床，我们要迟到了。"

斐霏跑去开门，门口站着饭饭。

"霏姐，我在咱仨群里发消息，看你们没回，估计你们还没起床，特意喊你们一下。你们快收拾，马上去二楼化装啊。"

"幸亏有你在，要不然正式上班的第一天就迟到了。"斐霏匆忙对饭饭说完，赶紧去卫生间洗漱了。

万万闻声也紧赶慢赶起床。"休息了几天，又要开始五点多起床的生活！为了和暴爷成为同事，拼了！"万万嘟囔道。

十分钟后，三人准时出现在二楼的装造室内，这里的一切并不陌生，熟悉的化装台，熟悉的装造老师。

"是斐霏，王婉一，范……范才修吧？那天对你们几位印象很深。昨天深夜收工回来接到王主任的通知，说你们正式成为咱剧组的跟组演员，欢迎你们。给各位说一下，接戏的缘故，咱这几场戏的造型和服装，需要和那天的保持一致。有什么问题吗？"装造二组的小组长刘老师耐心地解释道。

"谢谢刘老师，明白，辛苦各位装造老师了。"斐霏回答说。

"刘老师，上次我们的装造，您还记得吗？"饭饭贴心地提醒刘老师。

"嗯嗯，我都留档了，不会出错的。"

三人完成装造后，果然如刘老师所言，妆容、发型、服饰均与上次如出一辙，唯一的区别，是这次改装的时间快了很多，原因是上次是首次设计，还花了时间调整，这次只需照搬上次的最终设计即可。

"谢谢刘老师，我们去吃早饭了，一会儿见。"斐霏他们和刘老师告别，去了致雅堂中餐厅吃早饭，饭后在酒店大堂等着搭乘剧组专用车。

整个流程对他们来说，已是轻车熟路。

大巴车驶向清明上河图影视城，万万百无聊赖地和斐霏东拉一句、西扯一句，好奇宝宝般问："霏姐，你和刘老师说一会儿现场见？她也会去吗？我以为她固定在207室呢。"

"刘老师也需要每天前往拍摄地，对各位演员的装造进行监督，尤其是检查男主角的装造，如遇演员在拍摄中有改装的情况，得及时进行调整，使其符合剧情设定，避免出现重大失误，如穿帮、不尊重历史的穿戴等。就像那天的情况，秋彧正在增肌，而新戏服是按之前的尺码量身定制的，刘老师在装造房车里，给他现改戏服。听刘老师的意思，好像秋彧的整体装造，都是她全权负责的。"斐霏说道。

"还有这么一出。霏姐，咋不早告诉我呢，我爱听八卦。就说刚在207，看你们聊得火热，原来刘老师也是位聊八卦的主儿，我喜欢。"万万撒娇地说着，"哈哈，暴爷这傲人的身材，难为刘老师了。暴爷真是太有趣了！对了，这么说你和暴爷的装造都是出于刘老师啊！"万万转着灵活、黝黑的眼珠，小嘴不停地补充道。

"你口中的'有趣'太随意了吧，他哪里有趣了？"斐霏呛着万万，避重就轻地说。

"霏姐，你就会混淆视听。我说的重点，是你和暴爷的装造老师是同一人！"万万又重复着这个话题，眼里饱含着羡慕的神情。

他们三人再次来到逸王府内，静静地候场。昨天他们已加入剧组微信群，熟读过群里发的剧情文本，黄导就没再给他们讲戏，只是简单地嘱咐了几句，看来他们上次的表现得到了认可，取得了黄导的信任。

"秋哥、天然哥和鹿哥已换好服装，正出房车往片场这边过来了。"随着对讲机里传出的声音，没一会儿，就见到沈微鹿有说有笑地拽着秋彧，蹦蹦跳跳地跃过逸王府的门槛。被沈微鹿黏住的秋彧脸上写满"真拿你没办法"的无奈表情，他俩的后面跟着楚天然，三人先后进入逸王府。

秋彧老远处就看到站一旁候场的斐霏，嘴角不自觉地向上翘了一下。

"秋哥，今天心情不错啊。不对，你不对劲儿，莫不是？"敏感细腻的沈微鹿发现秋彧跨过门槛后的异常，眨着小鹿眼扫视逸王府的角角落落，"莫不是那位小姐姐也来了？哥你知道不，化装老师们说今天剧组新增了几位跟组演员，我就在想那位小姐姐今天是不是又来了剧组。"他神叨叨地说着，忽然，他发现了斐霏，"嘿！果真是那位小姐姐，我猜中了。"沈微鹿挑着一边的眉毛，向秋彧表达着得意。

他撇下秋彧，径直站到斐霏眼前，把正在观察剧组工作流程的斐霏着实吓了一大跳。

"嘿，小姐姐，你是跟组演员吗？哦，忘了自我介绍了，想必你也知道，我就是人见人爱、无敌帅气的沈微鹿。"

"什么啊，这么厚颜无耻，还人见人爱、无敌帅气。"秋彧走过来，无情地打断了沈微鹿自恋般的介绍。

"哥，我正搁这儿问小姐姐正事呢，你好歹给我留点儿面子。"沈微鹿撒娇地向秋彧求饶道。

"哟，这不是狒狒吗，从动物园出来，到剧组耍杂技来了？"嘴上不饶人的秋彧看到斐霏，坏坏地笑着说道。

本来心情不错的斐霏一听这话，便气不打一处来地冷下了脸。

不理秋彧，斐霏大方地对沈微鹿说："沈老师你好，以后就别喊我小姐姐了，直接喊我的名字，斐霏。对的，我和我的朋友王婉一、范才修今天起正式成为跟组演员，还请沈老师多多指教。"

沈微鹿一听，忙说："沈老师？快别这么喊，你还是喊我微鹿吧。看你应该和秋哥差不多大，要不也喊你霏姐。秋哥，霏姐，这个好，就这么定了。欢迎霏姐和你的朋友们一起正式入驻咱们剧组，是吧，秋哥……"沈微鹿一脸的兴奋，不忘俏皮地对秋彧眨了眨眼睛。

秋彧听到斐霏成为跟组演员，神情愉悦，心情大好，就懒得再理会沈微鹿。这时候严导喊他过去，便头也不回，大步流星地走去。

万万和饭饭刚才看到沈微鹿主动和斐霏搭话时，早已出了神，这会儿又听两人提到斐霏的朋友，才愣愣地回过神。"这是在说我和万万？"饭饭反问着自己，万万却是率先开了口，一脸欣喜道："谢谢沈老师，哦，不，是微鹿哥。我是霏姐朋友，王婉一，可以喊我万万，请多多指教。"说着伸出双手想握手。

沈微鹿大方地伸出右手，被万万一把握住，眼里藏不住的激动。饭饭看到花痴般的万万久久不愿松开手，就想打破二人的僵持，向沈微鹿伸出右手道："谢谢您的欢迎，我是霏姐、万万的朋友，范才修，她们喊我饭饭，以后还请多多指导。"

"好的，饭饭，欢迎你。"沈微鹿礼貌地回应道。

"各位演员请就位，各位工作人员请准备，我们先来走一遍戏。"严导威严的声音响起。

所有的演职人员进入工作状态，斐霏赶紧向秋彧那边靠拢，站定位置后，整理了衣袖衣襟，快速进入到戏里，一天的工作就此拉开序幕。

忙碌起来的时光总是一晃而过，快到让人恍惚。团队的配合愈发默契，秋彧的发挥是稳定的，效率是很高的，他的戏份几乎都是一条过。太阳快下山时，计划拍摄的戏份都拍完了，剧组迎来开工以来最早收工的一天，大家欢呼雀跃。严导对大家今天的表现，尤其对秋彧的表现甚是满意，不住夸赞道："彧彧，今天演戏状态绝了，特好！"

秋彧向沈微鹿和助理东东嘀咕了几句，沈微鹿便兴奋地喊："秋哥说了，庆祝今天收工早，晚上请全体去古草店吃饭！所有人必须去。"

本来沉浸在早收工喜悦中的众人，听到沈微鹿这一嗓子，顿时更加欣喜若狂，纷纷鼓起掌来。

"不是吧，暴爷请客的这种好事，被我遇到了。太不可思议了！"万万疯狂地扭着斐霏的胳膊，蹦蹦跳跳，兴奋不已。

"你扭疼我了，哎呀，万万，又是这般疯模样。看你这点儿出息，哈喇子都快流地上了。"斐霏拽住万万，她让收敛点儿。

"霏姐，暴爷请我吃饭这事，你说一辈子能遇到几次？我的小姐妹们要是知道了，指不定比我还要疯。"

"喂，这位万万女士，搞清楚，秋彧是请全剧组的人吃饭，不是只请你，放下幻想行不行。"斐霏毫不留情地对万万浇了一盆冷水。

"我不听，我不管，反正就是暴爷请我吃饭。"万万嬉皮笑脸、强词夺理地解释道。

沈微鹿一溜烟地跑来，笑盈盈地看着斐霏，道："霏姐，秋哥请吃饭，你和你的朋友一定要来哦！今天是你们正式入组第一天，一起好好庆祝一下。"

斐霏本想趁着收工早，回去好好整理一下，搬房间把衣物弄得乱作一团。但看到剧组人员都是兴致勃勃的，沈微鹿还特意跑来邀请，也就不好拒绝，她说："谢谢，微鹿，你还特意过来邀请，有心了。"

沈微鹿见斐霏答应下来，就心满意足回到秋彧身边，一脸得意地笑看着秋彧。

"你去那边干什么去了？怎么笑成这样？"秋彧忍不住问沈微鹿道。

"帮哥敲定霏姐参加聚餐的事，放心好了，她说一定会来。"

"什么叫帮我？你想邀请就说是你自己呗，别啥都捎上我。"秋彧嘴硬着冷冷地说。其实，听到斐霏会参加，秋彧心里还是很高兴的，他望着站在那边的斐霏，露出一丝不易察觉的笑容。

"行，你是我哥，你总有理。"沈微鹿嘻嘻哈哈地嚷嚷，看着秋彧藏不住的笑意，暗想，我看你嘴硬到什么时候。

众人收拾好东西后准备前往古草店聚餐，东东已先行前去古草店安排了，沈微鹿坐上秋彧的大奔，斐霏、万万和饭饭也坐上剧组的车，跟在秋彧的车后。"霏姐，我们不是在做梦吧，暴爷请客，我做梦都会笑醒的。"万万不厌其烦地问斐霏。

"万万，你真是够了，这话听得我耳朵都要长出茧了。"斐霏敲敲万万的脑门儿，示意她醒醒。

"那我换个话题，刚鹿哥是不是说暴爷喜欢吃古草店？居然和咱们喜欢的一样。你猜，他最喜欢吃什么，鸡翅？河虾？青菜？还是鱼头汤？"

斐霏翻了个白眼，道："我可没你那么无聊，他爱吃啥跟我们有什么关系，你是他的粉丝，咋不知偶像喜欢吃什么。"

"暴爷平常很注重保护隐私的，私下的生活，真爱粉们也不会过多干涉，给他尽可能多的自由空间。霏姐，敢和我打赌吗？猜暴爷喜欢吃什么，我输了的话，就喊你起床一个礼拜，可要是你输了的话，就一会儿吃饭时当众人的面夸赞暴爷几句。不过我猜霏姐你没这个胆吧。我赌暴爷喜欢吃青菜，你呢？"

斐霏平日最受不了别人激她，又听万万说粉丝们也不知秋彧的饮食习惯，就觉得万万不见得会赢。因此，她满怀斗志地说："赌就赌，谁怕谁。我猜他喜欢喝鱼头汤。"

"霏姐，为什么会觉得暴爷喜欢喝鱼头汤？"

"上次无意听你说起他是杭城人，既是南方人的话，大都会喜欢喝鱼头汤吧，再说咱们去古草店吃饭，鱼头汤给我留下深刻的印象，实在太鲜美了，我太爱喝了。"

"你这么说不无道理，行，一会儿见分晓喽。"

饭饭听到斐霏和万万的对话，心里暗想，万万比较孩子气，没想到霏姐也有这么孩子气的一面，还玩这种小孩子游戏。

来到古草店，打头阵的东东早将饭局安排妥当，把本就数量不多的包间几乎全订了，足足七桌，快赶上包场了。

"彧彧，你来了，刚听东子说你请客，一会儿呀，阿姨给你们露几手绝活。"老板娘见秋彧进来，一脸宠溺地说道。

"好嘞，就爱吃您做的饭，谢谢陈阿姨。介绍一下，这位是严导、黄导，那位是楚天然，鹿子就不用介绍了，其他人都是我的同事。"秋彧介绍同事们时，还不忘回头看了看站身后的斐霏。

"暴爷怎么与老板娘这么熟？是亲戚吗？"万万小声地问斐霏，虽然知道不可能得到答案。

"我怎么会知道？"果然，斐霏像万万想的那样回答。

沈微鹿听到万万和斐霏的对话，就凑过来小声说："霏姐，秋哥特别喜欢这家店的氛围，说有家的感觉，因此在横店拍戏就经常光顾这里，久而久之，就和老板娘熟悉了，她还是秋哥的铁粉，看他拍戏辛苦很是心疼，经常变着法子做好吃的给他补身体。"

"鹿哥，你对暴爷，哦不，秋哥，真的很了解。"万万佩服地说道。

"可不，秋哥简直比我亲哥还亲，哎，暴爷？你是秋哥的粉丝？"沈微鹿敏锐地捕捉到重点。

"是的，鹿哥，我特别喜欢暴爷，他是我的偶像。不过，我来咱剧组拍戏不仅是来追星的，也真是来提升演技的。另外，我是正常的粉丝，你可别把我当成私生饭。"万万卖力地解释道，生怕沈微鹿误会自己。

"哈哈哈，好的，祝你在剧组学有所成。"沈微鹿和善地说。

众人三三两两走进包间，斐霏刚想跟刘池御等跟组演员走进其中一间包间，被眼疾手快的沈微鹿拦了下来。

"霏姐，你和万万、饭饭今天刚正式入职，就和导演、秋哥、我坐一桌。一来让大家更好地认识，二来欢迎你们。"沈微鹿眨着亮晶晶的小鹿眼，满怀期待地说，还不忘给万万使眼色，让她推波助澜。

万万哪用得着沈微鹿使眼色，早已迫不及待地推着斐霏，道："霏姐，作为剧组新人，咱们一会儿向他们敬酒，表示感谢。"说着，凑到斐霏的耳边小声说："别忘了咱们的赌约，不坐一桌，咋知道暴爷喜欢吃什么？"

斐霏不无担心地说："那好吧，就是不知道坐导演那桌合适不合适，毕竟我们是剧组资历最浅的。"

"合适，有啥不合适的，下班了都是朋友，不看资历，走起！"沈微鹿开心地说。

走进三号包间，斐霏率真的眼神和秋彧炙热的目光碰撞在一起。

"哟，狒狒来了？"秋彧还是一如既往地打趣道。

"你们之前认识？"严导好奇地问。

"认识。"

"不认识。"

秋彧的"认识"，和斐霏的"不认识"撞在一起，异口不同声，弄得场面甚是微妙，有点儿尴尬。

"严导，那天睿哥让我陪秋哥去演员公会当评委，霏姐恰好是面试者，然后呢，秋哥在机缘巧合下做了助演老师，和霏姐搭了戏，这不就认识了。霏姐是不是？"沈微鹿忙替秋彧和斐霏解围。

"嗯，对，严导，我不是怕秋老师每天见的人多，早忘了我这无名之辈，所以才说不认识。"斐霏想了个理由糊弄过去，又瞪了眼秋彧，含含糊糊地嘟囔："谢谢秋老师。"

"狒狒，你说什么？我没听清。"秋彧故意刁难。

"我说，谢——谢——你！秋——老——师！"斐霏只得大声说，趁大家不注意向秋彧翻了个白眼。

一脸吃瓜表情的严导，像嗅到什么气息似的，疑惑地问："这还是我熟悉的彧彧吗？之前的冷酷少年去哪儿了？现在跟个小学生一样？哈哈哈，哦，我这里声明一下，我可不是看不起小学生哦，只是一种比喻，对，比喻。"

秋彧挑了挑眉，盯着斐霏邪魅一笑，说道："严导，这叫以彼之道还施彼身。"

斐霏心里早将秋彧骂了一百八十遍，脸上还是不动声色地挂着笑容，心中暗暗安慰着自己，忍了，不和他一般见识。

"你是狒狒？是斐霏吧，这两位是范才修和王婉一吧。欢迎你们正式入组。"严导说。

"谢谢严导。"斐霏、饭饭、万万异口同声地回应，真挺意外，严导居然记住了他们的名字。

"说起来咱们还是有缘。前几天你们给我留下挺深的印象，我根据剧情走向与表演效果，忽然来了新的灵感，和编剧老师一商量，直接改了剧情，你们的戏份增加了不少。这不，把你们喊来接戏。"严导真诚地解释道。

看来，回剧组这事，从头到尾严导都是知晓的，斐霏暗想。听到严导诚恳地说了这么一大段话，斐霏忙道："谢谢严导给了我们机会，感谢您。"饭饭和万万也跟着附和。

这时，老板娘左右手各端一道菜，笑容满面地走进来。"彧彧，快招呼你的朋友们，尝尝刚炸的咸蛋黄鸡翅和虾子蒸肉。等会儿给你炒你最爱吃的青菜，是从自家菜园子里现摘的。"

"谢谢陈阿姨，您费心了。"秋彧有礼貌地回应道。

"自家孩子回来,客气啥!等着,青菜马上就来。"老板娘说着便离开了,她还操心着厨房的事。

沈微鹿看还站在一边的斐霏三人,就挥挥手说:"霏姐,你们还愣着干啥,入座啊。"

沈微鹿忙安顿着斐霏、万万和饭饭,三人挨着黄导坐下,自己挨着楚天然坐在秋彧的一侧,另一侧是严导。众人坐定,秋彧招呼大家动筷子,自己却自始至终没吃一口,只是和严导聊着什么,他偶尔点一下头,看着大家吃饭、喝酒、聊天,气氛融洽。

"霏姐,老板娘刚说给暴爷炒爱吃的青菜,目前上的都是肉菜,他可是一口没吃!哈哈哈,你输了。"万万对斐霏耳语。

斐霏后悔为什么要和万万打这个荒谬至极的赌,心想万一被秋彧知道了,还指不定被他嘲讽成什么样子。哎,可恶的好胜心害了自己,她强撑着不服输的气势,反驳道:"这些并不能说明他不喜欢喝汤。鱼汤那么鲜美,就不信他不爱喝。"

"那我们就拭目以待。"万万自信地说。

陆陆续续的,老板娘端来十几道菜,把不大的桌子摆得满满当当,她还专门把几道素菜摆在秋彧面前,有清炒莜麦菜、拍黄瓜、手撕包菜、白灼菜心、凉拌西兰花,并宠溺地说:"彧彧,你不爱吃肉,又不爱喝鱼汤,这几道时蔬,尝尝。"

正喝鱼汤的斐霏此时差点儿被呛到,知道自己赌输了,气鼓鼓得恨不得把剩下的鱼汤一饮而尽,但写论文刨根究底的精神,促使她脱口而出问:"我记得秋老师是南方人吧,却不喜欢喝鱼汤,其实,老板娘的鱼汤那是顶级好喝。"

"哟,你还这么关注我?"秋彧面无表情,冷冰冰地说:"单纯不爱喝而已。"

斐霏还想继续问，但看到沈微鹿频频对她使眼色，示意她不要再问，便只好作罢，转头求饶般看着万万。

"霏姐，这下你赖不了账了。一会儿敬酒时记得当着大家的面，夸赞暴爷哦。"万万兴奋地耳语说，一脸有好戏看的表情。

眼看这事过不去了，斐霏猛灌了几杯酒，正所谓酒壮怂人胆，她硬着头皮站起身，先敬了严导、黄导，轮到秋彧，她的心脏扑通扑通地提到嗓子眼。豁出去了，大丈夫愿赌服输，能屈能伸。她在心里给自己加油打气，踉跄地走到秋彧面前，眼神迷蒙，微醺般滔滔不绝："秋老师，我很佩服你的演技，那是演什么像什么，演起戏来还很高效，对了，一条过是怎么做到的？你演戏好就算了，怎么还可以长这么帅？眼睛为什么这么明亮，亮晶晶的像星星。"

"你喝醉了？"秋彧平静地看着醉眼蒙眬的斐霏，淡淡地问。

"没，谁说我喝醉了？来，我再敬你一杯。"斐霏嚷嚷着，又端起酒杯却差点儿跌倒，被眼疾手快的秋彧一把扶住。

"严导，今天就散了吧，让这只醉狒狒和她的朋友们坐我的车回，别在剧组的车上瞎嚷嚷。东东，你让小王把车开到后院来。"

"要不让他们几个坐我的车，我顺路送他们，你的车还得绕路。"严导好意地说道。

"哦对了，严导，我打算以后回酒店住，毕竟出工方便。"秋彧云淡风轻地说出惊人的话，终结了众人的聊天，他拎着斐霏就往后院去，后面跟着惶恐的万万和饭饭，还有沈微鹿。

"哥，你等等我，我也蹭你的车。"沈微鹿小跑着喊道。

"饭饭，我刚没听错吧，暴爷说他回酒店住？"万万两眼放光，万分期待地问。

"没听错，秋老师说住酒店出工方便。"饭饭肯定地说。

"太好了！太开心了！我离偶像更近一步了！咦，住别墅岂不是更方便？在酒店的话，还有那么多双眼睛盯着暴爷。"万万嘟囔着。

秋彧转头看着万万，指了指身边醉醺醺的斐霏，问："请问这只狒狒为什么要把自己灌醉，又说那些话？你知道吗？"

万万没想到秋彧会主动和自己搭话，愣愣地看着他，慌了神儿。秋彧看她没反应，无奈地准备转过头时，清醒过来的万万忙问道："暴爷，您指的是哪些话？"

"就，就是她夸我的那些话。"

"哦，这个呀，是这么回事，不过暴爷您听了，可千万别生气。事情是这样……"面对偶像，万万可不敢撒谎，本着赤诚之心，一口气把她激将斐霏打赌的事全盘托出，看着暴爷的神态生怕他生气，好在秋彧听完并没说什么。

原来是这样，就说她怎么可能这么夸我。可是，我又在期待什么？期待她夸我吗？一脸平静的秋彧心里在暗暗嘀咕，我怎么会有这种想法？这么在意她的夸奖吗？不对，很不对——秋彧看着一身酒气的斐霏，耸耸肩，撇撇嘴，暗想自己怎么可能在意她嘛，又醉又疯的女人。

"万万，你和霏姐还蛮有趣的，拿秋哥的饮食习惯打赌。刚我还以为霏姐是酒后吐真言，没想到，是个赌注。"沈微鹿说着，看了看秋彧。

秋彧不想再继续这个话题，就问万万："你喊我暴爷，是我的粉丝？"

万万见秋彧并没生气，悬着的心放了下来，道："是呢，暴爷！我粉您很多年了，简直太喜欢您了，您的电视剧、综艺节目、MV，我都看过好多遍。"万万激动得又止不住话匣，掏心掏肺地将对秋彧的崇拜统统表达出来，连一旁的沈微鹿听得都忍不住了，说："万万，你真是秋哥的骨灰级粉丝。"

一旁的饭饭看着眉飞色舞的万万，神情黯淡了些许。

"谢谢你作为粉丝对我的喜欢。"秋彧回应道，顿了顿，又说："那你和这只狒狒是怎么认识的？你们是同学？"

"我和霏姐，包括饭饭，都是来横店才认识的。霏姐她是……"万万面对偶像，选择百分之百的信任，将他仨的背景、如何相遇，以及相识的过程，绘声绘色地讲给了秋彧。

"你们仨的缘分蛮奇妙的哦。没想到，霏姐还这么勇敢。你刚说她是镐京华都大学的博士？"沈微鹿插嘴问。

"是啊，鹿哥，霏姐就是安城人，镐京华都大学戏剧影视学院的博士生，是学霸，她来横店是想通过群演的身份，深入剧组进行实践调研。知道不？她每天回酒店了还要进行资料文献的整理，要撰写论文。她研究的课题都好专业，什么IP影视剧的可持续运作模式的开发。"

"哇，秋哥，霏姐好厉害。"沈微鹿看了看秋彧，不由自主地夸赞起斐霏来。

"什么厉害不厉害的，我看她是虎吧！"秋彧并没有看沈微鹿，而将目光一直停留在醉醺醺的斐霏身上，若有所思地说。

"秋哥，我是说霏姐的学历和研究课题，让人不明觉厉，挺厉害的。并不是说那个见义勇为。"沈微鹿解释道。

"那么你也认为她见义勇为行为虎吧！"秋彧打趣着沈微鹿。

"哥，气死我了。"见说不过秋彧，沈微鹿一脸的委屈。

作为当事人的饭饭，此时插了一嘴，道："当时我处于那种情境下，遇到不友好的剧组和不尊重人的导演、主演，真的很憋屈。是霏姐勇敢地站出来打破僵局，救了场，我是在她的鼓舞下，才鼓起了勇气。能讨回公道，真的非常感激她。她不是虎，是非常的侠肝义胆。"

"对嘛，这才是我要表达的，谢谢你，饭饭。"沈微鹿听到饭饭的话，非常开心地说。

饭饭说完后，秋彧默不作声，嘴角再一次不经意地翘起，目光望向车窗外的大片山地，似乎在思考着什么。

"哇，哇哇……"斐霏在发出奇怪声音的同时，旁边秋彧的身上布满了呕吐物。车里顿时弥漫着一股刺鼻的酸臭味。醉着的斐霏毫不在意，喊道："再来一杯。"

"秋哥！"助理东东见状，吓得赶紧抓起一包纸巾，抽出一沓纸，往秋彧身上溅满呕吐物的地方擦去。

秋彧被气得没了脾气，无语地看着斐霏，抓住东东的纸巾，说："我自己来吧，小王，把窗子打开透透气。这女人！"

"秋哥可是有重度洁癖，霏姐，你算是彻底得罪这位爷了。"沈微鹿一脸看好戏的表情，嘀咕的同时，也捏住了自己的鼻子。

万万和饭饭早已是呆若木鸡，他们不知该怎么办是好，满脸的尴尬。万万说："暴爷，鹿哥，霏姐平时不是这样的，我也是第一次见她喝酒。你们千万别怪她，都怨我非要打赌。"

"万万，别自责了，没多大的事。霏姐这酒量不行，比起秋哥差远了。"沈微鹿瞄了秋彧一眼，见他瞪着自己，忙岔开话题说："万万，今晚辛苦你照顾霏姐了。"

"鹿哥，我会好好照顾霏姐的。"万万忙说道，尴尬的神色稍稍退散。

车子驶入雷布加森酒店的地界，秋彧说："小王，从地下停车场回，别走大堂正门。"

沈微鹿听秋彧这么说，再看他满是污渍的衣服，偷笑着碎碎念道："秋哥，你这星光熠熠的国民偶像居然也有今天，这么狼狈的你，我可从未见过。哈哈哈，还是有趣，好笑。"

秋彧实在懒得再与幸灾乐祸的沈微鹿费半点口舌，就默默地闭上眼睛。等车停在酒店地下二层3号门附近，秋彧等万万、饭饭搀着斐霏下了车，他拍拍沈微鹿的后背，道："喂，一会儿我给你拿点儿酸奶、蜂蜜和水果，送给她，记住，别说是我拿的。"

"霏姐吐了你一身，你却关心她，要是我吐你一身，哥，你会怎么样？"

"我不会允许这种事情发生的。"秋彧幽幽地道。

"我是说已经吐了，怎么办，哥？"沈微鹿不依不饶地问。

"欠揍。"秋彧一脸无语，自顾自地大步朝前走去，东东紧跟着。

夜色渐浓，华灯初上。

众人纷纷回到酒店，忙碌中时间不觉已流逝。

Part9 该来的杀青日还是来了

宁静清晨的第一缕阳光，透过两扇窗帘之间的缝隙照射进来，斐霏睁开迷瞪的眼睛，用沙哑的嗓音说："万万，我的头好痛啊，昨天究竟发生了什么？"

"霏姐，你终于醒了，昨天的事你全不记得了吗？太可怕了！"万万疲倦地睁开双眼，听到斐霏的问话来了精神，她一骨碌从床上坐起，"那我给你好好讲讲。你先是把自己灌醉，然后履行咱俩的赌约，当众夸了暴爷，紧接着你就醉倒了，差点儿摔在地上，是暴爷扶住了你，又好心让咱们坐他的车回酒店。在车上，你吐了暴爷一身！姐，你没听错，真是一点儿不剩地全吐在他身上了！回来后，鹿哥还给你拿来些蜂蜜、酸奶，让你醒酒。你呢，还不停地要和我碰杯，折腾了好久才入睡的。哎，我再也不敢跟你打赌了，你喝醉的样子简直吓死人！霏姐，你倒是说句话呀，傻了？"万万看到瞠目结舌的斐霏，一脸坏笑地问。

"你说，我吐了秋彧一身？"过了好久，斐霏憋出这么一句话。

"是啊，不信一会儿问饭饭。当时鹿哥也在车里，还说暴爷有重度洁癖。"万万又补了一刀。

天！杀了我吧！我吐那位爷一身？简直要命。谁来救救我啊！

"万万，我今天可不可以请假？"斐霏面如土色，心灰意冷地问道。

"昨天吃饭时你也听到了，对，那会儿你还没醉，严导说今儿咱们的戏份不轻，让好好表现来着，这可不是你说请假就能请的。况且今天躲过暴爷，明天呢？难不成天天不去？躲是躲不过去的。霏姐也别太担心，暴爷当时不是很生气，一会儿你见了他说几句好话，这事就过去了。"

也是啊，躲得过初一躲不过十五。怎么就那么倒霉呢？为啥偏偏是我吐了他一身。本来他就老针对我，这下我更抬不起头了。一脸尴尬的斐霏，心里碎碎念叨着。

"霏姐，你之前喝酒也是这样？几杯就倒了？"万万好奇地问。

"我要是说这是我第一次喝酒，你信吗？我真不知道我的酒量这么差。几杯就会不省人事。要知道是这样，当初就不喝了。本来想着喝酒壮壮胆，借酒胆履约，没想到，丢脸了。"

"是这样啊，霏姐，你这酒量确实太小了，不过你放心，以后只要有我在，我替你挡酒。"万万拍着胸脯说。

见万万信誓旦旦的模样，斐霏越发觉得她很可爱，窘迫的神情也就消散大半，她笑着说："谢谢你，听了你的话，我感觉好受多了。"

"那好，霏姐，咱们抓紧洗漱收拾一下，该去做装造了。刚饭饭打电话，我看你没醒，就让他先去了。"

"好的，终于是你督促我洗漱收拾了。"

斐霏和万万来到207装造室，很快完成了装造，正要去吃早餐，斐霏想起忘带手机了，对万万说："万万，你先去餐厅，我取一下手机。"

"好嘞，我先去找饭饭。"

斐霏坐电梯上了四楼，取到手机，随手拿了沈微鹿送的苹果，准备去吃早饭。电梯门打开的一瞬间，她发现角落里站着一个戴黑色棒球帽的人，仔细一看是秋彧。双手抱在胸前的秋彧看到是她，莞尔一笑。斐霏慌了神，进也不是，退也不是，正在左右为难时，眼看电梯门就要关闭，她索性硬着头皮跳了进去。

狭小的空间内顿时充满了尴尬的气息，斐霏看着手里的苹果，就客气地问："你……吃苹果吗？"说着，将苹果递出去，想缓和一下微妙的氛围。

"吃。"秋彧竟主动接过苹果，笑着回应。

斐霏慌了慌神儿，道："你别多想，这不是我买的，是微鹿送的。那个，昨天真是不好意思，听说把你衣服弄脏了，你，你没生气吧？其实昨天之前我根本不知道我喝醉会是那样。"

"哦，知道了。"秋彧平静地说。

知道了是什么意思？生气还是没生气？斐霏暗想，摸不清秋彧的想法，又说道："对了，要不把脏衣服给我吧，我给你洗干净。"

"不用了。"秋彧简短干脆地说。

忐忑的斐霏摸不清他的想法，更加惶惶不安。

看出斐霏的局促，秋彧补充道："昨天的事儿翻篇了，你别多想，好好开始今天的工作吧，狒狒。"

说话间，餐厅层到了，二人一前一后往致雅堂中餐厅走去。

不会吧，他也去致雅堂吃大锅饭，难道不开小灶？听万万说他是为出工方便回酒店住的，没想到还和大家一起吃早点？斐霏暗自揣度着，进了致雅堂。

众人看到走进来的秋彧，都傻了眼，议论纷纷，斐霏赶紧溜到一旁的角落，找了张空桌坐下，开始张望寻找万万和饭饭的踪迹，发现万万给她发了微信，说他们吃完了，正在酒店大堂取快递。

"秋哥，您怎么来了？"一名斐霏看起来面熟，但叫不起名的男生问秋彧。

"吃早餐。"秋彧面无表情地说。

"啊？您也来这儿吃早餐？"

"有什么不可以吗？"秋彧反问。

"没有，没有，就是看您之前没来过。您请坐，东东呢？要不要我去给您取吃的。"

"我自己来。"秋彧说完，咬了口手中的苹果，看到缩在一旁空桌边上的斐霏，终于嫣然一笑。在众人七嘴八舌发出的议论声中径直朝斐霏走了过去。

"这没人吧？"没等斐霏回答，秋彧就自顾自坐在斐霏的对面，啃着苹果。

"有……"斐霏见秋彧已坐下，便硬生生地将"人"字吞了下去，起身准备取餐。

"喂，狒狒，你难道不想帮昨天的受害者拿点儿吃的吗？"秋彧叫住了她。

"你，你刚才不是说都过去了吗？"斐霏皱着眉头嘀咕着。

"我说是让你别多想，可我受害者的身份没有改变啊，心灵的创伤一时半会儿还过不去。"秋彧故作委屈。

斐霏白了一眼秋彧，众目睽睽下不便与他理论，并且自知理亏，就小声问："服了你了，那你说，要吃什么？"

"你吃什么，给我也照样来一份。"

"这……"

"可别多想，就是想知道狒狒们喜欢吃什么，多了解一下小动物的习性。"秋彧嘴贫道。

"你！气死我了！"斐霏被秋彧的话气得火冒三丈，气冲冲地走向餐台。

看着斐霏怒气冲冲的背影，秋彧脸上闪过一丝笑意，心中冒出一些念头，我为什么这么喜欢逗她？难道我喜欢她？不可能。我怎么可能喜欢她？何况昨天她还吐了我一身。秋彧被自己的想法惊得直摇头。

斐霏端来满满当当的两个盘子，里面有包子、鸡蛋这些常见早点，只不过一盘明显肉比菜多，另一盘则摆满了青菜。斐霏把青菜的盘子递给秋彧，说："这包子是素的。"又转身取来两杯豆浆，递过去一杯后，她便自顾自地吃了起来。

秋彧见她记住了自己的喜好，非常开心，看到她那满满的一大盘高热量、高碳水食物，非常吃惊地问："这是你的饭？"

"怎么？少了还是多了？"斐霏疑惑地问。

秋彧闷声不再说话，埋头一顿乱吃，相对无言。周围的人见秋哥默不作声，一心干饭，也都大气不敢出，致雅堂变得异常安静。

万万和饭饭走进餐厅，看到斐霏，同时也看到了斐霏对面的秋彧，顿时震惊得不知所措，过去不是，不过去也不是。斐霏也发现了他俩，忙招呼道："你们回来了，来坐会儿，等我吃完。"还不忘嚼了几口包子。

万万的小半个屁股拘谨地坐在凳子上，对着秋彧傻笑了几下，悄声附耳问斐霏："霏姐，这是什么情况？暴爷也来吃饭，还坐你的对面？"

"恰巧碰到了。"斐霏鼓着腮帮子，费力地咀嚼着食物。

秋彧发话道："你喝口豆浆，别噎着，不然还得送你去医院。"

斐霏瞪了秋彧一眼，故意猛灌几口豆浆，心想就不能盼我点儿好吗？没承想，却被豆浆呛得不停地咳嗽。遇见他，我真是倒霉，每次都会出丑……斐霏气得憋红了脸，心里暗骂。

秋彧一脸看戏的表情。正在这时，东东走进了餐厅，往这边走过来，看到他正吃包子，惊讶地说："秋哥，你吃包子了？你最近不是在健身吗？"

"啊，原来你不吃包子，那米饭呢，面条呢？我给你拿的这些，不会都不合你的胃口吧？"斐霏问。

"别听东东瞎说，这些我平时多少都会吃一些的。"秋彧边说边往嘴里塞最后一口包子，嘟囔道："你慢慢吃，我先撤了。"边说边拉着东东往门口走去。

"东东，以后不该说的别说，尤其是在她面前。"秋彧给东东嘱咐着，由于吃得太撑还时不时地打着饱嗝。

"明白了，秋哥，你是不是……"

秋彧打断他的话："我只是不想在外人面前暴露过多隐私。"说完又打了一个饱嗝。

秋哥，可是你知道我要问什么吗，就斩钉截铁地否定。秋哥你不对劲儿，这隐私暴露的还少吗？还让霏姐他们坐私人车。东东暗想但不敢继续发问，只好说："明白了，要不要拿点儿健胃消食片？对了，您刚安排的事情办好了。"

秋彧走后，斐霏这边立刻围了一圈好奇的剧组人员，连珠炮式地问斐霏，"秋哥怎么会住酒店？""斐霏，秋哥为啥坐你对面用餐？还让你给他端饭，难道是有意雇你为助理？""秋哥的气场太强大了，斐霏，你是不也能感受到？"……

"可能他看见我对面没人，就坐了下来，自己又懒得起来取餐，就让我顺手一拿。其他的问题，我真的不知道，不好意思各位，我先撤了，一会儿见。"斐霏匆匆应付着同人们，赶紧结束早餐，拉着万万和饭饭下楼去集合了。

剧组大巴发动了，斐霏被万万和饭饭期待且热烈的眼神盯怕了，索性说："好吧，好吧，给你们说说，其实也没什么。"然后将发生的一切讲给他俩听。

"就这？"万万失望地说，"没再发生什么浪漫的事？"

　　万万估计自己也没意识到她非常关注秋彧和斐霏的互动，非常在意他俩的关系。

　　"什么浪漫的事，你的小脑瓜子在想什么？再说了，秋彧不是你的偶像吗？是你喜欢他，我可不喜欢，你要搞清楚哦！还浪漫的事，他只要别再嘲笑我，我就谢天谢地了。"

　　"虽然暴爷是我的偶像，可我把他单纯地当作偶像，我是他的事业粉，可不是女友粉。以我对暴爷的了解，总感觉他对你和对别人不同。霏姐，我是认真的。"

　　听到万万的这番话，饭饭眉头舒展，松了一口气。

　　"有吗？"斐霏疑惑地问。

　　"这很明显，霏姐。暴爷对女人是无感的，从没有多过半句交流，总是一脸冷漠。拍戏的时候有很多女顶流、女演员都想捆绑他炒作，或想追求他，都被他不近人情地拒之门外，包括走红毯的时候，和女搭档之间的空隙可以塞进两个人。有一次媒体采访，他的女搭档是郑颜柔，那人可是在公开场合对暴爷进行过表白，但丝毫没有得到他的回应，采访时她故意没站稳倒向暴爷，可暴爷呢，丝毫没有怜香惜玉，反而是迅速闪到一边，拒绝碰瓷的意思不要太明显。哈哈，这就是暴爷本爷！可是他对你就不一样，昨天你喝醉没站稳，他一把扶住你。你在他的车里吐他一身，他是那么有洁癖的人，却丝毫没有埋怨你。饭饭不是和东东住一间屋嘛，昨晚暴爷让东东回房间后买了酸奶、水果，拿给鹿哥，鹿哥又拿给了你。你知道这说明什么吗？"万万分析得头头是道，还不忘让饭饭确认。

　　"确实，昨晚东东回房间后，一直在忙着订酸奶、水果的外卖。"饭饭点了点头，补充道。

　　"什么？我从房间出来时，顺手拿了微鹿送的苹果，半道碰见了他，没话找话就递给他，他直接啃了。这样的话，他买的苹果我又转给了他。有点儿好笑。"

"啊，还有这回事？是好好笑！"万万诧异道。

大巴渐渐驶进城中心，斐霏望着窗外略显拥挤的街道，陷入沉思，他真像万万所说的，对我不一样？不会吧，我怎么没发现呢？不可能，他一个大明星，我一个在校学生，天差地别，怎么可能走到一起。什么，还走到一起，我是不想太多了？斐霏脑补了很多可能性，又被自己一一否定，在大巴到达停车点的那一刻，斐霏斩钉截铁地得出"不可能"的结论，便和万万、饭饭一同下车，准备开工。

今天的拍摄现场已从前阵子经历大悲的逸王府，移到几步之外，将要经历大喜的萧府。斐霏、万万和饭饭刚跨进萧府大门，就被华丽的布置惊得心情久久不能平复。

整个萧府被大红的绫罗绸缎、灿烂娇艳的鲜花、金光闪闪的烛台器皿等装扮得流光溢彩、绚烂夺目，让人瞬间置身于一场极致精美的视觉盛宴之中，与之前凄凉悲痛的逸王府形成极大的反差。

"不愧是萧大人的大婚之地，太隆重了。"万万环顾四周，惊叹道。

"今天是萧大人结婚的戏？他要跟谁结婚？"斐霏听到万万这么说，便诧异地问。

"哦，霏姐你昨晚喝醉了，大概没看群里的通告。我给你讲讲，萧大人被皇上赐婚，要和暗恋他的安美郡主成婚，当然这是安美郡主搞的鬼。萧大人呢，在不敢违抗皇命的前提下，靠自己的情报网络'荷花'系统得知，逸王因'爱'安美郡主不得，并因其背叛而起了杀心，准备在大婚当天动手，杀掉安美郡主并嫁祸于萧大人。萧大人已查明是逸王伙同安美郡主杀了自己的结发之妻逸王妃，而逸王和安美郡主有着说不清道不明的暧昧关系，萧大人苦于证据链不完整，不能做到百分之百将势力滔天的逸王与安美郡主绳之以法，因此没贸然行动，只好以静制动等待时机。'荷花'截获了这个情报，萧大人期待能引蛇出洞，先假意与安美郡主成婚，待逸王出手之时，一举将其拿下，再由逸王与安美郡主狗咬狗露出马脚，最后将证物、证人禀明皇上，得以沉冤昭雪。今天的戏呢，我和饭饭作为萧府的一员，肯定得在场。你呢，作为被萧大人秘密安排了隐藏任务的下属，也肯定得在萧大人的婚礼现场。我们就是露个脸的背景，把人物关系交代清楚就成。"

"这逸王和安美郡主也太坏了吧，都是蛇蝎心肠。安美郡主也是吃着碗里的看着锅里的主儿，我的天，剧情够狗血的。秋彧今天的戏份还挺重。刚才你说，我被安排了隐藏任务，剧本有交代吗？"

"有的，交代就几句话，说萧大人怕婚礼当天发生不可预知的事情，如发生了凶杀案，需要你立刻去查验。所以你必须以相当于现在的便衣法医的身份，出现在他的婚礼上。"万万给斐霏有条有理地解释道。

"明白了，万万你解释得够清楚。"

"霏姐，你知道谁演安美郡主吗？咱剧组的保密工作着实做得太好，之前知道有暴爷、鹿哥和天然哥，毕竟这部剧是男人戏嘛，现在没想到还冒出个女主角安美郡主。我昨晚看通告单上写着，女主角安美郡主是郑颜柔，我都惊呆了！"

"什么？就是你在车上提到的那位给秋彧表白过，还碰瓷他的郑颜柔？这都是什么修罗场啊！"斐霏感叹道，脸上划过一丝不易察觉的不悦。

"就是那位。真是说曹操，曹操到！霏姐，你看门口，她这不来了。还扭扭捏捏的和暴爷走在一起？哇，暴爷这身红衣绝了，太帅气了！"万万扫了眼萧府大门，对斐霏说。

顺着万万的眼神，斐霏看过去，与身穿红衣、霸气十足的秋彧那看过来的眼神撞在了一起，二人均没有躲开，对峙胶着，好像在互相较着劲儿，看谁先躲避，谁就输了似的。

"秋哥，你在看什么呀？"秋彧身边的女子见秋彧与斐霏对视，用撒娇的语气插了一句，然后便直勾勾地打量起斐霏。

秋彧并没回答她的问题，继续盯着斐霏，并朝斐霏这边快步走来。斐霏的眼神已从秋彧身上挪到女子身上，见是一位皮肤白皙、样貌清纯的气质美女，在凤冠霞帔、华丽嫁衣的映衬下，更加光彩照人、娇翠欲滴，还挺漂亮的。

"郑颜柔？"斐霏小声问万万。

"那可不！"万万回应说。

秋彧和郑颜柔一起向斐霏走来，看着身穿婚服的两人，郎才女貌，十分般配的样子，斐霏的心里有点儿不是滋味。

"你是新来的跟组演员？不会是天然哥说的，昨天蹭秋哥的车回酒店的那位吧？"看似柔柔弱弱、娇滴滴的郑颜柔，此时正趾高气扬、毫不客气地盯着斐霏粗鲁地问。

斐霏被这与刚才还嗲里嗲气"秋哥，你在看什么呀"的相反语气，震得有些丈二和尚摸不着头脑，一时不知该怎么回答。

秋彧没想到郑颜柔问得这么不客气，就抢先替斐霏解围道："她是斐霏，昨天是我主动送她回去的，不是蹭，这一点请你搞清楚。"

"秋哥，不要被她骗了，你了解她吗？万一……"郑颜柔回嘴道，要继续说下去，却被不知什么时候走近的楚天然拦住了话头。

"柔柔，你可别乱说话，我昨天在现场，是斐霏喝醉了，彧彧好意送斐霏还有她的同伴们回的酒店。彧彧，你也别怪柔柔，她是真的担心你被别有用心的人骗了，当然不是说斐霏。"楚天然顿了顿，又对斐霏说："实在不好意思，斐霏，柔柔不懂事，我替她向你道歉。昨天是有工作人员问起你，我说彧彧送你们回去了，没承想被路上遇到的柔柔听了一嘴，造成了误会。真对不起，给你造成困扰了。"

听到之前喜欢过的楚天然诚恳地向自己道歉，斐霏忙说："天然哥，没事的，误会解开就好。我并没放在心上。"

"那就好，斐霏，谢谢你。柔柔，你跟我去那边，我有话跟你说。"楚天然把郑颜柔喊到一边。

"天然哥，你怎么还给她道上歉了？"郑颜柔一脸的不高兴，嗲声嗲气地抱怨着。

"柔柔，你怎么能当着秋彧的面那样说话？知道不，表面上看起来在为难斐霏，实际呢，不是在打秋彧的脸吗？昨天就是他主动提出送斐霏他们的，你这样做让他下不了台，还怎么追求他？还好，我刚才帮你解了围，要不然引起他对你的反感，岂不是得不偿失？"楚天然不温不火地说。

"呀，还真是这么回事。可不能让秋哥讨厌我，谢谢天然哥的提醒。"郑颜柔恍然大悟，回应道。

"你呀，就得身边有人提醒你。"

"天然哥，有你在身边真好，像我的大哥哥，以后我都听你的。在追秋哥这件事上，天然哥你一定要帮我啊。"郑颜柔央求道。

"放心吧，不过这事不能操之过急，还须从长计议。"楚天然说道，眼角划过一丝阴冷的寒光。

秋彧见斐霏这么轻易就接受了楚天然替郑颜柔道的歉，心疼地说："郑颜柔那么说你，你居然不还嘴，楚天然替她道歉，你就接受了？还喊他天然哥？对了，你不是爱喊别人老师，怎么不喊他楚老师？对我那么凶，刚刚怎么就一反常态？"

"刚不是有你替我说嘛，还用我说什么？行行，楚老师。再说了，楚老师那么诚恳地替她向我道歉，我也不能太为难别人吧。咦，我平时对你很凶吗？"斐霏笑说，感觉经过昨天的事，两人现在说起话来的语气有微妙的变化。

"有啊，一直都很凶。"秋彧说着，看到严导向他招手，回头看了看没什么事情的斐霏，径直走了过去。

"郑颜柔刚刚就是故意刁难你，让你难堪。幸好，有秋哥在。"万万愤愤地插嘴道，"对了，霏姐，你有没有觉得秋哥和你说话的语气，居然带点儿撒娇，不会是我的错觉吧？"万万又不可置信地补充道。

"肯定是你的错觉，秋彧怎么会对我撒娇。算了，郑颜柔的事不多想了，应该就是误会。"斐霏反过来安抚万万。

"霏姐，你不了解她，她可是……"

万万还要继续说下去，被斐霏打断，说："好啦，万万，这事就此打住哦，黄导在那边招手，准备开工吧。"

黄导讲的这场戏，对斐霏、万万和饭饭来说相对轻松，就是充当萧大人婚礼上一众人中的一员，镜头带过时做出合适的表情，交代清楚背景就好。对秋彧来说，这场戏则是重头戏，需要呈现的是戏中戏的感觉。他心知婚礼其实是在做戏，为的是将罪犯一举抓获，为此需要将一切安排妥当，但又不能被人看出内心活动，非常考验演技。但秋彧毕竟是秋彧，他扛住了考验，拍摄非常顺利。

时间一点一滴流过，到了晚上，要拍重中之重的萧大人与安美郡主喝交杯酒的戏。

"严导，能不能暂停一下，我想把萧大人和安美郡主拜堂、亲吻的戏份加上，显得逻辑更加清晰。"郑颜柔娇声娇气地问着严导，一脸期待。

"可恶的女人，郑颜柔明明就是'蒸腌肉'，咋会有粉丝喜欢她。还想篡改剧本，揩暴爷的油，和暴爷拜堂、亲吻。"万万愤愤不平地吐槽道。

"什么意思？"斐霏问。

"霏姐，昨晚发群里的剧本就没提萧大人和安美郡主真要拜堂，剧中的萧大人并不是真喜欢安美郡主，他知道安美郡主是嫌犯之一，更不可能和她拜堂。萧大人是通过'荷花'情报系统知道，逸王将毒药涂在了他们喝交杯酒的酒杯上了，因此萧大人说他很激动很紧张，提议在拜堂前先喝杯交杯酒，自动略过了拜堂的步骤。对安美郡主，萧大人只有尽快将其绳之以法的心思。"显然，万万昨晚认真研读了剧本，讲起戏来头头是道，逻辑严谨。

"万万，我貌似发现了一个问题，如果逸王把毒药下到酒杯上，岂不是萧大人也会中毒？逸王对两人都起了杀心，那还咋栽赃陷害萧大人？"斐霏跟万万探讨起了剧情。

"霏姐你说得没错，万万忘了交代另一个故事背景，就是这种毒药需要与另一种毒药同一天配合服下才会中毒身亡，单服一种没事。其实逸王早已买通了安美郡主的贴身丫鬟，将另一种毒药放入她的唇脂中，已在安美郡主大婚的当天涂抹到她的嘴唇上，当她喝到毒酒时，就会毒发身亡。萧大人只喝毒酒的话，就不会发生任何事情。"饭饭补充道。

"饭饭说的没错。萧大人早已将酒杯调换，放入了另外一种药物，当安美郡主喝酒后，会当场晕过去，暂时封闭住气息，但对身体无碍，却可以让逸王以为她中毒身亡，误以为计划得逞，从而进一步栽赃萧大人，使其露出马脚，当萧大人再拿出人证、物证，让其无法抵赖。安美郡主服下解药醒来，知晓所发生的一切后，对逸王痛恨得咬牙切齿，就将她知道的一切全部招供，而逸王对安美郡主进行报复，死咬住安美郡主是他的帮凶。萧大人将二人绳之以法，真相大白。按剧情来发展，导演怎么可能加入萧大人与安美郡主拜堂、接吻的戏！"万万又义愤填膺地吐槽道。

郑颜柔和严导死缠烂打着，以观众喜欢看亲热场面为由，煞费苦心地说服着。严导一脸看好戏的样子，将难题抛给秋彧，说："彧彧，你怎么看？"

"不加。"秋彧回答得简单干脆，丝毫没解释半个字。

"为什么啊，秋哥？"郑颜柔撒娇道，"咱这部戏主要是男人戏，本来就缺少情爱、亲密的戏份，适当增加这些情节，可以弥补短板，增加亮点看点，提高收视率，是百利而无一害啊。"

"还为什么，你不知道？"秋彧冷峻霸气的话音让人打战，斐霏好像第一次看见秋彧这么严肃。

"剧中萧大人是什么性格你不知道吗？安美郡主的坏大家有目共睹，观众怎么会盼望着萧大人和这么坏的安美郡主真拜堂、真亲密的情节？加上的话，那简直是侮辱观众的智商。"秋彧不客气地说道，冰冷严厉的语气叫人退避三舍。

"秋哥，我不是那个意思，本来想着……"郑颜柔一脸委屈地想做解释，但不知如何开口。

"好了，颜柔就别说了，彧彧的话其实也是我的看法，你的提议已耽误了不少时间，还是按原计划赶紧开拍。"严导平和的语气中不乏带些严肃。

郑颜柔也不好再说什么，一脸不悦，在大家忙着准备开拍时，她恰好看到站旁边整理衣角的斐霏，趁其没注意，就跟跟跄跄地推着斐霏倒了下去，倒地的瞬间还不忘将斐霏垫在自己的下面，并顺势用自己脚上笨重的唐朝重台履鞋子狠狠踩在斐霏的脚踝上，撒了在秋彧那里受的气。

"哎哟，你干吗要推我？"郑颜柔故意推倒斐霏，这时却恶人先告状，演了这么一出，对斐霏嚷嚷道。

"什么啊，明明是你过来撞倒的霏姐，还抵赖。霏姐，你没事吧？"目睹郑颜柔拙劣伎俩的万万，心疼地喊道，伸手去扶斐霏。另一边的饭饭见状也向斐霏走过来。突然，一个模糊的红影闪过，是秋彧，他一把拉起斐霏，看到她红肿的脚踝，直接抱起她，往萧府门外走去，喊道："东东，去医院。"

斐霏在秋彧的怀里挣扎，慌忙喊："快放我下来，我没事。"

秋彧不顾斐霏的抗议，加快了步伐，道："别乱动，脚踝都肿了。"

郑颜柔见秋彧闪过来，以为是扶自己的，没想到他一把抱起了斐霏，郑颜柔气得朝远去的秋彧哇哇乱叫："秋哥，是斐霏故意把我推到了，真是她！"

秋彧听到后，脸上闪现出了不屑的神情，他并没有回头去理会那叫苦连天的郑颜柔，而是温柔地低头问在他怀里的斐霏："狒狒，你告诉我，是她故意推的你吧，只要你说是，我一定饶不了她。"

要是搁前段时间，斐霏会强硬起来，为自己讨回公道，但现在听到秋彧保护她的话语，心里顿时感到温暖，以前自己替别人出头，现在居然有人为她出头，她也不想给秋彧惹麻烦，让秋彧和郑颜柔纠缠不清，便说："我也不知道是怎么回事，可能两个人都没站稳，就稀里糊涂摔倒了。"

秋彧听后，默不作声，把斐霏温柔地放在车后座上，要带她去医院拍片子。斐霏见状忙阻拦道："秋彧，我没事的，如果你不放心，让东东和小王陪我去，你今天的戏份很重，剧组还有那么多人在等你，别耽误大家的工作，再说你的身份去医院也不方便啊，万一被狗仔看到，就麻烦了，也别给人家医院惹麻烦，是不是？"

秋彧看到斐霏认真的神情，想到这是她第一次喊自己的名字，十分高兴，便说："这样，你去拍片子，如有问题，让东东第一时间联系我。"

"好的，你快回去，大家都在等。"斐霏说着，急急让关了车门，和东东、小王一起驶出清明上河图影视城。

秋彧黑着脸回到萧府，虽然心情不佳，但当严导喊了开拍，瞬间切回工作状态，这就是职业演员的素养。

时间一点一滴流逝着，这会儿是接近收尾前的短暂休息时间。"暴爷，斐霏姐没事吧？刚给她发了微信，没收到回复。"万万拉着饭饭，小心翼翼地问秋彧。

"东东说片子出来了，人没事，医生给开了外敷的药，几天就可以恢复。今天她的镜头也带到了，刚才请示严导后，让小王直接送她回酒店休息。估计现在在睡觉吧。"秋彧见万万和饭饭十分紧张，耐心地解释道。

"哦哦，那就好，霏姐没事就好。"万万松了口气说，又看了看秋彧，没忍住道："暴爷，你对霏姐真好，当你粉丝这么多年，从没见过或听过你对其他女生这样的。"

秋彧怔了怔，自言自语道："有吗？同事受伤，我不应该吗？"

万万和饭饭相视而笑，不再作答。很快他们就迎来了今天的收尾工作。秋彧工作起来效率特别高，很快搞定了最后一个镜头。导演喊卡后，他火急火燎先行离开，东东则一路小跑跟在后面。

"你刚送狒狒回去，知道她住哪个房间吧。带我去看看。"秋彧对着紧赶慢赶追上来的东东说道。

"知道，秋哥，她就在我的隔壁，医生说她没大碍，休息几天就成，你别太担心了。"

"我担心了吗？要说担心，是担心她影响剧组的拍摄。"秋彧嘴硬道。

"好，好，秋哥，我明白了。"东东笑答，却在不停地摇头，忍不住嘟囔，"真拿您没办法。"

"你小子嘟囔什么？"秋彧说，"还不赶紧上车？"

斐霏回到房间，觉得有些疲惫，躺在床上不知不觉睡着了，醒来时发现万万和饭饭给她发了一长串微信，"哎呀，糟糕！都没给万万和饭饭报平安。"

斐霏正要回信息，砰砰砰，敲门声响起，她以为是万万回来了，说："没带房卡吗？万万，稍等。"

门开了，站着秋彧和东东，斐霏看着秋彧，吃惊地问："你咋

129

来了？"

"看看你的伤势，怕你耽误拍摄进度。"秋彧还是一如既往的嘴硬。

"我没事，明天就能回剧组继续搬砖。"斐霏噘着小嘴说。

东东生怕两人越聊越偏，忙圆场道："霏姐，秋哥今天收工就着急赶回来看你，车上换的衣服，妆都还没来得及卸，很担心你的。"

斐霏这才注意到，秋彧确实还带着装造，只换了衣服，看得出行色匆匆，顿时感觉温暖万分，语气缓和下来，说："你也累了一天，快回去休息吧。我真没事，明天准时出工。"

"你别误会，我很喜欢今天的装造，一会儿回去是要拍几张照片留念，可不是东东说的那样。"秋彧不好意思地说，想了想，又说："这几天你还是好好休息，我替你向严导请假，看能不能调整一下拍摄顺序？"

"千万不要这样，剧组协调本来就很复杂，因为我打乱计划，我会不安的。再说，医生的话东东都听见了，一点儿事没有，真的，东东你说呀。"

"秋哥，医生确实说没大问题，就说注意别再磕碰。"

"既然你们这么说了，行吧，不过你得答应我一个条件，这段时间出工的时候坐我的车，毕竟比大巴车方便，有什么问题东东照顾你。"

坐你的车？斐霏默想那东东岂不是成了我的助理？但她又不好将此话说出，只好应承："那就谢谢秋老师的好意。"

"还喊秋老师？需要这么陌生？你今天不是叫了我的全名，以后就喊秋彧。"秋彧霸气地说道。

"这……"斐霏暗想好像没听别人敢这么喊他的。听到他说得斩钉截铁，就说："好吧，那我就叫你，秋彧。"

"嗯，这比秋老师听着顺耳。不过你别多想，我是觉得同事之间整天老师、老师地喊，没意思。行，早点儿睡吧，明天开始也不要那么早做装造，我给刘老师说一下，这段时间你去现场了再弄。明早八点东东带你去地下停车场。"

"好的，晚安，秋彧、东东，明天见。"

"霏姐，以后咱们不能一起出发了。"稍后回房的万万听了斐霏的叙述，颇感失望地说。顿了顿又说："霏姐，我真的好羡慕你，暴爷太好了，对你特别好。"

"我觉得他就是看见同事受伤，同情心泛滥起来，想照顾一下而已，你可别多想。"斐霏对万万说着的同时，也在说服着自己。

"霏姐，我可是暴爷的死忠粉，粉他多少年了，也没听到他对其他女生这样的啊。"

"你看到的是他公开展现的一面，私下的一面你并不了解。"

"不管怎样，我还是坚信我的直觉。咱们拭目以待，总会有你承认的那一天。"万万不懈坚持地说。

她俩你一言我一语说着，很快撑不住眼皮，睡意昏沉，甜甜地进入梦乡。

斐霏一觉醒来，万万已不在房间，估计是怕吵到自己，起来也没弄出动静。斐霏一看表已是七点半，足足比平时晚起两个小时。"真托了秋彧的福，早上多睡这么久。"斐霏自言自语道，快速洗漱收拾了一番，听到东东在门口喊："霏姐，我在门口哦，您起来了吗？不着急，慢慢来。"

"我已经好了，这就出来。"斐霏回应着，拖着受伤的脚向门口走去，脚踝处的红肿已退了一些。

东东搀扶着斐霏来到地下停车场，秋彧已坐在车里，正抱着电脑处理着文件。看到斐霏就停下手头工作，搭把手把她扶上车，接着问："狒狒，今天感觉怎么样了？"

"好多了，红肿消下去一些，已经没事了。"斐霏笑嘻嘻地答道，问："你在处理工作？"

"哦，我九月中下旬要去美国开演唱会，这是有关资料。"秋彧说。

"要去哪个城市？巧了，我九月中旬也要去美国开会。"

"哦？你去哪个城市？"秋彧顿时来了精神。

"旧金山。"

"旧金山。"

斐霏和秋彧异口同声地说出了答案，两人都笑出了声。

"蛮神奇的。"斐霏脱口而出。

"对了，你还没吃早餐吧，我让东东随便买了点儿，先凑合着吃两口。"秋彧说道，拿起准备好的两个袋子，递给斐霏一袋，自己拿起另一袋。

斐霏惊讶了，袋子里都是她昨天吃早餐时选的，除包子、豆浆、油条和鸡蛋，还有排骨和水果。这是"随便买了点儿"？简直不要太丰富了。斐霏暗暗称赞，也不多想，用消毒湿巾擦了手，抓起一个包子就啃，"哇，这个好好吃。"

秋彧看她吃得这么满足，十分开心，自己瞬间也有了胃口，打开一大盒没沙拉酱的沙拉、一小碗清炒豆腐和一个鸡蛋，外加一瓶牛奶，吃了起来。

"秋彧，你一直吃这么素的？没半点儿肉，碳水也没？"斐霏问，想到昨天给他拿了那么多高碳水食物，觉得真是莽撞，很不好意思。

东东见两人吃得有滋有味，忍不住偷笑着，小声对斐霏说："霏姐，我跟秋哥这么久了，这还是他第一次在车上吃东西。"

"啊，真的？"

"对啊，秋哥有洁癖，从不在车上吃东西。"

"你俩说什么呢，大声点儿，我听不见。"

"秋哥，霏姐夸早餐好吃。"东东笑嘻嘻地说，给斐霏眨了眨眼睛。

"你把手机给我一下。"秋彧对斐霏说道。

"干吗？"斐霏狐疑，却还是把手机递了过去。

秋彧拿斐霏的手机照了照她，人脸识别解锁后，打开微信，输入一长串字符，加了好友，通过后把手机还给了斐霏。斐霏一看，好友列表里多了个人，昵称就是秋彧。

"有了微信，联系起来方便。"秋彧一脸平静地说。

"哦，好的。"

车子停在了萧府旁，此时剧组工作人员已来了很多，正忙着布置片场。秋彧扶着斐霏下了车，一起去房车里做装造。一上房车，刘老师已等在那里，见斐霏上来，问："斐霏，听说你脚踝受伤了，现在感觉怎么样？"

"谢谢刘老师关心，已没有大碍了。"

"那就好。"刘老师说着，先让斐霏在一旁休息，有条不紊地开始给秋彧做装造。斐霏看着素颜就天生丽质的秋彧，经过刘老师亲手打造后，五官更显精致、隽秀，透着淡淡的疏离感，"简直是绝世容颜。"她不自觉地嘟囔道。

"你说什么？"秋彧见她嘟囔，就问。

"啊，没什么。"斐霏心虚地搪塞道。

当二人均已做完装造，准备下车去片场，沈微鹿的声音从房车外传来："秋哥，霏姐，你们在里面吗？刚听说霏姐受伤了，严重不？哎呀，昨天我要在片场的话，一定不让那'腌肉'伤了霏姐。"

"我没事，微鹿，谢谢你的关心。"

"也就是你心大，霏姐，你不了解那'腌肉'，天天死缠着我秋大哥，做梦都想成为我大嫂。"沈微鹿开始八卦道。

"好了，鹿子，去片场吧。"秋彧打断他的话。

三人迈过萧府的门槛，斐霏感到有一束寒光刺向自己，顺着望过去，果然是郑颜柔，正咬牙切齿地盯着她。

"秋哥，听说她今天是坐你的车来的？你咋就不信我呢？你才认识她几天，却宁可信她也不信我？"郑颜柔对秋彧撒娇地说。

"吵什么吵，大姐，有啥事我们就不能好好说？"沈微鹿厌烦地看着郑颜柔说。

"昨天的事我不想再追究了，但今后你要是再伤了斐霏，那就是和我作对。你可要想清楚。好了，开工吧。"秋彧严肃地回应着，语气冰冷，让听着的人不敢再作声。

"秋哥，你……"郑颜柔还想说什么，看到楚天然微微地向她摇头，只好不再作声。

拍摄的时间是紧张充实的。很快，又到了收工的点，秋彧照样让斐霏坐他的车回酒店，饭饭和万万还是乘大巴车返回。

"秋哥，您现在每天回酒店住，但是好多天没在酒店门口营业了，今天睿哥要我提醒您，您看？"东东提醒着秋彧。

"知道了，再过几天吧。"秋彧若有所思地说道。

"秋彧，我坐了你的车，是不是你不方便出现在酒店门口？"斐霏敏感地问道。

"你想多了，就踏踏实实地坐吧。明天还是老时间。"

一连好多天，斐霏乘秋彧的顺风车上下班。其实，她的脚早好了，主动提出要和万万、饭饭一起坐大巴车。秋彧说希望她能好彻底，不要落下病根，以工伤赖着剧组，说服她继续乘自己的车。他还在车里摆满零食水果，以便斐霏随时吃喝。

秋彧还是从前的秋哥吗？东东冒出这样的想法。

秋彧呢，也不理会经纪人刘星睿的提醒，让好久见不到他的粉丝们怨声载道。

很快就迎来了剧组的杀青日。当天剧组为秋彧准备了鲜花，粉丝也来为他送祝福，花篮摆了满满当当好多排，还有粉丝亲手做的蛋糕、卡片和各种小礼物。秋彧深受感动，等深夜最后一个镜头结束拍摄后，就来到片场外，与等候多时的粉丝拍了一张大合照，还为粉丝们买了奶茶和炸鸡。一时间，场外到处洋溢着喜悦与欢乐。

与粉丝互动后，秋彧又匆匆回到片场，和严导一起切开印有"杀青快乐播出顺利"字样的蛋糕，与所有工作人员拍摄了大合照，又给每名工作人员送上精心准备的大礼包，里面有他代言的保温杯，香薰精油、香薰机套装，还有一盒进口巧克力。

收到秋彧的礼物，众人都开心无比，万万简直乐坏了，跟好姐妹们打电话炫耀。

秋彧看到表情有点儿复杂的斐霏，问："狒狒，你没事吧？"

"没什么，就是感叹时间过得太快了，好像入组是昨天的事，一晃就一个月了。跟大家相处十分开心，尤其和饭饭、万万、微鹿，还有……真有点儿不舍。"斐霏惆怅地说道，想说还有你秋彧，但又怕秋彧多想。二人马上就要分道扬镳，各走各的道路，各有各的前程。

"狒狒，我给你单独准备了一份礼物，你猜是什么？"秋彧说，还没等斐霏猜，他就喊着东东，把礼物抱了过来。

一只足有半个人高，丑萌丑萌的灰色狒狒毛绒玩具，被东东晃晃悠悠抱来，"霏姐，这是秋哥特意为你单独准备的礼物哦。"

"什么啊，狒狒！"斐霏疑惑地看着丑丑的又可爱的狒狒，又生气又好笑，调侃道"敢情玩一个谐音梗玩到了杀青，是吧，秋彧？"

"你不觉得，斐霏？狒狒？很像吗？你们难道不是同种生物？希望你快乐。"秋彧发自肺腑地说道。可能他从没对别人说过这种话，说话间脸色通红，忙用手挠挠头，掩饰着尴尬。

"谢谢你，秋彧，这狒狒确实挺可爱的，我会把它摆在宿舍。这段剧组时光真的很快乐，和我的学习经历相比，是很不一样的体验，我会很珍惜的。谢谢你对我照顾有加，希望你的未来越来越好，我会在屏幕前一直关注你、为你加油的！"斐霏发自肺腑并很有边界感地说道。

"咱们来张单独的合照。东东，过来给我们拍。"

"我的天，这是秋哥第一次主动要求和别人合影。"东东一边认真给秋彧和斐霏拍着合影，一边兴奋地小声嘟囔道。

万万见此状况，立马拉着饭饭跑了过来。秋彧和斐霏合完影，万万问："暴爷，我也想和您单独照一个，不知可以不？"

"万万可是你最忠实的粉丝，天天念叨你名字，我的耳朵都听出茧来了。"斐霏笑着吐槽。

"可以。"秋彧听斐霏都这么说了，就回应道。饭饭举起手机，记录下这对于万万来说宝贵的一瞬间。

刚和万万合影完，秋彧便被严导喊去，他对斐霏嘱咐道："一会儿还坐我的车回，东东你把狒狒先放车上，狒狒抱着狒狒不方便。"说完便离开了。

"哇，简直太开心了，霏姐，我竟然和暴爷单独合影了。"万万看着和秋彧的合影，兴奋地喊道。这一喊不得了，把不远处的郑颜柔吸引了过来。

"我当是谁呢？原来是没见过世面的乡巴佬。当然，乡巴佬的朋友也是乡巴佬。"郑颜柔一点儿不留情面地挖苦着。

"你倒是见过世面，不照样天天缠着暴爷，可暴爷搭理过你吗？"万万毫不客气地回击道。她才不忌惮郑颜柔。

"你！土包子，再说一遍试试！"郑颜柔声嘶力竭地喊道，已经气得说话结结巴巴了。

"我说过了，为何还要再说？你让我说我就说，那我成什么了？"万万做着鬼脸，轻蔑地说道。

"不得了，看我不撕烂你的嘴！"郑颜柔恼羞成怒地说着，作势要去打万万的脸。

斐霏和饭饭看情况不妙，立即挺身而出，站在万万前面，一左一右护住她。郑颜柔还要打过来，饭饭不好动手阻拦，只得用身体挡着。

眼看郑颜柔的巴掌就要打下来时，她的背后传来一个冷冰冰的声音："你要干什么？"正是秋彧。

"啊，秋哥，你不是去严导那边了吗？"郑颜柔有点儿蒙。缓了一下，她装出可怜兮兮的样子哭诉："秋哥你看，他们仨一起欺负我，你可要帮我做主。"

"明明是你先讽刺我和霏姐，还要打人，咋就变成我们仨欺负你？好一个恶人先告状。"万万快言快语道。

郑颜柔自知理亏，也掂不准刚刚那幕被秋彧看去了多少，又想在秋彧面前留下好印象，竟破天荒地说："算了，我也不与你们计较，我吃点儿亏吧。"她又委屈地对秋彧说："秋哥，那我先回了，有点儿累了，我们明天中午的杀青宴见。"

"这女人太会装了，她的粉丝到底知不知道她的真实嘴脸？"望着郑颜柔的背影，万万愤愤不平地说道。

"好了，也没造成什么伤害，再说以后咱们也不会和她打交道了。"

斐霏安慰着万万。

秋彧一脸厌烦地看着郑颜柔离开，问斐霏："狒狒，你们真没事吧？"

"没事，就是拌了几句嘴。"斐霏心情略感复杂地答道，又说："对了，明天中午的杀青宴我就不参加了，今天收到朋友的微信，他们明天一大早要来找我，接我回安城。所以，我就先陪他们在横店转转。秋彧，再次祝贺你主演的电视剧顺利杀青，也期待顺利播出。一会儿就别送我了，我和万万、饭饭一起回去。"

"霏姐，来的是你什么朋友啊，怎么没听你说起过？是男的还是女的？还亲自接你回去？"万万瞅了瞅皱起眉头的秋彧，小心翼翼地问道。

"同学啦，也是我的发小，他们两人是兄妹。你们明天杀青宴上，可要替我多敬秋彧几杯，好好庆祝一下。"

听到斐霏不参加杀青宴，秋彧心情不佳起来，又听到斐霏的这番话，他顿感失落地说："要敬酒就自己来，委托别人算怎么回事？东东，我们走。"

"秋哥，可是，你不等霏姐了？她的狒狒还在车上。"东东在后面追着秋彧问。

望着秋彧大步离开，斐霏的心里空落落的。

"饭饭，暴爷是不是真生气了？"万万紧张地问。

"看样子是的。"饭饭敏锐地答道。

"霏姐你也是，暴爷平日里对你那么好，杀青宴这么重要的场合你却不参加，还要去找朋友，惹得暴爷不是要生气嘛。霏姐，先去参加杀青宴，再去找朋友，好吗？"万万苦口婆心地劝说。

但斐霏早已做出了决定，一来她不想在杀青宴上表现得太伤感；二来她听到郑颜柔很期待杀青宴，她不想再去搅动风波；三来确实是李沫伊和李槿逸兄妹要来找她玩，并接她一起回去。

　　面对苦苦劝说的万万，斐霏说："万万，我理解你的心情，我的朋友们来，不能把他们晾在一边，况且明天中午的杀青宴有那么多人参加，不缺我。明天晚上，我安排咱几个聚一下，时光飞逝，眼看就要各奔东西。"

　　听到斐霏语气坚决，万万也不便再多说什么。三人与剧组同事乘坐大巴回了酒店。在走廊里，斐霏看到东东站在她的房间门口，怀里抱着大狒狒。"霏姐，你的礼物忘车里了。"

　　"东东，谢谢。你是不等了好一会儿？"斐霏问道。

　　"没多久，霏姐，不知有句话当讲不当讲，就是，回来的路上，秋哥冷着脸，你们之间到底发生了什么？秋哥对你绝对是很真诚的。"

　　"没有发生什么，总之，谢谢你，快回去休息吧。"斐霏和东东道别，抱着狒狒走进房间，心情久久不能平静，满脑子晃动的都是秋彧和最近与他发生的事，同时，"我俩不可能，不要深陷其中"的思绪，也在萦绕，一夜未眠。

Part10 横店探班

　　天刚蒙蒙亮，斐霏便早早起床，洗漱后，开始读文献。过了一会儿李沫伊的微信发来了。她忙来到酒店大堂，看到从一辆黑色高级商务车上走下来李沫伊和李槿逸，这对身材高挑、面容姣好的兄妹俩，走在一起十分养眼，让蹲守明星的众多粉丝纷纷慌了神儿，议论道："他们是哪个团的？""小姐姐太酷飒了！""小哥哥看着好贵公子，是我的理想型，追定了！"

　　"沫沫，槿哥，你们来了。"斐霏说着跑上去拥抱着李沫伊。

　　"我可想死你了，霏霏，你这一走一个多月。"李沫伊见到斐霏，无比开心地说东说西。

　　"我马上就要回去了，你们咋还来了？"

　　"是我哥，他早按捺不住，说来看看你这里是什么情况，但又怕打扰你的工作。前天听说你的工作要结束了，就迫不及待地拉着我过来。"李沫伊一脸看戏般的表情，打趣着李槿逸。

　　李槿逸已是脸色绯红，他故作镇定地说："我在杭城办事，离横店这么近，就顺道来转转，然后正好一起回去。霏霏，看起来你的气色不太好，累着了？"

　　"槿哥，其实昨晚我没睡好，不过没事。杭城的事，你办妥了吗？"

斐霏问。

"妥了，昨天到杭城和王总聊了几句，事情就处理好了。他听说我们要来横店，就派了专车，负责这几天的日常出行。"

和王总聊几句就把事情处理好了？斐霏已然明白，办事是借口，目的是看她。"槿哥，沬沬，这几天我带你们在这边好好逛逛，放松几天。附近有一家私房菜，特别好吃，一会儿咱们去尝尝。"

"听你的。哎？这是什么情况？"李沬伊指着门口议论纷纷的粉丝。

"你们可能不知道，雷布加森酒店在横店算是最好的一家，因此好多顶流明星会住这里，他们的粉丝为了能见到明星本人，就在酒店门口蹲着，期待能一睹明星真容。另外还有跟拍、代拍、狗仔什么的。我猜刚刚粉丝把你俩当成才出道的明星了。不瞒你们说，我也经历过这样的事。"斐霏给李沬伊和李槿逸详细解释着。

"暴爷出来了！""哇，这个点居然能看到暴爷？""暴爷很多天没有营业了啊，今天居然现身了！"……各种激动的声音从粉丝中传来，一石激起千层浪。

"秋彧也住这里？"李沬伊好奇且激动地问。

"谁？"李槿逸一脸迷惑地问，不待李沬伊回答，三人便看到一位身材高挑、散发着生人勿近气息的男子，在一众粉丝和保安的簇拥下，从酒店大堂里走了出来。他穿一身黑色且宽松的短袖、短裤，脚踩一双黑色帆布鞋，后跟踩了下去，穿出拖鞋的感觉，外戴一顶黑色渔夫帽，由于脸很小的缘故，帽子遮住了上半张脸。

大概是因为秋彧的戏昨天杀青，今天门口聚集的粉丝格外多。平时秋彧进出酒店是大步流星，此时他只得在拥挤的人群中缓缓挪步，一抬头发现了斐霏和她身边的同伴。秋彧将帽子往后扯了扯，露出整张脸，死死盯着斐霏。

　　粉丝看到露出整张脸的秋彧，开始了更加疯狂的喊叫、拍照，一时间场面十分火爆。

　　李槿逸看到直勾勾盯着斐霏的秋彧，就靠近斐霏，贴着她的耳朵大声地问："霏霏，你认识他吗？他好像认识你。"

　　"槿哥，他就是秋彧，是我们剧组的男一号。"斐霏也凑在李槿逸耳朵边上大声地说，在嘈杂的人群中说话真的是一件很费力气的事情。

　　"哦？"李槿逸看着秋彧霸道的眼神，心中升起了不太好的预感，燃起了他潜在的竞争意识。

　　"啊！霏霏，你居然在秋彧的剧组。"李沫伊惊叹道。

　　秋彧见斐霏和身边的男生凑在一起咬耳朵，气不打一处来，他的脸色顿时沉了下去，拨拉开拥挤的人群，醋味十足的快步跃上黑色大奔，但目光还是情不自禁地投向斐霏那边。

　　"秋哥，霏姐的朋友们果然也长得好看。"东东一边关车门，一边对秋彧说。见秋彧默不作声，东东这才发现了秋彧的异样，连忙乖乖闭了嘴。

　　车子缓缓地驶出酒店大门，在空旷的道路上疾驰，若有所思的秋彧对司机说："先回趟别墅，再去杀青宴。"又对东东说："你让张嫂把我那身白色衣服熨一下，回去换。"

　　"秋哥，可是您身上的不也是刚刚才换的？"东东嘀咕道，暗想莫不是看到霏姐穿了白裙子，所以才……

　　"东东，你嘀咕个什么，我发现最近你这嘴可是越来越碎了。"

　　"没有，秋哥，您听错了，我这就给张嫂打电话。"东东说着，忙拨了电话。

　　李槿逸看着秋彧的车驶离视野，问斐霏："霏霏，你和那位，秋彧，很熟吗？他一直在看你。"

"我们才认识，他在剧组挺照顾我的。"斐霏平淡地说着，不想再继续这个话题，就把话锋一转，"槿哥，咱们先办理入住吧。"

李槿逸和李沫伊在各自的房间里简单收拾了一下，便与斐霏会合，坐上从杭城带来的商务专车出发了。

"横店的太阳好大啊，比起安城，确实闷热。"李沫伊擦着汗说。

"确实，我待了一个多月，几乎每天都是艳阳天，都很湿热，我们还得从早到晚穿古装戏服，里三层外三层特别厚重，拍戏真不容易。"斐霏感慨一番，又说，"我这里有剧照，你们要不要看？"

"当然要看。"李槿逸和李沫伊异口同声。

"好漂亮。"李槿逸看着照片，赞叹着。

"真不愧是我的姐妹，好好看。对了，除了拍戏，你的调研有收获吗？"李沫伊问。

"那是必须的，实践出真知，要写精彩的文章，就得现场考察，发现切实、有价值的研究问题，再通过田野调查进行观察，阅读文献后再进一步细化研究问题。这段时间，我的收获挺大的，已开展了相关的研究工作。这还得感谢你呢，当初提醒我进行实地考察。"斐霏开心地说。

"在剧组里和同事相处得怎么样？比如，刚刚碰到的秋彧？"李槿逸巧妙地把话题绕回到了秋彧身上。

"同事的话，大多数人都非常好！我还有缘认识了万万和饭饭，就是王婉一和范才修，万万是北城工商大学金融系的大三生，来横店不仅是体验群演的生活，更是想见她的偶像秋彧；另一位饭饭，是表演专业的大一生，想提前接触表演这个行业，他很努力也很有天赋。这一个多月，在一个陌生的城市，有他们在我身边，感觉很不错！今天晚上一起吃饭，介绍你们认识。"说起万万和饭饭，斐霏变得兴奋和开心。

"好啊，不过，秋彧呢？"李槿逸还是不依不饶，又提起秋彧。

"我也有点儿好奇，霏霏，你知道的，我不喜欢追星，所知道为数不多的明星中就有他，我听过他的演唱会，是很有魅力。他刚看你的眼神不一般，感觉你们有故事，说来听听。"李沫伊也是满满的好奇心。

"那行，想听就给你们讲讲。秋彧的话，一开始我特别烦他，因为我们俩之间发生了一点儿小误会，他把我当成了狗仔。本以为再也不会见面了，没想到第二天我就去了他的剧组，他还一直怼我，给我取了绰号，让我生气。后来考特约演员证的时候，他居然帮我搭戏，再后来我和万万、饭饭成为他所在剧组的跟组演员，他对我照顾有加，所以挺感谢他的。"斐霏说起秋彧，明显语气变得不如之前那样轻快，有些严肃。

"这么有缘分，霏霏，你俩之间没擦出点儿火花？"李沫伊一脸看热闹不嫌事大的表情，望了望李槿逸，又看了看斐霏。

"哎呀，就正常的同事关系，人家可是大明星，公司规定也不能随便谈那个啥的。"斐霏脸红地说。

"照你的意思，如果人家允许谈恋爱，他向你表白了，你就同意？"李沫伊一本正经分析道。

"你这太烦人了，就想把我带沟里去。第一，人家不会向我表白；第二，大明星，事业为重，不会轻易谈恋爱；第三，我们俩的世界大相径庭，怎么会走到一起。好了，咱讨论这个干什么呀，一点儿意思没有。"斐霏条理清晰地分析着，虽然理智得过头，还是能让人察觉出这是在辩解。

"霏霏，你怎么还着急了，这可不像平时那个稳重的你。好了，我不逗你了，别生气哦。"李沫伊及时收住好奇心。

"李沫伊，你就知道寻霏霏的开心。霏霏，咱们去吃什么好吃的？我好饿，一会儿要大吃一顿。"李槿逸不想让斐霏难堪，便立马转移了话题。

"槿哥，咱们要去的这家叫古草店，店不大，像咱校门口的玖龙，也是夫妻店。他家的秘制咸蛋黄鸡翅、爆炒河虾和豆腐鱼头汤，特别鲜美，你们肯定喜欢！"提到吃的，斐霏便开始滔滔不绝，妥妥一枚小吃货。

"那太好了，我一会儿要喝两大碗鱼汤。"李槿逸开心又配合地说。

说到鱼汤，斐霏的表情微微起了变化，暗想，可是某人却不喜欢喝。

秋彧回到别墅换了衣服后，就赶往在粤沁楼举办的杀青宴。宴会开始前，吴制片人、严导和秋彧分别作为代表即兴发言，接着大家开始庆祝，众人纷纷跑到制片人、导演和秋彧所在的这桌，一轮又一轮地敬酒。秋彧本身酒量了得，在这庆祝时刻更是来者不拒，几轮过后扫了一眼全场，发现饭饭和万万坐在最远的一桌，看到斐霏果然没来，他不禁暗暗失落，抓起杯子猛灌自己。百般无聊中秋彧刷起了朋友圈，却刷到了一分钟前斐霏发的，她与两位朋友吃饭的合影。看到桌上有秘制咸蛋黄鸡翅、豆腐鱼头汤等菜肴，显然是古草店无疑。秋彧暗暗打量着李槿逸，文质彬彬、清爽干净，一看就是好学生的模样。

她喜欢这种男生？秋彧不由自主地问自己，愣了一下又想，关我什么事？难道我喜欢她？秋彧越想越惆怅，越想越失落，索性放下手机，喝酒去了。

时间一点一滴过去，杀青宴也到了尾声。万万时刻关注着秋彧的动态，她对饭饭说："你看暴爷晃晃悠悠的，是不是快喝醉了？"

"我觉得差不多了，秋哥一直在喝，感觉喝了一斤多了，也是听说他的酒量好，要是别人早倒了。哎，你说秋哥是开心啊，还是难过啊？"饭饭说道。

"这还用问？你想啊，暴爷是多想让霏姐来参加杀青宴。霏姐却去陪朋友了，暴爷该有多伤心。我刚看到霏姐在朋友圈发的照片，她的那位帅哥朋友，暴爷估计也看到了，心情就更不好了，只得借酒浇愁愁更愁。"万万一脸凝重地说道，对暴爷的心情感同身受。

"为什么看到霏姐的帅哥朋友，秋哥会更加失落？"饭饭好奇地问。

"你是真傻还是装傻？还看不出来？暴爷喜欢霏姐啊！看到她陪帅哥朋友，肯定会吃醋。"

"好像是。"饭饭挠了挠头说，又暗想，不知我的表现明不明显。万万，我喜欢你，可你似乎只看到别人。

"饭饭快看，'蒸腌肉'趁暴爷喝醉了，要去扶他。搞什么啊！暴爷有东东，用得着她？哼！她指定没安好心。"

临近散场，和秋彧同坐一桌但隔着座位的郑颜柔，主动过来搀扶大醉的秋彧，和东东一起往停车场走去。

"万万，散场了，咱也回吧，回去后和霏姐打个招呼，明天咱们也要回北城。"饭饭略带伤感道。

"愉快难忘的暑假就要结束了。对了，昨天霏姐说晚上咱们一起吃饭来着，那咱们回吧。"

郑颜柔搀扶着秋彧，顺势坐上黑色大奔，挨着摇摇晃晃的秋彧。东东赶紧说："柔姐，秋哥就不麻烦您了，还是我来照顾秋哥吧。"

"东东，和我客气个啥？秋哥跟我关系这么好，我照顾他理所当然。去，你坐在前面。"郑颜柔说道，笑意盈盈。

东东见状便不好再说什么，无奈地坐在副驾，暗想除了霏姐和万万，似乎还没其他女生坐过秋哥的车。

"东东，秋哥很爱干净的，怎么车里还摆了这么多零食，他会在车里吃零食吗？这也太可爱了吧。"郑颜柔好奇地问道。

"哦，这些零食是秋哥给霏姐准备的，他自己不吃。"

这一万点的甜蜜暴击，瞬间打在郑颜柔的脸上，她沉默了片刻，就把话锋一转，阴阳怪气道："其实这是些垃圾食品，我和秋哥一样，也不爱吃。"

　　小王和东东相视无语。此时，早已酩酊大醉的秋彧昏头昏脑地睡了过去，郑颜柔悄悄靠了过去，让秋彧的头枕在了自己的肩膀上，一脸得意，内心甜蜜。

　　斐霏那边也结束了午餐，走出古草店，中午火辣辣的太阳，逼得他们有了回酒店休息的念头，于是三人坐上了返回雷布加森酒店的车。

　　"霏霏，古草店太好吃了，如果能搬到咱们学校旁边就好了。"李沫伊夸奖道。

　　"我就说你们会喜欢的。"斐霏开心地说，"晚上咱在酒店吃吧，粤菜做得相当不错，顺便和万万、饭饭聚一下，他们明天要回北城。"

　　"好的，晚上我请。"李槿逸宠溺地看着斐霏。

　　"好嘞，那先谢谢槿哥。"斐霏笑答。

　　酒店门口，依旧被熙熙攘攘的粉丝占领。三人穿过人群进入酒店大堂，等待电梯。电梯门开的瞬间，斐霏恍惚了，只见电梯里是手足无措的东东，而春风得意的郑颜柔搀扶着烂醉如泥的秋彧。郑颜柔看到斐霏，挑衅般的一把抓住秋彧的手，十指相扣，还把自己的肩膀靠近秋彧，这波很溜的操作，东东也看得目瞪口呆。

　　"我们进去吗？"察觉到斐霏神情异样，李槿逸询问着斐霏。

　　看着郑颜柔和秋彧十指相扣的亲密动作，斐霏不禁醋意大发，便想找个地缝钻进去，但斐霏就是斐霏，她逼着自己冷静，说："电梯里太挤，再等等，槿哥。"

　　"霏姐，您别误会，秋哥喝多了，现在醉得啥也不知道。"东东着急地解释，电梯门却不等他说完就匆匆关上了。

　　这会儿的郑颜柔开心极了，把玩着与秋彧相扣的十指。

　　东东则垂头丧气地想，秋哥，您就等着后悔吧，唉。转身对郑颜柔说："柔姐，把秋哥交给我，马上要到房间了，您进去确实有点儿不太方便。"

"这有什么不太方便的？"郑颜柔拿出那要吃人的狠劲说，这与她平时装出的柔弱样子判若两人。

东东只得把经纪人刘星睿搬出来，说："柔姐，您别误会，是睿哥刚给我发信息，说马上来找秋哥，有事要处理一下。"

一听刘星睿要来，郑颜柔便不再说话了，扶着秋彧到五楼房间门口。

东东催促道："睿哥说这就过来了。"

"我也有点儿事要去处理，东东，你可要好好照顾秋哥。"说完，她极不情愿地放开十指相扣的手。

"好嘞，柔姐，您快去忙吧，秋哥放心交给我。"

斐霏和李槿逸、李沫伊上了另一部电梯，李槿逸和李沫伊见斐霏沉默不语，也不敢再说什么，李槿逸小心翼翼地问："霏霏，要不要去我们九楼的房间坐坐，喝个茶？"

"槿哥，沫沫，你们一大早过来连轴转，还是先回房间休息，我看万万、饭饭回来没，回头咱们再联系。"斐霏神情黯淡地说。

"霏霏，你没事吧？"李槿逸关心地问。

"没事，槿哥，刚吃的有点儿多，脑袋好像有点儿缺氧，休息一下就好了。"说着，电梯到了四楼，斐霏走下去，道："槿哥、沫沫，一会儿见。"

回到房间，斐霏直挺挺躺在床上，发着呆，脑海里不断闪过郑颜柔和秋彧十指相扣的一幕，他俩在一起了？她不断地重复着这个问题。

"为什么我会这么难过？""我应该祝福他才是吧。""我为什么要选择逃避？"有了第一个问题，第二个、第三个……无数的问题接踵而来，简直让她头痛欲裂。

"霏姐，你回来了。咋了？你的表情很奇怪啊。"万万进门见到床上的斐霏两眼无神，察觉到了异样。

"没什么，万万。晚上和我的两位朋友在酒店聚餐，欢送一下你们。"斐霏收拾了心情，对万万道。

"好嘞，霏姐，我还刷到你的朋友圈，你的两位朋友好好看哦，真像是明星，挺想认识一下。"万万顿了顿，又说："霏姐，今天的杀青宴真是气死我了，那个'蒸腌肉'像橡皮泥一样黏着秋哥，感觉秋哥的心情很是不佳，酒量很大的他还喝醉了，最后被'蒸腌肉'搀扶着离场。那女人真太会见缝插针了。"

斐霏不想听到郑颜柔和秋彧的事，就转移话题说："万万，我先躺一会儿，有点儿累。"

"好的，霏姐，你休息会儿，我收拾一下行李。"

斐霏哪能睡得着，思绪杂乱万千，满脑子挥之不去的是秋彧，突然她一骨碌起来，用收拾行李来缓解不佳的情绪。

到了饭点，斐霏约万万、饭饭、李槿逸和李沫伊一同前往致雅堂中餐厅的包间。万万和饭饭聊起和斐霏从相识、相知到相惜的全过程，回味剧组度过的欢乐时光；李槿逸和李沫伊则聊起二人与斐霏从小到大的趣事。众人想谈甚欢，相约着以后在安城和北城见面。

秋彧在吐了几次后，终于酒醒了，睁开眼睛发现照顾他的东东，问："现在几点了？我要喝水。"

"晚上八点，您今儿怎么喝这么多酒？这些年我可是从没见您喝醉过。"东东说着，犹豫了一下又说："秋哥，有件事您喝醉了可能不太清楚，杀青宴后郑颜柔非要搀扶您，还搭着您的车一起回到酒店。她还与我们一起上了电梯，结果在酒店一层，恰好碰到霏姐和她的朋友在等电梯，郑颜柔趁机握住您的手，呃，是十指相扣的那种。我给霏姐解释，她黑着脸一言不发，也没上电梯。"

"什么？你咋不阻止？"秋彧又吃惊又生气地问，头痛欲裂。

"我，我一直在阻止，但人家哪儿听我的，执意要送您回来，还要进房间，幸好我搬出睿哥，说他马上要来，才逼走了郑颜柔。"东东一脸委屈地说，"秋哥，咱一会儿和睿哥、微鹿哥，还回不回北城？走之前是不是给霏姐解释一下，真怕她误会。"

"这样，给睿子和微鹿说一下，让他们先回，我改签明天早班的飞机。"秋彧一脸心急地说道，快步走进淋浴间。

"明天早上会不会太赶了？你又不喜欢早起。"

"照办就行。把我的那件淡黄色短袖和短裤拿来，你先回去吧。"

李槿逸请大家吃完饭，斐霏说要把行李搬到李沫伊房间。几人到了走廊，见房间门口站着一位穿淡黄色短袖短裤、头戴棒球帽的男生。

"暴爷？"万万吃惊地喊了出来。

秋彧听到声音，抬起头向这边看，发现斐霏，就径直走上前来，道："狒狒，有时间吗？我想和你单独聊聊。"

"我，我现在有点儿忙，要搬行李到九楼。"斐霏没看秋彧的眼睛，低头看着地面。

"我来帮你，搬完聊一聊。我明天要回北城了。"秋彧说完，不等斐霏回话，就问万万哪些是斐霏的行李，随即伸手把行李拉过去。

"霏霏，这样吧，我和我哥帮你把行李拿上去，你们先找地方聊一下，一会儿见。"李沫伊向她哥使眼色，示意他把行李接过来。

没想到李槿逸却盯着秋彧，对斐霏说："霏霏，你不想聊天的话没关系，就直说，咱一起上去。"

秋彧也紧紧盯住李槿逸，双方的眼神交织着，僵持在一起。

"槿哥，麻烦你和沫沫把行李拿上去。"斐霏说，试图打破尴尬的局面。

"行，霏霏，你有什么事及时给我打电话。"斐霏都这么说了，李槿逸只好不情不愿道，稍微用了力，从秋彧手里拉过行李，慢吞吞地离开。

"秋彧，我们去哪儿？"

"去我的房间聊吧。"秋彧说道。

秋彧住在酒店五楼的总统套房，斐霏在客厅沙发坐下。客厅非常整洁，茶几上摆放着整套古朴的紫砂壶茶具，茶几旁还放有音钵、草编蒲团，应该是用作冥想的，还有一整套顶级音响和一个散发出淡淡的香橙果香的香薰机，不远处的边桌上放有整捆整捆的线香和木质香熏台，还有几串把玩的木质珠串。从整个香橙味客厅中交织的丝丝淡雅的木香来看，这些线香和木质珠串应该是檀木和沉香制品了，斐霏暗想。

客厅的四角，放有四株高大、茂盛的盆栽植物，营造出清爽静谧的氛围。

"狒狒，普洱还是龙井？"秋彧坐在斐霏旁边的单人沙发上，小心翼翼地问道。

"龙井。"

"好的。"秋彧说着，打开了音响，舒缓的音乐响起。秋彧泡了杯清香淡雅、沁人心脾的龙井，放在斐霏面前。

"狒狒，品尝一下。"

斐霏端起茶杯，闻了一下，又抿了口，说："的确很香。"

"我也很喜欢龙井，很多人觉得龙井味道不够浓郁，但我觉得，龙井香郁叶醇，沁人肺腑。"

斐霏又呷了一口，神情也在茶水和音乐的作用下逐渐放松了下来。

"狒狒，听东东说你在电梯里看到我和郑颜柔在一起，真心希望你不要误会我和她的关系。"

"哦，你是说十指相扣的事，还是你靠她肩膀上的事？"斐霏反问。

"狒狒，你听我说，我今天心情不好，实在是喝得太醉了，以至于后面发生什么我都不知道，当时已经神志不清了，所以你说什么十指相扣、依靠肩膀我是真的一点儿印象都没有，你千万不要误会我了。不是你想的那样，况且东东也在旁边，在房间里的时候都是东东在照顾我。"秋彧急于辩解，一向淡定的他此刻却脸红到了脖子根。

见秋彧费力解释、面红耳赤，斐霏的气消了一大半，但还是说："秋彧，你是不是还期待着郑颜柔来照顾你？"

"什么啊，你怎么能这么曲解我？如果这样说的话，那你今天还趴在别人耳朵上说话，是不是你也在期待些什么？"在斐霏的言语刺激下，秋彧把内心藏着的醋意，一股脑全说了出来。

"什么趴在耳朵边说话？"斐霏边问边想，似乎想起了什么，补充道，"哦，你说我和槿哥啊，不管你信不信，我和槿哥就是发小，但也仅限于此。我也没什么必要向你解释这些，你也完全不用向我说明什么，毕竟咱们就是关系好一点儿的同事罢了。"

斐霏突然的严肃和冷淡，令秋彧的眼神黯淡了下去，他一字一顿说："我也不知道为什么，就是想向你解释，怕你误会。你真的认为咱们只是关系好一点儿的同事？"

"说实话，我也不是很清楚，不知我们在离开横店这个造梦的地方后，还会再见面不，就算见了面，也不知会是啥样的感觉，以后的一切，都是未知。"斐霏一口气把内心的真实想法说了出来。

两人陷入了很长一段时间的沉默，似乎都在思考。

"明白了，狒狒。但我相信我们还会再见面的，我希望再见面的时候，我们依旧是朋友，不仅仅是关系不错的同事，好吗？"过了很久，秋彧打破了沉默。

"好，我答应你，那就再见了。祝你在美国的演唱会顺利圆满，未来越来越好。"斐霏真诚地道着别，从沙发上站起来，往门口走去。

"狒狒，你一定要开心快乐，未来可期。"秋彧说着，深情的眼神从未离开过斐霏，直到把斐霏送出门外。

关了房门，他愣愣地靠在门上，思绪万千，遇到斐霏的一个多月里，是他人生中最快乐的时光，让他知道生活不止有拍戏、唱歌，还有与她的误会、争吵，以及对她的关心、照顾和保护，在忙碌单调的生活中，增添了一点平凡的烟火气和一丝牵挂，秋彧很是享受，乐在其中。现在随着戏的杀青、剧组撤离，一切又要回到之前那种没有斐霏的枯燥日子，他很不舍，惆怅万分，久久不能释怀。

走出秋彧房间的斐霏，脑袋也是蒙蒙的，不知是怎么走到九楼、找到李沫伊的房间。斐霏愣愣地坐在沙发上，两眼无神，内心则思绪乱飞。

"霏霏，你没事吧。他和你说了些什么？"李沫伊关心地问道。

斐霏回过了神，毫不避讳地说道："他给我解释了在电梯里的事，说他喝得不省人事，和郑颜柔之间发生了什么他完全不记得了。还说后来回房间是东东全程照顾他的，东东并没让郑颜柔进去。哦对，你不认识郑颜柔，就是电梯里扶着秋彧的那个女生。"

"他给你解释这么多，如果是误会的话，当面解释清楚这很好，很OK。"李沫伊若有所思地说。

"可是，我后来也提到，就是，他为什么要给我解释这些？他的回答是，他也不清楚，其实我自己的感受，就是把他当成关系很好的同事和朋友，毕竟现在是在横店这个造梦工厂，明天大家离开后，很多的美好东西就会烟消云散。沫沫，你觉得呢？"

"我觉得，是你俩都没有正视自己的心，可能是不自知，可能是当局者迷，也可能是内心的胆怯，害怕受到伤害吧，没事的，把一切都交给时间去检验吧。"李沫伊一针见血地分析道。不愧是闺密，才来横店不到一天，也没见几面秋彧，都没和他说过话，就把斐霏和秋彧之间的关系分析得相当透彻，真是旁观者清。

"霏霏，我再问你，你是怎么看待我哥李槿逸的，要实话实说！"李沫伊想了想，还是决定问出口。

"槿哥呀，肯定是特别优秀，特别温柔和善良，是传说中别人家的好孩子，亲切的大哥哥，完美，没有缺点的那种。"斐霏一口气不带喘地说。

"贫吧，你知道我说的意思，是你们有没有可能成为男女朋友？"李沫伊小心翼翼地试探。

"沫沫，快别逗我了，槿哥应该喜欢温柔知性的淑女，我肯定是不符合的，再说咱仨从小整天在一起玩，我早把他和你当成了亲人，没想过别的。"斐霏直言不讳地说。

"你又没问过我哥的喜好，咋知道他喜欢知性淑女而不是你这种？"李沫伊立马反驳道，暗暗替李槿逸捏了把汗，傻哥哥，我早看出你喜欢霏霏，可是，霏霏却只是把你当成大哥哥，我想帮你也是心有余而力不足。感情这事不能强求，真心希望我的姐妹和我的哥哥都能幸福。

"沫沫，你快别逗我了，我真生气了。不过说真的，和你聊一聊我轻松了不少，刚才感觉心口上压了块大石头，都喘不过气，现在就感觉轻松了一些，心里踏实多了。"

"看吧，这就是闺密的作用。"

斐霏和李沫伊你一言我一语地聊了半宿，两人向来如此，哪怕天天待在一起，都有说不完的话，聊不完的天。

斐霏迎着清晨的第一抹阳光起床。前一天和槿哥说好借他的车和司机，送万万和饭饭去机场。她快速洗漱完，先去致雅堂中餐厅给万万和饭饭打包了早餐，再去421房间找万万。万万已经收拾妥当，又喊了饭饭，一起来到大厅办理退房。走到停车场，司机早已等候在车上。

"霏姐，别送了，上去再睡一会儿，我们之后去安城找你玩。"万万说。

"霏姐，去安城找你，或者你来北城找我们。一定啊。"饭饭也说。

"咱们说定了哦，来安城我带你们吃好吃的！谢谢你们这一个多月的陪伴，其他的话，也不多说了。"斐霏依依不舍地说道，眼睛有些湿润。

"霏姐，咱们都懂，后会有期。"万万强忍着泪水，哽咽地说。

"霏姐，后会有期。"

这里的一切结束了，接受现实吧，斐霏，你又要开始以前的生活了。望着远去的车子，斐霏自言自语道，不禁湿了眼角。

斐霏回到致雅堂独自吃起了早餐，碰到很多今天要离开的剧组同人，大家相互道别。斐霏从别人口中得知，秋彧原本应该昨晚和睿哥、沈微鹿一起飞回北城，不知何故，临时改了行程，讨厌早起的他一大早去赶六点多的航班，估计这会儿已飞在天上。斐霏心里空得发慌，打开微信看了一遍又一遍，未收到任何消息。"也是，昨天道过了别，今天离开时就没必要再发消息。"斐霏自言自语道，还是藏不住失落，吃饭也没有了胃口，索性把剩的东西打了包，又打包了两份新的，要拿给李槿逸和李沫伊。

回到房间，李沫伊还在睡觉，她顺势坐在沙发上发愣。不知过了多久，滴滴的手机提示音响起，居然是秋彧发了语音过来："狒狒，我刚到北城。早上走得早，本想和你道别，怕打扰你休息，估摸着你现在醒了，告诉你一声。我们以后再见，祝你天天开心！"

听着秋彧的声音，斐霏瞬间开心了，喜悦之情难以言表。天啊！我的喜怒哀乐怎么全和秋彧有关。斐霏发现了这个现象，暗暗为自己吃惊。

斐霏陪着李槿逸和李沫伊逛遍横店的大街小巷，看了实景演出，玩得十分开心、惬意，吃了当地的网红小吃，做了泰式水疗，轻轻松松中，为暑假做了结尾。

离开横店，在登上回安城航班的那一刻，斐霏心想梦幻的横店之旅，始终是要梦醒，感恩太多，成长太多，收获太多。当飞机冲向蓝天时，斐霏望着窗外的地面，比画着爱心的手势，感恩横店这块神奇的土地带给她的一切！再见，完美的横店之旅。

Part11 安城路演

　　金秋十月，整个镐京华都大学被金灿灿的法国梧桐树叶装点一新，空气中充满了浪漫的气息。

　　李沫伊正在挖掘自己所作论文中的理论贡献，处于紧张的攻坚时刻，身心俱疲。今天她起了个大早，经过一上午的刻苦研究，中午时便困意难耐，潦草地在食堂扒拉了几口牛腩饭，就匆匆回到宿舍，倒头大睡，想着在效率低下时养精蓄锐，下午再高效地啃研究道路上的"硬骨头"。

　　李沫伊酣睡之时，门外传来一串由远及近的轱辘声和匀速轻快的脚步声，走到房门附近却戛然而止。停顿了片刻，房门上的钥匙孔发出吱吱转动声，咔一声，门被打开，喜悦并清脆的声音响起："沫沫，我回来了，你怎么还在睡觉？"原来是去美国出差大半个月的斐霏。

　　"啊，谁啊？"昏睡一个多小时的李沫伊从深度睡眠中惊醒，她睡得太死了，设置的闹铃响过也未能喊她起来。李沫伊定睛一看："哎呀，霏霏是你呀，刚回来的？昨天咱俩联系的时候也不提前说一声。"

　　"我这是以彼之道还至彼身，你上次不也这样？"斐霏开心地说，"看我给你带了什么礼物？"斐霏打开行李箱，拿出两张史提夫·汪达的经典黑胶唱片，两本有关影视创作中美术研究的专业英文原版书籍，递了过去。

"哇，我的好姐妹，你是怎么搞到的这些？很难买的，史提夫·汪达的黑胶唱片年代久远，你到底是在哪里搞到的？还有这两本专业书，解了我的燃眉之急。最近我在搞理论研究，特别需要参考书，果然最了解我的是霏霏你。"李沫伊激动得从床上蹦了起来。

"这礼物不错吧。黑胶唱片是我在逛旧金山的一个海边市集淘到的，知道是你的心头好，就丝毫没有手软全款拿下。两本书呢，看你在这方面的研究有点儿吃力，因此我在美国时特意从网上下单寄到酒店的，想着要是能帮助到你那是最好啦。"

"太感动了，霏霏，你真是我的好姐妹。"李沫伊说着站在床上，张开双臂，要倒下去抱斐霏，吓得斐霏连忙求饶："把你这猛烈的姿势收一收，就这体重扑下来，岂不是把我砸得粉碎？"

"哟，几天不见，嘴贫的功夫跟谁学的？快讲一讲，在美国都经历了什么？天天发微信问你，你就是一句都挺好，也不细说。"李沫伊娇嗔地抱怨，此时如有外人在场的话，定会大吃一惊，李沫伊居然还有这么小女生的一面。

"就是顺利参加了学术会议，成功地做了报告，进行了学术交流，再没什么特别的，一切正常。再就是……其实吧，我还去了秋彧的演唱会，他的演唱会正好也在旧金山，事情就是这么巧。秋彧的现场表演相当震撼，舞台效果非常炸裂。他是他们团的主唱，唱功确实很稳，声音太有磁性了。他的舞蹈跳得也非常有力量，节奏感很好，充满青春的活力和无邪的性感。真没想到，他还有这一面，太让我意外了。"斐霏喋喋不休，笑容就没停下来过。

"什么？你还去听了秋彧的演唱会？难怪你九月中旬就结束的会议，待到十月初才回来。这哪是参加会议，分明是去会老情人。瞧瞧你这口水都要流下来了，我看你是要陷进去喽。"李沫伊酸酸地说。

"什么老情人，说得这么难听，是朋友！"斐霏大声反驳。

"呀，别喊了，耳朵被你震聋啦！朋友，是朋友好了吧。不知谁在前段时间还说，和秋彧只是关系好的同事而已，没承想几天就成朋友了，看来，未来可期！对了，他怎么知道你在旧金山，你俩是不是背地里常偷摸着联系？"

"在横店拍戏时，有一次他说九月份去美国开演唱会，我随口说九月份我也要去美国开会，就是这么凑巧，都是在旧金山。然后呢，我去美国前夕，他说给我留了贵宾票，问我能不能推迟几天看了演唱会再回，刚好那段时间我也没什么要紧的事，就答应了。"斐霏老实地说起了来龙去脉。

"好家伙，异国他乡遇故人，这是多么浪漫的事。"

"我发现，沫沫你变得越来越八卦了。这可和你在外面立的高冷人设完全不相符！请你注意你的人设。"

"什么人设不人设的，那是外面的人给我的定义，你还不了解我吗？在你面前，我不就是一个'中二少年'。"

"哈哈哈，沫沫，你对自己的认知倒还蛮清晰的嘛。好吧，中二少年，那我就告诉你，两张黑胶唱片就是秋彧帮着挑的。"斐霏平静地说道，在观察着李沫伊的反应。

果然，李沫伊炸开了锅，惊得眼珠子都快掉出来了，喊："什么？你和秋彧一起逛了海边集市？天啊，这是什么剧情，果然什么都'嗑'，让我有点儿消化不良了。这也太浪漫了吧，我真的有点儿心疼我哥了。"

"停，停，可别想歪了，就是秋彧演唱会后，正好空了一天，他说平时也没机会逛街，来到异国他乡，正好集齐了天时地利人和，问我愿不愿意和他去附近的海边走走，单纯的海边逛逛，吹吹海风，买买唱片，顺便吃个饭，就是这样。"

"还就这样？很厉害了好不好，这就是约会啊，大姐。"李沫伊兴奋地说道。如果换作是其他人的事，她可能连了解的兴趣都没有，可这是斐霏，她最好的发小、闺密和知己，因此格外上心。

"一惊一乍的，本来就是两个朋友在陌生的国度里约着逛逛，秋彧也是这么想的，他亲口这么说的。"

"这个秋彧，说得倒云淡风轻，真是扮猪吃老虎。"

"好啦，别瞎琢磨了，沫沫，有这点儿时间去搞研究吧，前几天还说你在攻坚克难，那个理论问题没解决吧，快抱上书去教研室。"

"今天先饶过你，这几天不是我搞研究，而是研究搞我，理论贡献真的太难升华了，创新点也很难凝练，归根结底，是我的功力不够。"

"沫沫，如果感觉做某件事情很艰难的时候，那就恰恰说明老天正在考验你，也是你的上升期和进步期，熬过这段时光，就会守得云开见月明，加油！"斐霏一脸认真地说。

"好吧，霏霏，你赢了，我干了这碗毒鸡汤！那我去搞研究了。对了，我妈喊你周六来家吃午饭，别忘了！"

"好嘞，这才周一就通知我，就我这记性，到时候还劳烦您老人家提醒我哦，也有段时间没见到李叔和吴阿姨了，怪想他们的，我这次给他们带了保健品。"

"那你周末自己拿给他们。得嘞，晚上见，先拜拜了！"李沫伊说道。

"快去吧，沫沫，加油。"斐霏说道。

李沫伊走后，斐霏看了一眼龙龙，对，没错，李沫伊的那条水龙蜥蜴宠物，现在也晋升成斐霏的宝贝。她把龙龙搬到阳台上晒太阳后，开始收拾行李，把日用品、学习用品和一大堆礼物摆了出来，换了床单被罩，把衣服丢进了洗衣机，用手摸了摸书桌，发现一尘不染，沫沫还挺爱干净的嘛，这么久没用的书桌都擦得如此干净，有个洁癖室友真心不赖。斐霏想着，抓了一大袋巧克力和一兜冰箱贴，背起小书包走出宿舍，前往办公楼区域，来到许久未露面的332教研室。

教研室门口，斐霏与端着空茶杯去接水的大嘴巴陈橘子撞了个满怀。

"哎哟，这谁呀？"陈橘子抬起头，定睛一看又喊道，"哎呀，斐霏，我都快不认识你了。从暑假开始就再没见过你的人。听桃桃说这阵子你去美国开会了，那前阵子干吗去了呢？"

陈橘子这诈诈唬唬的阵势，不光惊到斐霏，连教研室的小伙伴也纷纷抬头，看见斐霏后纷纷停止敲击键盘。

"橘子师兄，你得让我缓口气，坐下来慢慢说。大家都在啊，太好了，我带了些巧克力，还有金门大桥、九曲花街、渔人码头这些旧金山著名景点的冰箱贴，在我桌上，大家自己过来分一下，挑喜欢的口味和图案。"斐霏把两大袋礼物和书包放在桌上，摸着被撞痛的手臂，累得直喘气。

"得嘞，我也不接水了，搬个小板凳准备听故事。"陈橘子折了回来，抓了几颗巧克力，准备边吃边听。

"橘子师兄，你今年咋没给美国这个会议投文章？"斐霏问陈橘子道。

"这不是忙着构思毕业大论文嘛，就没咋输出小论文。快说说你吧，这么久没见了。"

"霏霏，你总算回来了，这趟差出得够久的啊。"离斐霏座位较远的桃桃走过来，一边问候着斐霏，一边埋头挑选冰箱贴。

斐霏没顾得上回复陈橘子和桃桃，见云梦师姐、珍珠师姐、亮亮师兄、果核师兄和饺子师弟，还有葵葵师妹，大家都陆续围了过来，教研室的九个人全部凑齐，挑着花花绿绿的巧克力和冰箱贴，问东问西，斐霏不知该先回答哪个问题，索性自顾自地开了头，道："亲人们，自从放暑假以来，我就一直在外地调研，九月初回来在家休息了几天，又直接去开会了，今天中午才回来。我太想你们了，回归332咱这个大家庭，研究搞起来！"

"霏霏师妹，你不知道，我、云梦师姐和橘子师兄，暑假一直留守在这里，没有你们的332怪冷清的。我宣布，332今天终于完整了！我提议，晚上去玖龙安菜馆撮一顿？"珍珠师姐发言道。

"支持。"云梦师姐道。

"我举双手支持。"果核师兄也说。

"同意。"

大家纷纷举手表决，全票通过。

"今天我请客，谁也别和我抢。"斐霏痛快地说。

"那还等啥？马上五点了，我们直接去吃，边吃边聊，也让霏霏师妹给咱开开小灶，传达一下会议精神，咱们学习学习。"陈橘子嬉皮笑脸、按捺不住地提议，得到大家的拥护。

不一会儿，大家来到玖龙安菜馆，这会儿人不多，没多久就上齐了菜。斐霏在飞机上没什么胃口，下飞机到现在还没吃过东西，现在，面前摆满了凉皮、肉夹馍、葫芦鸡、肘子、泡馍、水盆等一堆美味佳肴，她完全顾不上说话，大快朵颐地吃了起来，一口气吃饱，才说："太爽了，好久没吃到这些美味了，珍珠师姐，为你来玖龙吃饭的提议点赞！"

"哈哈，霏霏，一看你就是在美国遭罪了，汉堡吃顶了？"珍珠打趣着说。

"是啊，师姐，还得是葫芦鸡、泡馍这些家乡饭菜才能满足我的中国胃啊。"打着饱嗝的斐霏回应道，顿了顿，又说，"那我就恭敬不如从命，给大家传达一下我这次去美国开会的感想吧。最大的感受就是，美国那边的学者们很注重理论和实践的结合。首先，他们所思考出来的研究问题，是从现实中发现、总结的，所以探讨问题会实实在在地对企业、对相关领域的发展，起到实质性的帮助，这样论文的理论贡献和实践贡献，就会很清楚地显化出来，并不需要生搬硬套或胡乱编造。自然，这样的论文会很好地得到关注与认可，不仅能够发表在顶级期刊，也能够成为文献流中具有高价值、重磅分量的参考文献，提高他引率。其次，国外学者在研究方法部分，特别严谨、认真，与我们通过电子邮件、问卷软件等网上发问卷的形式获取数据的方式不同，他们往往会去现场进行实地调研，不论是田野调查、案例分析还是通过做实验的方法，获得数据的过程，都是深刻了解与认识的过程，因此能够更好地帮助他们进行研究问题的探讨，这些恰恰又是我们目前缺乏的，拿咱们332的兄弟姐妹们来说，大家整天坐在教研室里搞研究，并不深入到数据实实在在发生的现场去体会，咱们搞出来的所谓研究，和现实之间存在偏差是难免的，两者并不等同，甚至两者没有关系。在这个不接地气的研究基础上面，也就很难提炼出真正的理论贡献和实践贡献，因为研究问题本来就是很虚幻很缥缈的，根基不稳固，附加在其上面的研究就不会扎实，容易遭到反驳与质疑，甚至自我怀疑后成为泡沫。"

斐霏一气呵成地讲述着心得体会，见大家都无比安静，仿佛在思索着什么，又说道："这是我个人目前的一些所见所得，先就讲这么多吧，大家也发表一下看法，咱们互相交流学习。怎么都不说话了，是不是我把气氛搞得太严肃了？"

沉寂了片刻，突然陈橘子带头鼓掌，大家也纷纷鼓掌。陈橘子赞叹道："霏霏师妹，士别三日当刮目相待，了不起，真了不起！"

斐霏不好意思地红了脸，说："别啊，亲爱的们，我说的都是自己最近真实的所思所想，大家别鼓掌，我拒绝捧杀！"

这时候一直未发言的亮亮师兄站了出来，替斐霏解围道："霏霏师妹说的，我也深有同感。这几年自己所研究的内容和实践感觉脱轨严重，研究像被套在透明塑料袋中，看得见却摸不着，简直就是水中捞月、雾里看花，清晰又模糊，有一种如鲠在喉、如芒刺背、如坐针毡的尴尬劲儿，很多次都想要摆脱这种不切实际做学问的状况，却始终不得要领、不入法门。目前，我的难点是发现了这个问题，却不知道如何去解决问题？霏霏，你有什么好办法？"

未等斐霏回答，云梦师姐便接了话，说："对对，前一阵子我报了个实证分析的网络课程培训班，课上不仅介绍了很多切实可行的实证研究的具体方法，还重点强调这些实证方法，只是为实现研究目的的一种手段或途径，想要发表优质论文，主要还是对做研究的底层逻辑的构建，需要理解'理论源于实践，并高于实践'的内涵，并将其思想转化到具体的研究设计中，得到有效输出。当时，我还不太明白这些话的意思，刚刚听霏霏说完，好像瞬间就开窍了。"

饺子师弟和葵葵师妹，这时也坐不住了，纷纷问斐霏有没有什么好的办法，来实现理论和实践的结合，以免自己在做学问的时候踩雷。

"其实啊，我觉得想要理论和实践更好地结合，就真的要让自己深入到实践中去，亲自观察和调研数据产生的过程，以此发现现实中存在的具体问题，并从这个现实问题出发，构建自己的底层研究逻辑，对研究进行精心设计。说到这，我不得不提及另一个话题，回答大家我暑假到底干吗了的问题。其实，我是深入到影视创作的片场，进行实地调研去了。提到中国影视的创作基地，就不得不提横店。我去横店是以群演的身份开展工作的，通过田野调查方法的运用，找到了影视剧可持续创作中存在的现实问题，并且通过与粉丝、代拍的接触，对粉丝经济的运作模式有了进一步的了解与认识。我的这趟横店群演之旅，真的是收获颇丰！"斐霏听到大家都要自己支招、寻求建议，索性将自己暑假所开展的调研工作和盘托出。

"横店群演？霏霏你真太酷了，这工作又新奇又好玩，还能对研究起到实质性帮助的作用，真心不错。"桃桃一脸羡慕地说。

"小伙伴们，我当群演也只是机缘巧合，并不是建议大家都去横店，我的意思是大家应该多去实践中走走看看，也许会产生很多新的、好的想法。比如去一些影视制作公司，和他们的高管、员工多聊聊，也许就会收获不菲。"

"我插一句，斐霏师姐你在横店有没有见到明星，他们是不真的和电视上一样好看？前段时间看到秋戎在那边拍戏，有没有看到他？"葵葵小师妹好奇地八卦着问。

斐霏心里咯噔一下，她用笑容掩饰着自己的心虚："哦，见到了，很帅。"她深知说多错多，就用寥寥几个字应付。见葵葵师妹听到这句话后两眼放光，没想到葵葵师妹也追星啊。斐霏心中暗想，万一葵葵接着追问，该怎么回答，恰巧陈橘子师兄把话头接了过去。

"回归主题，霏霏师妹说的是，咱不能老在332这个空中楼阁中自以为是地搞研究，还得要接地气，从现实需求出发进行合理的研究设计。来，为我们今后做出更好的理论加实践的高质量论文干杯！"陈橘子说着端起茶杯，众人纷纷举杯，大家为探索更好的研究途径而鼓劲，也为自己的研究道路打着气！

回归校园的第一周稍纵即逝，斐霏很快进入了状态，她将前一阵在横店与美国的收获进行了归纳性总结，整理成相关的研究报告，为毕业论文设计添砖加瓦，打下扎实的基础。

332教研室的众人在繁忙的研究工作中迎来了周六，大家似乎都想借助周末的休息来恢复一下活力与能量，纷纷暂缓了手头的工作。

"霏霏，电影《星耀》的主创团队，今天下午三点来学校银杏大礼堂进行路演，你听说了没？"桃桃走到斐霏身边，小声问道。

"难怪今天上午路过银杏大礼堂时，里三层外三层的人围在那儿取什么票。"斐霏恍然大悟道。

"我可是费了九牛二虎之力，才从外联部李大部长那里搞了三张票，还答应他了一堆附加条件，你看能不能帮我约一下李槿逸师兄，咱仨一起看。"桃桃吞吞吐吐地说。

"啊，你喜欢槿哥？"斐霏问道，她以为桃桃是那种软糯的性格，说话声音都很酥软，从没大声吼过，没想到人不可貌相，她的主意这么大，面对自己喜欢的人可以勇敢出击，斐霏除了吃惊还暗自佩服她。

"霏霏，你这要人命啊，小点儿声啦！是的，我喜欢他。我知道你和他关系好，能不能把我介绍给他，这可是我第一次求你办事，可不能拒绝我。"桃桃用期待的眼神看着斐霏，央求道。

"这……"斐霏欲言又止，进退两难。

"霏霏，不会你也喜欢李槿逸师兄吧，我是不是让你为难了？"桃桃警惕地问道。

"那倒没有，我一直把槿哥当成亲哥哥看待的。就是我不知道他忙不忙，不敢向你保证能约到他。"

桃桃松了一口气，说："霏霏，就凭你和李槿逸师兄的关系，你邀请他，他准来。你就帮帮我嘛，谢谢姐妹。"

经不住桃桃的软磨硬泡，斐霏难为情地只好答应："那我试试，有结果了告诉你。"

这时候，斐霏的手机滴滴响起，是李沫伊发的微信："别忘了今天中午你要去我家吃饭，咱啥时候回？"

斐霏果然忘了这事，忙回道："沫沫，你宿舍等我，我回来拿一下礼物，立即出发。"她又转头对桃桃说，"桃桃，今天中午我要和沫沫一起去她家吃饭，碰到槿哥后我问问看。"

"那可太好了。霏霏，等你的好消息，路演在三点，谢谢姐妹了。"

斐霏回到宿舍，拿上礼物，和李沫伊一同下楼。

"咱们怎么去，我来叫车吧。"斐霏问李沫伊。

"这还用你操心，我哥在楼下等着，他开车了。"

　　果然，李槿逸的车已停在楼下。此时看到斐霏和李沫伊走过来，李槿逸忙从车里出来，帮斐霏打开车门，道："霏霏，好久不见，这趟美国去得够久的。"

　　"是吗，槿哥，我怎么觉得昨天才见过你似的。"

　　"上车再聊吧，妈都催了呢，哥。"李沫伊对李槿逸说道。

　　李槿逸载着斐霏和李沫伊到了宁安江别墅区。斐霏对这里早已轻车熟路，一来因为她父母和李叔、吴阿姨是同学和世交，她常来这里玩，二来她家也在这附近，是不远处的蔷薇园洋房。仨人一进门，吴阿姨迎上来，热情地对斐霏说："霏宝啊，可让阿姨想死你了，整个暑假没见你，知道的你是去外地调研、开会，不知道的还以为你把我们忘了呢。"

　　正说着，李叔从书房出来，看到斐霏，高兴地说："霏霏啊，你总算来了，你吴阿姨老念叨你，我的耳朵呀都听出茧来了。"

　　"吴阿姨，李叔，我这不就来了嘛，我可想您二老了，只是最近几个月太忙，先去浙江调研了一个多月，后又去美国开会。这是给您二老买的保健品，之前见吴阿姨老吃这个牌子，这次去美国带了点儿回来。"斐霏甜甜地说。

　　"你这孩子，来就来，还带什么礼物，大老远的，多累啊。来，让阿姨好好看看你，瘦了点儿。今天阿姨炖了燕窝，给你好好补补。"吴阿姨一脸宠溺地看着斐霏。

　　"我最爱吃您做的甜品，一会儿就来满满一碗。"

　　"别说一碗，一盆都有，管够。"

　　"妈，够了啊，咋没见你对我这么好过，到底谁是你亲生的？"李沫伊假装生气地说道。

　　"你这孩子，还吃起霏宝的醋，妈就稀罕霏宝的性格，和我合得来，不像你，只知道抬杠。"

"得了，我算是知道了，霏霏才是您的亲闺女。我呢，估计是充话费送的。"

"这孩子，霏宝，咱甭搭理她。走，客厅去。"

"霏霏，好好陪你吴阿姨聊聊，逸逸和沫沫平时不在家，吴阿姨也挺孤独的，就盼着你们回来。逸逸，跟我来书房一趟，有点儿事需要你去处理。"李叔说。

"好嘞，李叔，您先去忙。"

饭菜很快弄好，吴阿姨让斐霏坐到长条桌的中央位置，方便夹菜，李槿逸挨着斐霏坐下，他的旁边是李沫伊，李叔和吴阿姨则坐在主人位上。

午饭吃得简直不要太丰盛了。金秋十月，吴阿姨准备了肥美的阳澄湖大闸蟹、新鲜的清蒸大对虾、金汤小米辽参和黑椒战斧牛排，还有甜品燕窝炖雪蛤，简直是家宴的天花板，吃得斐霏都要走不动道了，直呼太好吃了。

吃饭间隙，斐霏瞅准机会，对李槿逸耳语："槿哥，今天下午三点，咱学校有一个什么电影路演，我有票，你有没有时间，一起去？"

"你想去的话，我一定陪你。"

"那咱们一起去看看，怎么样？"斐霏心虚地小声说。

"好啊，这是你第一次邀请我，霏霏，我很开心。"李槿逸一脸喜悦。

"槿哥，其实吧，票是我们教研室的桃桃搞的，是咱们三个一起去。"斐霏怕李槿逸误会是他俩单独约会，因此强调着说。

"是这样啊，也行，既然你第一次约我，我肯定赴约。"李槿逸听说是三个人一起，有点儿失望，但已答应过，不好再推辞。

斐霏陪着李叔和吴阿姨坐了一会儿，聊了会儿天，看了看表，说："李叔，吴阿姨，时间不早了，就不打扰您二老午休，我先回学校了。下次再来拜望。"

"好的霏宝，阿姨也不留你了，你们年轻人一天到晚都忙，可要照顾好自己的身体，你帮我盯着点儿李沫伊，她就爱闯祸。"

"妈，我都多大了，还要斐霏盯着我。"李沫伊埋怨地说。

"阿姨，沫沫在学校表现可好了，学习特别用功。"斐霏实事求是地说道。

"嗯嗯，学习上的事阿姨不懂，你们年轻人就多互相帮助。逸逸，你把霏宝送回去。"吴阿姨说道。

"好的。沫沫，你是在家还是回校？"李槿逸问道。

"你们先回吧，我还得收拾点儿东西，迟一点儿回学校。"

斐霏和李槿逸很快回到学校，刚把车停在银杏大礼堂附近，看到不远处走来一个软萌可爱、甚是讨喜的女孩。斐霏说："桃桃，等久了吧。不好意思，今天有点儿堵车。"

"没事，我也刚过来一会儿。"桃桃对斐霏说着，眼睛却没离开过李槿逸。

"哦，槿哥，给你介绍一下，这位是332教研室、跟我一届的同学桃桃。她本科拿的是戏剧影视专业和管理专业双学位。在管理学领域，你们应该有很多共同的话题。"

"槿逸师兄，你好，我是桃桃。早就听闻你的大名，却一直没有机会认识。你在我们师弟师妹的心目中就是大神，以后我有不懂的问题，可不可以当面请教？"桃桃虽然很紧张，但敢大胆地表达自己的想法。

"不敢，咱们相互交流、学习，如果有啥需要帮助的给斐霏说，让她告诉我。"李槿逸谦虚委婉地回应道，没直接拒绝桃桃，但意思却是要通过斐霏才能找他，顿时气氛略感微妙。

斐霏见状立马解围，道："行啦，槿哥、桃桃，咱今天不讨论学术、专业问题，好好去参加路演，放松放松。现在能进场了吧。"

他们来到银杏大礼堂检票处，这里早已是人山人海，镐京华都大学可是许久未见千人盛况了。

"桃桃，这个《星耀》电影有名吗？按说咱镐华大都是学霸，大家不是在教室上课，就是在教研室搞研究，路演怎么会来这么多人？刚进学校的时候，发现外面也里三层外三层都是人，看样子像是粉丝。到底今天来的是哪位明星？"斐霏疑惑地问桃桃。

"今天这部科幻电影的导演，是最会用天马行空拍摄手法的黄山奇，他在国际和国内各大电影节，奖可是拿到了手软。还有，你知道男主角是谁吗？秋彧，他不仅是顶流、唱跳歌手、票房保障，而且实力了得，他演戏极具天赋，好多都是一条过，特别厉害。之前的那个《璀璨的尘埃》的男主角丁辰冰，就是他演的，帅到我的心里去了，真想许个每户分一个丁辰冰的愿望。"桃桃滔滔不绝地说着，太激动就说了太多，突然意识到李槿逸在旁边，尴尬得及时止住，话锋一转说："啊哈，我是开玩笑的，槿逸师兄，平时我可不是这么花痴。"

听到桃桃说《星耀》的男主角是秋彧，斐霏一口矿泉水呛了嗓子眼，差点儿没喷出来。她的大脑早已宕机，已然听不进桃桃后面说的话。

"什么？秋彧演的？他也来了？"她急切地问。

"当然啊，现在该是在候场吧。"

秋彧也来了！可是，为什么他没有联系我？还是说，我们本来就是很普通的朋友，而且他很忙，没空联系。斐霏失落地想着，难怪刚刚进校门的时候看到校门口的粉丝手里拿的手牌上的明星很眼熟，正准备仔细看的时候，桃桃说了什么就岔了过去……

"霏霏，你还好吧。看你脸色不太好，不舒服的话，咱可以不进去了。"李槿逸说。听到秋彧是主创人员之一，他瞬间不期望斐霏参加了。

"没事的，槿哥，我刚被水呛到了，为什么不参加，票很难搞的，是吧，桃桃？我挺想看看《星耀》，很期待的。"斐霏调整了情绪，从惊讶中缓了过来。

"槿逸师兄，霏霏只是被水呛到了，没事的，咱们进去吧。"不明真相的桃桃以为斐霏真的只是被水呛了一下。

排队检票后，仨人进入银杏大礼堂。桃桃和外联部的关系真心不错，居然拿到的票是第三排的，斐霏率先找到座位坐下，李槿逸顺势挨着她坐下，桃桃索性挨着李槿逸，跟他有一句没一句搭着话。李槿逸的心思完全在斐霏身上，心不在焉地答着桃桃。斐霏又满脑子想着秋彧，三人形成一种不太和谐的氛围。很快《星耀》开映，结束了这种氛围。

"《星耀》太好看！暴爷好帅啊！导演好厉害！没想到两个半小时居然这么快，科幻片拍得太有水平了。"桃桃在电影片尾曲响起时，忍不住激动地说道。

没承想，桃桃也喊秋彧为暴爷，估计也是粉丝，这丫头平时隐藏得够深。斐霏暗想，故事构思确实好妙，科幻片对我国的影视行业来说算是弱势题材，没想到黄山奇导演从小处入手，讲述了一个以小博大的太空故事，确实精彩。另外，秋彧的演技很惊艳，精彩演绎出航天人的艰辛和冒险精神，真的让人感动。

桃桃见李槿逸半天没说话，问："槿逸师兄，你觉得《星耀》怎么样？"

"导演是很不错。"李槿逸对黄导给了几个字的评价，再无下文。

只字未提秋彧，桃桃有些失望，还想追问他时，礼堂亮起灯，不知什么时候主创团队成员坐在了电影开演前还空着的第一排，此时，他们走上舞台，准备进行观影后的交流互动。

"啊，原来主创陪着咱们看电影，这观众当得也太幸福了吧！那是暴爷吧？"桃桃指着主创团队最高的一位。

其实，他们站起的第一时刻，斐霏就看见了秋彧，眼神开始一直追随。秋彧穿了在旧金山海边集市逛街时，被斐霏夸过的一件由无名手艺人设计的短袖，斐霏在给自己买了一件后，中途去了洗手间，没承想他也悄悄买了同款。

"霏霏，暴爷穿的短袖咋这么眼熟，是不是你前几天也穿过同款？"桃桃突然问。

斐霏连忙否认，道："类似吧，都是花的，比较像而已。"

李槿逸瞥了一眼斐霏，没有言语，脑子却开始快速思考。

主持人开始讲话："欢迎大家来到电影《星耀》的路演现场，首先，我们热烈欢迎主创团队的到来。这位是黄山奇导演，这位就不用介绍了吧，是极具票房号召力的秋彧，这位是……我想问一下黄导，为什么选镐京华都大学，作为路演的第一站？"

黄导接过麦，说："众所周知，镐京华都大学的航空航天专业，在全国排名一直是第一，学校还出过两位航天员，所以镐华大和航天航空息息相关。而且，在我们拍摄《星耀》期间，贵校的陈院士、秦教授等专家，不遗余力地帮助我们解决拍摄遇到的各种知识盲区，做了专业指导。今天，我们怀着感恩之心，带着满满诚意来镐华大的，恳请老师和同学们多多指教。谢谢。"

"非常感谢黄导对镐华大的信任，我们也祝贺黄导拍出这么优秀的作品。接下来，我们采访《星耀》的男主角，刚结束在美国旧金山的演唱，回到国内的秋彧。他在舞台上绽放光芒，在大荧幕上星光熠熠。刚刚看过的《星耀》中，秋彧饰演的航天人小凯，深深地打动了我，也让大家潸然泪下。秋老师，您是如何把小凯这个角色演绎得如此完美的呢？"主持人说道。

秋彧拿起话筒，气定神闲地说："我先纠正一下您，其实也不能说小凯这个角色就是完美的，世界上没有完美无缺的人，在一方面优秀，可能在另一方面就有缺陷。其实，恰恰是因为不完美，才成就了完美。我演绎小凯，不仅关注他的优势和魅力，同时也注意他的软弱和无助，因此尽量呈现他的层次感、多面性，让人物鲜活起来，尽可能有血有肉地生动起来。这里，很感谢大家对小凯的喜欢，通过小凯，我更多地体会到了航天人的辛酸，也多了一份对生活的感悟。我特别感恩黄导，让我接了这个角色，给我的自身注入很多能量……"

斐霏第一次听秋彧公开发言，和私下接触的他很不一样，多了一份稳重和成熟，少了一份幼稚和孩子气。

"秋彧老师，您说得太好了，我们能听出您对表演有着自己独到的见解。接下来，有请现场观众提问，大家趁此机会好好和编导、主演团队交流。机会难得！"主持人活跃着气氛。

桃桃毫不犹豫地举起了手，被主持人幸运地点到。她兴奋地站起来，用软萌可爱的声音问道："请问暴爷，网上说您拍戏时经常是一条就过，这是您的天赋，还是有什么独门秘籍？"

桃桃的问话，引来一片哄堂大笑。斐霏用手半遮着脸，生怕秋彧发现桃桃旁边的自己。

"其实我想解释一下，没有那么多的天赋，在旁人看起来是天赋，但背后往往是辛苦的付出。我拍戏时可能效率会高一些，其背后是我对剧本的反复研读、对人物的重复揣摩、对故事逻辑的不断推敲，而这些隐性的付出是过程，别人没有观察到，'一条过'只是结果。"秋彧成熟、理性地回答。

他的话语像出自一位历尽沧桑的长者一样，让人醍醐灌顶，大为受用。"对了，我想听一下你旁边那位女士对这部电影的感想，我发现她听得挺认真。"秋彧突然直接点了斐霏。

完蛋了，我如此这般遮掩，还是被他看到了，斐霏心里暗暗抱怨道。

在一片寂静和众目睽睽之下，她只好站起身。

李槿逸早已黑了脸，瞪着秋彧，对斐霏说："霏霏，我帮你讲？"

"没事，槿哥，我随便说上几句。"斐霏小声说道。

"嗯，首先呢，我非常喜欢这个题材，构思新颖，有突破也有创新。在这样的背景下，故事框架和逻辑就可以构建的比较自由，不受约束，甚至连大胆随意都会被认为是合理的，可以说逻辑自洽。其次，好的演员确实能撑起这部影片，相互成就，非常出彩！最后呢，非常欢迎所有的主创成员，来我们镐华大！"

斐霏提到好的演员、相互成就、表演出彩等这些词的时候，秋彧露出了藏也藏不住的笑容，宠溺地看着斐霏，桃桃都在直呼："暴爷好诡异啊，从来不怎么笑的他，今天笑成了这样。难道是来到镐华大，很开心？"

斐霏讲完后，赶紧坐下，偷偷瞄了几眼秋彧，发现他没有再看这边，便稍许安心了些。又有一名镐华大的女同学提问："请问暴爷，这次路演来镐华大，你开心吗？"

"喊暴爷？肯定又是一位咱秋彧的粉丝。看来秋彧您在镐华大呼声很高。当然这个问题我也想知道，来镐华大，您开心吗？"主持人一脸笑容地打趣着秋彧。

"当然开心，首先是因为有镐华大教授团队的技术支持，为《星耀》的诞生付出了很多辛劳，所以我从内心深处来说，来到镐华大这里就会觉得很温暖、很亲切。其次，是因为我有一位朋友就读于镐华大，她是一名在读博士生，从她的身上我看到了很多优秀的品质，比如对研究的热忱，对自己所热爱的专业领域的坚持和不断的努力、付出，对我的启发也很大。"秋彧一本正经地回答着这个问题。

秋彧在咱们学校有朋友？男的还是女的？同学们和主持人像吃了个大瓜，议论纷纷，无比兴奋。主持人看热闹不嫌事大地问："哦？一个朋友？

方便透露一下，您这位朋友的信息吗？比如是男是女，学的什么专业？"

"抱歉，这个就不方便透露了。"秋彧回答。

斐霏早已脸色绯红，暗自想，或许，秋彧说的不是我。他人脉那么广，和镐华大的航空学院熟悉，一定是他们那边的朋友。

李槿逸则越听脸色越黑，身子坐的笔挺，肩膀紧绷着，一脸敌意地瞪着台上的秋彧。

互动环节继续进行，这会儿话筒又回到了黄导的手里，只听见他用有趣且轻松的语气，讲述着《星耀》台前幕后的故事，惹得台上台下笑成一片。秋彧趁机悄悄回到第一排的座位上。

手机滴滴响了，斐霏低头一看，是秋彧发来的微信：一会儿活动结束后，我在后台等你。

斐霏嘴角微微上扬，也学欲擒故纵的那套，回道："都没告诉我，你今天要来我们学校。是没把我这个朋友放在眼里吗？"

"我是想给你来个惊喜。本来打算在活动结束后找你。没承想，你来了。"

"听口气，你是不乐意我来？"

"不敢。"

"……"无语的斐霏，在屏幕上打出一串省略号，扬起的嘴角一直没下去过。

桃桃还在努力地、不停地给自己和李槿逸创造着话题，李槿逸已然没有任何心思和心情敷衍她，他的眼神一直飘在斐霏身上，看到她一直发着消息，就忍不住问："霏霏，没什么事吧？"

斐霏也不想瞒着，小声附耳说："槿哥，一会儿活动结束后，麻烦你送桃桃回去，我要去后台找一下秋彧。"

李槿逸警惕地在斐霏耳边小声问："他让你去的？说实话，你是不是不知道他来镐华大，今天他在这儿看到你，才想起你来。如果没看到，是不是就不会联系你了？"

"槿哥，他不是你想的那样。"

"你俩才认识几天，就这么了解他了？霏霏，我是担心你被他给骗了。如果你执意要找他的话，需不需要我陪你去？"

"不用，虽说我和他认识的时间不长，但我相信他的人品，槿哥。放心吧，没事的。"

他俩你一言我一语说着悄悄话，被桃桃看在眼里，她忙问："霏霏、槿逸师兄，是出了什么事情了吗？"

斐霏忙说："哦，没什么，桃桃，一会儿活动结束后，我有点儿事不能和你们一起走，先让槿哥送你回去。"

桃桃听到能和李槿逸有独处的机会，就开心地说："哦，霏霏，去忙你的事吧，就是不知道，会不会给槿逸师兄添麻烦？"

李槿逸说："不麻烦，霏霏都放话了，桃桃，我送你回。"

听到这句，桃桃眼里的光黯淡下去，想必通过一下午的接触，她也大概明白了李槿逸目前的心意。

活动结束，李槿逸和桃桃先行离开，斐霏去后台，正好碰到了往外走的东东。

"霏姐，你在这里啊，秋哥还让我出去找你。来，这边走。"东东高兴地引导着斐霏来到一个休息室门口，东东推开门，说："秋哥，霏姐来了。"

正在收拾随身包的秋彧猛地回头，眼神和斐霏的撞到一起，炽热而深情，不舍得挪开。

斐霏有些不好意思，移开了目光，问："干吗？"

"这么小气，许久未见的竹马朋友，都不给看看？"

斐霏早默认了"狒狒"的绰号，对此没过多计较，只是被秋彧没皮没脸的话逗得脸一阵白一阵红，说："别贫了，和你说个正事，是不是活动恰巧看到我了，你才说要和我见一见的。"

秋彧愣了片刻，扑哧一声笑了出来，道："本来我就计划找你的，真的是想给你个意外的惊喜。之前你不是说过，你不怎么参加学校的课外活动，就想你估计不会来参加《星耀》的路演，所以想等活动结束后再去找你，到时候吓你一跳。"

"你很幼稚，秋彧。"斐霏说着，心情顿时阴转晴。

"不过说真的，你是因为知道这个活动有我才来的，还是因为其他的原因？"秋彧也将了斐霏一军，看似漫不经心，实则老谋深算地问。

"这，算了，我实话实说，来之前确实不知道有你，票还是同学给的。"斐霏实事求是地说。

"那，确实让我有些失望。"秋彧故意装出失望的表情，逗着斐霏。

"好啦，咱们不纠结这个问题了，你难得来趟安城，说吧，想吃什么，今天霏姐请你。"

"我就说嘛，霏姐仗义，来到你的地盘，还能让我花钱？"秋彧开心地说，"那就走吧，随你安排。"

斐霏跟着秋彧、东东，一同坐上他的大奔，"哟，把大奔也开过来了？车上还放这么多的零食？"

"嗯，习惯了。"

司机小王转过头问："秋哥，咱要去哪儿？"

秋彧望着斐霏，等待答案，斐霏想了一下，说："去宁安不夜城附近的马氏清真菜馆。小王，麻烦你导个航。"斐霏说完，打了订餐电话，订了能看到宁安不夜城夜景的包间。其实斐霏想带秋彧去学校门口的玖龙，那里有家的味道，温暖亲切，但又转念一想：今天秋彧出现在校园里已是尽人皆知，校门外还围着粉丝，万一再把他带到玖龙，很可能会惹出麻烦。

秋彧从后座上拿起一个大礼盒，递给斐霏，说："狒狒，这是我来之前给你准备的礼物，打开看看。"

"什么呀？"斐霏说着，心中暗喜，原来他果真做好了和我见面的准备。拆着礼物，居然是一个绣有她名字首位字母的真丝罩枕头，忍不住笑出了声："送礼物还有送枕头的？"

"别小看了这个枕头，内里是乳胶，添加了高科技的助眠成分，对睡眠改善的帮助特别大，而且它是有记忆的，可以根据使用者的姿势进行调整，特别舒服。之前听你和万万聊天，探讨过助眠的方法，在美国你也提到自己睡眠不好，我看你又有黑眼圈，又有鱼尾纹，做研究很辛苦的，就送你个枕头，让你每天睡眠能好一点儿。"秋彧认真地说，全然没意识他自己的直男发言。

听得斐霏又温暖又好气，说："我真的谢谢你，可问题是，我哪儿有什么黑眼圈、鱼尾纹，你是不是看错了？"

秋彧一本正经地靠近斐霏，轻点她的眼角说："这里。"

秋彧突然地靠近，让斐霏心跳漏了半拍，忘了呼吸，也完全没注意秋彧在说什么了。

东东听不下去了，笑说："霏姐，您要理解秋哥，这是他第一次关心别人，有些地方用词不当，请您多担待。其实秋哥就是一大直男，您别生气啊。"

"东东，我哪里说错了，难道不是事实吗？"

车子驶到马氏清真菜馆，这里停车能直接停在负一层。下车前，斐霏极力邀请东东和小王，他们都看着秋彧，只见他不情不愿的，仿佛这两人是阻碍他和斐霏之间交流的电灯泡一样。但看到斐霏那么热情，只好说："既然你们霏姐发话了，那就一起吧。"

"谢谢霏姐了。"东东和小王异口同声说着，兴高采烈地跟着走进电梯，上到二楼。

207包间带个开放式大阳台，是观赏宁安不夜城夜景的绝佳位置。四人走进房间，瞬间被窗外的美景吸引，纷纷向阳台走去，欣赏着下面灯红酒绿、热闹非凡的街景。美景迷了他们的眼，醉了他们的头，现实和幻境亦真亦假、真假参半，浪漫至极。小风频频吹过，夹杂着十月安城街道上专属的浓郁桂花香，香气扑鼻、心旷神怡。

斐霏轻车熟路点好菜，还根据秋彧的喜好，要了壶上好的龙井，然后她问："秋老板，你对这个安排还满意吗？"

"简直太棒了，宁安不夜城，树树霓虹闪，楼楼彩练呈，真的好美。再配着这满街的桂花，散发出迷人又悠长的香气，此时要是再来上一壶沁人心脾的龙井，又舒服又惬意。"

"龙井给你点了，就是不知能不能达到秋老板的标准。"

"还是霏姐洞察人心。东东、小王，你们对霏姐的安排还满意吗？"秋彧一脸的自豪，仿佛斐霏是他自家人一般的骄傲。

"秋哥，霏姐的安排简直不要太赞。"东东说道。

"一看霏姐就是会生活、懂生活的人。"小王也说道。

"你俩这'彩虹屁'吹得不要太好。"秋彧佯装一脸嫌弃，翘起的嘴角却始终没有下来。

"茶来了，大家进去喝茶吧。"斐霏见服务员端来了龙井，说道。

不一会儿饭菜陆续上来，大家风卷残云，不断夸赞饭菜的美味。酒足饭饱，秋彧又端起茶杯，呷口龙井，很是舒心。

"菜还合你的胃口吗？"斐霏问秋彧。

"一个字'绝'，我喜欢炒绿豆凉粉、麻酱凉皮、甑糕、素菜拼盘，还有麻辣烫！"秋彧如数家珍般报着刚吃过的菜名。

"东东、小王，你们呢？"

"太好吃了，霏姐，我最喜欢回坊小酥肉和回坊粉蒸肉，粉粉糯糯的，特别香。"东东赞叹道。

"我喜欢腊牛肉和灌汤包，腊牛肉的肉质酥烂，而灌汤包口感很特别，都非常好吃！"小王随后说。

"你们都觉得好吃，那我很开心。"斐霏说着，手机突然响了，一看是妈妈的电话，"喂，妈妈，什么事情？"

"霏宝你人在哪里？周末也不回家。"斐妈在电话那头埋怨。

"哦，我中午去了沫沫家，吴阿姨喊我吃饭来着。这会儿来了外地朋友，招呼他们吃饭呢。忘了给您说，周末就不回去了，您大人不记小人过。妈，家里没啥事吧？"

"哦，也没什么，王叔的儿子这几天从英国回来，他在那边学戏剧研究，想约你吃个饭，和你探讨探讨。我想呢，明天正好周末，就自作主张替你应了，明天中午十一点半，在宁安江铂金宫的那家西餐厅，餐厅名妈妈忘记了，就是上次咱吃过的那家。"

"妈，您也不和我商量，就擅自做主了，也不问问我有没有空。"

"就吃个饭，很快，不会耽误你的时间。好了，妈这边还忙着，挂了。我这就把他的电话发给你。"

"喂，妈！"电话那头传来嘟嘟声，斐霏叹气道，"我妈也真是的。"

斐霏的手机不隔音，秋彧早已听得八九不离十，人物、时间、地点和事件，他已是了如指掌。秋彧问："阿姨给你安排了饭局？不会是相亲的局吧？"

"想什么呢，就是去探讨一下学术问题。"

"对了，中午你该不会是在那个男孩家吃的饭？记得就是他来横店接你回的安城，还有他妹妹，叫，叫沫沫。"秋彧幽幽地说，他居然还记得李沫伊的名字。

"你怎么扯到槿哥身上了，哦，敢情我的电话你全听到了？中午我确实是在他家吃的饭。对了，秋彧，你打算哪天走？"

"后天吧。"秋彧的心情明显有些惆怅，说着又问，"怎么？我第一次来安城，才吃了你的一顿饭，这就要赶我走，还拿我当不当朋友？"

"不是的，我是在考虑安城还有什么好吃的地方，给你好好安排嘛。"

"你明天能不能把时间留给我？"秋彧霸道地问，接着又装可怜，"我在这边也没什么朋友，到哪儿都是一抹黑。"

"行吧，不过要等到明天中午参加完我妈安排的饭局，到时候我和你联系，下午带你去逛。"

"一言为定。"秋彧笑道。

听着他们的对话，东东和小王暗暗吃惊。一向沉稳寡言的秋彧，在斐霏面前俨然变成了话痨，而且是会撒娇、会耍心机的大男孩，和以往成熟稳重的他判若两人。

"呀，外面下毛毛雨了，你们想不想下去走走？这个点外面的人少。"斐霏问道。

"好啊，全听你的。"秋彧爽快地答应了。东东从车里拿出一把大黑伞，递给秋彧的同时，使着眼色说："秋哥，霏姐，我和小王就不逛了，在车上处理公司交代的事。你们逛好后打电话，我们马上过来。"

"那就快去吧。"秋彧对东东说，心里乐开了花，心想你小子还算有点儿眼力见儿。

秋彧戴着口罩，为斐霏和自己撑着伞，两人肩并肩走在下着丝丝细雨的宁安不夜城的街道上。两人笔直、修长的背影，就已经是道亮丽的风景，幸好是下雨天，不然这养眼的画面会吸引来更多目光。

雨中的街道更为浪漫。被雨水滋润的仿古地砖干净如初，街道两旁流光溢彩，灿烂夺目的仿唐建筑和装点一新的高大树木，在雨滴的渲染下，营造出一个五光十色的梦幻世界，让旅客如痴如醉，走在画中一般。

秋彧不由自主地感叹："狒狒，这里真是太漂亮了，我好久没有这样走在马路上了。"

他见斐霏的鞋带松了，微微皱起眉头把伞递给斐霏，斐霏不明所以，问道："你要干吗？"却看到秋彧已蹲下去给自己系鞋带。她不由得脸颊发烫，很不好意思地说："我自己来系。"

"之前我就发现你的鞋带经常松开，这样走路很危险，容易被绊倒。看，你先要这样打结，再这样一绕，就开不了了。"秋彧边说边做着示范，麻利快速地帮斐霏系好鞋带后猛地站起身，却与正在低头认真学习系鞋带的斐霏的额头碰撞在了一起，他赶紧扶住被撞晕的斐霏，问没事吧。此时，两人挨得很近，似乎都暂停了呼吸，寂静中只听见两颗心怦怦跳着，他们彼此注视着对方，久久移不开眼神，世界的一切仿佛已经静止，像静止了一个世纪那么久。

最终，还是斐霏先移开眼神，也不敢再向秋彧看去，摸了摸额头，语无伦次地说："哦，我……你没事吧。"

看起来平静的秋彧，其实心脏怦怦作响，似乎下一秒钟就要跳了出来，他故作镇定地说："没事。你还疼吗？要不我给你揉揉，小心明天肿起来。"

"不必了。"斐霏快速回答，小鹿继续在心里乱撞着，呼吸都有点儿困难了，她可不想一会儿休克了，便说："秋彧，我有点儿累了，你送我回学校吧。"

"好，我给东东打电话。"

车子开动，车里一片沉寂。斐霏和秋彧感受着自己突突跳动的心脏，他们的脸颊早已绯红一片。东东和小王一脸疑惑，在尴尬的氛围中，他们你看看我，我看看你，并没发现其他异常，也不好打破沉默。

车子在夜色中飞驰，很快回到镐华大的南校门口。在电动车门打开的一瞬间，斐霏急着跳了下去，低着头，害羞地说："回去后早点儿休息，明天联系。"

"你也早点儿休息，明天见。"秋彧答道，突然又说，"对了，带上你的枕头，晚安好梦。"他从车中抽出给斐霏的礼物，递到她的手中。

斐霏心神不宁地回到宿舍，沫沫还没睡觉，虎视眈眈地盯着她，问："斐霏，你不对劲儿，不，是很不对劲儿。老实交代吧！"

斐霏装傻充愣："交代什么？"

"装，你还跟我装，霏霏。我哥下午回家，我看他一副失魂落魄的样子，就觉得不妙。再看你这副模样，就知道你俩今天肯定发生了什么。坦白从宽，抗拒从严。"李沫伊严肃地说道。

"你误会了，我跟槿哥什么都没有。要说，就是桃桃，我们教研室的同学，她喜欢槿哥，就想让我帮她约槿哥，所以我拉着槿哥，和桃桃一起参加《星耀》的路演活动。没想到，现场看到了秋彧，他演男主角。后来，我就请他出去吃了个饭。"

"什么？信息量有点儿大，等我捋捋。你帮别人追我哥？秋彧来咱学校了？他事先有没有告诉你？你和秋彧单独行动的？"李沫伊一口气问出一堆问题。

"沫沫，这么多问题，我的头都炸了。是这样，路演结束后，槿哥送桃桃回了教研室。我事先不知道秋彧来了，他也没有联系我，说想在活动后找我，还给我准备了礼物，就是绣了我名字的枕头，然后呢，就是我们和他的助理东东、司机小王一起吃饭。这下捋清楚了吧。"

"这都什么剧情啊，霏霏，你这太劲爆了。难怪我看我哥的脸色很差，你和秋彧吃饭，他肯定吃醋了。霏霏，我问你，到底对我哥咋想的吗？"

"沫沫，之前我就说过，咱仨从小一起长大，我早把槿哥当成了家人，亲亲的大哥，对他没有别的想法。"

"可是，我哥对你有别的想法，我看出来了，要不，改天找个机会你们说开。"

"那你是看错了，槿哥对我并没有别的想法，他也从没有表示过什么，他和我一样，只是把我当成像你一样的亲妹妹。"

"你这是雾里看花、水中望月，当局者迷而已。哎，总有一天你会知道的。反正希望你们处理好这事，不要因此破坏彼此的友谊。"李沫伊语重心长道。

"没那么严重啦，我和槿哥，还有沫沫你，我们的友谊天长地久，情比金坚。"斐霏语气坚定地说。

"哈哈哈，那就最好，反正不管咋样，咱们都要开心。"沫沫说着，躺在了床上。

斐霏这一晚上心事重重、心烦意乱，她在想桃桃对李槿逸的爱慕，在想李槿逸对自己的态度，还有李沫伊那番语重心长的话，更多的是在回忆和秋彧在雨中的那一幕，但当她头沾到秋彧送的那只枕头上时，却顿感踏实安心，伴着薰衣草的阵阵清香，很快就入睡了，一觉睡到了大天亮。

次日醒来已是十点多，斐霏觉得很是不可思议。好久没睡这么踏实了，这只枕头果然有效。看着空空的宿舍，又自语道："沫沫最近很勤奋，不知何时就去了教研室。斐霏，也要加油啊。"她赶紧起床洗漱，拎起书包，想起约会的事，又拾掇了一番，去赴斐妈定的约。

斐霏踩着点来到斑斓西餐厅，发现里面的人不多，匆匆扫了一眼却没发现目标人物，拨通了斐妈发的手机号码："喂，你好，请问你是王卓扬吗？"

　　"是的，你是斐霏吧？"电话里传来粗粗的男声，远处的一张桌子边，站起一位男生在招手，"我在这里，你是那位穿淡黄色短袖的女生吧。"

　　斐霏也看到了王卓扬，向他走去。

　　"请坐。"王卓扬帮斐霏拉开椅子，待二人皆入座后，王卓扬说："我的情况阿姨都向你介绍了吧。我96年的，你是98年的，我喜欢比我小一点儿的女生。听阿姨说，你是镐京华都大学戏剧影视专业的高才生，我就喜欢高学历女生。今天见到你，感觉特别满意，长相也是我喜欢的类型。"

　　开头居然这样直白，斐霏差点儿没把刚喝进去的一口水喷他一脸，这什么啊，我妈居然组了相亲局，还真被秋彧猜中了。这男生怎么这么自信，一口一个他喜欢的，他喜欢有什么用？也不问问别人对他的态度。斐霏内心崩溃，大脑早已放空。

　　"斐霏？你有没有在听我说？"见斐霏心不在焉，王卓扬稍显不耐烦地问。

　　"嗯？您请继续。"

　　"我呢，目前在英国剑桥大学戏剧专业学习，今年毕业后打算回国发展，不过，我是很看不惯国内的那一套……"他喋喋不休地进行着观点输出。

　　斐霏的手机响了一下，是秋彧的消息："你那边聊得还顺利吗？"

　　"正如你所料，是个相亲局，一言难尽。"斐霏回复。

　　秋彧那边再没什么动静了，斐霏心里暗暗憋屈，想他肯定是在看自己的笑话。面对王卓扬，斐霏彻底失去了聊天的欲望，因为是亲妈朋友家的孩子，也不能彻底驳了面子，只好硬着头皮听他的高谈阔论，自己安静地啃着牛排。生硬的氛围下，她嘴里的肉也没了味道，只想赶紧结束这尴尬的相亲。

正当斐霏愁眉苦脸地如坐针毡时，身旁的空座上突然坐下个人，并随手递来一杯热的美式咖啡，正是她早上想喝却没来得及买的那种。抬头一看，居然是戴着渔夫帽遮了大半张脸的秋彧。"啊，你怎么来了？"斐霏诧异地问。

"想我没？"秋彧一脸笑意。

"这位是？"王卓扬满脸不悦地问道。

"男朋友。"还没等斐霏回答，秋彧便冷冷地答道。

"搞什么？有男朋友还来相亲，什么人啊？现在国内女的都这么开放吗？"王卓扬咆哮了起来。

"和你见面前我压根不知道这是相亲饭局，知道的话，我就不会来了。不好意思，我先走了，对了，单我手机买过了。"斐霏说完，便被秋彧拉着走出了餐厅。

"干吗？你来这儿就不怕被人认出来。幸好餐厅的人不是很多，人家也没在意你。"斐霏关心地说道，突然想到什么，问："对了，刚才你为什么说是我的男朋友？"

"还不是为把你从水深火热中解救出来。"秋彧说着，邪魅一笑道，"你该不会对我动了别的心思吧。"又进一步试探道："该不是做梦都想让我当你的男朋友吧？"

"我看你是白日做梦！"斐霏故意气鼓鼓地说。

这时，斐妈的电话打来了，斐霏快走了几步接起电话，"斐霏，你太任性了，王叔刚给我控诉好久，说你把他家儿子气坏了。他们说你有男朋友？"斐妈果然懂抓重点。

"妈，您怎么没经我的同意，就随便给我组相亲局？还骗我说探讨学术。您是不知道那个王卓扬是什么样的人，简直每句话都在我的雷区蹦跶，是个自恋的大男子主义者。还有，我没谈男朋友，那男生就是普通朋友，他那样说是为了把我从尴尬中解救出来。您以后别再给我整这种尴尬的事了，妈。"斐霏委屈地说道。

"妈事先没通知你，还不是怕给你说了你不去。王叔整天夸他的儿子多优秀，提了好几次想让你们认识，我也不好推托，就想着看有没有缘分。槿逸很不错，是特别的优秀，你和槿逸成了该有多好，也不用我瞎操心。可是你偏偏把槿逸当成了亲哥，唉。"斐妈把内心的想法直言不讳地说了出来。

"妈，您就不用瞎琢磨了，我自己的事让我自己决定，行不？我朋友还在，先不和您说了。"斐霏看到另一边的秋彧向她缓缓地走了过来，忙挂了电话。

"你没事吧，看你的表情很是狰狞。"秋彧继续着他危险的发言。

"什么啊，你才狰狞。对了，忘了问你，你怎么找到我的？"

"就你昨天接你妈电话时那手机声音，简直等同于外放，我自然是听到了。"秋彧笑着回答。

斐霏不再说啥，心想幸好我刚才离你老远接的电话，要不然又要被你偷听到了。

"走，陪我在附近逛逛。"秋彧说。

"你快把口罩戴上，你这显眼包。"

"哟，这就是你的待客之道，才第二天就开始嫌弃我了？"

"谁让你是家喻户晓、人见人爱的大明星。想不想看场动画片放松一下？"

"一切听霏姐的安排。"

等电影厅开始放片头广告，他俩才摸黑溜进去，斐霏在前面找座位，秋彧抱着买的爆米花和蔬果汁，紧随其后。二人在轻松、舒适的环境中度过了美好的一个半小时。影片即将结束，二人又提前走出影院。

"秋彧，你刚刚跟那帮小孩一样，笑得好开心，我选的这部动画片还不错吧。"走出影院的斐霏问。

"我好久没在影院里看过电影了，这种久别重逢的感觉，挺真实、挺美好的。还别说，《追梦的星星》这部国产动画片，真心制作得不错，细腻又有质感，太治愈解压了。霏姐的安排就是给力。那咱接下来去哪里？"

"带你去个好地方，还在这铂金宫里。"

秋彧跟着斐霏七拐八拐的，来到一个超级大的电玩城。

"电玩城？"秋彧问。

"这不是普通的电玩城，里面有好多房间，私密性非常好，不用担心被人认出来。"

果然这个电玩城别有洞天，有小型KTV房间、抓娃娃房间、投篮机房间，等等。扫房间门口的二维码就可进入，特别便捷。

"现在的电玩城都这么洋气了，我的印象还停留在初中时代。"秋彧感叹道。

"电玩城的这种小房子模式，在全国来说算是首家。上次我们教研室同学聚会，一起过来玩才知道。今天就为秋老板安排一个轻松、解压的下午时光，咋样？"

"那还等什么，咱挨个玩一下吧。"

秋彧和斐霏逐个体验了投篮机、跳舞机、游戏机、抓娃娃机，平平无奇的娱乐机器，却让两人玩得非常开心。他们完全忘记了时间，直到斐霏的肚子咕噜噜地乱叫，她才意识到已是饭点。

秋彧看她不好意思地笑着，就说："狒狒，咱去吃饭吧，我饿了。"

"这儿有家安城菜馆，除我们学校门口的那家外，我最喜欢的就是这家。"

斐霏说的饭馆名叫春晓，二人要了一个小包间，斐霏一口气点了金钱酿发菜、凉拌核桃花、金边白菜等几道素菜，一旁的秋彧见只有素菜，担心斐霏吃不好，就说："我也不是完全不吃肉，偶尔也能吃。今天特别想尝尝葫芦鸡。"

"那可是太好了，刚玩得太费体力，我现在好饿，那我们再来两个一口香迷你肉夹馍吧。秋彧，你刚才投篮的命中率居然是100％，怎么做到的？夹娃娃居然也能夹出这么一袋，大神啊。"

"我曾是校篮球队的。另外，夹娃娃呢其实有诀窍。"

"什么诀窍？教教我啊。"斐霏被秋彧一脸的神秘激起了好奇心。

"不教。"秋彧说，心中暗想，把你教会了，下次再怎么给你夹？

"小气鬼。"斐霏嘟囔道。

葫芦鸡最先上来，酥香金黄，斐霏馋的忘记和秋彧继续理论。她给秋彧夹了一只鸡腿后，给自己也夹了一块鸡肉，自顾自吃起来。有洁癖的秋彧，平时绝不会允许别人给他夹菜，但斐霏夹来的鸡腿，他二话不说就吃，还带着一脸藏不住的笑意。

"味道怎么样？"

"好极了，好久没吃肉，我都忘记肉的香味了，妙。"

"这就叫，跟着霏姐有肉吃。"斐霏见秋彧吃得这么香，开心地贫嘴道。

"行，霏姐说什么都对。"秋彧一脸宠溺地看着斐霏。

他们你一言我一语地边吃边聊，度过了短暂而快乐的时光。到了晚上，东东和小王开车来接他们，上车后，想到即将分别，二人又陷入了沉默。东东和小王又是你看我，我看你，不明白刚才还好好的两人，怎么现在这样。但也不敢瞎问。

车子停到镐华大南门口，斐霏默默下了车，秋彧抱着那袋夹的娃娃也下了车。斐霏从中挑了几个，把袋子还回去，说："这些摆在车里，挺可爱的。"

"听你的。我这两天过得特别开心，谢谢你，狒狒。"

"开心就好，我也是，拜拜，祝你明天回程一路顺风。"

"好，回见！"

斐霏转身走进校门，秋彧张望了好久，直至斐霏的背影消失在雾黑色的校园中。

Part12 突如其来的表白

路演活动已过去了一段时间，斐霏早已全身心投入项目研究中，泡在教研室里没日没夜的，毕业论文也已启动，她想着早日拿到学位和学历证书，顺利入职高校。

周一，斐霏又赶了个大早，成为332教研室的开门人，这样的"战绩"，她连续保持了一周。说来也奇怪，自从用上秋彧送的枕头，她的睡眠质量直线上升，早上起床也越来越早，浑身充满了活力。紧随她来的是桃桃。桃桃放下书包，走了过来，问："霏霏，能不能聊上几句？"

"好的，桃桃，怎么了？"斐霏停止敲字，一脸疑惑。

"聊些项目以外的事，你有没有发现，槿逸师兄其实喜欢的是你？"桃桃郑重其事地说道。

自从参加路演活动后，桃桃变得沉默寡言了许多，也没有了往日的开朗活泼，斐霏只当她最近研究压力大，现在看来并不是这样，她的心里藏了事。

"桃桃，为什么这么说？"

"霏霏，上次咱们一起参加活动时，我就看出，他对你并不像一般的友情，眼神里还有藏都藏不住的爱意，动作里还有掩饰不了的关心。所以，我不知自己该咋办？"桃桃直言不讳道。

"桃桃，上次我就给你说清楚了，我和槿哥、他妹妹李沫伊，是发小，我把槿哥当作亲哥哥来着，没别的心思。至于槿哥对我有什么想法，那是他的事，而我认为他对我更多的还是兄妹情，假如他真向我表露情愫的话，你放心，我会将自己内心真实的想法和盘托出的。"

"谢谢霏霏你的直抒己见。那你说，我还要不要继续追槿逸师兄呢？"

"桃桃，其实吧，我觉得这事要遵从内心。该问的是你自己，到底有多喜欢槿哥？你先不管槿哥是否心里有别人，或者他是否喜欢你，你要做的就是，遵从自己的内心，不受他人的影响。你喜欢他，这是你私人的事，跟别人又有什么关系呢？喜欢，你就大胆去追求，结果好，皆大欢喜，结果不好，你也不后悔，因为尽力了。但如果试也没试，努力也没努力，他都不了解你，怎么会喜欢你？"斐霏非常有逻辑地分析道。

"霏霏，我真是太佩服你了，你几句话就叫我豁然开朗，谢谢你。"

"其实，这是旁观者清。你的事，我以旁人的角度还能说几句，我自己的事就是当局者迷了，劝别人时是头头是道，轮到自己就毫无头绪。我挺佩服你的勇敢，有勇气去追求喜欢的人，何尝不是一件幸事？"斐霏发自肺腑地感叹道。

"我怎么听你话里有话，你是不是有什么情况了？"桃桃嗅到了八卦的味道，笑嘻嘻地问。

"瞧你这个机灵鬼，快搞你的项目吧。"斐霏搪塞着，见陈橘子走了进来，忙打岔道："橘子师兄，今天来得挺早。"

"你俩偷摸说什么悄悄话，什么豁然开朗的，我一进来没音了，难道把你橘子师兄当成了外人？"陈橘子笑嘻嘻问。

"橘子师兄你的耳朵还蛮灵的，哈哈哈。"

"对了，我有一个提议，你们要不要听一下？"陈橘子并未追问，而是谈起另外一件事。本周六是云梦的生日，他提议，大家抽出两天进安岭里，给云梦办个森林生日派对，吃农家饭，住农家乐，还能泡温泉什么的。

"我没问题，举双手支持！"桃桃率先表态。

"今天大周一，一早上来说的全与科研无关的事。云梦师姐的生日，我肯定要参加！"斐霏敲着键盘，又调侃道，"不对呀，师兄对云梦师姐的生日咋这么上心？是不是有什么情况？"

"确实我有点儿私心，不过你们要先替我向云梦保密。其实我喜欢云梦很久了，想趁她过生日的机会向她表白。"陈橘子说着，害羞地红了脸。

"不是吧！看不出橘子师兄隐藏得这么深。什么时候有了这个苗头？"斐霏惊奇地喊道。

"霏霏，前阵子你在学校待的时间少，我可是早看出来了，只是橘子师兄没直接说，作为师妹也就不好挑破。我觉得云梦师姐是喜欢师兄的，这次表白一定马到成功，看好你！"桃桃说道。

"谢谢桃桃。确实，我博士入学时就喜欢上了云梦，这次暑假你们不在学校，就我和云梦、珍珠在教研室搞研究，这段时间和云梦的相处，让我确定了自己的心意，所以想借生日的机会，追求她！"

"师兄，需要什么尽管说，我们一定全力以赴。"斐霏说道。

"师兄，我们支持你，有啥需要采买、布置、跑腿的活尽管交给我们。咱们要不要再建一个微信小群，好偷偷地沟通！"桃桃提议说。

"好主意。一会儿我私下问问其他人的意见。再邀请云梦的两个闺密。你们还认识她的同学朋友吗？都邀请一下，人多热闹。"陈橘子越发兴奋了起来。

"云梦师姐和槿哥是高中同学，关系还不错，还和他的妹妹李沫伊一起参加过夏令营，要不要邀请他们？"斐霏问。

"当然了，云梦提到过他们兄妹俩，就是不知李槿逸有没有时间参加。霏霏，你不是和他们兄妹特别熟嘛，邀请的任务包你身上，如何？"

"好的，师兄。"斐霏笑着答应了，同时向桃桃眨了眨眼睛。

桃桃立刻会意，给霏霏发了微信："上次你让槿逸师兄加了我的微信，那我来邀请槿逸师兄。"

"好的。"斐霏回答。这时，云梦师姐走了进来，陈橘子、斐霏、桃桃顿时鸦雀无声，假装沉浸在研究当中，云梦也只是左右看了看，并没有发现什么异常。陈橘子对斐霏竖了一个大拇指，斐霏则是微笑着点头示意。

忙碌的一周很快过完，匆匆忙忙中来到了周五。这几天，陈橘子、桃桃和斐霏私下多次交流，每天很早就来教研室，这不，今天一大早在楼下等电梯时，斐霏碰到了桃桃。

"桃桃，槿哥约好了吗，他咋说的？"斐霏问桃桃请李槿逸参加聚会的事。

"他本来有些犹豫，听说咱教研室的都去，包括你，他一口答应了。"桃桃幽怨地说。

"哦，你别多想，他是觉得有熟人在的话，感觉自在一些。我也跟李沫伊说好了。"斐霏宽慰着桃桃。

"嗯，我不多想。"桃桃淡淡地说。

两人上了电梯，走到教研室门口，发现早有人开了门，里面是陈橘子。

"橘子师兄，怎么样？一切安排妥了吧？"斐霏问。

"你们放心，妥当了。我昨天下午去安岭的民宿踩了点，把采买的物资也送了过去，做好了安排。这几天也辛苦你们两位主力了。剩下的事交给我，你们就等明天去好好泡温泉，好好享受一番。"陈橘子说。

"我太期待了！师兄，明天加油哦！"斐霏说道。

"期待！哇哦！"桃桃也说。

周六的早上如期而至，湛蓝的天空点缀着朵朵白云，阳光明媚。大家准时在校南门口集合，陈橘子和饺子都开了自己的车，李槿逸也开来了他的车，给他分配的是载李沫伊、斐霏和桃桃。

"霏霏，你坐副驾，帮我导航？"李槿逸主动邀请斐霏。

"槿哥，桃桃有点儿晕车，要不让她坐前面？也能帮你导航，我和沫沫有事聊。"斐霏是询问的口气，但包含多层意思在里面。

"好吧。"李槿逸无奈地说。

斐霏向桃桃使了眼色，桃桃坐进了副驾，拿出手机调整导航，小心翼翼地问："槿逸师兄，咱们是去静水流深民宿？"

"我先用车载导航看看，不行再说。"李槿逸对导航说，"静水流深民宿。"几秒钟后，车载导航显示出了目的地，气氛有些微妙。

"哥，你的导航可以用啊，那刚还要霏霏用手机给你导？"李沫伊是哪壶不开提哪壶，毫不留情地拆穿李槿逸。

李槿逸尴尬地笑笑，说："前几天不太灵光了，嘿，今天没想到好了。"

桃桃心里明白，这分明是李槿逸想让斐霏坐副驾的借口，但善解人意的她还是替李槿逸解释道："嗯，有时候，车载导航的信号不太好。"

斐霏也笑着说："是会这样，槿哥你认真开车，如果需要什么的话就给桃桃说哦。"说完，就和李沫伊在车后座咬耳朵说悄悄话去了，这两个人虽说一天到晚在一起，却有着永远说不完的话。

"霏霏，你们要是渴了、饿了，我在后座上放了袋吃的，有你喜欢的猪肉脯、肉松饼、椰子水。"李槿逸通过后视镜，一脸宠溺地看着斐霏。

"哥，你买给霏霏的，还是买给大家的？这偏心也太明显了吧。"李沫伊埋怨地说着，却从中拿来几样零食，递给前排的桃桃："桃桃，我哥很烦人，让你坐前排受委屈了，你可要多担待。"

"喂，李沫伊，你这怎么说话呢？我不要面子的吗？"李槿逸嘟囔道。

"哈哈哈……"桃桃尴尬地笑着，不知道说什么好。

"桃桃，别拘束，槿哥和沫沫经常这样互怼，多和他们接触接触，就会习惯的。"斐霏对桃桃说。

"好的，谢谢霏霏。"桃桃放下心来，温柔地对李槿逸说："槿逸师兄，你要喝水就给我说，我拿给你。"

"好的，谢谢你，我还不渴。"李槿逸又恢复了温良恭俭、却充满着距离感的语气。

位于安岭山里的静水流深民宿，离学校不远不近。车子行驶了大概四十多分钟，就从繁华的闹市街区来到安岭山脉的地界。从安岭北麓进山的峪口大大小小、数不胜数，人们常说的"七十二峪口"，是形容它的数量繁多，其实这里千沟万壑，远不止七十二个峪口。李槿逸跟着导航从安峪口进了山，车外的风景就发生了翻天覆地的变化。放眼望去，大片大片的山脉被五颜六色的植被所覆盖，接连起远处碧蓝的天际，公路一边是陡峭的山壁，另一边是小溪，哗啦啦地流淌着清澈的溪水，偶尔有小动物飞快地跑过，天空中也不时飞过发出奇怪叫声的鸟儿。

安岭的动植物分布多样，处处充满生命力，大自然的美妙神奇在这里尽显，吹过的风也是那么清新，让人倍感舒适畅快。

车子左拐右拐盘山而行，让发晕的斐霏渐渐眯了眼，没过多久便靠在沫沫的肩膀上呼呼大睡。李沫伊则刷着手机看着最新的资讯。李槿逸从后视镜中看到睡着的斐霏，默默关了车载音乐，问李沫伊："你们是不是又在熬夜，能把霏霏困成这样？搁物板上有我的外套，给她盖上吧，别着凉。"

"哥，你真爱操心，我们的作息那是相当规律，还有，霏霏自从用上她朋友送的枕头，睡眠质量直线提高，我也想入手买一个，无奈那是私人订制。再说了，能睡就是福嘛！"李沫伊小声说着，拿了李槿逸的衣服盖在斐霏身上。

"你说的是她哪个朋友？还有人送枕头这么私密的物品？"李槿逸敏锐地问道。

"横店认识的那位。"因为桃桃在，李沫伊不好直接挑明，就隐晦地说。

李槿逸知道后顿时有股说不出来的邪火，心里醋海翻波，忍不住问："上次他来学校，霏霏去找他，你知道他们后来去哪儿了？"

李沫伊卖起了关子，说："你自己去问霏霏，我又不是你的侦察兵。"

"你……"

李槿逸和李沫伊的对话，桃桃没有听懂，就问："槿逸师兄，你们说什么呢？"

"没什么，随便聊聊。"随后，李槿逸转移了话题："霏霏说你晕车，这会儿你晕吗？"

对于李槿逸的关心，桃桃受宠若惊，非常开心地说："谢谢槿逸师兄的关心，你开车技术这么好，我一点儿都不晕。"

"哦，那就好，我们也要到了。"

看着高大帅气的李槿逸，纠结了半天的桃桃，话里有话地小声说："槿逸师兄，我真好羡慕沫沫和霏霏能有你这样一位哥哥，你对霏霏真好，像亲哥哥一样。"

李槿逸从后视镜中看着酣睡的斐霏，他多聪明啊，和桃桃两次接触，已揣摩到桃桃的心意，此时他直言不讳地小声说道："其实桃桃，我对霏霏的感情不是哥哥妹妹那种，是别的。"

李槿逸的话证实了桃桃的猜测，但没想到李槿逸竟这么直接说出来，她顿时方寸大乱，不知该如何接话，把慌乱的眼神投向后排的李沫伊。

"哥，你知道霏霏是怎么想的吗？我觉得你应该找机会当面和霏霏谈谈。"李沫伊建议道。

"我会的。"李槿逸回复道，语气坚定。

车子稳稳地行驶在盘山公路上，确实像李槿逸说的那样，没一会儿工夫，他们就抵达了目的地，静水流深民宿。陈橘子和饺子的车也陆续到达，大家卸下行李，分配好房间，便在房间里休息。到了吃午饭时间，众人来到院子中央点了一桌农家饭。

菜很快上齐，凉菜以素菜为主，有凉拌野菜、面筋拌豆芽、西芹腐竹等，热菜更是丰富，有香椿炒土鸡蛋、椒盐蘑菇、老碗金鳟鱼、大盘土鸡块、臊子排骨等，主食有辣子锅盔夹馍、烙煎饼、鸳鸯菜盒，最后是一大盆素臊子饸饹面。看着一桌子美食，大家食欲大增。

陈橘子举起茶杯，说："作为332教研室的师兄，大家的老大哥，我长话短说几句。非常感谢诸位抽出宝贵时间，更感谢几位不是332的伙伴，槿逸、沫伊、一彤，还有维娜，非常开心你们这次能和我们一起出来玩耍，借云梦生日契机，大家相聚于此，放下科研项目，共同感受安岭，放松心情，让我们一同举杯，祝云梦生日快乐，干杯！"

"干杯！云梦生日快乐，玩得开心！"众人喜气洋洋，一片欢乐祥和。

"谢谢大家的祝福，我，我真高兴，不知说啥，那就放开吃吧！"云梦开心地说。

大家动了筷子，李槿逸夹起鸡块放斐霏碗里，一脸宠溺地看着她，温柔地说："霏霏，这是你爱吃的鸡块。"接着，他又拿起一只大虾，亲手剥好放斐霏的碗里。

众人纷纷竖起八卦小耳朵、瞪着八卦小眼睛，收到了这甜宠的一幕。桃桃的表情极不自然，尴尬无比。斐霏也是难为情，本要撮合云梦和陈橘子，大家反而起哄自己和李槿逸，让桃桃也尴尬无比，她只得老调重弹："我和槿哥、沫沫从小一起长大，槿哥像我的亲哥一样，槿哥，你还把我当小孩呢，你自己吃哦，我能够得着。"说着，转移话题道："吃完饭有何安排？"

"这儿有桌游、麻将、卡拉OK、垂钓和漂流等项目供大家选择，当然，睡觉休息、户外爬山也是可以的，就自行活动，各自组队。下午五点集合烧烤，晚上搞篝火晚会，接着泡温泉。大家看咋样？"陈橘子详细说着让人期待的项目。

"我想去打麻将，谁参加？"云梦兴奋地说。

"我。"珍珠快速抢答道。

"还有我们俩。"云梦的两个闺密报名，几秒钟就凑齐一桌。

"那你呢？橘子？"云梦问。

"哦，我先休息一下。"陈橘子卖起了关子。

为了不让云梦继续追问，斐霏替陈橘子打起了掩护，接过话茬，问李沫伊："沫沫，想不想去漂流？"

"好啊，不错的主意。"李沫伊说。

"我也去。"李槿逸跟着说。

"还有我。"桃桃也跃跃欲试。

"我和果核去垂钓，希望能钓上来几条鱼，晚上给大家加餐。"亮亮说。

"那我和葵葵爬山哦，山里的空气实在太新鲜了，爬山更能多呼吸一些花钱也买不来的好空气。"饺子说。

没一会儿，众人便组好了队，有麻将一队、漂流一队、垂钓一队、爬山一队，还有陈橘子自行一队。就在午饭接近尾声的时候，斐霏的手机滴滴响了几声，一看，居然是许久未联系的秋彧发来的消息："狒狒，你在哪里？学校？"

"我不在学校，周末和教研室的小伙伴们在安岭里度个假。"发着微信，斐霏还暗自思忖，刚上桌那么多素凉菜，我还在想如果秋彧在多好，这些素菜适合他的口味，没承想，饭没吃完他就来了消息。嘿，这是不是就是那个啥？心有灵犀？

"李槿逸也在？"秋彧的微信在追问。

"是的，你怎么知道？"斐霏诚实地回答道，回想自己啥时在秋彧面前提过李槿逸的名字，他记住了，还放在了心上。

"发定位。"秋彧简单干脆地回复道。

斐霏本来不想搭理秋彧这莫名其妙的话，但转念一想，发给他也没什么嘛，说不定他是好奇安岭山哪里有聚会的好地方呢，就给他发了定位，并随口问了一句："你在哪儿？"

然后期待地等了许久答复，居然就没有了下文，斐霏心里暗暗生气，好你一个秋彧，你问我什么我都老实地告诉你了，可我问你一句，你都不回答，哼，再也不要理你了。

然后索性就放下了手机，暂时把秋彧放在了一边，沉浸于和小伙伴们的聊天中去了。

午饭后，安岭里面也变得炎热起来，斐霏、李沫伊、李槿逸和桃桃回屋休整了一番，然后一同前往民宿后山的鲁滨孙漂流景区。一路全程上山，大概要步行二十分钟。沿途风景秀丽，众人被美景迷了眼。

金秋十月，安岭的山脉像披了一件五彩缤纷的百衲衣，堆满大大小小的色块，红的、黄的、绿的、粉的，层层叠叠、影影绰绰，着实壮观。柿子树和猕猴桃树结满硕大的果实，让人喜悦和满足，果树下站着果农，他们正在采摘新鲜的果子。

"霏霏，你最爱吃猕猴桃，我给你买点儿？"李槿逸问。

"槿哥，回来时再买，多买点儿，带给大家一起尝尝。"

"行，听你的。"

斐霏见桃桃搭不上话有些落寞，就主动对桃桃说："桃桃，咱要漂流的地方，叫鲁滨孙漂流，名字是不是很有趣。之前你漂流过吗？"

"我刚还在想这名字好绝，有种荒岛求生的感觉。我没玩过漂流，还有点儿紧张。"桃桃答。

"一会儿你要是害怕的话，就牢牢抓住旁边人。"

"好的，有你这句话，我就不那么害怕了。"

到了景区。先要乘缆车到山顶的漂流起点，从山顶向下望去，便是深不见底的山谷，连一向胆大的斐霏，也不禁双腿发软。

"收回我刚说的话，这漂流和我想象的不一样，这个高山漂流有点儿刺激。"斐霏尴尬地说。

"别尿，霏霏。"艺高人胆大的李沫伊笑道，"你们说，咱是坐两人的皮划艇，还是坐四人的皮划艇？"

"我和霏霏坐一起，我担心她害怕。"李槿逸毫不避讳。

"咱还是坐四人的吧，坐一起乐趣多多，互相也好照顾。"斐霏赶紧说。

租了一条四座皮划艇，大家依次戴好护具，穿上救生衣，李沫伊先上，伸手拉过斐霏坐在身边，随后上来的李槿逸只好坐斐霏对面。在斐霏使劲儿给他使眼色后，才绅士般伸出手扶了一下要上船的桃桃，桃桃顺势坐在了他的边上。

皮划艇开始划起，随着水流缓缓漂荡，好不惬意的他们在悠闲中欣赏着美景。突然撞上河中的岩石，艇开始左右摇摆，逐渐地，河流变得甚是湍急，开始急速前进，不时遇到惊险的陡坡，瞬间加大下滑速度，既有失重的快感，又有惊险的冲击。斐霏和李沫伊渐渐由紧张变为快乐，桃桃则害怕得紧拽着李槿逸的胳膊，李槿逸的眼神却一直停留在斐霏那里。终于，在经历了各种惊险刺激的河道后，漂流终于到了尾声，溅起的水花丝毫没有浇灭他们澎湃的激情，李沫伊激动地喊："这简直是太好玩啦！"

李槿逸甩了甩头上的水珠，正色道："喂，李沫伊，注意素质！斐霏，你的衣服湿了？"

李沫伊故意酸了吧唧说："你还是我哥吗？啊？李槿逸，你看我都湿成什么样了，你居然丝毫不关心我，到底谁是你妹啊？"

"大家的衣服全湿了。不过我绝对还会再玩漂流，简直太刺激啦。桃桃，你咋样？"斐霏笑道。

"霏霏，这真是又刺激又惊险，槿逸师兄，我是不是把你的胳膊捏疼了？"桃桃问。

"没事。"李槿逸轻描淡写地俩字带过。

"霏霏，你来了那个了，咱俩换下裤子，我的短裤穿着起码干爽一点儿，你的长裤我穿。"李沫伊说道。

"啊，霏霏身体不舒服，早知道就不玩这个了。"李槿逸又心疼又自责道。

"我没事。"斐霏道。

李沫伊执意和斐霏换裤子，斐霏只好去了更衣室。

"霏霏和沫沫的感情真好。"桃桃不禁羡慕地感叹。

返回的路上又路过果园，李槿逸买了一大袋翠香猕猴桃和一大袋火晶柿子，桃桃要帮忙提，被李槿逸婉拒："谢谢桃桃，这个不沉。"

"槿逸师兄，你是不是超级会挑猕猴桃，我看你都买的是翠香这个品种？是不是比徐香好吃？"桃桃没话找话地说。

"嗯，霏霏喜欢吃翠香，说比徐香甜。"

走在前面的斐霏回头对桃桃说："桃桃，翠香的口感比较偏甜，徐香略酸，但萝卜青菜各有所爱。"

脸上带着淡淡微笑的桃桃，不再说话，内心泛起了苦涩。

他们回到静水流深民宿，见亮亮提了个大桶，斐霏一看，好家伙，是几条活蹦乱跳的大鳟鱼："好大的鱼！亮亮师兄，是你钓的还是果核师兄钓的？"

亮亮一脸得意，说："一大一小的两条虹鳟鱼是我钓的，那条金灿灿的大金鳟是果核钓的。钓到鱼的成就感，简直太爽了。"

"你俩可以啊，真牛！"云梦赞叹道。

"大家有鲜鱼吃了！"珍珠附和道。

大家聊着天，吃着猕猴桃，突然饺子想起了什么，问："橘子师兄去哪了？"

正巧斐霏刚收到陈橘子的微信，说后院已布置完毕，大家到齐后就一同过来。她就赶紧说："橘子师兄在后院，等咱们去烧烤。"

说完就给陈橘子回微信："大家来了，师兄做好准备哦。"

"收到！"陈橘子秒回。

众人心知肚明陈橘子接下来要进行一番表白，却都装出毫不知情的样子，个个演技了得，纷纷跟在被蒙在鼓里的云梦后头，七嘴八舌地说着刚才玩耍的趣事，向后院走去。

突如其来的《告白气球》音乐毫无预兆地响起，把走在最前面的云梦吓了一大跳，她定睛一看，扑面而来的是粉色气球和粉色鲜花营造出来的浪漫场景，地上、桌上铺满嫩嫩粉粉的花朵，铺着雪白桌布的长条桌上，放满各式各样的食物、鲜花和酒水，正中间放着一个双层大蛋糕，"云梦，生日快乐！做我女朋友吧！"的卡片十分醒目。桌子的一边是冒着烟火的烧烤摊，不远处搭起吱吱作响的篝火火堆。安岭山里，被气球、鲜花、蛋糕、烧烤、篝火等元素点缀，浪漫至极。看着这一切，云梦激动得说不出来话。

陈橘子从鲜花和气球中缓缓走出，站在云梦面前，深情地望着她，眼里饱含热泪，告白道："云梦，到今天为止，我已经认识你整整1503天。还记得我们俩第一次见面的情景吗？是在332教研室。那是我们读博的第一天。你穿一件淡粉色的针织裙，头戴黑色丝绒的蝴蝶结，甚是温柔，热情地跟我打招呼，向我推荐专业书籍。灵动可爱、热情大方，这是你给我的第一印象。从那一刻起，我在心里偷偷埋下了喜欢你的种子。跟着时间的脚步，和你进一步相处，我对你的爱慕之情与日递增，但是因为我的不勇敢，这份情愫就一直埋藏在心底。这个暑假，我和你同在332室朝夕相处，对你的情感愈演愈烈，再也藏不住了，就想跟你在一起。我决定，借你生日之机，正式向你表白，云梦，我喜欢你，你愿意当我的女朋友吗？"

见证这一幸福时刻的大家，大气不敢喘也不敢起哄，静静等待着云梦的回答。

"橘子，谢谢你勇敢地说了出来，其实……其实我等这一刻等得太久了，我想说，我也喜欢你，我愿意当你的女朋友！"

云梦果断的回答，引起了大家的一片欢呼，欢呼声此消彼长。

"抱一个，抱一个……"

在大家的祝福中，陈橘子将云梦拥进怀里，空气中都洋溢着美好而浪漫的气息。大家轮番祝福刚刚官宣在一起的甜蜜恋人。

"橘子师兄，你是孙悟空啊，蛋糕是咋变出来的？"葵葵师妹吃着蛋糕，好奇地问。

"是我下午在厨房里偷偷做的，觉得味道咋样？"陈橘子害羞地说。

"你亲手做的？简直太好吃了吧！"云梦又感动、又惊讶地说。

"云梦，以后你只要想吃我就给你做。"

"哟，哟，只会埋头做研究的橘子大神，说起情话来妙语连珠啊，真是太虐我们单身狗了！"果核师兄调侃道。

"哈哈哈，赞同你，果核！"珍珠附和道。

李槿逸一手端着烤肉，一手拿着杯冒着热气的水过来，他把烤肉盘放在桌上，说："快来尝尝我烤的牛肉！"他从烤肉里抽出唯一一串鸡翅，和热水一并递到斐霏手中，说："这是你最爱吃的鸡翅。你还好吗？喝点儿热水舒服些。"

斐霏不好意思地接过来，道："谢谢槿哥。"

亮亮调侃："今天这局可谓是狗粮满满。"

李槿逸听闻此言，心里默默开心，嘴角也不自觉地上扬起来。

珍珠暗戳身旁的亮亮，示意他少说几句。珍珠转移话题，说："咱们玩'逢七过'的游戏吧，谁输谁就真心话或者大冒险？"她的提议得到一致赞同。

玩过一轮，率先出局的是葵葵，她选择了大冒险，居然是现场任意选一名男生共跳一曲肚皮舞。葵葵点了饺子，饺子苦笑着说："这到底是在惩罚谁？"但也无可奈何，只能配合葵葵跳起肚皮舞，引得大家哄堂大笑，拍手叫好。

第二轮陈橘子输了，他说刚把该说的真心话都说了，现在选大冒险。云梦听他这样说，害羞地低下头。陈橘子抽取的题是，现场任意选一名异性，公主抱着走一圈。在征得云梦同意后，轻松地公主抱起她，绕着堆满气球和鲜花的场地连走三圈，众人喊着还没看够。

第三轮是走神的李槿逸输了，只听见他笃定地说："愿赌服输，我选择真心话。"大家拍手叫好，纷纷推出他的亲妹李沫伊，来提问题。

李沫伊滴溜溜地转动着眼睛想了一下，豁出去地问："现场有你喜欢的人吗？"大家听到她问的这个劲爆问题，纷纷大气不敢出，全都屏住了呼吸，等待着答案。

"有，她就在我的旁边。"李槿逸没有丝毫的犹豫，斩钉截铁地说道。蓄意已久的他，一直期待着有这样一个契机。

"槿哥，我……"斐霏吃惊道，正要说什么，突然她的背后传来一个低沉的有磁性的熟悉声音："狒狒。"

众人被李槿逸突如其来的表白惊得一片寂静，正在全神贯注地凝视李槿逸和斐霏，关注着事态的发展，谁也没注意到，有人走到桌旁，喊出了"狒狒"二字。等大家纷纷抬起头，循声而去，看着斐霏的身后，沉寂片刻后，突然爆发出欢呼和叫喊。

"啊，不是吧？啊啊啊……"

"我是在做梦吗？暴爷？"

"秋彧？怎么会出现在这里？饺子，掐我一下，看我是不是在梦中？"

"我要哭了，我的偶像竟然从天而降。"

大家七嘴八舌地喊叫着，几乎集体失控。

本就有些不知所措的斐霏，又被熟悉的声音惊到，转过头正好与秋彧炽热的眼神撞在一起。四目相对，饱含时隔多日在此刻相见的惊喜，两人无所顾忌地深情对视。李槿逸见来的是秋彧，表情顿时凝固到了冰点，与周围欢快的气氛形成巨大反差。习惯怼他的亲妹李沫伊此时都有点儿同情他了，后悔刚问了敏感问题，帮了倒忙。

"秋彧，你怎么来了？"斐霏终于回过神问道。

"怎么，这是公共场合，不允许我来？"秋彧逗着斐霏。他完全没把旁人放在眼里，仿佛这是只有他们两个人的世界。

"你明白的，我不是这个意思。"斐霏急急解释道。

"我知道，我猜你给我发微信的意思是想让我来，还给我发了定位，所以我就来咯。见到我开心吗？"秋彧一脸坏笑，继续逗着斐霏，当旁人都不存在一样。

"我没有，你……我……"斐霏看到大家惊掉下巴的表情，一时不知所措，心慌意乱，不好解释，索性也就不解释，无奈地咬咬嘴唇，摊着双手。每次见秋彧，她那口齿伶俐的技能就像被封印了一样，谁让对手更强大呢。

"霏霏师姐，你认识暴爷？"葵葵一头雾水，好奇地问。

"对了，忘给大家介绍了，他叫秋彧，嗯……"斐霏不知该怎么介绍他了，大家都笑了，纷纷说秋彧估计没人不认识吧，倒是想听其他的。

"霏霏，你是怎么认识暴爷的？"桃桃问道。

秋彧浅浅一笑，见惯大风大浪的他，丝毫没有任何的怯场，大方地说："看来大家都是狒狒教研室的同学，很高兴在这里见到各位。我叫秋彧，是狒狒的朋友。狒狒平时给大家添了麻烦，请多担待。"

秋彧这么说，大家更沸腾了。

"啊，霏霏，暴爷为啥喊你狒狒？他给你取的昵称？"桃桃凑到斐霏的耳边，悄悄问。

"霏霏师姐，你什么时候和大明星成为朋友的？都没听你说起过。"饺子师弟也好奇地八卦道。

"暴爷是霏霏师姐的朋友，我和霏霏师姐又是朋友，那么，暴爷间接成了我的朋友了？"葵葵师妹兴奋地在碎碎念。

众多的疑问中，斐霏笑而不语，稍作片刻，她转移了话题："秋彧，给你介绍一下我的同学朋友们，这是橘子师兄。"斐霏刚说一个人名，陈橘子就抢过话头，道："霏霏，还是我们自己介绍。秋哥，我是陈平畅，大家都喊我陈橘子，我是霏霏不是一个师门的师兄。你和电视里一样帅。"

"你好。"秋彧与陈橘子热情地握手。

　　亮亮夺过秋彧的手，急迫道："你好，我是亮亮，我可太羡慕你的身材了，简直完美无双。请问，平时你怎么健身的？"

　　秋彧握住亮亮的手，正要回答问题，葵葵又主动介绍起了自己。其他人没等一个说完，另一个又赶紧抢话，争着自我介绍。最后就剩下李槿逸和李沫伊了。

　　"这是我的发小、闺密兼室友，李沫伊，沫沫。"斐霏说。

　　秋彧主动向李沫伊伸出手，说："你好，上次我们在横店见过，又老听狒狒提起你，很高兴再次见到你。"

　　李沫伊见秋彧主动打招呼，就也伸出手，简短地说道："你好，李沫伊。"并未表露太多情绪。

　　斐霏看看李槿逸，又看看秋彧，有点儿不自然地向秋彧介绍道："李槿逸，槿哥，沫沫的亲哥，槿哥平时对我非常照顾。"

　　秋彧静静地看着李槿逸，李槿逸也是安静地看着秋彧，两人似乎都静若止水，周围的气场却暗潮汹涌。过了好久，还是秋彧向李槿逸伸出手，说："秋彧。"又话里有话地说，"感谢你平时对狒狒的特别照顾。"还着重加强了"特别"二字的读音。

　　李槿逸毫不示弱地握住秋彧的手，道："李槿逸，这是我应该做的。"

　　见二人握住的手僵持住了，斐霏感觉时间都凝固了，便打破尴尬道："秋彧，既然你来了，那咱们一起玩吧。橘子师兄，接下来是篝火晚会吗？"她说着，向陈橘子使了使眼色。

　　"对对，大家坐篝火那边吧。暴爷、槿逸，咋样？"陈橘子问。

　　见陈橘子征求意见，二人握着的手松开。斐霏观察到，他们的手都被对方捏得红通通的，无奈的斐霏暗想，他们验证了"男人至死是少年"的至理名言。接着她又思忖，不对呀，槿哥刚说了喜欢自己，是意料之外的。秋或这么做是什么意思？难道他也是？哎呀，太乱了，还是不要多想，一会儿找个机会和槿哥讲讲清楚，其余的事先放放。

他们仨在大家后面走着，挪到篝火边。大家围成了一个圈坐下来，秋彧和李槿逸见缝插针坐在斐霏的一左一右。随行的东东则被秋彧派去办入住手续。

陈橘子手里拉着一个便携屏幕和音响设备，另一只手还攥着两个话筒，从前院走来。

"什么呀，橘子师兄？"葵葵好奇地问。

"是便携式KTV？"亮亮瞎猜道。

"亮亮猜对了，是简易版的卡拉OK。谁先唱一首？"陈橘子问道。众人齐刷刷把目光投向秋彧，都想让他来一首。但是碍于秋彧强大的气场，又都不敢带头起哄。

斐霏读懂了大家的心思，她也非常期待秋彧能唱一首，不过她深知秋彧这种级别的歌手，对音响设备要求极高，一般不会轻易献唱，为了不左右为难，她主动说："要不我先来，橘子师兄，怎么样？"

"我陪你，想唱什么？"秋彧听到斐霏要唱歌，居然主动请缨合唱。

斐霏蒙了，众人激动了，简直是血赚，在这么私密的场合，竟然能听到顶流大明星的现场，还是用这种非常不专业的音响设备，这机会这辈子估计就一次。

"秋彧，我唱《小酒窝》，你可以吗？"

"可以。"秋彧一脸宠溺地应道。

"好。对了，请大家不要录视频，原因都懂的。"斐霏肉眼可见的惊喜，还善解人意地嘱咐。

"那肯定的，大家都懂，暴爷！霏霏！加油！"众人纷纷喊话。

陈橘子调好设备，调出男女对唱的《小酒窝》，把话筒交给斐霏和秋彧。对唱版本开始是男生唱，大家屏住呼吸，等待着秋彧开口。

"我还在寻找，一个依靠，和一个拥抱。谁替我祈祷，替我烦恼，为我生气为我闹……"秋彧一秒进入唱歌状态，动情地、充满磁性地唱起，好听到开口就跪的程度。歌声像诉说着自己的故事，深情款款、娓娓道来，背靠安岭大山，身旁被熊熊燃起的篝火衬托着内心的炽热，他面对斐霏，像不经意间说出心声一样，惹得众人感同身受，纷纷红了眼眶，尤其是迷妹葵葵和珍珠。

"幸福开始有预兆，缘分让我们慢慢紧靠，然后孤单被吞没了，无聊变得有话聊，有变化了……"被秋彧的歌声深深吸引的斐霏，差点儿没跟上节奏。在秋彧暖暖的、鼓励的眼神中，她渐渐找回自信，完成了女生部分的两句歌词，暗想不知拖了秋彧的后腿没有。

大家迷失在秋彧美妙的歌声中。上帝为秋彧开了一扇门，却没为他关上一扇窗。合唱结束了，寂静许久突然爆发如雷的掌声和欢呼声，夹杂着饺子和亮亮的口哨声。

斐霏望向秋彧，正与他深情的黑褐色眼眸碰撞，脸颊发烫的她，赶紧避开那道炽热的目光。

"暴爷！你是我的神！"

"暴爷，好强啊，声音太好听了吧！"

"这是人类的歌喉吗，简直太美妙了。"

夸奖起秋彧，大家毫不吝啬，而一起合唱的斐霏却遭到冷落与遗忘。

"喂，斐霏还在这呢，咋都忘记她是合唱人呢。你们这群见色忘友的人呀。"陈橘子故作生气地调侃道。

"哈哈哈，霏霏师姐，不能怪我们，暴爷简直帅得要人命了，这样简陋的设备能唱出演唱会级别的水平，太让人震惊了。"葵葵扭头看向斐霏，却还是在夸赞秋彧。

突然间，四周的栅栏上闪烁起星星灯，这是每天到点自动开启的，星星点点的蓝色灯光，与安岭的干净纯洁的天空中那些浩瀚的繁星遥相呼应，上下星海、唯美浪漫。

"星星灯为暴爷暴灯了啊！"葵葵兴奋地喊道，又引来呼喊声一片。

"葵葵，你够了啊，擦一下哈喇子，克制，克制知道吗？"云梦笑说。

"接下来，哪位登台献艺？"陈橘子手拿话筒，问。

众人你看我，我看你，却没人说话。在秋彧后面唱歌，简直不要太有压力了。

"我来吧。"现场传出一个低沉的声音，是李槿逸。

秋彧的到来，吸引了所有人的注意力，彻底忘记了借真心话游戏进行表白的李槿逸。斐霏和秋彧的对唱，全场的一片欢呼，李槿逸全程安静、低气压地坐着，没发任何响动。他的头上似乎笼罩了一片乌云，而且越来越厚重，压得他简直喘不过气。

李槿逸选择的歌是《陪你度过漫长岁月》，虽然他的歌声不及秋彧，但和一般人比起来还是极好的，特别是这首歌恰如其分地唱出此刻他的心声，真情流露，让听者动容。

"槿逸师兄，没想到你的歌唱得这么好。希望你一直开心！"桃桃红着眼眶说，心想，这首歌何尝不是唱出了自己的心境。

"槿逸的唱功一直了得，高中时还拿过全校比赛第一名呢。"云梦补充道。

"槿逸师兄，我被你也感动了，唱得真是很棒。"葵葵发自肺腑地赞美。

对别人的夸赞，李槿逸并没有做出过多回应。他在期待着斐霏的反应，斐霏给不了他所期待的，只是浅浅微笑着。李槿逸的眼神黯淡下去。秋或也在观察着斐霏和李槿逸无声的互动，神色难以揣测。

李槿逸唱歌后，众人也放开了，纷纷抢夺话筒，争抢着要从平日研究的海洋中解脱出来，享受片刻的轻松。大家宣泄着情绪，忘我地快乐着。

斐霏偷偷问秋或，说："你刚才还没认真回答我，怎么会出现在这儿，到底是从哪儿来的？"

"我来安城录综艺，今天收工早，就跑来找你。有问题吗？"秋或魅惑地看着斐霏，戏谑地答道。

"啥时接的综艺？来安城又是不提前告诉我。还有，什么时候回去？"

"又问我回的事啊，哥哥我可真要生气了。"秋或撒着娇说着，凑近斐霏的脸，盯看着她，一股淡淡的薄荷味飘了过来，让斐霏感受到秋或真真切切地就在她身边。斐霏把脸转过去，不敢再看他，她觉得秋或今天怪怪的，道："你老是误会我，明知道我不是那个意思。还有，你怎么成我哥了？"

"你能喊那位哥哥，就不能喊我哥哥？"秋或扫了眼不远处的李槿逸，又一次压迫性地凑近斐霏问，空气中弥漫起一股酸味。

"……"斐霏只得沉默。

"不逗你了，明天一大早我得赶回市区，下半节综艺还没录，至于返回时间，明晚收工，后天回北城。"秋或淡淡聊着行程的事，有些惆怅。

"这么匆忙，明早开工，今天跑来干吗，大老远的，不累啊？"斐霏心疼秋或，嗔怪道。

"想见狒狒啊！"秋或干脆地说道。

斐霏纳闷，秋或今天怎么这么不对劲儿，一副不正经的样子，不知他脑子里在想什么。秋或见斐霏不说话，顿了顿恢复了正经，郑重其事地说："认真问你个事，刚那哥们儿问你的话，你想咋回应？"

"哪个哥们儿，什么话啊？"斐霏揣着明白装糊涂，反问。

"你想糊弄我，没门儿，我可是全听到了。"

"听到什么？"

"就他喜欢你呗。"秋彧咬着后槽牙说，看到斐霏露出的笑容后，他又急着补充，"我是担心你被人骗，你可不要轻易相信一个男人说的话啊，尤其是在一个这么不严肃的场合下，喜欢哪有那么轻易地就说了出来，还是在做游戏的时候，真的一点都不真诚，有一句话虽然土，但是却不无道理，那就是'男人的嘴骗人的鬼'。"

"可是刚刚在玩的'真心话'的游戏啊，被问到的人肯定要诚实作答。我怎么感觉你对槿哥有意见，你们今天不是才认识吗？怎么就对他有这么大的意见了？再说了，你不也是男人，那我能不能相信你？"斐霏故意继续逗着秋彧，抓着他的话柄继续反问。

"等等，我补充，刚说的是除我以外的男人。"秋彧自恋地贫嘴道，"几日不见，怎么嘴上功夫如此了得了，你这伶牙俐齿的劲儿像谁了？我并没有针对他哦，我是让你谨慎选择，千万别听了些花言巧语就把自己给卖了。"秋彧虽然嘴上不承认自己针对李槿逸，但他的行为和言语处处显露着对李槿逸的敌意。

陈橘子问大家K歌累了，要不要去泡温泉，得到众人的响应，纷纷离席，回房间换衣服。只剩下斐霏、秋彧、李槿逸和李沫伊守着残败的篝火。

"你去泡啊，这儿的温泉很不错的。"斐霏对秋彧说。

"那你去吗？"

"我今天肚子不舒服。"

秋彧秒懂，凑近斐霏小声说："难怪你今天说话呛人，我原谅你了。"

斐霏不想和他说这些，看着李槿逸，对秋彧说："秋彧，我和槿哥单独聊一会儿，你先回房间休息，明天还要起早。"

秋彧警惕地看了看李槿逸，简短地说："行。"

"霏霏，我先洗漱去了，你和我哥好好聊一下吧。"李沫伊见状，也知趣地离开了。

闪烁着零星火花的篝火堆旁，斐霏和李槿逸默默无言，气氛凝固起来。"槿哥，我……"还是斐霏打破了僵局。

"斐霏，先让我说，我怕你说完我就没机会说了。这些话在我的心底藏了很久，今天要是还不说，以后可能就没有机会了。其实我从没把你当成妹妹，哪怕是一分一秒都没有。我对你和对李沫伊完全不一样。具体说不上来是哪天开始对你产生了喜欢的情愫，只知道是很久很久的事情了，久远到我的记忆模糊。随着时间的推移，这种感觉越来越强烈，也积累得越多，已经到了压得我喘不过气来的地步。我喜欢你，喜欢到无法自拔。在我的眼睛里、脑海中、心房里，都是你，时时刻刻，分分钟钟，而且容不下旁人。虽然打小你就一直把我当哥哥，但现在我们长大了，我并不是你的亲哥，我们可以成为恋人。能不能不要再用妹妹的视角看待我，试着以朋友的身份相处一下，说不定咱俩非常合适，说不定哪天你会喜欢上我？好不好？"李槿逸真诚地说着压在心底很久的话，说到最后已经红了眼眶、湿了眼角，语气也带了哀求的声调，听着让人心疼。

这会儿的槿哥，与那个才华横溢、仪表不凡的李大才子大相径庭，斐霏心里很不好受，莫名的负罪感和怜惜感油然而生。情感上她非常想一口答应李槿逸，因为是自己让旁人可望而不可即的槿哥变成这个样子。但理智上，她强迫自己客观看待问题，明知道自己和槿哥不可能成为恋人，如果给他希望，后果就是会让他更加难受、更加痛苦。所以现在必须当小恶人，快刀斩乱麻，斩断一切。

斐霏深吸一口气，说："槿哥，我明白你的意思，但我还是很抱歉，我对你只有兄妹之情，再无其他。你说可以试试，但是在我这里，喜欢就是喜欢，不喜欢就是不喜欢，感情的事很难试试。虽然我不清楚谁适合我，但我知道谁不适合我。希望你理解，也希望你不要因为这件事，影响到我们从小到大的情谊，我想，一直把你当我的哥哥！"

"你是不是有了喜欢的人，才这样说？是他吗？秋彧？"李槿逸依旧不甘心地追问。

斐霏的眼角划过一丝诧异和不安，她觉得不应该再对李槿逸有所隐瞒，坚定地说道："是他，秋彧。"

"什么时候开始的？你和他才认识三个多月，就敢笃定他对你的感情是认真的？你就不怕后悔？"李槿逸控制不住激动的情绪，问出一连串的问题。

"虽然我不确定他对我的感情有几分真，也不确定我们未来的发展走向，但庆幸的是，我渐渐看懂了自己的内心，那就是真的喜欢他。其余的一切，就交给时间吧。"斐霏诚实地答道。顿了顿，又说："槿哥，我真的非常希望你能幸福开心，不要在我身上花费时间。我相信你肯定能遇到比我更好的人。今天过后，希望我们还能像过去那样，能坐下来吃吃饭、聊聊天，我还能喊你声槿哥，好吗？"

李槿逸从裤兜中掏出一盒压扁的烟，抽了一支点燃，吸了一大口。斐霏诧异中暗想，槿哥向来不抽烟，怎么会随身带烟呢？

李槿逸又吸了口烟，淡然道，"烟是个好东西，可以解心事。"猛地，他又掐灭剩下的烟："忘了你有咽炎了，不好意思，霏霏。"看得出，他在努力使自己恢复理智，尽量心平气和地说："霏霏，你放心，我会控制好自己的，绝不会对你造成任何困扰。以后，你还跟着李沫伊，喊我哥。"

"谢谢你，槿哥！明天见！"斐霏哽咽着说完，转身快步向客房走去，她害怕让李槿逸看到自己的眼泪。

李槿逸孤独地站在已经熄灭的篝火旁，又燃起一支烟。

满腹心事的斐霏一拐弯，与端着水杯过来的秋彧撞了个满怀，水洒在秋彧的手上，手指马上被烫红。斐霏慌乱地从衣袋里掏出纸巾，为秋彧擦拭着，心痛无比。秋彧却极其镇定，好像被烫的人不是他，当观察到斐霏脸上的泪痕，忙问："他欺负你了？"他的眼神里流露出心疼和担心。

"他很好，是我的问题。"

"和我聊一下。"秋彧说着，透过袖子轻拉斐霏的胳膊，走到休息区的沙发边。他轻轻按摩她那紧绷的肩膀，让她松弛地坐在沙发上，递过去还剩大半杯的水，道："这是我去厨房给你熬的红糖姜茶，喝吧，和我说说刚才的事。为什么要哭？"

他亲自熬了暖茶，斐霏心里一热，端起茶杯抿了一口，瞬间被热热的姜茶温暖起来，阴沉的心情开始明媚起来，哽咽道："槿哥他对我很好，但我一直以为他的好，是把我当成妹妹的那种好，时至今日，我才知道他对我的喜欢，是男女间的喜欢，我给不了他想要的承诺和幸福，不愿伤害他，却又不得不伤害他。看到他是那么伤心，我非常地难过和自责。"

听到斐霏的话，秋彧手足无措，他没怎么安慰过人，就生硬地轻拍斐霏的背，柔声道："这不是他的错，更不是你的错，所以不能把责任归结到自己身上。感情就是两情相悦的事，来不得半点儿强求和委屈。你今天做得很好，当面说清楚了，虽然现在他可能很痛苦，可是长痛不如短痛，这样也避免了进一步的牵绊和折磨。相信很快他就会想明白的。"

"道理我懂，就是控制不住地难过，我不想让任何人因为我而受到伤害，尤其是身边的人。我和槿哥从小就认识，他虽然不是亲人却早已胜似亲人。他说很早就喜欢我了，我却把他当成哥哥，光这个他就很煎熬。品学兼优的他，从不沾染烟酒，刚才，居然掏出一支烟抽了起来。看到他那个样子，我真的很伤心。"斐霏说着，忍不住又开始流眼泪。

秋或看到斐霏梨花带雨的样子，又心疼又无奈，自己分担不了她承受的这一切，只得将她拥入怀中，摸着她的头，说："想哭，就在我的怀里哭个够吧。过了今天，你再也不要为男人流泪，也包括我。"

斐霏被秋或逗得笑了，她推开了秋或的怀抱，泪中带笑地说道："好你个秋或，怎么这么自恋啊，我什么时候说要为你流泪？不过，要谢谢你的安慰，好了，我发泄够了，一切回归正常。"

"行，再让我发现你哭，就扣你钱。"

"你说什么就是什么吧。"

"真的，我说什么就是什么？"秋或突然凑近斐霏湿答答的脸，直勾勾看着她肿成小桃子的眼睛，极具魅惑地问。

斐霏被这突如其来的靠近羞红了脸，一把推开他，害羞地说："你干什么啊！"

"逗你的，今天先不欺负你了，快回去休息。明天早上我得早点儿赶回去开工，就不打扰你睡觉了，下午收工后，请你和你的小伙伴们吃饭，具体等东东订好发你微信。"

"好的。"斐霏听话地回道，不知道为什么，现在的她特别愿意听秋或的话，她忍不住地试探："可是，秋或，你为什么对我这么好？"

"因为以后只能我欺负你，所以现在要对你好一点儿。"秋或一本正经地胡说八道。

"什么意思？"斐霏有些期待地问。

"什么'什么意思'啊，没看过大哥小弟的影视剧？就是那个意思，以后我来罩着你。"

斐霏简直难以相信，这么幼稚的话出自秋或之口，这不是她所期待的答案。顿时，她失去了继续聊下去的兴致，嘟囔道："幼稚鬼，我回去了。晚安。"

"等等，说谁幼稚鬼呢，给我站住。"秋彧在她后面追起来，小声喊道。

"说的是你，就是你。"斐霏快跑起来，还不忘回嘴道，一溜烟跑到自己的房间门口，对着秋彧挑衅地做了个鬼脸。

李沫伊发现斐霏的泪痕和肿胀的眼睛，她没有追问斐霏，只是平静地说："我大概猜到就是这个结局。你和我哥有缘无分，确实不可强求。希望你们把话说开，心里不要有疙瘩，以后呢，我们俩还像之前一样，大块吃肉、开心喝茶，一起吹清风、晒太阳、谝闲传，一辈子开开心心地走下去。"

斐霏的眼眶又红起来，说："沫沫，我们一定会的。刚和槿哥说清楚了，已经理清了关系，他还是我哥，我还是他妹，咱俩还是一辈子的朋友。放心吧！"说完，她张开双臂，和李沫伊紧紧地抱在一起。

"好，那我就放心了！霏霏，刚才我真担心，好怕你们以后连朋友都没得做。"

"沫沫，你和槿哥在我心里早已不是亲人胜似亲人了。"

晨曦初现，秋彧匆忙起床，赶回市区工作。其他人起床时已是十点以后。大家慵懒地洗漱完毕，陆陆续续走出房间，坐在前院开始吃午餐。

"早啊，霏霏。"李槿逸向斐霏问好，他的神情已恢复到平日的样子，应该是昨晚偷偷整理好了情绪。

看到恢复正常的李槿逸，斐霏的心放了下来，熟悉的那个大哥哥回来了，她说："槿哥，早，可以吃饭了！"

"好的，我去取。"

桃桃也走过来，坐到斐霏身边，她看着李槿逸的背影紧张地问："你后来和槿逸师兄聊得咋样？"

"挺好的，一切过去了，槿哥依旧是我的好大哥。桃桃，以后你面对槿哥的时候，可以更加轻松，不用忌惮什么了。"斐霏小声说。

"霏霏、桃桃，大清早的你们在咬什么耳朵，什么话我们不能听？"云梦笑嘻嘻走来，坐在陈橘子边上，面前是陈橘子为她准备好的爱心早午饭。

"哈哈，云梦师姐，你还吃上独食了。大家为什么一早就要被喂狗粮。"桃桃开着玩笑说。

云梦笑得更加开心，满眼的笑意都在陈橘子身上，陈橘子的眼睛也是长在云梦身上，关注着她，二人之间满满的浪漫气息。

"对了，霏霏师姐，联系秋彧了吗？是不是还没起来？"葵葵师妹关心又好奇地问。提到秋彧的名字，其他人纷纷看向斐霏，大家都早想问了，但又不好直接打探。

"哦，昨天他就说今天一大早要赶回市区工作，估计起得很早，就没打扰大家休息。他说等下午结束工作后，要请大家吃饭。"

"秋彧请咱们吃饭，全体吗？"葵葵惊喜地直喊。

"大明星请客耶，简直像在做梦。"珍珠也在兴奋中碎碎念。

"我们托了斐霏你的福，能在私人场合见到秋彧，又吃他请的饭。"

"霏霏，我浅浅地问一句，你和秋彧究竟是什么关系啊？"陈橘子犹犹豫豫后，还是问出大家都想问的问题。

现场一片寂静中，斐霏缓缓道："在横店实习时，恰巧在秋彧的剧组当跟组演员，所以关系算作同事。之前，我们发生过几次小误会，闹过不愉快。后来随着加深了解，我发现他这个人真还不错，对人挺真诚、友善的，就慢慢成了朋友。"

"只是朋友？"果核师兄玩味十足地问道，脸上写着不相信。

"按秋彧的说法，我们就是大哥和小弟那种。"斐霏认真地说。

"哈哈哈，行。"陈橘子大概不满意斐霏的回答，随意说道。

"好啦，你们就别难为霏霏了，没看到她脸都红了。放心，霏霏，我们知道分寸的，秋彧的事大家都不会乱说的。"云梦师姐笑道。

"什么啊，你们到底在说什么，反正目前就是朋友关系。来，都快吃饭吧。"斐霏红着脸嘟囔道。

"好好好，目前是目前，以后是以后，哈哈哈，吃饭。"亮亮师兄也加入八卦的阵营当中说。

斐霏相当无语。

吃过早午饭，众人回房间收拾，退了房，陆续离开静谧的安岭。在这里虽然只过了个夜，但心境或多或少发生了很大变化，具体要自己细细体会，慢慢消化。

斐霏、桃桃、李沫伊还是坐李槿逸的车，桃桃依旧坐副驾驶位上，她有一句没一句和李槿逸搭话，逗他开心。大多时候，李槿逸专心致志开车，偶尔回答桃桃的问题。斐霏和李沫伊坐后面吃着零食，聊着天。

下午回到宿舍，斐霏收到秋彧的消息，发来了订好的餐厅，是学校旁的川青木230包间。斐霏给他回复，问秋老板咋这么大方，订这么贵的餐厅？她随手把订餐信息转发到教研室群里，想到李槿逸不在群，就单独又给李槿逸转发，并小心翼翼地问："槿哥，你能来吗？"

"霏霏，不好意思，今天下午我爸公司有事需要处理，就不来了。希望你不要误会，我们还和之前一样。"李槿逸很快回复了信息。

斐霏看到李槿逸说得这么敞亮，心情坦然了很多，想着槿哥还是我认识的槿哥，于是回复道："知道了，槿哥，你快去忙吧，空了再约。"

川青木是镐华大附近的一家日料店，放在整个安城，也属于业界翘楚，据说人均在千元以上。斐霏有一次过生日，爸妈请她吃过，当时觉得非常惊艳，被震撼到了，无奈实在太贵，就再没有踏入过。当她和李沫伊走进川青木的大厅，刚好收到秋彧迟来的回复，上次我来安城一直蹭我家小弟的吃喝，这次好不容易我请小弟的朋友们，肯定要大方啊！

斐霏心想，估计他这会儿才有空看手机，不过我怎么又成了他家的小弟，这个秋彧！正思忖着，秋彧又发来新消息："我这边刚刚收工，正往过赶，很快，我已经让东东提前去餐厅招呼你们了。"斐霏回了两个字："好的。"

斐霏和李沫伊一同上楼，进到230包间，发现大家都已来了，正在兴奋地聊天。只见每个座位前，都摆了一个大大的精致的枣红色丝绒盒子，像结婚送伴手礼的盒子，有人打开正拿出里面的东西试着。

"霏姐，您来了？"东东开心地和斐霏打招呼。

"这是什么？东东。"斐霏指着桌上的盒子，疑惑地问。

"是秋哥给大家准备的礼物。他说大家平时做科研辛苦，坐在教研室里办公，时间久了肩颈会不舒服的，就给大家准备了微型颈椎按摩仪，还有他代言的保温杯和巧克力。"

"霏霏师姐，这个按得好舒服，太感谢霏霏师姐，太感谢暴爷了。"葵葵忙着试用颈椎按摩仪，还不忘感谢道。

"感谢我什么，又不是我送的。"斐霏道。

"那也是托了师姐你的福嘛。"葵葵补充道。

斐霏无法辩驳，便扭头与东东聊天，问："对了，东东，秋彧今天录制的是哪档综艺，我感觉综艺录制一般很少来安城这边啊。"

"是《冲刺》，秋哥没和您说？本来他在最近的档期里，有好几个综艺可选择，包括最热的那几档，可他想来安城这边，就舍弃了众多北城的金牌综艺。睿哥一开始不同意，秋哥还呛了睿哥几句，睿哥也拿他没办法。安城这边综艺节目组也没想到能请来秋哥，非常地受宠若惊！"

原来是这个样子。斐霏暗暗吃惊，思忖他为什么非要来安城录，难道是我想的那个原因？

大家热聊正酣，秋彧利落地走了进来，刚刚结束工作还带妆的他一扫昨晚的疲惫，精神焕发地出现在大家面前。一件清爽的白T恤内搭束在了复古蓝的直筒牛仔裤中，更显得腰窄肩宽、身形高挑，外面套了一件米色风衣，走路带起的风中夹杂了些他身上那松树、薄荷和大海混合的独有味道，整个给人一种干净整洁、如沐春风的感觉，像极了漫画中的美男子。在公共场合一直不太爱笑的他此刻笑意盈盈、明媚灿烂，褪去了那份生人勿近的冷漠气质，增添了一丝平易近人的温暖。

"不好意思，让大家久等了。东东，赶紧让上菜啊。"

娱乐圈大神的道歉，让众人坐不住了，纷纷起身表态："没有，没有，秋哥你太客气了，请我们来这么贵的餐厅不说，还送礼物。太感谢了。"

"应该的。我跟狒狒是朋友，你们也就是我的朋友。平时狒狒在校免不了多麻烦你们的照顾。"秋彧说着脱了外套，坐在斐霏旁边，看到人手一份红丝绒礼盒，烘托的氛围太过喜庆，猛地不好意思起来，悄悄喊东东说："让你挑好看点儿的礼盒，怎么挑了个婚庆感这么重的？"

"就是按您精致、高档、大气的要求，费了老大劲儿才找的。"

"回头跟你算账。"秋彧小声说，喝了一口茶，见大家静得出奇，顺嘴问："我进来前，你们在聊什么？"

"我们在看亮亮师兄发的照片呢，昨天霏霏师姐美呆了。暴爷，要不要把你也拉进我们的群，看照片？"葵葵期待地提议道。

"可以呀，霏霏，拉我一下。"秋彧高兴地说。

"不拉，我们那是学术交流群，你又不搞学术。"斐霏不情不愿地说。

"秋哥，你加我微信，我来拉你。以后霏霏有啥事，我直接微信你，可以吗？"饺子机灵鬼般地说。

"谢谢你，你扫我。"秋彧笑道。

"喂，饺子，人家请你吃顿饭，送个礼物，你就把我家霏霏给卖了？"李沫伊故作生气，替斐霏打抱不平道。

"谁让他是长得帅、会演戏、会唱歌的暴爷呢？"饺子笑嘻嘻地说道。

"我可算是看出来了，饺子你是懂拍马屁的。秋哥，我能加你微信吗？也替你监督霏霏，我在教研室和她是邻座。"陈橘子期待地说。

"没问题。"

"还有我！还有我！"众人纷纷说道，都要加秋彧的微信。

看着大家这样，斐霏一整个大无语，调侃道："人啊，就是这么现实，这么快都见色忘友了。"

开心的氛围继续着，包间里俨然变成大型追星现场，昨天没好意思做的事，在这其乐融融的氛围中，大家全要做，他们找秋彧签名，纸啊本啊的太普通了，饺子让秋彧签在自己的卫衣上，葵葵让秋彧签在保温杯上，每人还来了一张单独合影。看得斐霏捏了一把汗。她知道秋彧不喜欢给人签名、合影，如此闹腾他会不会生气，没承想，他是格外配合，全程脸上挂着笑意，开心得不得了。

"那个，今天咱是私下聚会，照片就不要发朋友圈了哦。"斐霏提醒大家说。

"那是肯定的，我们都懂。"陈橘子表态说。

"霏霏师姐，你放心好了，我们有分寸的，涉及暴爷的隐私，我们知道如何处理。"葵葵说。

"嗯嗯，请放心吧，暴爷、斐霏。"

不舍中还是得散场，大家相约着一同回学校。

"要不要在附近走走？狒狒。"走在后面的秋彧，悄悄问斐霏。

"好。"斐霏干脆地说道。

镐华大附近的公园笼罩在浓浓的夜色中，早已没什么人了，显得格外静谧与祥和。秋彧和斐霏并排走着，浪漫无比。走着走着，斐霏突然脚底一绊，眼看向旁边扑下去，秋彧敏捷地一把拉住她的胳膊，却也将她送到了自己的怀里。斐霏惊得一转头，额头却碰触到秋彧性感的嘴唇，温温热热、软软乎乎的感觉，立刻让她沦陷。四目相对，相互交融，斐霏真想就此深陷下去，但最终理智占了上风，她轻轻后退一步，避开秋彧那炽热的目光，害羞地想：天，我怎么会有这种想法？

秋彧也被突如其来、不受控制的额头一吻搞傻了，顿时脸色绯红，耳朵和脖子估计也是一片桃红，他抿了抿碰触到斐霏额头的嘴唇，说："啊，你在说什么？那个，下次你不要穿高跟鞋，在横店的时候脚就扭过，可要好好保护脚腕。"秋彧笨拙地劝说斐霏。

"脚早好了。"斐霏低头看着地面说道。

秋彧看着羞涩的斐霏，又说："那个，不好意思啊，我刚不是故意要亲你的。"

斐霏装作没听见，像只小鹿一样继续低头走路，想要逃离充满着暧昧气息的"案发现场"。过了马路就是学校大门，"秋彧，晚安。"斐霏一路小跑着进入学校，却没敢再回头看一眼秋彧。

"秋哥，你咋了？"东东见到秋彧，觉得不对劲儿，便问道。

"嗯？没什么。"秋彧道，想了想问，"东东啊，我有一个朋友，他很喜欢一个女生，而女生呢似乎对他也有好感，但是他们俩的关系却躲躲闪闪，一直毫无进展。你说我朋友要是现在表白的话，会吓到女生吗？或者怎样才能让他们的进度加快呢？"

啥朋友，分明说的就是你自己吧。看来恋爱也能让聪明的男人变傻。

东东想着，一脸看破不说破的表情，说："我觉得，您这个朋友是第一次谈恋爱吧？"

"你怎么知道？厉害。"秋彧好奇地问道，还竖起了大拇指。

"很明显啊，您朋友和喜欢的女生的相处方式实在太无趣了吧。您想啊，谈恋爱不得讲究氛围、情调？所以言语得充满着诱惑，懂得与对方调情、打闹，俗话不是说'男人不坏，女人不爱'，就得在喜欢的女生面前表现得'坏'一点儿，才能让她对你着迷。"真真是一个敢教，一个敢听。

"还别说，你讲的挺有道理的，那么如何营造氛围，调情、打闹？东东，我记得你也没谈过女朋友吧？"

"秋哥，我是没谈过女朋友，但身边的哥们个个是情场高手。所以我呢，也耳濡目染了不少。"

东东喋喋不休了起来，秋彧直听得入了迷。

回到学校的斐霏没有直接回宿舍，而是走到了学校中心的湖边，看到四周无人，就索性找了片空草地坐了下来。脑海里不断涌现着刚才那让人心跳的一幕，秋彧拉住了她，她倒在了他那宽大、结实的怀里，转个头，额头却与他性感的嘴唇相碰，那种软软糯糯、带有体温的触感像烙印一样留在了她的脑海中，挥之不去，让她疯狂上瘾。不知不觉脸颊变得滚烫，身体燥热了起来。天啊，我在干什么啊？居然在反复回味着这个不能称之为亲吻的偶然碰撞。那不是吻，那不是吻，那只是一个意外的身体接触，我在胡思乱想些什么啊？斐霏，你给我清醒起来……

秋彧回到酒店，点燃了一支线香，没有换衣服和洗漱，静静地坐在沙发上，望着窗外星星点点的夜景，用食指和中指的指腹，抵住自己的嘴唇，回味着那个吻，发着呆，她是生气了吗？我是不是吓到她了？诱惑？调情？……他在心里不断问着自己，揣测着斐霏的心态，心情久久不能平复。

　　次日一大早，秋彧赶着早班飞机回到北城。飞机落地还在滑行，他给斐霏发起微信：狒狒，飞机落地了，昨晚的事是个意外，请你不要放在心上。看了一遍不满意，删掉又写道："狒狒，我到北城了，期待下一次的见面。"依然不满意，还是又删掉。来来回回写了删，删了写，最后发出去的是："已到，盼见。"

　　终于等到秋彧消息的斐霏，嘴角疯狂上扬，眼里充满了无数发着光的小星星，她点了一个OK的表情，发送。

Part13 安城故事

日子一天天溜得很快，斐霏的毕业论文进入撰写阶段，有了思路，坐在教研室的她，提笔生花落笔香。

秋彧离开安城，已过去四十余天。他隔三岔五与斐霏用微信联系，前两次来安城是想给斐霏惊喜，都没提前知会，看斐霏的埋怨劲儿，秋彧现在不管到哪个城市，都会在第一时间跟斐霏讲一下。他大概没意识到，自己这种报备行踪的举动，是恋人之间的行为。

"你不用跟我讲的，我又不是你的女朋友。"斐霏看到秋彧发来的报备，很是开心，却摸不清楚秋彧的真实想法，因此常常会试探性地这样问。

"我现在是没有女朋友，但作为小弟，你难道不关注大哥的行踪？"秋彧进行着危险发言。

"明白了，你的意思是有了女朋友就不给我发了呗。"斐霏故作生气，又试探性地问。

"那你是想让我发，还是不发？"危险发言还在继续。

斐霏被秋彧拿捏住了，不知该如何回答，回答不想，那不是自己的真心话，万一秋彧真生气以后不给她报备了，自己肯定会很失落，牵挂他的心会不安宁；回答想，不就是间接承认想做他的女朋友吗？在还未明确秋彧对自己感情如何之前，不想这么轻易把自己给交待了。

秋彧看斐霏很久未回复，怕她会因自己的挑逗而生气，赶紧道："不逗你了，狒狒。"

陈橘子将斐霏的一举一动尽收眼底，看到她复杂的表情，就略带调侃地问："霏霏，是秋哥给你发微信了吧？"

斐霏心里一惊，陈橘子怎么什么都知道，但还是故作镇定的嘴硬道："不是啊，师兄，你猜错了。"

"猜错了？除了秋哥，还有什么事能让你如此纠结？"陈橘子说。

"橘子师兄，你这说的好像我的心情完全是被一个男人左右了一样。"斐霏不满地撇着嘴说。

"难道不是吗？师妹，这不丢脸，秋彧可不是一般的男人，他可是让万千少女魂牵梦绕的秋哥啊。"

"好烦，你再这样说，我就给云梦师姐告状了。"斐霏使出撒手锏。

"行行，当我没说。"陈橘子老实了，真可谓一物降一物。停了一下，他又幽幽地自言自语："前阵子秋哥还联系我来着。"

"什么？他联系你干吗？"

"你不是让我闭嘴嘛，我可不敢再说话了。"

"别装了，橘子师兄，秋彧联系你干吗了？"斐霏重复道。

"其实也没说什么，就是问你最近的情况。"

"你咋说的？"

"我就实事求是呗，就说你最近沉迷于毕业论文的撰写，无法自拔，秋哥就让我时不时地监督你起来活动一下，别老坐着。秋哥一天到晚那么忙，还不忘嘱咐我这事，他对你是真好啊。"陈橘子一边说着一边看着斐霏的反应。

斐霏这才想起，这段时间里，陈橘子老找理由让自己帮他去接水、取快递啥的，他和云梦、亮亮打羽毛球，还要喊上自己，当时觉得奇怪但没细究，现在恍然大悟，原来是为了完成秋彧的嘱咐。斐霏想逗逗陈橘子，就说："橘子师兄，秋彧让你监督我休息，但不是让我去替你接水、取快递，他要是知道你给我派些零碎打杂的活，会咋样看你？"

陈橘子脸色陡变，急着辩解道："霏霏，你可不能在秋哥面前告我的状，好怕秋哥会暴打我啊！虽然让你干那些是恶劣了点儿，可出发点是好的，目的是想让你放松，也确实让你得到了一定的休息。"

"我不告诉秋彧也行，但你答应我一个条件。"

"什么条件，只要不难，尽管提。"

"以后你不能再向秋彧报告我的情况，搞得我看谁都是秋彧的眼线。再说，你到底是哪头的，一顿饭就抵得上咱们这么些年的交情？橘子师兄，我对你感到失望了。"

"我当然是你的娘家人啊，但我也是秋哥的兄弟，你这样真叫我左右为难。那你说，秋哥以后再问起，我该咋回答？"

"用你的万能公式，'还好、还好，不错、不错'回答，就行了。"

"这能行吗？你这不是让我敷衍秋哥吗？就秋哥那被粉丝喊'暴爷'的称号，不得暴打我一顿啊。"陈橘子忐忑地说。

"师兄，你什么时候变得这么怂了？"斐霏无情地嘲笑着陈橘子，实在是因为两个人太过于熟悉了，才敢肆无忌惮地这么聊着天。

"一边去！师兄要做科研了。"陈橘子愤愤地说。

当他俩正贫着，斐霏的手机震动了，一看是秋彧的消息："狒狒，有个事刚有结果，我签了一部电视剧，下下周要在安城开拍，大约三个月。我又能找我小弟蹭吃蹭喝了，开心吗？"

斐霏的脑袋轰地炸了，掐了掐自己的胳膊，确认是真的。三个月啊，心里乐开了花。

斐霏又掐又笑的一幕，被陈橘子尽收眼底，他疑惑中调侃道："霏霏，这又是整哪出，干吗掐自己？"

"没，没什么，师兄快写论文去吧，我要出去透透气。"斐霏说完，拿了外套，步伐轻盈、脚下生风地走下了楼，健步如飞到了校园里的小花园中，掏出手机又仔细看了一遍信息，认真地回复："好的，等你来，带你去校门口的玖龙安菜馆。"

秋彧秒回："那我得多点几个菜，好好尝一尝传说中的玖龙。"

看着秋彧秒回的消息，斐霏一脸傻笑，目光久久移不开手机屏幕，仿佛要被屏幕吸进去了一样。

在秋彧来安城的倒计时两周里，斐霏可谓度日如年。她除了做科研外，其余的时间就是盼望着秋彧的到来，内心极其煎熬。难怪秋彧之前来安城都不提前告诉我，原来事先知道了计划后会是如此的难熬，终于体会到了什么叫盼星星、盼月亮的感觉，哎，下次还是不要提前知道才好。斐霏暗想着，一天天掰着指头数着。终于，星期五到了，这是秋彧来安城的日子。

秋彧一下飞机，在第一时间发来消息："狒狒，我到了。今晚在玖龙订好座，得宴请你大哥。"

"102包间，早订好啦。大概几点能来？"斐霏秒回。

"先要到剧组报到，接着得剧本围读，结束后估计要到七点，你要是饿了就先吃点儿零食。"秋彧贴心地嘱咐。

"好的，先忙，晚上见。"

心里像是揣着一只兔子，斐霏坐在电脑前心猿意马，一天没写几句话。大概六点五十分的时候，斐霏收到秋彧的微信："我已结束工作，正赶过来。"

"好，我先去点菜。另外玖龙大厅的人多，你从外面左手旁通往包间的走廊进来。"

斐霏三步并作两步来到玖龙，果然大厅已是满座，她避开熙攘的人群，从外面走进包间。这个包间是老板娘玖姨特意给她留的。见她进来，玖姨连忙跟来，说："霏霏啊，你有段日子没来了，你说的重要客人呢？咋只来了你一个？"

"玖姨，我请的客人就快到了。我给您带了包茶叶，是降血脂血压的，上次听您说您有点儿三高，我爸妈也喝这个，效果不错。"

"谢谢霏霏这么关心玖姨。今天还是老样子？"

"他喜欢吃清淡点儿、素点儿的，您推荐几个菜？"

"喜欢吃素的话。就金边白菜、素烩菜、什锦时蔬、小白菜烩榆林豆腐，主食的话是糜子甜饭，再来一个红腌菜疙瘩拌汤。烩菜是阿姨的拿手菜，让我给你们好好露几手。咋样？"

"太好了，就按玖姨说的做。平常来大多吃玖姨您做的肉菜，自动屏蔽了素菜，今天好好尝尝您的烩菜。您可以先做着，他快来了。"

斐霏悠闲地喝着玖姨的自制酸奶，听到包间门轻轻叩响，果然是秋彧。他穿件黑色长款大衣，里面是柔软的白色羊绒圆领毛衣内搭，浅蓝色牛仔裤配双皮质小白鞋，一副干净、清爽的大学生打扮，在黑色针织帽、黑色墨镜及白色口罩的遮掩下，帅气的脸被包了个严实。

"狒狒，一切还好？"秋彧脱下外套，摘掉口罩和帽子，问道。

"你是不是被冻着了，怎么脸这么红？"斐霏看着他红扑扑的脸蛋，关心地问。

秋彧故意突然凑近她盯着看了一会儿，用充满魅惑的语气慢吞吞地说："那你仔细看看，是不是被冻着了？"

斐霏没料到秋彧突然靠近，被他看得心里又酥又痒，她躲闪开他的眼睛，目光只能往下移，却看到他那粉嫩水润的嘴唇，一瞬间产生出想咬上去的念头，顿觉全身的热血涌上脑袋，脸颊和脖子止不住的发烫、发红。她只能一把推开秋彧，道："你干吗呀，老男妖精……"

"老男妖精？没礼貌，这么形容你的大哥？看我这身打扮，说是大学生也不过分吧，我还可以接青春偶像剧，演大学生呢，怎么就老了？不过比你大四岁而已。妖精又是个什么鬼？"秋彧听斐霏说自己又老又妖精的，非常在意，忍不住碎碎念，心想东东教的魅力啊、调情啊，在斐霏这里并不好使。

"好好好，既不老，也不妖精，行了吧，来，大哥，快请坐下。"斐霏嘴上应和地说道，心想就你那张让人看了欲罢不能的脸，就很妖精，是开屏的孔雀妖精。

秋彧说："这么久没见大哥，还不能让大哥好好瞧瞧啊，还说我脸红，你才是更红，怎么，害羞啦？"秋彧和斐霏相处时，就像换了个人，幼稚，还经常噎得斐霏真想给他一拳。

"幼稚鬼，快坐好。"斐霏吐槽道，督促着秋彧快坐好，别在她眼前晃悠了，看着这晃眼的男孔雀秋彧，斐霏真怕自己把持不住就此沉沦了。

斐霏说话间，包间门被轻轻敲响，玖姨端着几个菜进来。

"玖姨，给您介绍一下，这位是我朋友，秋彧。"斐霏说着，又对秋彧道，"这就是我给你提起过的玖姨，我可没少吃玖姨的饭，这里简直是我的第二食堂。"

玖姨的脸上浮现出丈母娘看女婿的那般欢喜表情，温柔、喜悦，眼睛不停打量着秋彧，她兴奋地说："霏霏，这是你男朋友吧？长得真是俊，像电视里的那个大明星，就那个谁来着？"

"玖姨好。"秋彧站起来，礼貌地打着招呼，对男朋友一说，既没否认也没承认，嘴角却咧到耳朵根，心里乐开了花。

斐霏红着脸赶紧解释道："玖姨，他是我朋友，不是男朋友。"

"行，行，霏霏，你们年轻人的事，玖姨懂，姑娘家的脸皮薄，男朋友都说是朋友。"

"是，玖姨您说得对。"秋彧笑着附和道，一点儿都不否认。

斐霏对玖姨撒娇着，说道："玖姨，真不是你想象的那样，他真不是我的男朋友！就一普通朋友。"

"好了，现在就算是普通朋友，以后不就是男朋友啦。就你俩这模样，对，叫基因，生出的孩子得有多俊啊！到时候把孩子带上，还来玖姨这里吃饭！"玖姨已幻想起了未来。

"玖姨！"斐霏无力地喊道，辩解无能。

"好了，玖姨不打扰你们了，我先出去，你们好好吃，有需要就喊我！"玖姨嘱咐着，笑盈盈地退了出去。

"你为什么不反驳？不仅不反驳，还应和着玖姨，你这不是让她更来劲儿吗？"

"她说得很有道理，我也想看看。"秋彧笑着说道。

"想看什么？"

"看看我们俩的长相结合体，究竟长个什么样呗。"秋彧真是长能耐了，轻描淡写地就把这么不要脸的话说了出来，还光明正大地一直在看着斐霏，咧着嘴笑。

"你，无耻，至极！"斐霏被噎得无话可说，脸色更加绯红，思忖几日不见，秋彧这只孔雀愈发能随时随地开屏。

不知是两人真饿了，还是玖姨的菜太好吃了，或者是暧昧的氛围让两人都有点儿不好意思了，他们默默地吃了好久。

突然，秋彧郑重其事地放下了筷子，沉思过后打开了话匣，缓缓地说："玖姨做的这些家常菜有家的味道，让我想起了一个人。你还记不记得上次在古草店的时候，你问我为什么不喜欢喝鱼汤的事情吗？"

"当然记得，你当时好像特别不想回答，我就没敢再往下追问。有故事？"

"小时候，我特别喜欢喝鱼汤。那个人常去钓鱼，拿回家好多鱼，煲汤给我和妈妈喝。他还很喜欢做饭，家里即便有保姆宋阿姨，他也经常会给我们做，对我和妈妈非常宠爱。我的童年非常幸福，因此让我误以为会永远幸福下去。直到有一天，我妈发现他在外面养了女人，还给他生了一儿一女。我妈知道后简直要崩溃了，提出了离婚。他跪在地上祈求原谅，表示会洗心革面、痛改前非。我妈心软，虽然原谅了他，但从此整夜整夜睡不着觉，精神越来越不好，情绪也越来越不稳定，就这样一直得过且过着，度日如年。有一天，那个人说把我妈的嫁妆全部赔了进去，要知道，我妈的嫁妆是一家估值三千万的公司，是外公外婆留给我妈的，没想到他的一句话，就破产了。原来，他是一个大赌徒，把好端端的公司一点点消耗殆尽，自己也被债主逼到绝境。他选择了自杀，留给我妈的是无尽的痛苦、一千万的赌债以及赌徒们对我们没完没了的骚扰。那时我上高二，已拿到美国南加州大学电影学院导演专业的录取通知书，计划下一年就要出国，追逐当导演的梦想。家里突遭变故，我只好辍学，通过打工还债。当时我妈得了比较严重的抑郁症，要不间断吃药控制。即便我们的生活已是如此艰难，我妈还念叨那个女人，说她也很可怜，没经济来源，还要养活两个无辜的孩子，让我送钱接济她们。我呢，切断了与同学和朋友们的联系，每天浑浑噩噩、昼夜不停地打工，各种脏活、累活都干过，端盘子、洗碗、工厂的流水线作业等，也做过平面模特、广告演员，直到两年前遇到了睿子，带我进了娱乐圈，并主演了人生的第一部电视剧《蜜桃》。很快我还清了那人欠下的赌债，后来给妈妈买了房子，也给了那女人一大笔钱，供她生活和孩子上学，日子逐渐步入正轨。"秋彧红着眼眶，平静地讲述着黑暗里的日日夜夜。

斐霏心疼地看着眼前的这个男人，如此积极向上、充满着正能量的俊秀面庞背后却承受了巨大的痛苦与磨难，原来那一双饱含着故事、清醒沉稳的眼眸斐霏没有看错，是真的体会过人生的万丈深渊才会拥有的神韵。在经历过重重不匹配他那个年龄段的挫折和苦难之后，他也拥有了不该属于他这个年龄段所应有的气质，也正是因为他所经历的种种，让他给自己亲手做了个壳，把自己封闭在了壳里面进行着所谓的自我保护，封闭了本该属于他的纯真和热情，展现出来的却是痛苦过后的坚强与霸气，隔着这道厚厚的盔甲，也将其他人与自己隔绝了开来，让别人很难走进他的内心深处。而这次对斐霏的坦白，是他经过深思熟虑后，打开自我保护壳的一次尝试，原因很简单，因为这个人是斐霏，是他认定的那个对的人，他觉得值得做这次尝试。

听到秋彧云淡风轻、毫无情绪起伏地讲述着他的过往时，斐霏的眼泪在眼眶里打着转，但还是强忍着把泪水硬生生地吞了回去，因为她懂他，她知道秋彧现在告诉自己这一切并不是要得到她的可怜与同情，也不需要安慰和鼓励，只是想让自己知道他的种种过往，让自己更加了解他而已。因此，斐霏努力控制好自己的情绪，咬了咬嘴唇，挤出了一个浅浅的微笑，轻轻地说道："还好，一切都过去了。"

秋彧看到斐霏的反应，微微有些诧异，问："狒狒，你比我想象的要平静，为什么？"

斐霏想了想，说："不为什么，客观来讲，正是因为你过去所经历的种种，和你自身所拥有的与之匹配、能驾驭这些苦难的能力，才塑造了如今优秀的、我所认识的你，所以感谢过去的一切，是成长也是开悟的机缘。但从私心的角度来说，还是会很心疼，因为你过早地就经历了不属于那个年龄段该经历的悲伤和苦痛，无异于是对自身灵魂的一场透支，其痛苦程度是常人难以想象的。但好在，你挺了过来。秋彧，凡是过往，皆为序章，凡是未来，皆有可期。"

秋彧看着斐霏，实在忍不住了，双眼泛着泪光，这是这么多年以来他第一次流下眼泪，即使在过去那么艰难的时候都没有流泪，但当斐霏说出"还是会很心疼"后却戳中了他的软肋，他再也绷不住了，卸下自己的心防，将软弱的一面尽情地展现在斐霏面前。她是懂他的，她明白他所经历的一切，苦难也好、委屈也罢，在这一刻都化作乌有，随着泪水的滴落而荡然无存。顿了顿，秋彧整理下情绪，轻轻地问道："真的会心疼吗？"

斐霏再没有任何的不好意思，斩钉截铁道："真的会心疼，秋彧。"

两人泪中相视一笑，此时无声胜有声。

饭后，戴好帽子、墨镜、口罩的秋彧，依然把斐霏送到校南门口，二人互相道别，看着准备上车的秋彧，斐霏说："秋彧，谢谢你告诉我这些，谢谢你对我的信任。"

秋彧被斐霏的真诚打动，他掏出揣在兜里的手，揉了揉斐霏的头，道："傻丫头，快回去吧。明天开机仪式，记得来给大哥捧场，到时候我让东东来接你。"

秋彧喊自己傻丫头时，斐霏很不好意思，就权当没听清，但心里却冒起粉红泡泡，暗想他居然喊我丫头，道："行，你快回去休息吧，今天累得够呛。"说完，也不等秋彧回答，逃走了。

秋彧淡然一笑，看着斐霏远去的背影，喃喃自语道："累，早已经习惯了，现在，更多的是快乐。"

这段时间，斐霏保持着早睡早起的作息，到点就会自然醒，今天也不例外。刚洗漱妥当，就收到东东的微信。在校南门口上了车，发现小桌上已摆满小笼包、油条、豆腐脑、豆浆，还有水果等丰富的早餐。

"霏姐，您还没吃早点吧，这都是秋哥嘱咐让买的，趁热吃，咱到片场还有一段距离。"忽然他又想起了什么，补充道，"霏姐，上次秋哥发现您喜欢吃零食，他就有了在车上放零食的习惯。不过没给别人吃过，就等着您。"

看着猪肉脯、牛肉干这些自己爱吃的小零食摆满收纳箱时，斐霏感到格外温暖和感动。原来秋彧默默记住了自己的喜好，这种被人偏爱的感觉真好。

她喝了口豆浆，拿起根油条啃着，忽然记起了什么，就把早点分一些，递到前排说："东东、小王，你们大老远过来，肯定还没吃吧，东东快吃点儿，小王等一会儿到了目的地，停好车也赶紧吃点儿。"

"霏姐，你吃你的，我们不饿。"

"就当帮我一个忙好不，这么多，我吃不完，浪费了。"

"哦这样啊，那行。霏姐，确实时间有点儿紧，要不然我和小王就在卖早餐那吃了。霏姐千万别告诉秋哥，说我在车上吃东西了。"东东说着，顺势接过早点，咬了口小笼包。

"好的。"斐霏说，这番话她听得心里暖暖的，昨晚秋彧对自己敞开心扉后，她就觉得秋彧跟自己的关系又近了一层，友情之上、恋人未满的那种感觉。

"东东，你和小王过来接我，那秋彧怎么去片场？"

"霏姐，这您不用担心，秋哥他自己开车去了。"

"他把其他车也开过来了？"

"是啊，秋哥把在北城的跑车开了过来，其实岂止是这辆车，他还把大房车也开了过来，还有饺子、汤圆和龇牙也都带来了，就是一次大型的搬家。我看，秋哥打算把安城当成第二个家了。没认识霏姐您之前，秋哥一次都没来过安城，认识您后，他是三天两头往这跑，对比不要太明显哦。这次递给他的几个本子其实都很好，属于顶级项目，特别在北城拍摄的本子，简直不要太方便，在家门口工作，可以天天回家吃饭、休息。他却专门挑了在安城的。我看呀，秋哥是醉翁之意不在酒，在乎安城之间也。"东东早把斐霏当成自己人了，毫不避讳地一股脑说了出来。

斐霏的脸颊一阵阵发烫，不再理会东东的插科打诨，避重就轻问："东东，你说的饺子、汤圆和龇牙是什么啊？"

"这个呀，霏姐，秋哥没有和你提起过他的宠物吗？一看你就不是秋哥的粉丝，饺子和汤圆是秋哥养的两只中华田园猫，就是常见的土猫，是在外流浪的一对猫姐妹，秋哥两年前把它们捡回来的。这两个小家伙和秋哥缘分很深，都说猫很傲娇，不听主人的话，但饺子和汤圆却像通人性似的，特别听秋哥的话，而且只听他的话，对比很明显的就是它们对待旁人非常冷漠。龇牙呢是秋哥养在身边多年的一只秋田犬，它经常龇着牙，仿佛在笑着一样，因此秋哥就喊它龇牙了，它的感觉非常敏锐，好像能感觉到秋哥的喜怒哀乐一样，在秋哥心情不好的时候会去蹭蹭秋哥，好像在安抚秋哥一般，它的智商也是十分高的。但缺点就是龇牙很调皮，喜欢捣乱，对秋哥的占有欲很强，看到饺子、汤圆和秋哥玩耍的时候会眼红、吃醋，常常耍脾气，所以，霏姐，你见到龇牙得小心点儿，龇牙看到秋哥老护着你的话，它会嫉妒你的。"东东滔滔不绝地讲着。

斐霏起先还认真听着东东介绍，听到最后一句瞬间无语，东东越来越不着调，竟叫自己防着秋或宠物的嫉妒心，都是哪跟哪啊。

到了片场，老远看到一辆灰色的大房车，房车边还停着一辆北城牌照的跑车。

"霏姐，这辆黑色跑车，就是秋哥的。"小王将车子停在大房车后面，三辆排成了一排。斐霏下了车，被东东领着走向大房车。车门处坐着三位身穿黑色制服、手拿折叠黑伞的魁梧大汉，"东哥、霏姐。"他们齐刷刷地喊道。

有些发蒙的斐霏，不失礼貌地回应道："早上好。"

"霏姐，你不认识他们了？秋哥的保镖，壮壮、周周和子豪。在横店你们见过的，秋哥安城拍戏，他们也跟过来了，负责保护秋哥的人身安全，还要解决路透、跟拍、代拍等问题。"东东解释着，又转头问，"秋哥刚才见过严导没有？"

"东哥，秋哥刚去过了，现在在房车上。"壮壮回答道。

"知道了。霏姐，咱们上去吧。"东东说着，示意斐霏跟他一起进房车。

房车整个主打隐私保护。前面的大型挡风玻璃全部被不透光的帘子遮盖得严严实实，两侧黑色的大玻璃可以清晰地从里面看到外面，而从外面丝毫窥视不到里面的一丁点儿情况。东东敲了下门，喊了声秋哥，门缓缓开启，徐徐折叠进一侧的暗格里，眼前出现了一个干净清爽的房间，散发着醇厚圆润的檀木香味。靠近门右侧的角落，是开放式厨房和一个迷你吧台，厨房台面上放着小型饮水机和微波炉，迷你吧台上有小型咖啡机和纯色马克杯。左边角落放有一张古朴木质纹路的书桌，一把同材质的办公椅，书桌台面上整齐地摆放着电脑、台灯等工作用品和一沓整整齐齐的纸质材料，最上面的是一本装订好的剧本，封面上写着《安城故事》。厨房后面的空间一侧是一排奶油白色真皮沙发，和三个可移动的古朴木质角几。

秋彧板正坐在沙发上，一只手捏着一叠材料，另一手握着迷你遥控器，歪着头、笑盈盈地看着斐霏。此时斐霏被车里的猫狗吸引了视线。沙发上卧着两只黄白相间花纹颜色深浅不一的猫，正眯着眼打盹儿，应该是饺子和汤圆。而地板上卧着的一只秋田犬，是龇牙，见来人它立刻站起，又见是东东领的人，便重新卧了回去，懒洋洋打着哈欠。又是猫又是狗的房间，地上却干净、整洁，地板能照出人影来。角几上放了一套古朴的紫砂壶茶具，壶口处冒着热气，一只茶杯里已盛有茶水，还有只空茶杯放在一旁。另一个角几上放着一套典雅的木质香插盘套组，立体雕花的香盘上面有点着的线香，香芯红彤彤地闪烁着，飘出檀香味的烟圈，由浓到淡扩散开来，香插盘旁摆有几串铿明彻亮的木质手串，从色泽和油润质地来看，应该是秋彧经常把玩的心爱物件。这里的配置，让斐霏想起横店的最后一晚，那时秋彧的房间和这里似曾相识，让人舒服、温暖又放松。房里还有一张干净、整洁的床铺，两小一大的笼子以及猫砂盆等宠物用具。靠近床的一侧，居然摆放了少量的运动器材，估计是他进行碎片化健身而使用的。

"狒狒，过来喝茶，这是我估摸着时间，刚刚泡好的。"秋彧笑盈盈地看着愣愣观察着的斐霏，一脸宠溺地轻声唤道。

"秋哥，现在没什么事的话，我先去片场确认一下，一会儿再回来找您。"东东说。

"行，我刚刚和严导捋了下下午的正式开拍的内容，你再去敲定一下开机仪式流程的细节。"秋彧说完，东东就和斐霏打了招呼下车去了。

斐霏说："房车的布置真心不错，麻雀虽小五脏俱全，能抵得上一个家了。"

"这才哪儿跟哪儿，你是没见车下面的行李舱放了啥，做饭的全套工具，包括烧烤架、各种调料、锅碗瓢盆等，还有户外露营的套装、钓鱼套件组，等等。"秋彧如数家珍地说着，端起紫砂壶向空杯里倒茶。

斐霏刚准备落座，叫龇牙的秋田犬刹那间醒了，盯着斐霏龇着牙发出低沉的咆哮声。

"嘿，龇牙，你老实点儿，别乱来哦，自己人。"秋彧大声呵斥着龇牙，龇牙真像听懂了一样，乖乖趴回原地。斐霏听到秋彧称她为自己人，不自觉地红了脸。秋彧抬头看向她，说："狒狒，是不是车上暖气太足了，你脸怎么这么红，要不要把外套脱了？"

"嗯，是有点儿热。"斐霏遮掩着，躲开秋彧关切的眼神，用手扇了扇风，解开两颗大衣扣子，露出奶白色、软乎乎，上面点缀些许摇曳流苏的毛衣，她甩了甩头发，飘逸的发梢扫过流苏，软糯温柔、灵动可爱，衬托的桃花色脸颊更是妩媚，平添了几分女人韵味。秋彧盯着斐霏，看她举手投足的神韵，一时间恍惚起来，直到斐霏喊他的名字，才回过神来。

"对了，狒狒，给你介绍一下我的宠物，这只秋田犬是男孩，名叫龇牙，陪伴我了好几个年头，他是在我生日时，母亲送给我的礼物。黄白相间深色花纹的猫咪叫饺子，它是姐姐，另外那只浅色花纹的叫汤圆，它是妹妹，是我无意中在垃圾箱捡的。它们非常通人性。"秋彧通过介绍宠物来掩饰刚才的尴尬。说完就轻拍了一下龇牙、饺子和汤圆，对着它们说："龇牙、饺子、汤圆，她是你们的霏姐，以后见到霏姐，就如同见到我一样，可不能没有礼貌。"龇牙真像听懂了似的，眯着眼，龇着牙，笑着一样回应着秋彧，还走到了斐霏身边，细细地嗅着她的脚踝，好像是在认主儿。饺子和汤圆也一直瞄着斐霏，观察着。

"狒狒，龇牙很少靠近陌生人的，既然过来嗅你，应该是喜欢你的，你摸摸看。"秋彧说。

听到秋彧的鼓励，斐霏战战兢兢地伸出手，顺着龇牙的毛从前到后捋，龇牙还真是享受，眯着小眼睛躺下露出肚子，想让斐霏给来个按摩。斐霏顺它的意，宠溺地揉起了它的肚子，自个儿也是一脸开心，和龇牙互动着。

"狒狒也喜欢小动物？"

"是呢，我从小就喜欢小狗，只是我给邻居家的小狗喂肉时，准备把饭碗往前推，没想到它以为要抢食，就咬了我，导致我后来不太敢和小狗互动，这是多年后的首次，龇牙真的挺乖挺可爱，又让我找回对小狗的热爱了。"

"它今天也很反常，之前从不让任何人摸它的肚子，除我以外。没想到，它这么喜欢你。"秋彧说着，十分开心。

饺子和汤圆看到斐霏亲昵地摸着龇牙，也从沙发上跳下围了过来，蹭着斐霏的裤子，表达着亲昵。

"嘿，今天邪门了，很难有一个人同时得到饺子、汤圆和龇牙的认可。面对你，三个小家伙居然达成了一致，真是太阳打西边出来了。不错，真有一手，不愧是狒狒。"

斐霏又摸了摸饺子和汤圆，笑道："它们真的都好可爱，软乎乎的，真想一直逗它们玩。"

"以后想逗它们，我在第一时间给你送来。"秋彧说着，心里在窃喜，又找到了见狒狒的一个好理由。

"东东刚才说，你搬了好多东西过来，又是车，又是宠物，这下算见识到了。"

"以后说不定搬更多的呢。"秋彧想都没想脱口而出道。看到斐霏有些震惊，赶紧找补道："哦，狒狒别误会，我的意思是，安城这边的影视行业发展的也不错，未来的事谁也说不准，不是吗？对了，要不要再喝点儿茶，刚才的凉了，倒掉。"

"我确实有点儿渴了。"斐霏说着，慌乱端起茶杯，猛灌了几口，不再讨论敏感话题。

正在这时，东东来通知秋彧，开机仪式的现场准备好了。秋彧回应着东东，扭头对斐霏说："狒狒，咱们过去，带你去见几位老朋友。"

"老朋友？是谁啊？"斐霏纳闷地问。

"先卖个关子，一会儿就知道了。"

一到现场，斐霏果然发现了两个熟悉的身影，居然是饭饭和万万。他俩也在四处张望，急切地在寻人。老远，他们看到斐霏，激动地挥着小手，朝这边飞奔过来。

"霏姐，终于看到你了！"万万还没站稳，就激动地说道。

"万万，饭饭，你们什么时候到的安城？来做什么？也不给我提前说一声啊！"见到故人，斐霏激动万分，抛出一连串问题。

"霏姐，你可不能怪我们，这是暴爷的主意，说要给你一个惊喜，叫我们不要提前联系你。你知道，我这人从来就藏不住话，可把我为难坏了，都憋出了内伤。见到了你，心里的大石头终于放下了，再不用揣着秘密睡觉……"万万还是那般得可爱，语速飞快，说个没完。

"万万，你先等等，我没听明白，你和饭饭来安城，主要是？"

"霏姐，是这样的，秋哥把我推荐给剧组，获得了宝贵的面试机会，并争取到了卧底警察的角色。非常感谢秋哥的提携。"饭饭说。

"真是太好了，饭饭，恭喜你！努力终于得到回报，加油。万万你呢？"斐霏由衷地替饭饭感到高兴，祝贺着饭饭，突然，她瞥到万万和饭饭十指相扣的双手，仿佛硬生生吞了一个巨大的瓜，惊呼道："什么？我的天！你们这是在一起了？"

"是的霏姐，从横店回到北城后的这几个月里，我们一直保持着联系，经常见面、吃饭、看电影，再就是向对方报备行踪。前段时间，饭饭向我表白了，结果呢，就如你看到的。霏姐，我们不是故意不告诉你，是想着等来安城当面告诉你，没想到机会这么快就来了。我这次是陪饭饭来剧组报到，更重要的是想见霏姐你，亲口给你分享这个好消息。明天，我得先回去，学校那边还有事需要处理。"万万害怕斐霏生气，赶紧说清楚前因后果。

斐霏还是想故意逗她一下，假装生气了，冷冷说道："如果不是饭饭拍戏，就打算一直瞒着我？"

"没有啦，霏姐，就是想找合适的机会。你不会真生气了吧？"

"万万，霏姐这是逗你呢，这都看不出来。你想，仗义的霏姐，怎么会真生气呢？"饭饭笑嘻嘻地说。

斐霏见饭饭已然看破自己的小伎俩，就扑哧一声笑出了声，道："我以为我演得天衣无缝，没想到还是被你识破了。"

"哈哈，霏姐，你吓死我了，我还以为你真生气了。"万万松了一口气道。

"也就气了一小下，咱仨在横店还结拜过来着，没想到这么快你俩就抛弃了我。不过，真的很替你们开心，横店时我就看出你们是一对欢喜冤家，就是没想到进展这么快，祝福你们！可一定要甜甜蜜蜜，长长久久。"斐霏兴奋地说道，扭头看向秋彧，问，"不对呀，秋彧，你不会早知道他俩的事吧，刚才丝毫没有感到惊讶？"

"嗯，是早就知道了。"秋彧得意地说道，故意激着斐霏，逗她的心情一直都在。

"什么？"斐霏的心情像坐在过山车上，仿佛下一秒要爆发了。

万万及时拆穿秋彧的谎言："霏姐，暴爷没有'早就知道'，他是昨天在机场才知道的，就比你早一天。"

"哦，这样啊，那还行，瞧秋彧那嘚瑟的劲儿，还以为他真的早知道了。等会儿，原来你们昨天是一班飞机过来的。秋彧，昨晚吃饭你怎么不喊万万、饭饭一起？"

秋彧笑而不语，暗自思忖，那不是你专门为我设的饭局嘛，我才不要带他们这两个显眼包。

正在秋彧不知道该如何接话的时候，幸好被走过来的黄导给解了围："斐霏？万万？没想到在这儿又碰到你们了。"

"黄导？您是这部戏的导演？"斐霏看到黄导，也吃了一惊。

"副导演。导演还是严导，就你们认识的那位严导。"

"啊，严导也来了？刚听人提了一嘴严导，我还想着不会是我认识的严导吧，没想到还真是，太好了，都是熟人，秋彧，你倒是没骗我。"斐霏说。

"黄导，斐霏是我邀请来参加开机仪式的嘉宾。你还不知道吧，斐霏的学校就在安城。"秋彧介绍道。

"对，我就读于镐京华都大学。"

"斐霏，我之前就觉得你很不一般，果然优秀。"黄导赞叹道。

"黄导您大概还不知道，霏姐是影视专业的博士生。"万万小声嘀咕道，黄导似乎并没听清，没有深究。

"还好，还好。"斐霏谦虚地说。

"什么还好？"

斐霏身后传来一个洪亮的声音，吓了一大跳的斐霏忙回身看，嘿，原来是严导。

"严导好，好久不见。"

"斐霏，你好呀，早上秋彧还说有一位重要朋友要来参加开机仪式，说我也认识，原来是你呀。"严导笑嘻嘻地对着斐霏说道。

斐霏被严导这么一说，害羞地低下头，不知该如何应对。幸好被万万解了围，她调皮地问："严导，这就不对了，您咋知道暴爷说的重要朋友不是我呢？"

"王婉一，我还没到老眼昏花的地步，就算不是斐霏，也肯定不是你这个机灵鬼。"

"严导，你这是什么意思？"万万撒娇地抱怨道。

现场大家笑成了一片。秋彧一脸宠溺地看向斐霏，眼神温柔如水。一阵嬉笑过后，渐渐回归工作状态，众人陆续入场，站好位置，《安城故事》开机仪式倒计时开始。

主持人首先介绍与会的领导和嘉宾。由于是有关刑侦犯罪题材，来了公安部门和司法部门的领导，当地政府也来了领导，他们礼节性地先后讲话。走完这个流程，便是投资方和严导讲话，再接着进入重中之重环节，在男一号秋彧简短、干练地三分钟讲话里，闪光灯闪个不停，镜头一直追寻着他的身影。

秋彧、严导和出品方共同揭幕，制片方为剧组每一位工作人员派发了红包。鞭炮声中，主持人宣布仪式结束。媒体现场采访了制片方代表贾制片人、严导和秋彧，半个小时的采访结束后，迎来了中午的开机饭。

开机饭订在喜来登大酒店，斐霏、万万作为秋彧、饭饭的朋友，都在受邀之列，与大家一同前往。秋彧下午要开机实拍，全程喝了椰子水，接受完他人的敬酒后，他发现斐霏已放下筷子，正在和万万热聊。

"狒狒，吃得咋样？"秋彧径直走到斐霏跟前，问道。

"秋彧，敬你一杯，祝开机顺利，诸事大吉。"

"没想到终于从你嘴里听到祝福的话了，高兴啊高兴。"秋彧开心地说道，喝干了椰子水，抓起斐霏面前的饮料瓶给自己添上，"祝狒狒平安、健康、顺遂。希望咱们开工顺利，谢谢照顾我的朋友斐霏。"

"秋哥好像从不敬别人的，居然敬了咱们。"

"秋哥咋这么照顾斐霏？"

"秋哥说斐霏是他的朋友，这次专门请她来参加开机仪式。"

"这缘分，妙不可言哪。"

剧组众人吃着瓜，藏不住兴奋和激动，瞄着秋彧和斐霏。

秋彧用眼神示意斐霏，秒懂的斐霏跟他离开桌子，到了一个角落。

秋彧说："狒狒，我就要转场开拍了，你有什么安排？我让东东和小王跟着你，用起车来也方便。"

"不麻烦了，我打车回去。"

"这儿有点儿偏，女孩子打车不方便，还是让他们跟着你，你想去哪儿就去哪儿，我这里有别的车。"

"哦，也行，那我带万万去我们学校转转，再看后续的安排。对了，这部戏是刑侦犯罪题材的，应该有很多的打斗场面，一定要注意安全。"

秋彧第一次亲耳听到斐霏关心的嘱咐，心里顿时温暖起来，欣喜地问："你这是在，关心我？"

"这，还不是怕你受伤，拖剧组的进度。"斐霏嘴里说着，却暗暗思忖，你听出来就好，何必直接问出来，这让人怎么回答。

他们说着话，那边有人喊秋彧过去。

"好吧，不管狒狒你是不是在关心我，好意我心领了。先走了，回头联系。"他说着连忙去找那边焦头烂额的严导去了。

斐霏回到了她的座位上，却发现他们那桌的剧组众人也走了七七八八，大家都忙着准备一会儿开工的事宜去了，只剩下她邻座的万万，正在一脸傻笑地盯着她看，万万好奇地问："霏姐，暴爷喊你去，说什么悄悄话了？"

"我还就不告诉你，万万。"斐霏想激起她的兴致，故意卖起了关子。

"我的好姐姐，就告诉我一点点嘛。刚看你和暴爷对视的神情，真甜，甜的还有点儿上头。是不是你们甜蜜蜜地说什么不适合让外人听的话？"

"说什么呢，万万。你现在怎么好奇心这么重啊？"斐霏挑着眉毛，惊讶地问。

"霏姐，你又不是第一天认识我，还不了解我啊，暴爷的头号粉丝，现在转为你和暴爷的CP头子啦。"

"什么啊，我和秋彧是朋友，不是你想象的那种关系。"斐霏说道，又故意调侃："可比不了你和饭饭，像坐上火箭一般的发展速度。"

万万没得到想要的结果，反遭斐霏打趣，只好作罢。

斐霏见状，便把话锋一转，道："秋彧问了咱接下来的行程，我说带你去学校转转，他就说让东东送咱过去。王大小姐，一会儿，能否赏脸把时间留给我？"

"恭敬不如从命。我早迫不及待想去霏姐你的学校转转了。"听到斐霏邀请，万万开心地说道。

"必须啊，转完了学校，晚上去宁安不夜城，咋样？"

"客随主便，就听霏姐的安排了。"

返回学校的路上，斐霏真诚地对东东和小王说："东东、小王，真是不好意思，又麻烦你们了。"

小王和东东连忙摇头，直呼霏姐太见外了。万万似乎发现了蛛丝马迹，一脸坏笑地问："霏姐，又麻烦了，是不是经常麻烦？"

东东忙替斐霏解围："万万，开机仪式的地方离霏姐学校太远，秋哥考虑霏姐打车不方便，就让我们接了她，也是应该的。"

"哈哈哈，嗑到了，真嗑到了。你们把车开出来了，暴爷那边还有车吗？"

"他开他自己的车。"斐霏说。

"是的，这次秋哥把大房车、跑车都开过来了，说这样在安城的生活就方便点儿。"东东补充道。

"暴爷该不会动了想在安城安家的心思吧。等等，难道饺子、汤圆和龇牙也搬了过来了？"听着东东的话，万万大胆地猜测道。

"你真是秋哥的铁粉，还知道饺子、汤圆和龇牙。猜得不错，还真带过来了，不信问霏姐，她早上见过的。"

"平时最怕麻烦的暴爷，这次进组居然带了自己的爱宠，真的吗，霏姐？"万万激动地转头问斐霏。

斐霏顿时语塞，点了点头，顺手塞给万万一包零食，意思让她闭嘴。

"猪肉脯？这不是你爱吃的零食？竟然在暴爷的车上？不会是专门给

你准备的吧，霏姐？"万万拿过零食问。真不愧是暴爷的粉丝，能从微不足道的细节中得出大量信息。

"万万啊，你不当侦探真是太可惜了。哎，零食都堵不住你的嘴啊。好了，我先眯会儿，真是困了。"斐霏的小脸早已绯红，招架不住万万的碎嘴，更不想在东东和小王面前谈论此事，只好佯装困了，暂避万万吃瓜的火力。

车子到了镐京华都大学的南门口，东东说："霏姐到了，你们先进去，我和小王在附近等待，随时联系。"

"太辛苦你们了。你和小王回去把，我这边不用车了，我们就在学校转转。"斐霏说。

"别呀，霏姐，秋哥吩咐说今天都听您的安排。"

"真不用。再说秋彧让你听我的，我的安排就是让你们回去，真的，我暂时不用车。"

"那行吧，霏姐，如有需要就打电话，千万不要客气。"

看着东东和小王驾车离去，斐霏拉着万万刷了校园卡进到美丽的镐华大。虽说已是深冬，梧桐树的树叶早已凋零，但从校园里一幢幢年代久远的教学楼、灰砖砌的实验楼，依然能寻找到厚重的文化气息。一家小卖部的烤栗子和烤红薯的香味，勾出严冬里的温暖。看着眼馋的万万，斐霏笑盈盈地说："镐华大里就数这家的烤栗子和烤红薯最好吃，买点儿回宿舍吃。"说着，她俩在小卖部搜刮一番，买了栗子、红薯、橘子、香蕉，还买了些薯片、坚果等零食。

斐霏刚敲宿舍门，立马有人打开，正是李沫伊。看到她们手里的大包小包，说道："怎么买了这么多？"

"准备跟你开茶话会呢。看，烤栗子还冒着热气，这个点儿正好不用排队。"

　　万万忙向许久未见的李沫伊打招呼道："沫哥，还记得我吗？我是万万，咱们在横店一起吃过饭。"

　　"当然记得，万万，快进来。霏霏给我发过微信，说有位朋友要来宿舍，说我也认识，我还在纳闷是谁呢。"

　　"没想到是我吧，沫哥。你们宿舍真的好干净。这是什么？看着像冷血动物？"万万发现李沫伊书桌上的龙龙，胆怯又好奇地问道。

　　"哦，这是水龙蜥蜴，它叫龙龙，我的宠物。"李沫伊说。

　　"太酷啦。"万万低声感叹道。

　　吃着零食，喝着汽水，三人天南海北聊了一通。李沫伊和师门约好要开组会，先行离开，宿舍里剩下斐霏和万万。早憋不住要吃瓜的万万来了兴致，撒娇地对斐霏说："霏姐，现在就剩咱两人了，给我说说，你和暴爷进展到哪一步了？虽然我确实是爱吃瓜，但我只自己吃瓜，嘴很严实，绝不向外说。"

　　"我和秋彧的关系，就是你看到的样子。"斐霏叹了口气，若有所思地说道。

　　斐霏的一声叹息，让万万觉察到什么。她试探地问："咱在横店离组那天，我记得你和暴爷产生了一点儿小误会，后来不也解除了吗？"

　　"万万你这记性可以啊。是的，我们的误会是解除了。"

　　"那还有啥？又发生事情了？"

　　"后来，我去美国开会，正好秋彧在旧金山开演唱会，他送我演唱会的票，我现场听了确实非常震撼。"

　　"天啊，这是什么神仙剧情，不要太浪漫了。霏姐，我之前没说错吧，他唱歌非常惊艳。不对，这不是重点，重点是暴爷邀请了你，演唱会结束后发生的事情呢？"

　　"第二天我和他一起逛了海边集市，吹了海风，买了些回国的礼物，一起吃了饭。"

"太浪漫了。异国他乡遇到旧知，一起相约逛街、吃饭。"万万开始脑补。

"回国后，我们再没太多的联系，我也逐渐淡忘了他。突然有一天，师妹拉我去学校礼堂观看路演，去了才知是秋彧主演的电影《星耀》。"

"《星耀》来了镐华大？当时我只知道路演城市里有安城，没细看具体地址。这真是妙不可言的缘分。我和饭饭去电影院看了《星耀》，暴爷的演技绝了，把小凯演活了。"

"对的，演技炸裂。观影结束的提问环节，他看到了我，居然故意问我问题。"

"他来你们学校前，告诉过你吗？"

"没有啊，这让我感到非常失落。"

"怎么会呢？要不，就是暴爷想给你个意外的惊喜。"

"确实被你猜到了，路演结束后，我请他吃饭时，他真的提前给我准备好了礼物，确实给我了惊喜。一会儿咱就去我和秋彧去的那家马氏清真菜馆，他说那的饭挺不错的。"

"就这么定了。霏姐，再然后呢？"万万迫不及待地想知道下文。

"然后有点儿搞笑，我妈打来电话，让我第二天见一个叔叔家的儿子，和他探讨学术问题。秋彧也听到了电话。第二天我去餐厅，发现是我妈安排的相亲局。男孩夸夸其谈，令我十分尴尬，正想找理由撤离，秋彧居然出来救场，说他是我的男朋友。"

"哈哈哈，暴爷太逗了。霏姐，听你这番描述，我感觉你对暴爷动心了。"万万小心翼翼地问。

"那，或许吧，跟他相处了这么久，他的很多方面已经深深吸引了我。"斐霏承认道，"可是，往往在我最动心的时候，他又没有继续进一步的意思，这就让我摸不准他是喜欢我，还只是暧昧，享受目前的状态？这个问题其实一直在困扰着我。"面对万万，斐霏一股脑说出了长久以来内心的纠结。

看着满脸真诚的斐霏，万万收起自己的吃瓜脸，认真严肃起来，她谨慎地问道："霏姐，你和暴爷没有就此深入聊过吗？没有互相表明自己的想法？"

"可能还没出现合适的契机吧。不过他不找我聊，我也会找机会跟他说的。不然这样下去，我会越陷越深，到头来只是一场梦的话，就不要开始。"斐霏认真地说。

"霏姐，你真的是人间清醒，支持你。虽然对方是暴爷，可女孩子并不只有爱情，还有事业、生活等重要的事，不能在爱情中迷失了自己。我也想替暴爷说句话，纵使他魅力四射、光芒万丈，受到千万少女的关注和喜爱，但他私下里真是钢铁直男，没谈过什么恋爱。我想，他应该不是不想跟你再进一步发展，只是还没找到合适的方式和方法，让关系更进一步。霏姐，你要多给他一点儿时间，我相信会越来越好的。"万万推心置腹地说。

"嗯嗯，谢谢你。万万，其实我也是这样想并这样期待的。我现在看待事物好像变得更加平静、平和与客观，快乐不是绝对的快乐，悲伤也不是那么难过，因为事物总有两面性。在我获得快乐时，就会想到最坏的一面，会反复试探自己能不能接受，甚至还会想出预案，这就避免了我在最幸运时迷失自我，把幸福寄予他人身上而丢了自己。"

"霏姐，你真的非常独立且清醒，好佩服和羡慕你所拥有的认知。其实有非常多的人，会羡慕你和暴爷的关系，甚至想成为你，但如果让他们真的替代了你，我相信他们很快会在名利场中迷失自己，最终也得不到暴爷的喜欢。你就是你，是独一无二的你。你和暴爷是非常般配的一对，就像舒婷的《致橡树》里说的一样……"万万居然这么背出了《致橡树》。

"唉，万万，停一下！你怎么做到又土气又洋气的，能把《致橡树》背得这么滚瓜烂熟？"斐霏诧异地问道。

"小学课文里学的呀，咋样，我说的没错吧？"万万得意地说。

"你懂我，这首诗是如此恰当地表达了我的爱情观。不过不得不提一句，就是我现阶段也只是在摸索着前进，毕竟之前我也没谈过恋爱，也不知未来在爱情上的发展是否会一切顺利，所以，也没有你说的那么好啦。"斐霏暗暗佩服万万敏锐的观察力，说道。

"霏姐，不管以后咋样，你永远是我的好霏姐，我永远是你的后盾，祝你一切都好，幸福美满。"

"谢谢万万了。别光顾着说我，也讲讲你和饭饭是咋回事？"万万和饭饭的事，斐霏充满好奇。

"霏姐，那我讲讲。我们的故事就像大街上普通的小情侣一样，你可不要听着听着睡着了。回到北城后，我们保持联系。学校离得很远，饭饭还是隔三岔五来我们学校附近和我约个饭、给我送个吃的啥的。你应该能看出来，在横店时我对饭饭是有好感的，甚至可以说是喜欢。他能来找我，我也很高兴，也就没拒绝过。一来二去的，就几乎天天保持了联系，很默契地互报行踪，但一直没有捅破那层窗户纸。《星耀》上映的那天，他来学校找我，送了一大袋需要排队才能买到的网红零食，全是我爱吃的口味，令我非常感动。我就请他去学校附近看了《星耀》。吃饭时，我对暴爷的演技、长相和人品等全方位夸赞不停，他却眉头紧锁，一言不发，我问他咋了，为什么不说话。霏姐，你猜怎么着？"

"我猜，饭饭吃醋了。"斐霏配合地说道。

"猜对了，他还真是吃了醋！在犹豫很久后，他居然问我是不是喜欢暴爷，是那种男女之间的喜欢。我恍然大悟了，他呀他，一直以来误认为我喜欢的人是暴爷。我立马跟他解释清楚。首先，我是暴爷的事业粉，又不是女友粉。我单纯地欣赏他、佩服他，希望他塑造出更精彩的角色，呈现出更优秀的作品，但从来没有幻想过成为他的女朋友。其次，我也不是那种梦女，我明白幻想是幻想，现实是现实，二者之间的鸿沟不可逾越。最后，我想找的男朋友类型是可爱且粘人的。我说到这里，饭饭终于不再眉头紧锁，眼里有了光，冷不丁地就向我表了白，问他算不算是可爱的、粘人的类型，接着直截了当，说能不能当我的男朋友。"万万说着嘴角疯狂上扬，藏不住的甜蜜。

"你肯定立马就答应了。"

"哪有！我好歹还矜持了那么几秒钟。"

"在横店时，我就看出你和饭饭有戏，因为互相看对方时彼此的眼里都有光，很在意对方的感受。现在终于走在一起，太替你们开心了。万万，像你这么理智地追星，能分清楚虚拟和现实，清楚知道自己想要什么，实在很难得。"

"霏姐，咱们彼此彼此。来，让我们为清醒且独立的自己，干一杯！"

两个汽水瓶碰在一起，在她们朗朗的笑声中，汽水冒出欢乐的泡泡。

李沫伊来了电话，说她开完会了，我们去吃饭。斐霏看了一眼表，确实到了饭点，就说在宿舍楼下见。下了楼，眼尖的斐霏看到不远处停了辆车，对万万说："那台车，是你沫哥的。"

万万见是一辆高大威猛的白色越野车，惊道："沫哥开这么大一辆车啊，不愧是沫哥，很符合她的气质。"

"霏霏，你们刚走过来时在聊什么呢？那么起劲儿。"

"万万说你的车高大威猛。"斐霏笑道。

"对啊，简直太帅啦。"万万夸赞道。

"随便开开，没什么的。"李沫伊轻描淡写说道，又问："霏霏，咱去哪里吃？"

"刚和万万讲到宁安不夜城的马氏清真菜馆，要不咱就去那儿？"

"听你的。"李沫伊说着，踩了脚油门出发了，动作行云流水，干脆、利落。

坐在马氏清真菜馆的包间里，斐霏问："万万、沫沫，想吃什么随便点，今天我请客。"

"那霏姐，上次暴爷来这都点了些什么？"万万问道。

"不会这也要与偶像同步吧。你偶像点了绿豆凉粉、麻酱凉皮、甑糕、素菜拼盘，好像还有麻辣烫。"斐霏居然都记得。

"等等，我问你，记得我来这家会点什么？"李沫伊一股醋意泛滥，发着牢骚问。

"你呢，肯定要点腊牛肉、小酥肉和麻辣烫，对吗？沫哥。"斐霏撒娇式地也喊了声沫哥。

"一边去，谁是你沫哥。今天呢，我还就不点麻辣烫了。"

"我点麻辣烫，坐你旁边吃，看馋不死你，哈哈。"斐霏嬉皮笑脸地怼着李沫伊。

万万看着斐霏和李沫伊，由衷地感叹道："霏姐，你和沫哥的感情真好，沫哥原来是这样的可爱。"

"可爱？"李沫伊听到对她的描述，微微皱了皱眉头。

"对啊，沫沫就是很可爱。"斐霏说着，上手去摸了摸李沫伊的头。还别说，李沫伊居然不生气，既没反抗也没躲闪，任由斐霏这样胡闹，还一脸宠溺，轻声问："好玩吗？"

"当然好玩啦。"斐霏说着，看了看万万，又说，"沫沫她这人吧，就是你和她不熟的时候，会觉得她很冷酷、孤傲，有着那种生人勿近的气场。但等你和她慢慢熟悉起来，其实就知道她是外冷心热，甚至有点儿'中二'的人，尤其对朋友那更是真诚以待、肝胆相照。"

李沫伊听到斐霏对她的这番评价，哭笑不得地说："我还是第一次从你的嘴里听到对我的评价，明贬实褒，让我无法反驳。"

"哈哈哈。"斐霏开心地笑出了声。

"沫哥，你好宠霏姐啊。"万万感叹道。

"谁让她是我的发小、闺密兼室友呢。"李沫伊幽幽地说道。

用餐后，三人来到宁安不夜城步行街。三位风格迥异的美女同行，吸引来好些炙热的目光。在街边的文创小摊，万万收获了一大袋大雁塔式样的冰箱贴、兵马俑式样的手机支架、唐装不倒翁式样的钥匙扣等，说回去送给朋友和同学们。斐霏也没闲着，入手了一个印花孔雀图案的手机壳和十来个玩偶盲盒。李沫伊觉得这些东西幼稚，不知它们用在何处。想来也是，她和秋彧一样，是那种连手机壳都觉得多余的人，自然就什么都没买，全程陪着斐霏和万万瞎逛。

斐霏提一袋子盲盒，递到万万和李沫伊面前，道："这个系列盲盒是围绕动画片《追梦的星星》设计的，咱仨一人抽一个，看有没有隐藏款。"

万万兴奋地说："好啊，我先来。"她认真选了一个，拆开一看，居然是《追梦的星星》中主角星星的萌宠奇多，一只蠢萌蠢萌的胖头羊，"哈哈，很可爱，回去摆到我书桌上。"万万开心地说。

李沫伊嫌弃就不想抽，看到斐霏直接把袋子递到她眼皮子底下在耐心等待，就只好胡乱抓了一个，居然是星星的那个酷炫不爱笑的死党大力。

"沫沫，这不就是你吗，简直太像了。"听到斐霏和万万都这样说，李沫伊直翻白眼，表示无奈。

斐霏也抽了一个，拆开来一看，是保护星星的独角兽莫扎，不仅英勇无比，还温柔可爱。斐霏甚是满意地说："这个系列真长在我的审美点上了，各个都这么出彩。"

　　人来人往的不夜城，灯火通明，胜似白天，时间流逝很快。万万见时间不早了，就说："霏姐、沫哥，没想到这么晚了，咱回吧，你们明天还要做研究。"

　　斐霏说："让我和沫沫把你送到酒店。"

　　"这里不好打车。你住哪儿？"李沫伊也说。

　　万万深知斐霏的脾气，她说要送也不好推脱，于是说："谢谢霏姐和沫沫，那我就不客气了。对了，我看饭饭他们剧组住在宁安江凯悦酒店，所以我也在那个酒店订了一间。应该就在附近吧？"

　　"对，很近。"

　　果然，开车十来分钟就到了。斐霏依依不舍地和万万道别，说欢迎她下次再来安城。万万也不舍地说欢迎她们来北城。万万说完，挥手让她们先走，望着车开远了才进了酒店。

Part14　万家灯火又到除夕

生活按部就班。斐霏连轴工作了好多天，终于盼来了期待许久的周六探班日。清晨六点多，秋彧来到镐华大老地方等着斐霏，他是独自一人开超跑来的。

"秋彧，今天够高调，敢自个儿开着大超跑过来，就不怕被围观吗，怎么没让东东他们跟着，万一被认出来，我可提前说，我就先跑了。"斐霏打着哈欠，嘴贫道。

"霏大小姐，你放眼看看，周六的大清早，哪儿来的人？"秋彧也是睡眼惺忪，调侃着斐霏。

"也是。说吧，你们今天在哪儿拍？"斐霏又打了一个哈欠，问道。

秋彧笑着撒娇般说："拍摄先不急，我的通告时间是上午九点，还早。我饿了，这里哪家早餐好，我要吃地道的安城味，越市井越好。"

"最市井的就是城墙根底下的苍蝇小馆，怕你这车开不进去，可咋办呢？"

"你只管带路好了，我在那附近找个停车场。"

"听你的。那就导航南大门，我带秋大爷去赶个老安城的早市。"

听到斐霏喊他为秋大爷，秋彧无可奈何地咧着嘴笑。将车停到南大门附近，两人悠闲地散着步，往早市最繁华的地段走去。一路上，狭窄的街道两旁摆满了各色小摊，还有各种冒着腾腾热气的早餐摊。几乎每个小摊前都有三三两两的大爷大妈在挑选着货品，有些货品新鲜又便宜的小摊周围就可以用拥挤来形容了。整个早市充满了人间烟火气，一派生机勃勃、热闹非凡的景象。

"怎么样，这里够不够市井，够不够接地气？"斐霏傲娇地仰头询问道。

"不愧是安城百事通啊，狒狒，靠谱。"秋彧点着头，俯身对斐霏说。秋彧这拍马屁的样子，哪还是暴爷，分明是斐霏的马仔，此时要是被他的粉丝撞见，就这神态、语气估计也是认不出的。不过，在这早市片区放眼望过去，逛街的全都是些年长的叔叔、阿姨、爷爷、奶奶，看不到一星半点儿的年轻人，因此秋彧逛得很自在，丝毫不担心被人认出。

斐霏轻车熟路地带着秋彧左拐右拐，在卖胡辣汤的摊前，要了一荤一素两碗，另加两根灌有鸡蛋的油条。秋彧坐下，斐霏又去隔壁端了碗油茶麻花，她快速将滚烫的碗放在桌上，烫红的双手本能地捏住耳朵，以期缓解疼痛，嘴里还不忘对秋彧说："快尝尝。"

这一系列操作的速度压根没有给秋彧任何反应的时间就以迅雷不及掩耳之势完成了，秋彧怔怔地看着被烫红双手的斐霏，既心疼又有点儿生气，道："狒狒，端这么烫的碗，也不喊我一声，这下烫成猪蹄了吧。以后这种事还是让我来做。"说着拉起斐霏的手，握在了一起。

斐霏准备问他要干吗，却被冰冷的温度有效缓解了痛感。"秋彧，你的手，怎么这么冰凉？是不是穿少了，冷吗？"

"不冷啊，我一直都这样。像不像个冰袋？"

这一幕被早餐摊老板瞅着了，操着一口安城话说："得是这女娃子疼你，还给你端饭了，你好福气。女子对你好，你也得对她好，你俩可要好好处。"

秋彧听不懂安城话，问斐霏："老板说啥呢？"

"没什么，就说让你好好吃饭。"斐霏随便编了个话想把他糊弄过去。秋彧看着她躲闪害羞的眼神，猜到了一二，问："老板肯定是说咱们是一对吧？"

"胡说，老板是说你能遇到我是有福之人，让咱们好好处。"急于辩解的斐霏，一股脑将老板的话翻译出来。

秋彧咧着嘴笑："行，好好处。"

羞红脸的斐霏嘴硬道："谁要跟你处了？你快吃吧。"又在心里给自己强调道，他还没表白呢。

吃完早饭，两人前往停车场的路上，碰到卖红心柚和皇帝柑的大货车，秋彧见斐霏眼直了，就猜她馋这口，他问车主能否送货，得知可以时，就留了东东的地址和电话，订了二十箱柚子和二十箱皇帝柑。一旁的斐霏暗自惊讶，也没多问。

上车后，斐霏拿出一个大塑料袋，让秋彧挑一个。

"我刚才就想问，你从学校上车时就提溜着，究竟是什么啊。"秋彧问。

"是我上次和万万、沫沫在宁安不夜城逛街时买的，《追梦的星星》动画片系列盲盒，你选一个。剩下的我还要给东东、小王、壮壮、周周和子豪呢。"

秋彧醋劲儿十足地说："哟，什么时候你和他们那么熟了，看来这礼物不只我有，人人都有份啊。"

斐霏忙说："其实，我单独给你买了一份礼物，后来想起你不会用，我就自己用了。"

"那是什么？"

"就是这个孔雀图案的手机壳。你看你从来都不用手机壳，对吧。"

斐霏指指自己的手机壳，又指了秋彧光秃秃的裸机。

秋彧手伸到斐霏面前，强势地说："拿来，我要用。"

见秋彧这么说了，斐霏赶紧取下手机壳，双手递给他。秋彧拿起装好手机壳的手机，道："还不错，没想到咱俩手机是一个型号。"

斐霏哈哈大笑，心想，秋彧啊秋彧，这只孔雀就是你，你就是开屏的孔雀精啊。

"你笑什么，这么诡异？"秋彧问斐霏道。

"没什么。"斐霏见秋彧发现了端倪，担心他继续追问，便把剩下的笑，硬生生憋了回去。

这时，秋彧拆开盲盒，居然是隐藏款《追梦的星星》的女主角星星，斐霏满脸艳羡地惊叹道："秋彧啊，你这运气真是绝了，抽到隐藏款，太可以了。"

"这，很难抽吗？"秋彧一脸认真地问道，看得人牙痒痒的。

"超难。万万抽的是胖头羊，沫沫抽的是大力，我抽的是独角兽莫扎。"斐霏碎碎念着，目不转睛地看着秋彧手里的星星。

秋彧似乎看穿了斐霏的小心思，笑道："要我跟你换也不是不可以，只不过嘛，是有条件的。"

"你说。"

"你要实现我一个愿望，具体是什么，现在还没想好，可以吗？"秋彧热切地看着斐霏。

"行啊，就这么定了。"斐霏嘟囔道，夺走了秋彧手里的星星，又从包里掏出独角兽莫扎递给了他。

拆完盲盒，俩人驱车前往西郊花园桥一带的国际汽贸城。一到片场，秋彧忙着去换装了，斐霏在他的大房车里休息。上次只是匆匆见过一面龇牙、饺子和汤圆，没想到它们竟能认出她，一窝蜂拥了过来，在她的裤边蹭来蹭去，甚是亲昵。

斐霏把装盲盒的袋子递给东东，让他自己拿一个，剩下的分给其他人。

没过多久，秋彧换好了衣服，斐霏从东东腰上别着的对讲机中听到了导演准备开拍的指令后，就跟随着东东一起下了房车，来到了拍摄现场。只见现场布置在了一栋20世纪90年代的筒子楼中，选择了其中的二楼作为场景用地，布置出了几间洗头房、一间招待所、几间杂货铺和一间录像厅，很有90年代市井的感觉。斐霏看过剧本，知道秋彧今天的戏份很重，有好多场打斗的场面，而且他一贯不喜欢用替身，武打场面都是亲自上阵。今天所要拍摄的内容主要是，秋彧饰演的缉毒警察卧底何晓军发现了重大线索，跟随着小喽啰阿龙的脚步来到了洗头房，也就是毒品交易地点，准备抓名叫道上六爷的"大鱼"，双方混战，一片狼藉。不过何晓军机智，早就给他的上司传递了信号，增援及时，没有让道上六爷逃之夭夭，道上六爷尚未放出何晓军是卧底的消息，就被绳之以法了。

这会儿正在拍摄的画面是阿龙抽出了腰上别着的刀砍向了何晓军，何晓军虽然灵巧地躲过了大刀，却被阿龙左手举起的啤酒瓶砸了个正着，一股鲜血从头发里渗了出来，流到了脸颊一侧，看着相当惨烈。何晓军则是忍受着伤痛与阿龙搏斗了好几个回合。

虽然斐霏知道剧组做的啤酒瓶是道具，但看到真的砸到秋彧头顶的时候，还是担心不已，紧锁的眉头和咬紧的牙关等种种小表情里写满了抗拒和担忧。一上午斐霏就在战战兢兢中度过了，终于迎来了吃午饭的休息时间。当秋彧一脸轻松地走过来看到斐霏那担惊受怕的小表情时，既是欣喜又是心疼，她还是很在意我的，秋彧暗想，但又心疼她那提心吊胆的一上午，因此安慰她道："你看，我不是好好的嘛，这啤酒瓶砸在头上一点儿都不疼，你就不要皱眉头了，皱得像眉心镶嵌了一个核桃。"

斐霏被秋彧的另类幽默给逗笑了，露出了灿烂的笑容，道："假瓶子砸在头上也很疼的，还有那么多场打戏，那么多拳头要砸在你身上，怎么受得了。休息一下，一会儿多吃点儿饭。"

"好的。回车上吃饭。"秋彧说着，和斐霏回到房车上。东东早早买来了丰盛的饭菜，一侧摆满的是斐霏爱吃的肉菜，另一侧以素菜为主，是秋彧常吃的。

"都是我爱吃的。"斐霏指着肉菜说。

"是秋哥让准备的，霏姐。"会说话的东东真该多说点儿，无奈被秋彧故意的咳嗽声制止了。

"对了，秋哥，您订的柚子和皇帝柑刚送到了，按您之前的吩咐，正在分给剧组人员，做餐后水果。我现在给您和霏姐拿点儿？"

"你是给剧组订的水果啊。"斐霏恍然大悟。

"也不全是，还有些送到你们教研室去了，让橘子师兄他们取了，给你各留一箱，其余的我让他们自己分去。"

"你怎么知道我喜欢吃柚子和皇帝柑？"

"在早市上，你看到柚子和皇帝柑都走不动道了，两眼放光，还不明显吗？"

哑口无言的斐霏，暗自佩服秋彧的观察力。两个人有说有笑吃完饭，秋彧点了根沉香，洗了水果仔细剥起来。不一会儿，清清爽爽地剥出一碗果肉，递给斐霏，他却没坐下一同吃，而是拿出狗粮、猫粮去喂爱宠。龇牙、饺子和汤圆见饭已备好，便一窝蜂凑过来，狼吞虎咽地享用起来。

看着干家务的秋彧，斐霏开始想入非非，幻想起两人居家过日子的画面，直到秋彧喊她好几遍，才回过神来。

"喂，你这小脑瓜子在想什么呢？喊你好几遍了也不回应。"秋彧说。

"啊？没想什么。"斐霏心虚地答道。

"跟你商量个事。一会儿你就别去片场了？坐在这儿喝喝茶、吃水果，帮我照料一下龇牙它们。等我拍完，晚上请你吃饭。"

斐霏知道，秋彧表面是让自己照料宠物，实际上是怕她去了片场看到打打杀杀的场面担心，就答应了，说："行，那你要注意安全。"

秋彧喝了两口茶便去了片场。斐霏收拾好龇牙它们的餐盘，见吃饱喝足的小家伙们开始眯眼，她也趴在桌子上打起盹儿来。十几分钟后，斐霏醒了，从包里掏出电脑，开始了奋笔疾书。不知过了多久，突然听到外面乱作一团，于是她下车往片场那边跑过去，她的心脏突突狂跳，有种不好的预感。

"饭饭，里面是什么情况？你秋哥呢？"斐霏拦住迎面跑来的饭饭，急问。

"霏姐，秋哥出事了，他摔了一跤，小腿被地上的利器划了一道口子挺深的，流了好多的血，他……"

未等饭饭说完，斐霏便往人堆里挤进去，终于看到被众人团团围住，坐在地上的秋彧，此时的秋彧小腿满是殷红的鲜血，鞋袜也被鲜血染成了红色，地上还有一摊血，斐霏被这场面吓到了，她带着哭腔问："秋彧，你怎么样了？"

秋彧抬头看是斐霏，安慰道："没事，小伤，不碍事，你先回车上去。"说着，就要挣扎着站起来，腿上的伤口立刻涌出了更多的血。

斐霏赶紧扶住他，接过工作人员递过来的纱布按住他的伤口，说："什么时候了，你就别操心我了。走，咱去医院看看。"

斐霏说着，和东东、小王以及保镖壮壮一行人，扶着秋彧上了商务车，黄导和严导胆战心惊地跟在后面。

秋彧上车后还不忘宽慰众人，道："大家别担心，我去医院看看，没事的。"

斐霏帮秋彧按着伤口，心疼道："怎么这么不小心？"

东东气愤地说道："霏姐，这不能怨秋哥，是那个群特不懂规矩，把道具乱放，把秋哥绊倒，受了这么重的伤。"

脸色略微有些发白的秋彧制止住东东，又看着斐霏说："让你担心了，我真没事。"

"别说了，秋彧，保留点儿体力。"斐霏看着面色发白的秋彧，心疼地说道，又对小王说："小王，在安全的前提下，再快一点儿。"

车子很快到了医院急诊科。一位年长的大夫看了一眼秋彧的伤势，淡淡地说需要缝针，就让护士将他推进手术室，用美容线做了缝合手术，缝了数十针，还打了破伤风以防感染。

治疗结束后，秋彧被推进单人病房，打吊针消炎。斐霏来到医生办公室向大夫表示感谢，并询问注意事项。大夫叮嘱了一番，她都记录在小本子上。

大夫看斐霏如此细致认真，不由地感叹道："你对男朋友真是上心。"

斐霏听此，慌忙地说："您看错了，他不是我的男朋友。"

"不是男朋友？"大夫惊讶地问。

"哎呀，李主任，您不认识秋彧吗，他是赫赫有名的大明星，这位小姐应该是他的助理。"一位护士说。

"对，对，没有人能配得上我们暴爷。"另一位护士附和道，对前面说话的护士问道："敢情你也是他的粉丝？"

"我都粉他好多年了，他本人真是太帅了，前几天就听说他来安城拍戏，没想到受伤了。"

斐霏和大夫道了别，心情瞬间低落下来，"助理""不配"这些字眼隐隐刺痛着她。回到病房，秋彧立马发现她的情绪低落，问："怎么了，狒狒？"

"哦，没什么。我刚问李主任了一些注意事项，他说要养几天，很快就能好。东东呢？"

"他去买饭了，这么迟了，你还没吃饭。"秋彧心疼地说。

"说什么呢，你都这样了，还是多操心一下自己。"斐霏说着，东东带一大袋饭菜回来。斐霏看了看饭菜，皱着眉头说："怎么全是我爱吃的，秋彧，你想吃什么？"

"我不饿。"

"不行，你不吃我也不吃。要不，给你拿个粥吧。"斐霏说着，把粥递给秋彧。

秋彧故意不接而是低头看扎针的手，东东刚要过来接粥，却被秋彧那刀子般犀利的眼神制止住。

东东说："霏姐，要是没什么事，我先出去和壮壮他们吃饭了，有事喊我。"说完，立刻冲出了病房，不给斐霏反应的机会。

斐霏见状，只好端起了粥，坐在秋彧的床边，说："来，我喂你吧。"说着，就把舀好的一勺粥送进了秋彧早已张大的嘴里，秋彧边吃边笑，还一动不动地盯着斐霏看，像个傻子一样开心。

秋彧惦记着让斐霏早点儿吃饭，因此，很快一碗粥就被他吃完了，秋彧喊着让斐霏赶紧吃饭，斐霏只好坐在旁边的茶几边上，吃起了自己丰盛的晚饭，但她胃口并不是很好，没吃几口就合住了盖子，盯着秋彧这边的动静，时刻观察着吊瓶，心里却还在想着刚刚那些护士的闲言碎语。

打完吊针，斐霏搀扶着秋彧上了车。秋彧说先送她回学校，斐霏则执意要亲自把秋彧送回酒店。看到秋彧躺在酒店的床上，斐霏想起医生的叮嘱，拿起一个枕头垫在秋彧脚下，道："李主任说这样有助于消除腿部水肿，对了，这几天不能洗澡。"

"啊？那冲一下行不？"秋彧撒娇地问道。

"只能擦一下，防止伤口感染。"

"后背咋办啊，实在够不着？要不……"

秋彧话还没说完，斐霏便急红了脸，道："不行！"

"什么不行？我是说要让东东帮我擦一下后背，你想哪儿去了？"

"无赖，不和你说了。我先回，明天带你继续输液，李主任说要连续输三天，再静养，就差不多了。"

"好，回去发消息。"

斐霏心烦意乱地回到宿舍，枕着秋彧送的助眠枕，却彻底失眠了。不仅因为秋彧的受伤，还有那些只言片语，扰乱了她的心，此时，她在慎重地思考与秋彧的关系，反复确定自己能不能够承担和秋彧在一起后的结果。

接下来的几天，斐霏都陪在秋彧身边，陪着他去医院打针、理疗、复查，盯着他喝汤、吃饭、静养，不愧是身强力壮的秋彧，他恢复得很快，纱布早就拆除了，秋彧早已按捺不住想要回归剧组的心。

"秋彧，你就再安心养上几天，等彻底好了，再回剧组。严导那边都说了，让你好好养伤，他们这段时间早就调整为拍摄其他的情节了，所以不影响的。"斐霏劝道。

"我还是想尽早回去，毕竟我是男一号，很多情节的推动都得我在场。再说，你看，我这腿早就好了，活动自如。"秋彧说。

见他这么坚持，斐霏也不好再劝，说："那你定吧，即使回去了也要量力而行，打戏不行让替身上吧。"

"放心。"秋彧答道。

次日秋彧就回归了剧组。

生活又回归了平常。斐霏继续撰写毕业论文，周末去剧组探班。秋彧呢，专心在剧组补进度，偶尔休息的时候就把时间留给斐霏，他们或是在一起吃吃饭，或是去公园遛遛弯，放松片刻，就这样时间一晃而过。

跨年夜来了。秋彧瞒着斐霏包了一家餐厅，并且亲自下厨，为她做了一顿丰盛的饭菜，更浪漫的是，他不但准备了999朵玫瑰花而且还亲自设计了一份礼物，准备在烟花灿烂的时刻送给她，秋彧经过深思熟虑后，终于做出了人生最大的一个决定，向斐霏表白，袒露自己的心意。

在家陪爸妈吃跨年饭的斐霏，早已是心急火燎，她惦念着在安城跨年的秋彧，想着赶紧吃完饭去陪他一起跨年。她的小心思没逃过斐妈的火眼金睛，"哦，你吃得这么急，一会儿干什么去？"

"没什么，我一个外地朋友好不容易来趟安城，说好晚上一起聚聚。"斐霏心虚地回答，眼神忽闪着。

"那你也慢慢吃，别噎着。"斐妈的话还没说完，听到扑通一声巨响，餐桌边的斐爸晕了过去。

母女俩瞬间被突如其来的状况吓得乱作一团，不知所措。斐妈的脑袋早已宕机，瘫坐在斐爸的身旁，身体不停发抖，泪流满面。斐霏尽管十分紧张，但她迅速冷静下来，脑子飞快转着，先来到爸爸的房间，在床头抽屉里找到硝酸甘油，强行灌进爸爸的嘴里，然后打了120急救电话。

斐爸被救护车紧急送往附近的宁安江中心医院，斐霏和斐妈一同随车前往。到了医院，斐爸被推进抢救室后，斐霏才发现此时妈妈浑身发烫、满脸汗珠。她又搀扶着妈妈去看急诊。好在医生说是惊吓过度导致的心律失常，需调理静养，就开了吊针输液，安排了病房。

斐霏安顿好妈妈，又回到抢救室门口，着急万分地等待着。每分每秒似乎走得无比缓慢，斐霏觉得自己已等了一个世纪之久，抢救室门口的红灯仍然毫不留情地亮着。这时，急促的手机铃声响起，响了好一会儿，她才意识到是自己的手机，"喂？"斐霏的声音带着哭腔。

"狒狒，发生了什么？你哭了？"听出她声音的异常，秋彧着急地问。

"秋彧，刚刚，心脏病发作……我爸爸……晕倒在家里，现在，在抢救中。我妈……这会儿也在输液，是惊吓过度了。"斐霏再也绷不住了，哇的一声哭出来，断断续续、语无伦次地试图拼凑着一句完整的话。

"在哪个医院？你别着急，我马上过来。"秋彧冷静沉稳地问道。

"宁安江中心医院。"斐霏说完这句话，似乎已耗尽了全部力气。看着明亮刺眼的抢救室红灯，任凭止不住的泪水在脸颊肆意地狂飙。

一看到秋彧出现在医院的走廊，斐霏紧绷僵硬的身体瞬间放松了下来，一头扎进秋彧宽阔厚重的怀抱里号啕大哭，泪水浸透了他大半个肩膀。

"狒狒，有我在，别害怕，天塌下来我替你扛。放心，伯父一定会没事的。"秋彧轻拍她的后背，坚定有力地安慰道。

"刚还好好的，在……在吃饭，我爸突然就……晕倒。他……会不会？"斐霏泣不成声地不停反问。

"不会的，狒狒。不要自己吓自己。"秋彧看着面色惨白、哭得喘不过气的斐霏，心疼不已。

抢救室红灯灭了，护士们推着插满管子的斐爸出来，斐霏和秋彧围上去轻呼斐爸，但他仍处于昏迷状态中，毫无反应。斐霏顿感绝望，问："医生，我爸的情况怎么样？"

"幸好病人及时服了硝酸甘油，而且抢救也很及时，手术很成功。不过，暂时还需要转到CCU心脏重症监护室。家属随我来，这有一些表格需要签字。"

"谢谢您医生，谢谢您救了我爸。"斐霏激动地向医生鞠着躬道谢，又转头看向秋彧说，"秋彧，听到了吗？我爸爸的手术很成功。"

"是啊，吉人自有天相，伯父一定会没事的。"

签好字缴了费，斐霏又想起妈妈，道："糟了，我妈还在输液。"

"我让东东留在CCU门口守着，我陪你去看伯母。"秋彧说。

斐妈本来精力不济，再加上受了惊吓，输液后就昏睡了过去。这会儿看着甚是憔悴，仅几个小时就苍老了不少，斐霏看着心疼不已。她推着秋彧蹑手蹑脚走出病房，说："秋彧，谢谢你。现在没事了，你先回吧，明天还要出工。"

"那你呢，今晚睡在哪里？"秋彧问道。

"我今天陪着我爸妈，不睡觉了。"斐霏说。

"不行，今晚你先回去睡觉，明天再来，我和东东留在这儿，陪伯父、伯母。"秋彧坚决地说。

"那怎么行？你们明天都有重要工作，绝不能影响休息。再说，你们又不是亲属，如果要签字啥的也不方便。你们快回吧。"斐霏边说边推着秋彧，看着他在走廊尽头消失，自己才转身走进妈妈的病房。

斐霏看着病床上的妈妈，默默流着眼泪，新泪痕一遍又一遍覆盖住旧泪痕。不知过了多久，见妈妈醒来，她赶紧擦干了脸颊。

"霏宝，你爸咋样了？"斐妈抓住斐霏的胳膊，紧张地问。

"妈妈，爸爸的手术很成功，现已在恢复中了。您别太担心了，注意自己的身体啊。"

"带我去看看你爸。"斐妈说着坐起来，拽着斐霏要往门外走。

斐霏拗不过妈妈，想着过去看看也好让她安心，便上前搀扶着她，二人并肩朝CCU病房走去。

空荡荡走廊尽头的CCU门口，伫立着一个高大修长的身影，不是秋彧又是谁？斐霏扫了眼手表，已是凌晨五点。

天哪，他竟然就这么守了一夜！斐霏心里惊叹道，热泪又止不住盈了双眼。"秋彧，你怎么没回去？"斐霏喊。

秋彧看到斐霏和斐妈，招呼道："伯母，您好，感觉好些了？"

"霏宝，这位是？"斐妈不解地问。

"妈妈，这是我的朋友秋彧，今天幸亏他帮我的忙。刚刚他也去看望了你。"斐霏说。

"谢谢你，小秋。真的太麻烦你了，真是没想到，大过年的，我们家出了这事。你叔叔还……"斐妈说着难过起来，泪水止不住地夺眶而出。

"阿姨，叔叔没事的，有我和霏霏照料，您就放心好了。您还是要好好休息，多保重。"秋彧贴心地说。

"好的，阿姨知道了，你真是个好孩子。"

三个人在CCU门口守了一会儿，斐霏看这边暂时比较平稳，又担心她妈妈虚弱的身体在夜里受凉，因此好说歹说地劝了好久才又将母亲送回病房，陪伴在她床榻旁边，斐爸那边有秋彧，她也稍稍安心了些。回病房后的斐妈先拉着斐霏不停地复盘着斐爸发病的情况，说是可能和前段时间工作太累有关，斐爸一直觉得心脏不是很舒服，还隐隐作痛，但却偷懒没有及时来医院检查，而是得过且过，这才酿下大祸。斐妈喋喋不休地自责了好一会儿，才疲倦地睡了过去。斐霏也是不知不觉地坐在床边睡着了。

斐霏再次醒来的时候却见秋彧站在旁边，目不转睛地注视着自己。低头看到自己身上盖了一条灰色大围巾，是秋彧的。

"你醒了？"秋彧轻声问道，从桌上的一个大纸袋子里拿出早餐递给她，说："吃早饭吧。"

"我不想吃。"斐霏无力地说。

"吃饱了才有力气。狒狒，听话。"秋彧说。

听到秋彧的这番话，斐霏只好接过了早餐，吃了起来。

"狒狒，我安排东东今天都在叔叔那边守着。一会儿壮壮也过来，有什么事你就让他们去做。我一会儿先去剧组完成今天的拍摄工作，然后和严导商量，调整这段时间的拍摄计划。"

秋彧的一席话带来满满的安全感，斐霏十分感动，她眼眶红红地说：
"谢谢你，秋彧。真的太麻烦你了。"

"跟我别这么见外好吗？狒狒。"秋彧温柔地回应道。

繁忙又混乱的一天过去了，赶在太阳下山时，秋彧结束了工作，调整
了拍摄计划，跟严导申请了几天假。一切处理妥当后，秋彧立马驱车来到医
院，随行的还有周周和子豪。秋彧见到面色惨白、虚弱无力，还时不时咳嗽
的斐霏，连忙伸手摸她的额头，滚烫无比。秋彧二话不说，拉起斐霏就往急
诊走，检查一番，确诊斐霏得了甲流，是抵抗力下降引起的。

秋彧喊来东东、壮壮、周周和子豪，嘱咐大家一定要照顾好斐妈，在
CCU门口留人守着斐爸，轮班顺序让他们自行安排。一切安排妥了，秋彧
进到斐妈的病房，礼貌地和斐妈打着招呼，但隐瞒了斐霏生病的事，说斐霏
昨晚没休息好，先送她回家休息了，如果斐妈有任何需要，尽管吩咐东东
就成。

秋彧是想带斐霏去他住的地方，又怕她不习惯，就问了她家的地址，
送她回了家。斐霏在车上服了药，加之精力不济，一回家就坐在沙发上睡着
了，秋彧看着心疼无比。想让她舒服一些，就轻轻地将她抱起，估摸着来到
她的房间，将她轻轻放到床上盖好被子，自己安静地退出。来到餐厅，看到
餐桌上摆着前一晚未吃完的丰盛的饭菜，和那把跌倒的椅子、散落一地的物
品，秋彧心里很不是滋味，便动手清理起来，并耐心等着超市外卖。

秋彧买了好多新鲜的瓜果蔬菜、肉类，还有面包、牛奶等食品。提着
沉甸甸的两大袋，一头扎进厨房。进入收尾时，斐霏冷不丁站在他的面前。
换了一身睡衣的斐霏，因为发烧小脸蛋红扑扑的，大眼睛水汪汪的，真是惹
人怜爱。秋彧忙摸了下她的额头，庆幸地说："还好，温度降了一些。"

"这都是你做的？"斐霏眼里划过了一丝惊讶。

"快坐下尝尝，我没蒸米饭，只是煮了粥。"

看着秋彧做了红烧冬瓜、土豆炖牛腩、西红柿炒鸡蛋、清炒苦瓜，还有一锅皮蛋瘦肉粥，斐霏的眼角又湿润了。

秋彧盛起一碗粥，递到斐霏手中，又夹了一筷子苦瓜丝，放在她碗里的勺子上，温柔地说："本该给你吃肉，但你生病了，吃些清淡的便于恢复健康，来，尝尝。"

斐霏勉强吃了几口，想着发生的事便没了胃口，准备放下筷子。秋彧见状，开始分享剧组的趣事，分散着她的注意力，引的她又吃了些粥和菜。见斐霏吃得差不多了，秋彧掏出装在口袋里精心准备的礼物，是两条款式、材质一模一样的钻石项链，只是一粗一细，两条项链的中间均有一只用钻石组成的卡通形象的狒狒，璀璨夺目、精巧别致。秋彧真诚地说："狒狒，这个时间节点，我说的话可能有点儿不合时宜，但是我深思熟虑过，而且是早想对你说的，我也不想再等了，谢谢你，让我第一次尝到心有所依的滋味。自从我们横店相识，你就深深吸引了我，从我们之间的误会，到共事，再到后来的相处，让我们相知与靠近，不知不觉中我爱上了你。很久之前，我一直认为可以永远躺在自己亲手做的壳中，过着没有情愫的生活。如今，我却主动地捏碎了自己的保护壳，大步流星走了出来。虽然我不完美，但我也希望你能接纳不完美的我，让我们一起携手走向未来，去体验生活的酸甜苦辣。狒狒，你愿意做我的女朋友吗？"成熟稳重的秋彧，此时却声音颤抖，肉眼可见的紧张。

秋彧的表白来得突然，但细想也是有迹可循的。斐霏仅一闪念后，便干脆地回答："我愿意，秋彧。未来的日子，我愿意与你携手同行，以心护心。谢谢你。"

秋彧没想到斐霏居然如此爽快，微微吃惊后难掩欣喜，就亲自给斐霏戴上项链，问："喜欢吗，这是我自己设计的。"说着，给自己戴上另一条。

"很别致。"斐霏露出了笑容。

"不难看吧，这是世界上独一无二的项链。"秋彧回应道，气氛立刻轻松起来，"狒狒，你为什么答应得如此痛快？"

"因为我也在等着这一天，并且，等的有点儿久。"

秋彧听到此话后，眼眶微微有些泛红，是的，他没想错，确实是双向奔赴。他捧起斐霏那精致白皙却有些疲倦的脸庞，看向那有些发干、泛着粉红肤色的嘴唇，不管不顾地深深吻了下去。

"秋彧，我得了甲流，你在干吗？不怕传染啊。"斐霏没想到秋彧竟要吻自己，想要将他推开，却怎么也推不开他那厚实的臂膀。

"我不怕，不管是洪水还是猛兽，我都受着。"秋彧微微抬起了性感的嘴唇，说完，却又更用力地吻住了斐霏的嘴唇，肆意地吮吸着，生怕下一秒斐霏就要反悔。

正当斐霏忘却了一切，享受在这片刻的美好之时，秋彧却收起了贪婪，轻轻擦拭了一下斐霏嘴唇，将食指轻柔地抵住了斐霏的嘴唇，说："今天不能再折腾你了，乖，去休息吧，我还要收拾碗筷，听话。"

斐霏羞得满脸通红，跑进卧室关了门。躺在床上，内心澎湃地回味起刚刚的种种，握着狒狒项链，甚是激动和欣喜。从昨天到今天发生的一系列事情，令她悲喜交加，内心复杂。胡思乱想着，就想出去嘱咐秋彧也去客房休息，却没能抗住药效，很快她又昏睡过去。

秋彧蹑手蹑脚推开门，见斐霏正在熟睡，便安了心。他坐在沙发上，摸着嘴唇，回味着刚发生的一切。不那么真实却是真切发生了，不那么自然却是水到渠成。秋彧暗暗发誓，一定要对斐霏好，对她负责。回味着甜蜜，规划着未来，他抵不住熬了一天一夜的疲惫，便和衣在沙发上也昏睡了过去。

清晨的第一缕光线，照在秋彧洋溢着幸福的脸上。他睡眼惺忪地醒来，连忙去斐霏的房间，发现她还在熟睡，就悄悄退出。从昨天买的超市外卖袋中取出洗漱用品，去卫生间洗漱了一番，然后走进厨房里，熬了白粥，煎了鸡蛋，热了牛奶，炒了一个上海青。刷锅时，斐霏悄无声息地出现在他的身后。

秋彧转头发现了斐霏，问道："睡得怎么样？看面色今天应该好多了，先吃饭，一会儿再把药吃了。"秋彧关心地问着，并伸手摸了摸她的额头，"嗯，不烫了。"

"昨晚我想告诉你睡客房的，可是一下给睡着了，你不会是在沙发上睡的吧？"

"沙发挺好的，真的。"

"肯定不舒服，都怪我。"斐霏懊恼地说。

"真的睡得挺好。不说了，咱赶紧吃饭，然后去医院。"

"有你真好，秋彧。"斐霏泪眼婆娑地说。

"小傻瓜。"秋彧宠溺地给斐霏盛了碗粥。

秋彧和斐霏在医院和斐家两点一线，单调重复的一跑就是好几天。斐爸度过了危险期，由CCU病房转入普通病房，斐妈也是明显的好转，斐霏有秋彧陪伴与照顾，身心明显轻快了许多，往日的活力在慢慢恢复中。

元旦假期后，李沫伊迟迟不见斐霏的身影，想着秋彧在安城拍摄，斐霏可能去了剧组体验生活。又过了几天，还不见她，就联系了她，才知斐爸出了情况。她赶紧通知李槿逸，兄妹俩火急火燎地赶到斐爸的病房，见斐妈、斐霏和秋彧都在。

"沫沫，槿逸，你们来了，唉，看你斐叔这次遭了多大的罪。"见到李沫伊和李槿逸，斐妈说着禁不住潸然泪下。

"秀娟，我这不好端端的，就别在孩子们面前哭哭啼啼了，让他们难过。"躺着的斐爸看到哭泣的斐妈，温柔地说。

"刘姨，幸好一切都过去了，斐叔，祝您早日康复出院。"李沫伊说。

"斐叔气色不错。等斐叔出了院，我还要向您请教棋艺呢。"李槿逸也说。

"好啊，槿逸，就你小子懂我。我出了院，你要来家和我下棋。"听到下棋，斐爸顿时开心得像个孩子。

李槿逸在哄老爷子开心，斐霏有意无意地瞥了一旁的秋彧，果然不出所料，秋彧醋意满满地鼓起了腮帮子，样子甚是可爱。

李槿逸和李沫伊陪斐爸斐妈聊了好一会儿，怕继续聊下去打扰到二老的休息，就寻了借口离开。斐霏出去送他们，秋彧也跟在斐霏身后。斐霏和李沫伊走在前面，故意和秋彧与李槿逸拉开一大截。

"你和秋彧在一起了？"李沫伊直截了当地问。

"你咋知道？"斐霏惊呼道。

"我又不傻，你俩脖子上的项链，是定情之物吧？"

斐霏低头看，项链本是藏在衣服里的，不知什么时候跑了出来。她又将项链放回衣服里藏起来，说："真是什么都瞒不过你。"

"你答应了他，是因为家里发生了事，有他及时陪伴的缘故吗？"李沫伊慎重地问。

"不是，我之前就深思熟虑过了，已经做好奔向他的准备。"斐霏认真地说。

"霏霏，只要你高兴，我肯定会祝福你。好了，别送了，等你回学校见。"

看着前面的斐霏和李沫伊交头接耳说着悄悄话，一直无语的李槿逸突然瞄了身旁的秋彧一眼，说道："喂，如果你对她不好，我绝不会饶过你。"

秋彧似乎早就预料到李槿逸要说的话，一脸平静的他，云淡风轻地说："你不会有这个机会的。"

"最好是。"李槿逸回复着。

送完李家兄妹俩，往回走的路上，斐霏笑嘻嘻地戳了戳秋彧的脸蛋，道："刚不知道是谁，气鼓鼓的像个河豚，还吃醋呢？"

"你才是河豚。"秋彧说着，一个反手捏住斐霏的两只手，故意靠她很近地说。

"你讨厌。"斐霏害羞道。

"谁让你招惹我了？"

"槿哥和你聊什么了？"

"你好奇这个？没什么，就是他问我怎样能变帅？"

"恬不知耻。"

太阳如此灿烂，生活继续美好。

斐爸出院回家的第一件事，就是宴请宾客。所谓宾客，其实没几个人，主要是说要陪他下棋的李槿逸和李沫伊俩兄妹，再就是为他忙前忙后的秋彧及东东等人，斐爸这次住院没有声张，就为养病图个清静，因此知道的人少之又少。

这不，一收到斐爸的请客邀请，秋彧就提前好几天与严导协调好了当天的时间。到了斐爸请客的这一天下午，早早便收工了，来到了斐霏的学校，一接上她就往家里赶。

斐霏下了车，便招呼着东东、壮壮等人一起上楼去，却看到他们不紧不慢地搬空了一整个后备箱，在地上码着整整齐齐的好几个大礼盒。

"这都是什么呀？"斐霏大吃一惊。

"霏姐，这是秋哥精心挑选，送给伯父伯母的礼物。"东东说。

"秋彧，你觉得这样合适吗？是不是生怕我爸妈看不出咱俩的关系？"

"那你准备什么时候告诉伯父伯母咱俩的关系啊？我妈可是早就知道她儿子的女朋友是谁了。那退一万步来讲，我作为你的朋友，关心一下朋友的父母，初次到家拜访，带点儿补品，也不为过吧？"秋彧委屈巴巴地说。

"说肯定是要说的，只是还没有找到那么合适的契机，等过一阵子一定说。关心朋友的父母，哪里会备着一后备箱的礼物啊。"斐霏撒着娇，碎碎念叨道，想了想，又小声嘀咕："再说，你是初次上门吗？"

秋彧撇了撇嘴，问："多了？"看着斐霏疯狂地点头，他只好对东东说："那就搬回车上几个。"

斐霏没用钥匙，而是敲了敲房门。斐妈秒开，看到秋彧等人，喜笑颜开地说："小秋，你们来了呀。还带了这么多礼物，真是太见外了。"

秋彧见斐妈如此开心，紧张的心情顿时平复了一些，倍感亲切，忙说："阿姨您的气色真是越来越好了，这是一些滋补品，一点儿心意。如果您觉得好，以后我再带。"

"好孩子，你真是太懂事了，这让阿姨多不好意思啊。来，快进来，阿姨给你们泡茶。"斐妈说着，拉着秋彧往里走。

秋彧开心地跟着斐妈进门，却看到正陪斐爸下棋的李槿逸，顿时僵住了。

斐妈忙说："哦，槿逸和沫沫早到了，之前槿逸说要陪你叔叔下棋，这不两人对弈一个下午了。老斐，别光顾着下棋，小秋来了。"

"小秋，你们先坐，我和小李把这盘下完。"斐爸匆匆和秋彧打了招呼，便又埋头棋局。

李槿逸得意扬扬地瞟了一眼秋彧，看到秋彧那想刀了他的目光，更是暗爽，真是暗暗较劲儿的两个幼稚鬼。

斐霏让秋彧他们坐在沙发上，自己则和沫沫聊起了天："你怎么来得这么早，也没喊我一声。"

"喊你？别别，我可不想当电灯泡。"李沫伊瞅了眼斐霏旁边的秋彧，幽幽地说道。

斐妈端着泡好的茶走了过来，问："沫沫，你们在聊什么呢？"她给秋彧等人倒了清茶，又端来了洗好的水果。

"瞎聊呗，没什么，妈。"斐霏生怕李沫伊说漏嘴，糊弄着说。

"阿姨，我看你做了那么多的菜，肯定忙不过来，我到厨房帮你打下手。"秋彧说道。

"小秋，你还会做饭？真是不错。不过今天你是客人，阿姨不好麻烦你的。"斐妈听到秋彧会做饭，顿时两眼放光，对他的好感又噌噌地往上涨。

"阿姨，你就不要客气了。"秋彧回应着，跟着斐妈走进厨房，东东、壮壮等人见状，忙放下茶杯，要跟老大一同去。斐妈被他们的阵势惊到了，秋彧忙给东东使了眼色。

饭菜做好，大家上桌，气氛有些微妙。斐爸举起酒杯，动情地说："我先说几句。前段时间因为我的事，让在座的各位辛苦了，尤其是我家的秀娟和霏霏，让你们担惊受怕，我在这里赔不是了，以后我尽量照顾好自己的身体，不给你们添麻烦。还要感谢秋彧、东东、壮壮、周周、子豪的忙前忙后，你们的付出叔叔看在眼里，很是感动。最后，也感谢槿逸和沫伊来看叔叔，你们来看我，叔叔的病就立马好了。来，我敬诸位了，感谢！"

斐爸的话，令斐妈潸然泪下。

斐霏也动情了，说："爸，您说些什么呢，一家人，有什么感谢不感谢的。"

"是啊，叔叔，您就别见外了。"秋彧也说。

"叔叔，如果您愿意，我以后经常来陪您下棋，就怕来得多了，您嫌弃我。"李槿逸说。

"说什么呢，陪我这糟老头子，你不觉得无聊？还是以后多跟斐霏一起玩，年轻人的世界，叔叔不懂。"斐爸话里话外明显有撮合李槿逸和斐霏的意思。

"听您的。"李槿逸笑着答应道，不忘瞟了一眼秋彧，看到他吃醋的样子，李槿逸觉得甚是好玩。

斐霏略显尴尬，急着要和李槿逸撇清关系，说："爸，槿哥每天那么忙，哪有空和我一起玩。过完年他就要毕业了，有很多的事要做呢。"

斐妈见状忙打岔道："大家别光顾着说话，快来尝尝阿姨的手艺。对了，今天要特别表扬小秋，干活非常麻利，这道龙井虾仁和杭菊鸡丝，是他亲自做的家乡菜，大家尝尝。"

斐霏立马舀了一勺虾仁盛给父亲，又自己夹了一筷子，津津有味尝了一口，赞叹道："秋彧，这虾仁真是好好吃。"她边赞叹边偷瞄斐爸的神情，看他表情没什么变化，又向李沫伊使了眼色。

李沫伊秒懂，夹口菜送进嘴里，说："秋哥，你家是杭城的吗？好地道的杭城菜啊。"

"我的老家在杭城，现居住在北城。"秋彧回应说。

斐爸没接茬，看向子豪问："子豪，你和壮壮、周周，都是小秋的下属吗，平时具体做什么工作？"

一向快人快语的子豪没经思考，嘴里还塞着饭就指了指大家，说："叔，我们是秋哥的保镖，东东呢，是秋哥的私人助理。"

"保镖？小秋工作中有危险吗？还需要特殊保护？"斐爸诧异地问。

"秋哥是公众人物，在公共场合出席活动很容易引起骚动，比如经常有小姑娘往身上扑，求合照、求签名啥的。"子豪继续脱口而出。

幸好他身旁的东东及时地拉住了他，要不然还不知道他会说些什么。只听见东东说："叔，主要是公司规定，需要给顶级艺人配私人助理、保镖这些的，其实在私下，秋哥与普通人的生活没什么不同。"

子豪这才意识到刚才有点儿口不择言，慌忙看向秋彧，却发现他早已一脸黑线，子豪被吓得不敢再开口。

"小秋啊，要我说，干你们这行实在是不稳定，整天跑来跑去，找对象最适合找同行，是吧。不过你现在处于事业上升期，对象肯定也不着急找。"斐爸淡淡地说道。

"叔叔，其实找对象的事，与行业、年龄等都无关，也无关上升期什么的，只要两个人的缘分到了就行。"秋彧委婉且谨慎地回应道。

"老斐，你这都是老观念了，现在孩子们的恋爱观，和我们那会儿又不一样，咱们就别瞎操心了。"斐妈插话说。

"秀娟，你说的不对。年代是不一样了，但道理还是那个道理。比如找同行，就是有很多共同的话题，更能读懂对方，比如你和我，霏霏要是能和槿逸……"

"爸，你说什么呢？"侃侃而谈的斐爸话还未说完，就被斐霏打断，"我和槿逸哥只是朋友，你要是再这样乱点鸳鸯谱，我就生气了。"

"霏霏，你爸就是举个例子，别生气。老斐，今天是庆祝你出院的日子，其他的事先不谈。来，大家吃菜，不然都要凉了。"斐妈打着圆场说。

时间一点一滴地过去，大家都如坐针毡，一顿饭终于接近了尾声。送走客人后，斐霏委屈了起来，气鼓鼓地问："爸，问您两个问题，刚才为什么要当着那么多人的面撮合我和李槿逸？您生病期间，秋彧跑前跑后地照顾您，您却为什么让他下不来台？"

"为什么？你问我为什么？我还要问你，是不是和秋彧处对象了？"斐爸反问。

"您怎么知道的？"

"没看你俩的眼神都快要黏在一起了？"

"原来您和我妈早就知道了，是的，秋彧是我男朋友。"斐霏便不再隐瞒，爽快承认。

"不行，你们俩不合适。虽然说秋彧在我生病住院期间，帮了很大的忙，我很感激他，但这和你成为他女朋友是两码事，我还能拎得清。你刚没听到他的保镖说吗？经常有女孩往他身上扑，他长得那么帅，你会有安全感吗？你怎么确定他不是只想和你玩玩？我可不允许我的女儿受到一丁点儿的伤害。"斐爸苦口婆心地说着内心的担心。

"您要是这么说就没意思了。首先，我不是因为秋彧的帮忙才跟他好的，而是经过深思熟虑的考量才决定的。同样，我相信秋彧选择和我在一起，也是经过认真考虑的，而不是您口中的玩玩。我和秋彧相处了这么久，深知他的为人。其次，秋彧工作和生活分得很开，工作就是工作，生活就是生活，他会做饭，私下就是一个普通人，并没有什么乱七八糟的事。最后，我理解您的顾虑，并感受到了您对我的保护和爱意。但是，我也是具有独立人格的人啊，我希望在个人问题上，您能明白，我有自由选择的权利。"斐霏条理清晰地分析道，在气势上丝毫不输斐爸。

"是啊，老斐，我也觉得小秋这个孩子挺好，又勤快又热心，还心眼好。"斐妈帮衬着斐霏说道。

"行行行，你们都对，就我说错了，好吧。"斐爸不想再听，啪一声关了卧室门。

"妈，看我爸，他不讲理。"

"你也是，非要跟你爸顶嘴，他才出院，你要多多体谅。再说，他的老观念也不是一朝一夕能改过来的，要多给他一些时间，让他消化消化。你和秋彧的事，以后再说吧。"

双方就这样陷入了僵持，而后很长一段时间里谁都没有主动提起这件事情，都在慢慢地理解、消化中。

万家灯火，又到除夕。

由于《安城故事》前期拍摄进度缓慢，剧组所有的工作人员过年都不放假，秋彧也没回家。斐妈从斐霏嘴里听到这个消息，特意在除夕晚上支开斐爸，偷偷递给斐霏一个饭盒，嘱咐她送给秋彧，但一定要快去快回。

看着精心准备饭盒的母亲，斐霏很是感动。她开车来到秋彧所住的酒店，刚停好车到门口，就看到站在寒风中瑟瑟发抖的秋彧，心疼地说："喂，这么冷的天，干吗不在里面等？"

秋彧迎了上去，双手搂住斐霏，生怕她逃走一样，说："接到你信息的那一刻起，就想第一时间看到你了。"

"傻样，你看，我妈给你准备了啥。"斐霏把饭盒拿到秋彧面前晃晃，炫耀地说。

"年夜饭？真是阿姨给我准备的？"

"是啊，她还是很疼你的，每个菜都留了，还热乎着呢。快上去吃，我得先回去，要不然被老斐发现，那还得了。"

"那你路上注意安全，到家给我电话。对了，这个给你。"秋彧说着，从兜里掏出来一个厚厚的大红包，说道："新年快乐，祝我的狒狒新的一年一切顺利，平安、健康、快乐。"

"大红包？我可没给你准备，秋彧。"

"小傻瓜，我有这个。"秋彧说着举起饭盒示意。

一点点靠近

看着秋彧一脸纯情的样子，斐霏实在忍不住，重重地亲在他的脸颊上，接着慌乱地逃跑了，留下秋彧顶着玫瑰红色的口红印记，在风中凌乱。

辞旧迎新，更迭伊始。故事，却依然在流淌。

Part15 北城进组

人间四月天，斐霏顺利完成了毕业论文的终稿撰写，开始进入毕业流程。秋彧呢，安城拍摄完成后匆忙回到北城，已开始为下一个拍摄做前期准备。

这天中午，秋彧刚围读完新剧本，又迫不及待地打通斐霏的视频电话。

"狒狒，这会儿忙吗，想我没？"秋彧直截了当地问。

"我说秋彧，你这早上刚刚问过现在又来，现在的答案跟早上的差不多。"斐霏无奈地说道。

"少贫嘴，说正事，我刚围读完《都市繁华》剧本，发现有一个角色特别适合你，给严导建议后，他也这么觉得，让我代表他邀请你来客串这个角色，怎么样？"

"真的假的啊，我演技什么时候这么棒了，能得到你们的赏识？"斐霏不敢置信地问。

"真的特别适合，简直就是非你莫属。"

"那需要多久时间？"斐霏有点儿动心了。

"不久，就二十来天的样子，你现在不是进入毕业流程了嘛，应该没有那么大的研究压力了，好不好嘛？"秋彧软磨硬泡地说道。

"那，让我考虑考虑。"

"行，你考虑着，先不着急。"秋彧说着，开心地挂断电话，然后欢呼道："太好了。可算要团聚了。"

没过几天，斐霏就安顿好了学校那边的事情，腾出了差不多一个月的时间，来到了北城，进到了秋彧的组里。说没有私心是不可能的，斐霏也想借着这个机会和秋彧好好相处几天，毕竟大家平时工作学习都太忙了。

斐霏的到来，让秋彧欣喜若狂，当天的工作效率也大大提高，太阳还未落山，严导便喊了收工。

"霏姐，你一到，秋哥的工作效率至少提高了一倍。"东东对斐霏说道。

"这跟我有啥关系？"斐霏笑问。

"太有关系了，这是秋哥想尽快完成工作，空出时间，和你共度二人世界呀。"东东笑嘻嘻地说，转头看到秋彧正站在身后盯着他，立马乖乖闭了嘴。

"狒狒，我妈听说你来了北城，特意嘱咐我，今天带你去家里吃饭。"

"啊，林阿姨真是这么说？你也不早点儿告诉我，我都没做任何准备。"斐霏惊慌道。

"回家还要准备什么，我妈很随和的。"秋彧调皮地笑说。

斐霏无语了，冲着秋彧翻了个白眼。

秋彧开车载着斐霏，进入北城朝北区赫赫有名的玫瑰园小区，在一处别致的独栋别墅门前停下。这栋红砖式样的别墅，方方正正的有三层，门前西侧还有一个小池塘，置有假山和喷泉，流水潺潺，赏心悦目。

"妈，斐霏来了。"秋彧一手提着斐霏买的水果，一手牵着斐霏，走进客厅。

"是斐霏吧，好孩子，快来坐。"一位相貌端庄、举止优雅的女士，笑意盈盈地盯着斐霏看。棕色皮质沙发上还坐着一对年轻男女，样貌出众，气质卓绝。

"林阿姨您好，初次见面，我是斐霏，请多关照。"斐霏紧张地说。

"来家就不要拘束，都是自己人。"林阿姨贴心地拉着斐霏的手说。

"秋天、秋萌，你们怎么也来了？"秋彧问着男孩女孩，脸板得冷冰冰的。

"星星哥，我妈做了桂花糕，让我们给林姨送来。"女孩软萌萌地回复道。

听到女孩喊秋彧为"星星哥"，斐霏差点儿憋不住笑出声，暗想好你个秋彧，喊我狒狒，原来你是猩猩啊。

"行，没什么事就早点儿回吧。"秋彧毫不客气地说道。

"星星，怎么和弟弟妹妹说话的？他们大老远来一趟，我留他们吃饭了。"林阿姨毫不客气地训斥着秋彧。

秋彧不再作声，撇了撇嘴说："行吧，反正是您家，您有权决定。"他又压低声音对他们二人小声嘀咕："你们能不能给我留点面子，别当着我女朋友的面，喊我星星。"

"星星是你的小名，多可爱的名字，霏霏你说是不？"林阿姨说。

"秋猩猩，这名字的确好听。"斐霏笑得合不拢嘴。

无奈的秋彧叹了一口气，喊别人为狒狒，这下自己却成了猩猩。

"秋天、秋萌，给你们介绍一下，这位是你星星哥的女朋友，霏霏。"林阿姨热情地给年轻的男孩女孩介绍道。

"姐姐好。""姐姐，你真漂亮。"

斐霏见状不好意思道："你们好。"

秋彧注意到秋萌的眼睛似乎黏在斐霏身上，便说："秋萌，你控制一下自己，把那贪婪的眼神收一收。"

"姐姐真是太好看了，让我都看入迷了。"

"可不，也不看是谁的女朋友。"秋彧一脸得意的小表情，骄傲得不行。

"猩猩，你够了啊。"斐霏不好意思地轻拍了秋彧的胳膊，及时制止他浮夸的炫耀。

林阿姨把这一切看在眼里，笑意盈盈，甚是欣慰，感叹道："星星，我终于等来了这一天，除秋萌外，终于有女孩来我们家了。"

"之前没有过？"斐霏诧异地问道。

"你是第一个。"林阿姨笑道。

"妈，你怎么什么都说？"秋彧脸有些发红。

斐霏心想，原来你是这样的秋彧啊。又想到了从小到大很多男同学都到自己家玩过，更不用说经常来玩的李槿逸了，突然心虚了起来，猛地喝起了茶。这小动作果然没逃过秋彧的眼睛，只见他凑在她耳朵边上，问："你是不经常让男同学去你家玩？"

"你说什么啊，听不清。"斐霏假装没听清，又战术性地喝了口茶。

"霏霏啊，别光顾着喝茶，喝饱了就吃不下饭了。来，大家都上桌。星星，过来搭把手。"

"行，就您最心疼您儿子。"秋彧嘴上埋怨着林阿姨，身体却诚实地跟进了厨房。

美餐让斐霏幸福感爆棚，不仅是因为林阿姨专门向秋彧打听过她的饮食喜好，做出许多她喜欢吃的荤菜，还因为整个家庭的氛围非常和谐融洽。她不但喜欢浑身散发出独特魅力的林阿姨，也喜欢秋萌、秋天的可爱单纯。之前听秋彧聊过家事，总觉得他们之间的关系比较复杂，所以早早做好了心理准备。没想到，林阿姨视为己出一般的对待秋天和秋萌。虽然秋彧表面上对弟弟、妹妹冷若冰霜，但从吃饭聊天中还是能看出他对弟弟妹妹挺上心的，关心他们的学业和生活。真好！斐霏心想。

晚餐后，秋萌和秋天说学校要点名，得走了。秋彧一边说着这么大的人，你们就自己回吧，一边又说东东在附近，要不送一下你们。还补充一句不要多想，就是顺路送送。斐霏心里跟明镜似的，东东这个点在剧组下榻的酒店里，压根就不在附近。

等秋天、秋萌离开后，林阿姨示意斐霏等一下，自己上了二楼。一会儿，她抱着一个古朴典雅的木质盒子下来，神神秘秘的当着斐霏和秋彧面打开，斐霏顿时被盒子里一只温润的、品相极佳，满绿冰种帝王绿翡翠手镯所震撼。

"霏霏，这只手镯是我们林家的传家宝，我们家的事星星应该给你提过一些，当年在那么艰难的时候，我变卖了所有的嫁妆，只留下了它，可见它的重要程度。今天，我把它送给你，你是星星这么多年来第一个带回家的女孩，他欣赏你、喜欢你，阿姨也看好你，希望你们俩能好好相处，长长久久地走下去，一直快乐、幸福如初。好不好？"

林阿姨的这番肺腑之言，令斐霏感动得眼眶湿润起来，她说："阿姨，谢谢您的美意，这个礼物实在太贵重了，我承受不起。不过请您放心，我和秋彧一定好好相处，凡事有商有量，开开心心。"

林阿姨温柔地说："好孩子，你就拿着吧，这是阿姨的一片心意，也是对你的认可。阿姨把它拿出来送你，说明你和它有缘。阿姨年纪大了，不喜欢戴这些，你长得这么漂亮，戴上一定非常好看。"

秋彧也附和道："狒狒，你就收下吧。我妈平时可抠了，好不容易大方一次，你就随了她的心意吧。"

"好你个秋星星，在你的心中，妈妈竟然是这个形象。霏霏，来，阿姨给你戴上。"

话说到这个份上，斐霏也不好再拒绝，就顺从地戴上了。还别说，这个镯子确实与斐霏很有缘分，不大不小刚好，温润又有灵性的翡翠镯子，衬得斐霏愈发温婉、灵动。

时间不早了，斐霏再次说着感谢，和林阿姨别过，与秋彧一同驱车赶往剧组所在的酒店。车里，斐霏不禁哑然失笑。秋彧见斐霏笑得这么开心，问她怎么了？斐霏歪着头，说不告诉你，却笑得更加灿烂。

"哼，不说我也知道，笑我的小名吧？狒狒，猩猩，是不是挺配的？"

"之前你怎么不告诉我呢？简直太可爱了，要是东东他们也知道了你叫猩猩，会咋想？秋彧，你真的是在家和在外，判若两人。"斐霏絮叨着。

"在外什么样，在家又什么样？说来听听。还有，我不是猩猩，而是星星，星空的星，星辰大海的星。"

"好的，星星，星星在外高冷，在家人微言轻。"

"这倒是实话，以后，咱家都听你的，好不好？"

"什么时候成咱家了，我同意了吗？"

两人说笑带拌嘴，闹了一会儿，斐霏话锋一转，道："我看林阿姨对秋天和秋萌真的挺好，林阿姨的状态也非常好，能看得出，她现在幸福无比。"

"你知道的，秋天和秋萌是那个女人的孩子，但我妈却对他们视如己出。她早已放下了对过去的执念，现在活得越来越轻松自在了。我妈她呀，现在就等着抱孙子、享天伦之乐了。狒狒，你要不要早点儿成全她？"

"你胡说些什么呀，说不了两句，就不正经了。"斐霏羞红了脸，不想再继续这个话题，问："你把我送到酒店后，再回家吗？"

"回什么家啊，我也住酒店，好不好？"秋彧撒娇着说。自从跟斐霏谈恋爱后，秋彧像变了个人似的，经常说着没皮没脸的话，完全不符他那高冷、生人勿近的气质。

"可是，龇牙、饺子和汤圆怎么办？"

"它们有人管，有保姆朱阿姨在。"秋彧答道，脑袋瓜一转又说，"啥时候跟我回家？龇牙、饺子和汤圆都想你了，再不去可就不认识你了啊。"

秋彧等了半天没等到斐霏的回答，一转头却发现她已酣然入梦。秋彧嘴角微翘，随手关了车载音响，专注开车了。

在酒店地下停车场停好车，斐霏还在呼呼大睡，鼻翼微微颤动，甚是可爱。秋彧实在不忍叫醒她，便脱下外套给她盖上，呆呆地看了她半天，然后塞上了无线耳机，沉浸在音乐的世界里了。

半个小时后，斐霏揉着眼睛醒了，她看了看车外，诧异地问："秋彧，这是到了哪儿？我是不是睡过了头，你咋不喊我？"

"你这个小懒狮狮，睡得那么香甜，我怎么好意思打扰呢。"

"以后再遇到这种情况，一定要叫醒我哦。"斐霏有点儿不好意思。

他们带上林阿姨给的糕点和自酿的米酒，秋彧把斐霏送到房间门口，斐霏开门进去，秋彧却站在门口迟迟不走。

"干吗？你的房间在隔壁吧，秋彧。"

"难道不邀请我进去坐坐？又是糕点，又是米酒的，请我吃个夜茶，行吗？"秋彧磨蹭着不愿离开。

"这会儿我只想睡觉。明天你没通告，可我要起个大早。"

"其实，你的房间也不小，要不咱俩住一起，你看如何？"秋彧嘴贫着，试图说服斐霏。

"想什么呢，不行！"斐霏说道，瞬间红了脸颊。

"其实我也知道不行，可就是想问问，万一可以呢。"秋彧笑着一把抱住斐霏，亲住了她的嘴唇，缠绵片刻后刚刚勾引起斐霏的兴趣却又放开，秋彧道了一声晚安便回了隔壁的房间，空留下斐霏站在门口凌乱，心里暗想：这烦人的秋彧，又来这套把戏。斐霏回到了自己的房间，收拾片刻，放好那只林阿姨给的玉镯后，就倒头呼呼大睡了，枕的是秋彧之前送她的那个薰衣草枕头，淡淡的香味萦绕在她的梦乡，恬静而美好。

翌日清晨，斐霏吃过早餐来到片场，换好装后，等待导演的开机指示，等了好久却不见一个主演到来。严导不耐烦了，让黄副导去催促。过了一会儿，郑颜柔和楚天然才姗姗来迟，严导窝着火问迟到的原因。郑颜柔装出委屈样子，抱怨装造老师弄的发型不对，埋怨道具老师准备的道具出了问题，总之责任都是别人的。

表情淡然的斐霏从通告上看到，女二号薛黎黎的扮演者是郑颜柔，所以看到她早有心理准备。相反，郑颜柔看到斐霏则是目瞪口呆，惊讶得说不出话来，盯着她看了半天。

紧张的拍摄一晃而过，到了午饭时间。斐霏认真地吃着盒饭，郑颜柔带着助理走来，一屁股坐到她的对面，黑眼珠滴溜溜转着，一脸笑意地说："是霏姐啊，还记得我吗，柔柔。上次在横店是我的问题，当时我摔倒的时候有点儿慌了，就误会是你推倒的我，后来回想，应该是穿的古装鞋子的问题，重心没掌握好，错怪你了，霏姐能原谅我吗？"

斐霏吃惊于郑颜柔的大转变，没多想就顺口道："哦，你不提这事的话，我早忘了。不用放在心上。"

"真的，那太好了，霏姐。今天收工后我请你吃饭，就当赔罪了。"

"真不用，再说收工后我还有其他的事。谢谢。"斐霏不想赴她的宴，就搪塞道。

"莫不是霏姐还生我的气？不给我这个机会？你这么敷衍我，真太让我难过了。"不愧是演员，郑颜柔边说边委屈地哭了，她接着说，"霏姐，是不是你看不起我这个妹妹，交个朋友的机会都不给？"

斐霏拿她没办法，不愿继续和她纠缠，也不愿意让众人看到她坐在自己跟前那委屈的样子而产生误会，就说："那好吧，听你的。"

郑颜柔顿时喜笑颜开，简直像换脸大师一样，高兴地说道："好嘞，霏姐等收工了，坐我的车，咱们一起去。"

太阳下山前，剧组结束了今天的所有拍摄。郑颜柔喊上换了装的斐霏，一起驱车去吃饭。斐霏跟她走进包间，发现已有好些人，均是西装革履的成功人士模样，看样子应该都是大佬级别的人物。斐霏有些迟疑，轻轻拽了拽郑颜柔，低声问："不是只有我俩吗，怎么有这么多陌生人？"

"霏姐，我想就咱俩有点儿无聊，就喊了几个朋友。这些大佬都是名导、投资人、制片方，好多跟秋哥也有着长期合作。大家吃个饭，聊聊天，没什么呀。"

斐霏见状，只好硬着头皮进去。寒暄几句后，郑颜柔向众人道："向诸位介绍一下，这位是我们剧组的新人斐霏，人漂亮，特别优秀。"

接着她转过头，向斐霏说："霏姐向你介绍一下，这位是马董，新胜影业集团的掌门人；这位是幻影传媒的总裁赵总；这位是……"郑颜柔喋喋不休介绍着，斐霏只得一一打过招呼，被郑颜柔安排在马董和赵总中间坐下。

马董和赵总脸上露出猥琐的表情，色眯眯地盯着斐霏，要给她敬酒。斐霏哪见过这种阵势，很快便招架不住，醉得一塌糊涂，任由马董和赵总对她勾肩搭背不停灌酒。郑颜柔冷笑着，不但不去帮衬斐霏，反而一脸坏笑地举起手机，拍了好几张斐霏的正脸照，发到朋友圈里，还配了一句"没哪个行业是容易的，但也不能忘记初心啊"这种阴阳怪气的话。照片里的马董、赵总与斐霏状似亲密地喝酒，但他们是模糊的背影，斐霏却露着清晰的正脸。郑颜柔发的动态，很快收到各式各样的评论，大多是负面的，讥讽、嘲笑、人身攻击的居多。

"这女的好漂亮啊，一看就是想走捷径的人。"

"她的初心就不正，想仗着年轻、漂亮上位。殊不知，人总会有老的那一天。"

还有人告诫郑颜柔："柔柔，你要小心这种人，他们往往不择手段，一定要远离哦。"

她津津有味地刷着评论，突然手机显示秋彧来电，兴奋地接起："喂，秋哥，你怎么给我打来电话，想我了？"

"斐霏和你在一起吗？让她接电话。"电话那头传来秋彧那一贯的没有感情的声音。

"哦？霏姐啊，她正和马董、赵总喝得高兴呢，这会儿没空接电话。"郑颜柔阴阳怪气地说道。

"你马上把地址发来，给我看好斐霏。她要是出了什么事，我一定不放过你。还有，立刻把朋友圈的照片删了！"秋彧严厉地说。

"这关我什么事儿，是她非要陪马董他们喝酒的……"郑颜柔极力撇清自己，还要解释着什么，秋彧早没耐心听她说了，果断挂了电话。

"什么人啊，吼我。为这个女人生这么大气值吗？"郑颜柔嘴上发着牢骚，却不敢不把地址发给秋彧。

没过多久，包间门啪一声，被重重地推开，秋彧阴沉着脸走了进来，众人被这场面震住了。斐霏早已醉倒在桌子上，脸朝下趴着，马董的手依旧搭在她的肩膀上。

秋彧厉声吼道："把你的脏手拿开！"

马董一看是秋彧，被他的气势吓住了，战战兢兢、磕磕绊绊地说："秋爷，您，您怎么来了？"他的大脑发蒙，手脚不听使唤，那只手还耷拉在斐霏肩上。

秋彧冲了过去，结结实实在他的脸上就是一拳。然后抱起斐霏走到门口，回头道："哦，忘了告诉各位，这位斐霏女士，是我的女朋友。"

惊慌失措的众人面面相觑，挨了一拳的马董自知理亏，赶紧赔笑，心虚地说："秋爷，怪我有眼无珠，冒犯了您，希望您大人有大量，请您高抬贵手。"

秋彧压根没工夫把他的话听完，抱着斐霏拂袖而去。驱车驶往一处绿荫环抱的水岸园林式别墅。他俩一进门，龇牙、饺子和汤圆便闻出了斐霏的气息，跑着、跳着，围了过来，秋彧没空搭理小家伙们，嘱咐保姆朱阿姨弄醒酒汤，然后小心翼翼地把斐霏放到自己的床上，脱去已被吐得一塌糊涂的外套，拿起浸了清水的毛巾，帮她擦拭着脸和手。

突然，斐霏干呕着又要吐，秋彧顺手拎起卧室里的一个大肚花瓶，斐霏嗷嗷地吐在里面，原本插在花瓶里的马醉木被无情地扔在了地上。

秋彧亲手一勺一勺给斐霏喂了醒酒汤，斐霏则安逸地昏睡过去。为了让她安神，秋彧点燃了一根线香。清幽甘甜的香气立时充满房间，秋彧透过缭绕的烟雾看着熟睡的斐霏，甚是心疼。

他来回踱步，内心无比自责，懊恼自己没保护好斐霏，而让她受了委屈。

他想起了前不久自己刚和斐霏在一起的时候，非常开心地就想要立刻官宣他们之间的恋情，但斐霏却阻止了他，认为这是他们两个之间的私事，不愿意以公开恋情的方式博得关注，也不想因此带给秋彧来自粉丝和公司的压力。看着那么坚决的斐霏，秋彧也不好再说什么，因此就顺了她的意，没有公开恋情。但是今天发生了这样的事情，秋彧很难再淡定下去，现在的他特别想要公开他们的恋情，虽然说自己不能阻止来自外界的非议，但嘴在别人身上，想说什么随便吧，秋彧并不在意，秋彧真正在意的是通过公开恋情的方式向斐霏表达出她对自己的重要性。秋彧觉得公开恋情不仅仅代表着对斐霏的尊重，还代表着他想让他和斐霏之间的亲密关系在自己的社交圈、行业圈内得到广泛的认可和支持。想到这些，秋彧拿起了手机，找到了一张手机里他和斐霏的合照，发在了社交平台上，并配文"狒狒，余生请多指教"。

　　几乎在发出的第一秒，手机就像触发了什么机关似的，嘟嘟嘟地震动个不停，信息、电话狂轰滥炸起来。他懒得搭理，反手将手机调到飞行模式，坐在床前凳上，戴上耳机，继续寻找音乐灵感。到了深夜时分，他不敌阵阵困意，趴着睡在斐霏的身边。

　　半夜，斐霏口渴醒了，虽然头还是昏昏沉沉的，但因为喝了醒酒汤的缘故，早已清醒了一大半，她拿起了床头柜上放着的水杯猛喝了几口水，在黑暗中看到趴睡在一旁的秋彧，又拿起手机看到上面显示有一连串秋彧的未接电话，就拍拍自己的脑袋，断断续续地回忆起了一些不太完整的之前发生的故事片段，暗暗懊悔。

　　正在这时，一向睡眠浅的秋彧也睁开了眼，瞧见了端坐在床上、使劲儿拍打着自己脑袋的斐霏，睡眼惺忪地问："酒醒啦？看你还敢不敢再喝酒？是不是回忆起了什么？哦，对了，你是不是有什么要向我解释啊？"

　　"这里是你家？我，我怎么来这儿了？对了，我记得郑颜柔说要为横店摔倒的事向我道歉，诚恳地请我吃饭。我先是拒绝，又经不起她的死缠烂磨，收工后只好坐她的车去了餐厅。到了我才发现是个酒局，里面有我不认识的人，当时我就要走，她却说是影视圈的大人物，和你有业务往来。一听是你的合作伙伴，我就不太好驳人家的面子，接着，我就被莫名其妙地灌酒，后来，什么也不记得了。是你接我回来的吗？"斐霏一边回忆一边说道。

　　"我要是再晚到一会儿，后果将不堪设想。什么马董、赵总的，之前他们确实找过我们公司想跟我合作，但他们的公司就是草台班子，属于空手套白狼的皮包公司，所以被我一口回绝。再说，就算是合作伙伴，你也不能由着他们灌你酒吧。你呀，就是太单纯了，没有防人之心。另外，狒狒，你离郑颜柔远点儿，她这人心眼太多，人品极差。"秋彧听完斐霏的话，大致明白了事情的起因和经过，心疼地对斐霏说道。

秋彧絮絮叨叨地说着，突然意识到斐霏已陷入深深的自责中，一副垂头丧气的样子，就一把搂住她的腰，让她靠在自己的肩膀上，又轻拍她的背，说："好了，一切都过去了。我只想让你明白，以后有危险的地方，一定要喊上我，有我陪着，好不好？"

斐霏点了点头，泪眼婆娑，双手圈在秋彧的脖子上，主动亲吻他的嘴唇，电光石火般触碰片刻后就要放开，却被秋彧一把拉住，深深地又是一阵亲吻后，他推着斐霏的香肩，后手扶住她的美背，俩人倒在柔软的床上，秋彧戏谑道："狒狒，这是你先招惹的我，招惹后就想溜吗？"

不等斐霏回应，秋彧略带胡楂儿的嘴唇又重重地压在她那性感的双唇上，贪婪地吮吸着、交融着，不留一丝喘息的机会，且不断地用舌尖触碰着，找到唇瓣间的突破口后，便大胆地侵入斐霏的口中，与她的舌头缠绕在一起，像水里的两条肆意游走的鱼，又像九重天上的凤与凰，彼此依赖却又洒脱自在。过了很久，秋彧的双唇终于离开斐霏的嘴唇，给她留出透气的机会，但侵略性的双唇并未走远，而是游走到她的耳朵、脖颈，轻咬、厮磨着每一寸肌肤，惹得斐霏欲火焚身、燥热难耐，身体微微颤抖，喘息声越来越重。魅惑的喘息声激的秋彧一口吸住斐霏胸前锁骨处，给她留下了印记，才将斐霏那颤抖的身躯给按压了下去。秋彧并没有因此停下，反而是一边双手解着斐霏的内衣扣子，一边用双唇抵住了她胸前最柔软最敏感的部位，在那瞬间，斐霏双眼紧闭着感受着秋彧的爱意，双手紧紧地环抱着秋彧的脖子，轻咬住了他的耳朵，喘息着、呻吟着，意乱情迷。

不知道又过了多久，沉浸其中的斐霏环抱秋彧脖子的双手战战兢兢地顺着秋彧的脖颈摸了下来，开始脱去他的外套。秋彧像受到鼓舞一般，肆无忌惮，褪去了斐霏身上最后一片衣物……

激情过后，二人精疲力竭地躺在床上，秋彧从后面环抱着斐霏，抚摸着她那娇嫩欲滴的肌肤，紧张地问："狒狒，你感觉还好吗？有没有弄疼你？"

害羞的不敢掉头的斐霏，小声说："哦，还不错。"

"那我厉不厉害？"

秋彧直白的发问，令斐霏更是娇羞，她轻拍了一下秋彧的胳膊，说道："胡说些什么？我困了，明天还要出工呢。"

"明天的通告在下午。睡吧，狒狒，晚安。"秋彧说着，紧紧搂着斐霏，渐渐进入梦乡。

一觉醒来，已是天亮。斐霏见自己躺在秋彧的臂弯里，竟枕着他的胳膊睡了一晚，又心疼又幸福。她轻轻挪开他的胳膊，探起身子准备起床，却被秋彧一把拉回，重新跌落在他的怀里。

"别急，陪我再睡会儿。"秋彧轻声呢喃道。

"原来你醒了？现在天都大亮了，还睡吗？"斐霏转过身子、揉了揉秋彧的头发。

"不知谁昨晚折腾了我大半夜，要不要我详细描述一番？"

"讨厌。"斐霏用手捂住秋彧的嘴巴，却又乖乖的重新躺回秋彧的怀里。

秋彧露出灿烂的笑容："这就对了嘛，乖宝。"他又一口咬住她的嘴唇，深吻下去。

斐霏急忙推开他说："不行，今天还要工作。"

"不急的。"秋彧一脸坏笑地说。

"秋彧，够了啊，再这样我就不理你了。"斐霏要恼羞成怒啦！

见斐霏快要生气了，秋彧不敢再造次，嘴是闭住了，但把她搂得更紧了。

在床上亲昵了许久，二人终于决定起床了。秋彧拿出给斐霏准备的全新洗漱用品，让她先去洗澡。浴后的斐霏如出水芙蓉，天然去雕饰。她用毛巾擦了擦头发，要扎起丸子头却被秋彧阻拦："狒狒，头发洗完一定要吹干，要不然寒气进到身体里，影响健康。来，我给你吹吧。"不等斐霏回答，秋彧按她坐在床凳上，把吹风机的风量和温度调到适中，吹了起来，直到完全吹干。

斐霏返回卧室，仔细打量起周围来，房里布置的非常简单、舒适，家具都是原木的，散发着木头特有的清香，床头上放着香碟，里面堆了一些昨晚烧尽的线香灰烬，旁边还整齐地码有几捆沉香和檀木线香。床品是原色的真丝制品，躺上去舒服无比。地板是浅灰色的，窗帘是原色的粗亚麻，房间整体表达着化繁为简的生活理念，唯一的装饰物是一个花瓶，昨晚装了斐霏的呕吐物，她看着内心尴尬不已。秋彧洗完澡出来，斐霏心虚地抱着花瓶往浴室里面走。

"你要干吗去？"

"我，我去洗花瓶。"

"我来洗吧。"秋彧一把抢过去，没等斐霏反应过来，便去清洗了。

斐霏心里一暖，思忖着，他居然不嫌弃我。

窗外吹进来了一阵清风，吹动屋内沁人心脾的甘甜清凉的香味，甚是好闻，好像从床头那边发出的。斐霏循着香味嗅过去，正是床头发出的，斐霏觉得这味道太熟悉了，和秋彧身上的味道一样。心中一个念头闪过，她拿起床头柜上放着的沉香线香闻了起来，不闻不知道，一闻吓一跳，心里暗暗吃惊。

"狒狒，你在干吗？"

"床头木板的味道，居然和沉香线香的味道很接近啊！"

"你傻啊，他们是同一个材质，当然味道像了。"

"什么？！整个床头都是沉香木做的？"

秋彧点了点头，把清洗好的花瓶放回原处，那支可怜的马醉木终于被插了回去。

朱阿姨贴心地给他们准备了清淡养胃的早午餐，斐霏的是山药粥、小馒头、杂粮包子、果汁、蜂蜜水，还有清炒时蔬；给秋彧准备的，则是万年不变的没加沙拉酱的蔬菜沙拉、水煮蛋白和脱脂牛奶三件套。秋彧向斐霏和朱阿姨互做介绍后，拉着斐霏坐在餐桌边。

斐霏见到朱阿姨准备的丰盛早午餐，既开心又不好意思，在谢过朱阿姨后，开始享用。龇牙、饺子和汤圆，欢快地围在她的脚边，时而肆意地蹦跳，时而蹭蹭她的小腿，斐霏宠溺地看着小家伙们撒欢，逗着它们玩。

朱阿姨看到这温馨的一幕，喜不自胜地感叹："看来我们秋先生是开窍了，第一次带女孩回了家。真好，终于不再孤单了。也难得龇牙、饺子和汤圆同时这么喜欢一个人。"

此时，门铃声响起，朱阿姨急忙去开门。

"谁会这么早找你，秋彧？"斐霏喝下一勺山药粥，纳闷地问。

"那我们来猜一猜来的是谁，如果你猜错了，罚你来家里陪伴龇牙它们一周。"

"猜就猜，有什么了不起的？我猜……是东东！"

"我猜是刘星睿。"秋彧说"睿"时，经纪人刘星睿已出现在餐厅里，他怒气冲冲地抛出一连串问题："秋彧，昨晚你为什么不接我的电话？知不知道我给你打了多少个？你究竟明不明白，官宣恋情意味着什么？你捅了这么大的娄子，要我给你擦屁股？"

秋彧并不理会他，而是对斐霏邪魅地一笑，说："我赢了吧，赌约从今天开始履行。"

"什么赌约？你有没有听我说话？"刘星睿走到秋彧身边，抓住他的胳膊开始摇晃，还在他耳边怒吼。

"大哥，我的耳朵又没聋，淡定。坐下吃点儿？"秋彧不急不慢捅着耳朵眼说，看了眼斐霏，转头对刘星睿说道："哦，睿子，忘了给你介绍，这位是你弟妹，斐霏。这位是刘星睿，我的好哥们加经纪人。"

斐霏尴尬地和刘星睿打招呼，好奇地问："你刚说官宣恋情，是什么呀？"

刘星睿愣了愣神，问："秋彧，你没告诉弟妹这事？"

"还没来得及说。"秋彧无所谓地说道，然后喝了口牛奶，又对斐霏说："狒狒，其实也没啥，昨晚你睡着那会儿，我就在各大社交平台上，官宣了咱俩的关系。"

见斐霏惊讶得张大了嘴，秋彧耐心地解释道："其实我之前早就想说了，可是你怕我有压力不让我说，我当时糊涂就接受了你的好意。但经过昨天的事，我考虑再三，还是觉得要官宣你是我的女朋友，至少在我的圈子里能对你多一份保护，以后没人敢对你乱来。"

"秋彧，你官宣咱俩的恋情，其实我很开心。之前就是因为担心官宣了，会对你的事业产生不好的影响。"

"小事一桩，只要你不生气就好。"

刘星睿很少看到秋彧能这么耐心地解释一件事情，又诧异又生气又憋屈地问："嘿！什么小事啊？这可是大事。秋彧，你怎么不给我解释清楚呢？我昨晚上可是找了你一晚上，手机直接调飞行模式了吧？真有你的！况且，公司不是不让你谈恋爱，之前我知道你和弟妹在一起的时候，不是也没阻拦你嘛，还替你高兴来着，只是想说咱别突然这么高调成吗？还是在我完全没有准备的情况下。"

"这不是相信睿哥你的公关能力嘛，你肯定能处理好的。行啦，睿子，别生气了，来，坐下吃饭，快尝一尝朱阿姨早上新做的山药粥。"秋彧说着，便给刘星睿盛了一碗粥，放到了他的面前。

刘星睿不满地嘀咕道："这还是你亲自给我舀的第一碗粥。"

"真的假的？我平时对你这么不好？"秋彧嬉皮笑脸地说。然后顿了顿，表情严肃认真了起来："对了，睿子，跟你商量一件事情，就是你之前跟我说的正在接洽的下部戏，是不是女主角还是郑颜柔？"

"是啊，咋啦？"刘星睿吸溜了一口热乎的粥，问。

"那我告诉你，这戏我不接了。现在和她合作的这部戏我会履约继续拍完，但以后只要有郑颜柔的戏，我都不会接。"秋彧冷静地说道，没有温度的语气让人很不适应。

"你为啥要和她对着干？下部戏可是大手笔、大制作，正盛集团投资的，咱可得罪不起。听说郑颜柔为拿下这部戏没少下功夫，才被硬塞了进来。"刘星睿苦口婆心地劝道。

"秋彧，你要冷静，不要感情用事。"斐霏也劝着秋彧。

"我没感情用事，狒狒。先做人，后做事，这是一个原则问题。一个人居心叵测，满肚子坏水，那这个人做事一定是有问题的。"秋彧说。

"你这说的是哪儿跟哪儿啊，我已经云里雾里了。"刘星睿不明就里地问。

"吃好了吗？你先回去处理事情吧，我呢，等下还要开工呢。"秋彧不想再多说，也不想让刘星睿继续耗在这里。因为彼此足够熟悉，所以说话就百无禁忌。

"你就这么跟你的经纪人说话？"听到秋彧下了逐客令，刘星睿故作生气地说，又委屈地向斐霏诉苦道："你看秋彧是什么人啊。他这臭脾气以后有你受的。"

斐霏笑笑，道："谁让你们是好哥们儿呢，他知道你打不走也撵不走，所以就这样肆无忌惮喽。"

"哼，那今天就绝交了，秋彧。"刘星睿气鼓鼓地说道。

"幼稚。"秋彧从牙缝中挤出两个字。

"你才是，算了，不和你计较了，我先回去给你收拾烂摊子去了。"刘星睿深知他无力改变秋彧的想法，便觉得还是先回去研究下一步如何公关才是明智的选择，因此就先行离开了秋彧家。

看着刘星睿离开，斐霏对秋彧说："原来你和经纪人的相处模式，是这个样子？"

"什么样子？"

"幼儿园模式啊。之前从别人口中听到有关睿哥的事，觉得金牌经纪人，应该是心思缜密、雷厉风行、成熟稳重，没想到他是这种孩子般的性格。"

"对也不全对，心思缜密、成熟稳重、遇事果断是他，天真无邪、童心未泯也是他。总之，他是多面的优秀。"

"那秋彧，你确定以后不和郑颜柔合作了？是不是因为昨天的那件事？"

秋彧怕斐霏有心理负担，就说："也不全是。对于合作者的选择还是要谨慎一点儿，这样才能创作出优秀作品，所以是我自己的想法和顾虑，你不要有任何负担哦。"

两人又说了几句闲话，之后收拾了一番，一起前往片场。一上车，东东急忙问："秋哥，您今天看没看微博，就是关于您官宣恋情的消息。您简直太帅了，您是我的神啊！"

"没看。"秋彧淡淡地说。

"都说什么了？是不是造成了什么负面的影响？"斐霏关切地问。

"霏姐，消息有好有坏，好歹秋哥是顶流，所以讨论的热度超高。超级多力挺秋哥的言论，有的说暴爷很爷们儿的，敢于公开承认恋情；有的说大明星也是普通人啊，为什么不能恋爱；有的说祝贺暴爷找到心仪的另一半，希望他们一辈子幸福；还有的说女孩挺漂亮的，跟暴爷很般配……把我看的感动的。"东东一口气激动地说道。

斐霏深知东东怕她有顾虑，故意挑一些好听的言论哄她，她感觉心里非常温暖。

秋彧欣慰地看着回过头绘声绘色讲述的东东，说："好小子，你是懂说话的，今天有奖励哦，完了发你个大红包。"然后又转过头温柔地看着斐霏，一把搂住了她说："看吧，现在的粉丝都蛮理智的，你不要担心。"

斐霏的手机响了，一看是万万。来了北城后，她还没来得及联系万万。一接起电话，就听到那边疯狂地喊叫："霏姐，你把暴爷追到手了哇！暴爷居然在微博上官宣恋情！我嗑的情侣终于在一起了！你咋没告诉我，还要我看官方消息。"

"事发紧急，秋彧突然官宣我也是没想到的。你能不能淡定一点儿，声音太大了，我的耳朵要被你吼聋了。"斐霏接听电话不是外放，但万万的声音依然响彻整个车里，斐霏一脸尴尬。

秋彧凑过来轻点免提，缓缓道："是我把斐霏追到手了，不是她追的我。"

一阵沉默后，电话里传来更高分贝的尖叫："暴爷？霏姐，你在哪呢？怎么暴爷在你旁边，暴爷不是在北城拍戏吗？"

斐霏关了免提，心虚地说："万万，我也来了北城，刚来，想着最近和你见见。"

"霏姐，你来北城了？要知道你来，我和饭饭就不出来玩了，我俩在云南这边。你待到几号？要不我们提前回去吧。"

"你们可千万别。好不容易出去度假，我可不想破坏你俩的二人世界。再说，我也待不了几天了，学校那边还有好多事情等着我去处理。不行咱们就下次再见喽。你们好好玩。"

"那行。对了，我打电话来就是衷心祝福你和暴爷，有情人终成眷属，你们一定要幸福下去，甜甜蜜蜜。"万万说。

"霏姐，万万刚在微博上看到你们官宣的消息，激动得哭了。霏姐、秋哥，你们一定要幸福啊。"饭饭补充道。

斐霏和万万、饭饭又闲聊了一会儿，车子驶入北城东郊的一处农贸市场，这是今日的片场。秋彧和斐霏一前一后走下车，看到众人露出吃瓜的表情看着他们。

"别看了，想问什么随便问。"秋彧见严导也是一脸吃瓜的表情，就说道。

"这真得喊您一声秋爷。可以呀，整天在我眼皮子底下拍戏，我咋就没看出来。你们是什么时候好的？"严导纳闷地问。

"早了，有好一阵子了。"

"你小子自在了，可把星睿气得够呛，他要有一阵子忙活的。"

"严导，咱们赶紧开拍吧。"

"你小子，浑的时候是真浑，正经的时候又超正经。去换装吧。"

秋彧和斐霏的几场戏高效完成后，剧组转场到一套公寓里，作为戏中女主角家的场景。秋彧的车还未停稳，斐霏便看到老远处站着东张西望的郑颜柔，朝着他们这边走来。

秋彧下车，看也没看一眼神情憔悴的郑颜柔。

"秋彧，你告诉我，为什么是她？你为什么要选择她？"郑颜柔大声喊道，吓到了附近的几个工作人员。

"我选谁，跟你有什么关系？"秋彧冷冷地回应一句，拉起斐霏朝前走去。郑颜柔一把拽住他，吼道："我比她哪儿差了？我哪儿让你讨厌了？我这么喜欢你，你为什么就不能选我？"

"狒狒，你先过去。"秋彧厌恶地甩开郑颜柔，对斐霏说道。然后冷冷地对郑颜柔说："郑颜柔，请你自重。这是公众场合，工作的地方，请你不要拉拉扯扯、大喊大叫。另外，我要告诉你，我们只是普通的同事关系，我从没喜欢过你。还有，昨天的事我不再追究了，但你以后还敢这样对斐霏的话，就别怪我对你不客气。"

"秋彧，这就是你要推掉下部戏的原因吗？为了那个女人，值得吗？"郑颜柔带着哭腔尖声地问道。

"推戏是我不想演了。言尽于此。"说完，秋彧转身离开。

好你个秋彧，既然你做事这么决绝，那就休怪我不客气了。郑颜柔冷笑着思忖。她转头一看，楚天然幽幽地站在角落里，目光如炬地盯着她。

没过几天，斐霏便高效率地完成了拍摄任务，提前结束了北城的工作，也结束了与秋彧的二人世界，要回到学校走毕业流程了。秋彧一边认真拍戏，一边挤时间录制他的音乐专辑，他俩每天视频通话，在各自的领域发光发热，期待着下次的相聚。

Part16　秋爷的逆鳞

斐霏的博士毕业流程已进入尾声。前段时间，她拿到了本校戏剧影视学院副研究员的录取通知书，拿到博士毕业证和学位证后，就入职本校，加入了教师行列，目前正在公示期。虽然写毕业论文的压力没有了，但公示期结束正式成为高校教师后，就要面对高强度的研究压力。斐霏已经开始构思社科基金项目，期待正式入职后早日获得课题立项。为此，她照旧每天花很多时间在教研室里。

历经三个多月拍摄，秋彧的现代戏《都市繁华》终于迎来了杀青。一大早，他就给斐霏打了视频电话，兴奋且肉麻地说："狒狒，今天可算杀青了，太想你了，你打算怎么为我庆祝？"秋彧谈恋爱后，活脱脱地变了一个人，各种情话无师自通，经常聊着聊着就像触发某个机关，甜言蜜语张口就来。

"我得好好想想，策划一下。"斐霏卖起了关子，神秘地说道。

"大概是走什么方向，温情的、浪漫的、妩媚的，还是性感的？"

"秋彧，你胡说些什么呀，我听不懂！"

"是真不懂还是假不懂啊，别骗我了。我也不逗你了，要去参加杀青宴了，晚点儿再打给你。"

秋彧挂了电话，稍作收拾，随东东前往喜来登酒店，宴会厅里张灯结彩，电视连续剧《都市繁华》的杀青宴即将隆重举行。

秋彧和严导聊着天，旁边桌的楚天然向郑颜柔使了个眼神，二人端着酒杯向秋彧走来，郑颜柔的另一只手里，还握着一整瓶刚打开的香槟。

"秋哥，你能原谅我吗？我就是太喜欢你，才对霏姐做出那些愚蠢又出格的举动。现在，我彻底放下了对你的执念，明白感情是不可强求的。虽然我们的合作黄了，但我理解你，因为你有自己的顾虑。既然这次是咱俩最后的合作，能不能赏个脸干一杯，圆满收场。"郑颜柔边说着，边顺势给秋彧的酒杯里倒满整整一杯香槟。

秋彧并未接过酒杯，而冷眼旁观着一切，用冰冷的语气一字一顿说："道歉的话你该向斐霏去说。"

郑颜柔微微有些尴尬，态度柔和地说道："秋哥，你说的没错，等下次我见到霏姐时，一定真诚地向她道歉，请求她的谅解。你作为她的男朋友，我伤害她的同时也伤害到了你，就给我一个道歉的机会吧，为《都市繁华》画上一个圆满的句号。"

一旁的楚天然说："秋哥，颜柔做的事我略有耳闻，确实不地道。你生气也可以理解。但是颜柔受到了相应的惩罚，再也不能跟秋哥你合作了，损失也算惨重吧。她现在吸取了教训，意识到了自己的错误。颜柔，你先自罚一杯，再和秋哥碰一杯。"

听到楚天然这样说了，郑颜柔马上举起酒杯一饮而尽，又接着倒满酒，用哀怨又渴望的眼神望着秋彧。严导看到平日飞扬跋扈的郑颜柔竟露出这种楚楚可怜的神情，也于心不忍，他不希望这部戏的男女主演心生嫌隙而影响后面的宣发工作，就劝秋彧不要和郑颜柔结怨，毕竟大家都是同行，低头不见抬头见的。秋彧见此情形，实在不好再推托了，只得端起酒杯一饮而尽。严导想让秋彧和郑颜柔好好聊聊，把事情说开，就借机出去敬酒而让出自己的位子，郑颜柔和楚天然便顺势坐在秋彧的左右，开始轮番给秋彧敬酒。谁也没有注意到，楚天然自始至终没喝郑颜柔手中的香槟，他给自己倒的是桌上的红酒。

宴会快要结束时，秋彧和郑颜柔渐渐都有了醉意，人也有些东倒西歪。不远处站着的东东非常担心，就朝秋彧走去，却被楚天然拦住了，他把一沓材料递给东东，说："这是睿哥着急要的材料，里面的内容对秋哥非常重要，麻烦你马上送到公司。秋哥这边你放心，大家在，没事的。"

东东不好反驳什么，况且这里的确这么多人，便拿上材料，找到司机小王先行离开。

楚天然目送着东东和小王离开，再看看秋彧和郑颜柔，俩人喝得神志都有些不清了。他向自己的助理小孙使个眼色，两人搀扶起秋彧和郑颜柔，向旁边的人解释道："我和小孙送秋哥和郑颜柔去醒酒。"说着，便向电梯走去。

电梯门一开，里面站着一位清纯女大学生模样的女子，楚天然向她使个眼色，她立马点了点头。楚天然从口袋里掏出一张房卡，又从秋彧的上衣口袋中摸到他的房卡，刷了电梯后又把卡放回秋彧的口袋。

郑颜柔软瘫在楚天然身上，出电梯时吐了几次。小孙和楚天然搀扶着烂醉如泥的郑颜柔，回望秋彧问他能不能回到房间。迷迷糊糊的秋彧挣扎着回了OK的手势，楚天然又意味深长地看了眼秋彧身旁的女生，电梯门缓缓地关上。

秋彧是被一盆凉水浇醒的，昏头昏脑还有点恶心，头疼欲裂的他，睁开酸胀的双眼，发现天色已黑，床边站着手拿脸盆惊慌失措的东东。刘星睿坐在不远处的沙发上，脸色阴沉，一言不发地缩着背，看样子有些沮丧。

"你俩在这儿干吗，还浇我一头水？怎么回事？我怎么什么都不记得了？"秋彧拿着东东递过来的毛巾擦着头发和脸上的水珠，看着那慌里慌张的东东和垂头丧气的刘星睿，纳闷地问道。

"秋哥，出大事了。"东东带着哭腔，颤抖地说。

"怎么慌成这样？你慢慢说。"秋彧揉着太阳穴说道。

东东递来一部手机，秋彧接过一看，瞬间头皮发紧、眉头紧锁，问："这是什么时候拍的，这女人是谁？我怎么什么都不知道？"

手机显示的是一条新闻："秋彧官宣恋情不到三个月却出轨女大学生"。文字下面配有一张女子和秋彧的床照自拍，照片中的秋彧裸着上半身闭眼睡觉，那名女子的脸紧贴着秋彧的脸，一只胳膊搭在秋彧的胸前，对着镜头露出灿烂的笑容。照片是真实的，让人无法反驳。秋彧仔细看着照片，床就是他现在躺着的床，而女子颇为眼熟，思考片刻，秋彧说："我想起来了，这女子好像是我电梯里碰到的。但后面发生的事，睿子，我实在是记不得了。不好意思，又给你造成了大麻烦。"

刘星睿沉重且缓慢地说："彧子，之前发生的那些事，都是小打小闹，我有时可能发些牢骚，但从来没真正放在心上，因为我心中有数，在我的能力范围内那些问题都能迎刃而解。但是这次不一样了，目前舆论发酵的速度远超我们的想象，新闻撤掉也已于事无补了，因为已在短短时间内闹得尽人皆知。刚才有几个你代言的品牌方，已经向我们提出解约，还有后期的赔偿问题。彧子啊，这次你得有个心理准备。"

平日里爱插科打诨的刘星睿，突然变得这么正经严肃，秋彧沉默了，低着头在捋思路。东东懊恼地哽咽道："秋哥，都怨我，要是我不听楚天然的安排，去给睿哥送材料，一直陪你身边就不会出现这样的事了。当时我听说材料和你有关，又是送给睿哥的，想着宴会厅那么多人，我快去快回应该没事的，没想到会出这样的事。"

"等等，你是说楚天然让你送材料给睿哥，所以你才离开了现场？"秋彧冷静又敏锐地问。

"是啊，宴会进行到一半时，楚天然交给我一沓材料。"

秋彧若有所思地看着刘星睿，刘星睿开始剖析道："彧子，我知道你在怀疑什么，其实我也怀疑过，可咱到目前为止没证据啊。再说就算找到了证据，对你造成的伤害也不能完全修复。楚天然确实今天上午联系过我，说他试过张导《翡翠》电影男三号，有关于该戏筹备的全套资料，听说你有意向接洽男一号，就说想把整套资料给我参考。你之前也说过对这部戏有兴趣，所以我也没多想，就说让他宴会现场碰到东东，让东东带给我。"

刘星睿略带歉意地看着秋彧，皱着眉头接着又说："现在想来，他是别有用心。"

"今天这酒喝得真是蹊跷，我完全喝醉了。按我的酒量，不该喝得不省人事。这酒肯定有问题。我记得我喝的香槟酒自始至终没离开过郑颜柔的手，楚天然却没喝香槟，喝的是桌上的葡萄酒。不过有一个问题，就是郑颜柔也喝了有问题的香槟酒，这从逻辑上似乎又说不通。"秋彧分析道。

一直处于非常自责状态的东东回过神儿来，说出他的猜测："秋哥，细细想来，郑颜柔当时也醉得非常厉害，按理说她的酒量也是相当好，不可能那么醉。我大胆推测，她很可能明知道酒有问题，但为了让你放心喝，所以以身试毒？"

"有这个可能。你也是看她喝了，才放松了警惕。"刘星睿点了点头，说着看向秋彧。

"记得我喝下第一杯没过多久头就晕了，不记得为什么会接二连三地喝，不停地和郑颜柔碰杯。"

"再然后呢？还能想起什么？你刚提到了电梯，又是怎么回事？"刘星睿警觉地问。

秋彧单手扶着头皱着眉头说："我就记得被人扶进电梯，好像是楚天然吧，那名女子似乎也在电梯里。再后面发生了什么，我完全没有了印象。

东东，你回头申请调酒店监控看一下。"

"好的。"

"彧子，我去调查一下那个女子的背景，看谁指使她来搞你。到底是不是楚天然那伙人，咱现在也只是怀疑，没确切的证据，也就不好贸然行事。但是，你目前的代言、已拍摄还没播的作品、准备拍摄的作品，全部会受到影响。这段时间，彧子你要做好迎接暴风雨的准备。"刘星睿条理清晰地说道。

闯了这么大的祸，虽然极有可能是被人陷害，但自己也有不可推卸的责任。刘星睿没有怪罪自己，反而在不停安慰着自己，秋彧红了眼眶，情不自禁握住他的手，说："谢谢你，睿子。谢谢你一直这么信任我。"

"说什么呢，我是你的经纪人，所做的一切都是应该的。我就怕弟妹那边误会。现在网上不仅仅针对你散布负面消息，弟妹也被针对了，唉，说什么的都有，非常难听。"刘星睿叹着气说。

"都说什么了？"之前的秋彧还算镇定，一听说到斐霏也因此事被牵扯了进来，瞬间又紧张又慌张地问。

刘星睿沉默了，不敢开口。

秋彧问东东道："东东，他不说，你说。网上都咋说你她的？"

东东知道斐霏就是秋彧的逆鳞，看到秋彧的脸色铁青，只好硬着头皮支支吾吾地说："秋哥，先不要生气，您也知道网上的都是键盘侠，也不要太在意他们的言论。之前那些力挺你和霏姐恋情的粉丝，现在出现了倒戈迹象，有人说你们并无感情基础，只是你有把柄在嫂子手里，才无奈公开恋情。还有人说，嫂子也很花心。甚至还有人把嫂子人肉一番，扒出她的学校等信息，说她靠关系发的论文，并没真才实学……"

听着听着，秋彧脸色大变，目露凶光，甚是可怕，刘星睿赶紧说："东东，你就别说了。"

　　然后对秋彧安抚道："彧子，这些你别往心里去。网络上很多闲人躲在键盘后面落井下石，他们见不得别人好，进行讨论是假，发泄情绪才是真。在网络上他们摘掉现实生活里不敢摘的面具，肆意诋毁别人。你作为公众人物，比我还了解网络的现状，千万别和他们一般见识，气坏自己划不着。"

　　秋彧沉默了，但眼神锐利如刀，他紧抿着嘴唇一字一句地说："狒狒最近在公示期，马上要正式入职他们学校当老师了，绝不能在这个时间点影响她的前程。我会和她提出分手，我们冷静一段时间，等弄清真相再从长计议。"

　　刘星睿担心地说："彧子，你要考虑清楚，真相在哪还是未知数。而你提出分手，难道不考虑你们的未来？你可不能犯糊涂啊。"

　　"这个我自有分寸。睿子，东东，你们先出去，让我一个人冷静一下。"秋彧克制着情绪说。

　　看着刘星睿和东东出门，秋彧瞬间流下了眼泪。他心里明白，这是为斐霏受委屈而流的泪。缓了好久，他终于鼓起勇气拿起手机，充上电才发现消息满屏乱飞，很多是斐霏打来的电话和发来的微信。

　　滴的一声提示音后，斐霏迅速接起，在电话那头焦急地问："秋彧，你想干吗呀？为什么不接我的电话，不回我的微信？我现在已在机场，来北城你给我当面说清楚！"

　　听到斐霏歇斯底里的声音，秋彧无比心疼，但也万般无奈，不想她再因自己受到进一步的伤害，只好强压住糟糕的心情，装出冷静的语气，缓缓道："狒狒，你听我说，先回去，千万不要来北城。这段时间，专注处理好你自己的事，顺利毕业，顺利入职，实现自己的理想。我想，咱们都冷静一段时间，暂时先不要联系了。"

　　"秋彧，你说什么屁话？什么是冷静一段时间？为什么不联系？不，我要你当面告诉我，今天新闻爆出的照片是怎么回事？是不是假的，是不是有人在算计你？"斐霏既生气又委屈地质问。

"狒狒，跟你说实话，我到现在也没弄清到底是怎么回事。我脑子很乱，没有头绪。咱们最近还是不见面的好。"秋彧实在不知该如何面对斐霏，想尽快结束通话，不忍再伤她的心。

"秋彧，最后问你一句话，这事真像照片上所呈现的那样吗？"斐霏不甘心地问。

"不是的，请你要相信我。但我目前给不了你具体答案，也许，过阵子会有答案，也许永远……"秋彧把后面的"没有答案"强咽下去。

"好，既然你这么决绝，那按你说的，我们先不联系了。"斐霏说完这话，立即挂了电话。任由豆大的泪水疯狂地滴落，她默默地撕碎了登机牌，任凭广播里不停念着她的名字。

听着手机里的断线声，秋彧感觉要窒息了。如果不能弄清楚事情的前因后果，给斐霏一个交代，他再也没脸去见斐霏。

与此同时，酒店不同楼层的一个房间里，郑颜柔衣衫不整地醒了过来，她察觉旁边还躺着一个男人，竟是楚天然，有点儿出乎意料又在情理之中，她咻地坐起来，晃动着楚天然质问："楚天然，咱俩这算是怎么回事？"

楚天然揉揉睡意惺忪的眼睛，不耐烦地说："什么怎么回事，就是现在这回事呗。"

"你真是无耻小人，现在胆大妄为，你都懒得装了？不怕我去报警？"

"报警，真是笑话。你敢吗？"楚天然冷笑着，轻蔑地说。

看着褪去虚伪面具的楚天然，郑颜柔不寒而栗，一时语塞。心想我现在又能怎样？我和他狼狈为奸，见不得人的勾当干得太多了，现在我们是一根绳上的蚂蚱，一荣俱荣，一损俱损。郑颜柔默默地吃了这个哑巴亏，却见楚天然穿好衣服要离开，忙拉住他问："秋彧那边的事成了吗？"

楚天然一个反手粗暴地捏住郑颜柔俊俏的下巴，迫使她仰起头。楚天然盯着她那妖媚的脸蛋，狞笑着说道："现在你再和我来一次，我就全部告诉你。"

"呸！想得美。"郑颜柔啐了他一口，说道。

楚天然放开郑颜柔，抹了抹脸上的唾沫星子，道："你这狐媚子还挺妖的。我就奇怪了，真不知秋彧好在哪儿了，你死皮赖脸缠着人家搞对象，人家却不给你脸。这次你的大仇报了，姓秋的算彻底玩完了，以后娱乐圈一哥不再姓秋而姓了楚。给，你自己看新闻吧。"楚天然说着，把郑颜柔的手机扔在床上，扬长而去。

郑颜柔小心翼翼捡起手机，犹豫中点开新闻，"秋彧出轨女大学生""秋彧不雅照""秋彧遭品牌方起诉""秋彧的流量传奇已成过去式"，等等，各种新闻标题映入眼帘，让她目不暇接。当这一切真实发生后，郑颜柔原本以为自己会非常开心，没想到此时的她大脑却是一片空白，不知是喜还是悲。心中没有了情绪，脸上没有了表情，好像失去了生活的方向感，一切变得苍白无力，灵魂在原地徘徊。

半年后。

秋彧自从发生了那件事后，工作和生活处于停摆状态。这半年里再没进任何剧组，其他工作也没开展，完全待业在家。而且他向多家品牌方和影视制作方进行了天价赔偿，遣散了身边的许多工作人员，包括东东。当然，秋彧早为东东谋好了出路，不但给了丰厚的遣散费，还让他去考了经纪人资格证，让刘星睿亲自带他。

东东对他十分不舍，开始是死活不愿离开，最后被秋彧连哄带骗赶走了，东东提出了一个条件，就是必须让他参与那件事的调查。

秋彧始终没有从失去斐霏的阴影中走出，虽说是他主动提出的分手，不想伤害到她。但是，没有了斐霏，他整天郁郁寡欢，夜不能寐，半年时间人瘦了一大圈。

关于那件事，秋彧、东东和刘星睿三人，通过各种线索，把事情大概查清楚了。从酒店的监控来看，楚天然、郑颜柔和助理小孙他们提前出了电梯，神志不清的秋彧则靠在电梯里那名女子的身上，一同回了他的房间。虽然直觉告诉他们，楚天然和这件事脱不了干系，但监控显示的画面说明不了什么问题。后来刘星睿通过特殊的途径和渠道，调查到那名女子的背景，有了惊人的收获。女子名叫高娟筠，是北城一所大学的大三学生，她来自经济不发达的偏远山区，从穷乡僻壤的家乡来到灯红酒绿的北城，她被纸醉金迷的繁华世界吸引着，爱慕虚荣起来。大二时，高娟筠为买一款昂贵的包装点面子，借下了高利贷，从此万劫不复。就这样，高娟筠自甘堕落成了KTV陪酒小姐。久而久之，她在这份不正当工作中越干越沉迷，肆意挥霍出卖身体换来的金钱，出入各种高档场所，如同行尸走肉。最让人意外的是，她借高利贷的债主和那家KTV的老板是同一个人，叫韩光明，而韩光明竟是楚天然的亲舅舅！

刘星睿和东东走进秋彧家中，就闻到浓浓的酒气。东东忙拉开厚厚的窗帘，打开窗户让新鲜空气进来。刘星睿皱着眉头，一脸愁容地说："彧子，看你现在的这个样子，我们难受啊。你怎么把朱阿姨也辞退了，她照顾你这么多年，她在我们还稍微放心，她走了，你连吃饭都是问题。"

"是啊，秋哥，让朱阿姨回来吧，龅牙、饺子和汤圆也需要人照顾。再说，你和霏姐分开这么久了，该往前迈一步了。"

秋彧听东东提到斐霏的名字，更加萎靡不振。刘星睿赶紧制止东东说下去，道："东东，咱今天来是聊正事的，有好消息给你秋哥汇报。"

"对，秋哥，我考到了经纪人资格证。特别感谢你和睿哥，是你们的帮助，才成就了我。"东东说着有点儿哽咽。

秋彧露出许久未绽开的笑容，道："太好了，东东，这都是你应该得到的。"

"谢谢秋哥。"

"东东很上道，人聪明又勤奋。倒是你，该好好操心自己的饮食起居。你看你，几日不见，又瘦了一些。"刘星睿说。

门铃响了，刘星睿说："应该是我叫的餐到了，咱边吃边聊。"他点的都是秋彧喜欢吃的素菜。

"彧子，吃吧，我也超级饿，胃口大开啊。"刘星睿劝道。

东东给秋彧夹了菜，也附和道："秋哥，这些菜看着都觉得特别好吃。"

秋彧岂能不明白刘星睿和东东的好意，为了不拂他们的关心，勉强吃了起来。

他们仨边吃边聊，好不温馨。东东思考了一会儿，认真地说："秋哥，睿哥，你们听听我的分析对不？根据已查到的直接或间接证据，大致可以推断事情的经过：楚天然和郑颜柔预谋在杀青宴对秋哥下手。因此郑颜柔自备酒水向秋哥不停敬酒，估计酒里事先下了迷药。等秋哥喝醉后，楚天然借口给睿哥送材料将我和小王支走，然后假借送秋哥和郑颜柔回房间休息而先行离开，安排好高娟筠在电梯偶遇。因此他与郑颜柔以及助理小孙提前出了电梯，留下秋哥和高娟筠共处，正好撇清了自己。而后，由于秋哥早已烂醉如泥，所以以为身边那名陌生的女子就是自己的朋友，而任由她扶着回了房间，并别有用心地对秋哥进行了拍摄。然后，就是后面所发生的事情了。我猜测的对不对？"

刘星睿和秋彧相视一笑，说："东东，看来你还不算太笨。猜的大概八九不离十吧。"

"睿哥，原来你和秋哥早就猜到真相是这样了？"

"很明显的，还用猜？"刘星睿说。

"但是，我有一件事想不明白，就是楚天然和郑颜柔这么做的动机是什么呢？"

"自从你秋哥落寞后，这大半年里，娱乐圈的男明星谁的身价直线上升，拿资源拿到了手软？"刘星睿慢条斯理地问道。

"楚天然呗。"东东脱口而出道。

"这不就是答案吗？"刘星睿继续道。

"对啊，我怎么没想到。秋哥出事后，资源全部流到楚天然那边。啊！原来他早就安了这坏心思。这人平时看着不吭不哈的，净在背后使绊子！"东东咬牙切齿道，又问："那郑颜柔的动机呢？"

"郑颜柔想和你秋哥处对象，是尽人皆知的事吧，热脸遇到冷屁股，因爱而不得就生恨意的桥段，影视剧里多的去了。不过，我觉得她该是受了楚天然的蛊惑，所以才这么做的，不然就以她的胆量，绝不敢这么设计。"刘星睿皱着眉头说。

"我还是不太明白，难道楚天然不担心这事被人发现吗？不担心查出高娟筠吗？"东东疑惑地问。

"就算我们知晓了一切，但拿不出直接证据的话，也无济于事。他早想到这一点，所以不担心我们知晓。你看，虽然我们查到了高娟筠，但她却已退了学，估计拿到了丰厚的报酬而远走异国他乡了。"此时，一直没发声的秋彧泄气般地说道。

"彧子，别这么悲观嘛，饭一口口吃，案一件件查。你看，起码我们现在弄清了真相，接下来搜集证据就好了，雪地是埋不住死人的，真相总有大白的那一天。"刘星睿觉察到秋彧的情绪，宽慰道。

"秋哥，咱仨一起找证据，肯定会还你清白的。"东东附和道。

"对了，彧子，今天我来还有件大喜事要告诉你！"刘星睿突然话锋一转，喜上眉梢地说道。

"唉，我现在还会有什么喜事？"秋彧漫不经心地说道。

"你猜嘛，肯定会很意外，很惊喜的！"

"猜不来，你爱说不说吧。"

"那我直接说了。今天早上，郑路桥大导演突然问我你的近况，他说自己力排众议，要邀请你参演他的最新文艺片《最后一盘沙》，是男一号柳金枝。郑导不用我给你介绍吧，他是新中式文艺片的开山鼻祖，他的拍摄手法也相当独特、新颖、大胆，他执导的电影多次获得国际大奖。听说《最后一盘沙》的剧本，是他从全球剧本大赛中相中的，编剧是一位名不见经传的中国新锐编剧，好像名叫文雨非非。郑路桥十分看好这个剧本，是准备冲法国依旺斯国际电影节的。怎么样？动心不动心？"刘星睿抑制不住激动，侃侃而谈道。

"郑路桥导演为什么找我？他难道不知我的事吗？"秋彧百思不得其解地问。

"我也问了他这个问题，他回答说，其一，他看过你的不少影视作品和人物访谈，觉得你的外形条件、演技以及对生活的感悟等，和他这部作品非常契合，你就是他心目中的柳金枝；其二，你所担心的事，在他那里就不算事，一方面因为你的事情并没有被定性，另一方面他的这部作品冲的是国际奖项，所以在口碑方面不太容易受影响。"刘星睿如实转述道。

"秋哥，我觉得郑路桥导演不仅有非常独到的眼光，而且格局很大，你就赶紧答应他吧。再说，咱现在把这事理得很清楚了，只是缺乏直接的证据来佐证，但真相大白肯定是早晚的事，说不准你电影没拍完，就会沉冤得雪。"东东劝说道。

　　"是啊，东东说的没错。不要因为一时失意就此沉沦下去，失去斗志而错失机会。我知道你在担心什么，是怕自己拖了剧组的后腿。你想啊，郑导找你之前，肯定也做过详细的背调和分析，他都觉得这不是个事，力挺你出演男一号，你为什么老要将事情压在自己的身上，自己让自己喘不过气呢？"刘星睿苦口婆心地说。

　　秋彧沉默了好久，缓缓说："睿子，你让我好好考虑一下，后天给你答复。"

　　"这就对了，一会儿我把剧本发你邮箱，先好好琢磨一下。这是一次难得的好机会，一定要好好把握。"刘星睿说完，和东东收拾了残羹剩饭，提着垃圾出了秋彧家。

　　秋彧默默点燃了香烟，缓缓吐出一个冉冉上升的烟圈，猩红的烟头映得他更加颓废不堪。不知过了多久后，他默默打开了电脑，发现《最后一盘沙》剧本已躺在收件箱中，下载保存后，秋彧认真看了起来。

　　时间在匆匆流逝，但在秋彧的意识中，仿佛一切都静止了。当两行热泪不知不觉地从眼角流下，流过脸颊、脖子，顺势滴进衣服里面，穿过胸膛表面的肌肤时，秋彧才回过神来。他激动地打通刘星睿的电话："我参演！"还没等刘星睿反应过来，他便挂了电话，继续沉浸在柳金枝的故事中。

Part17 艳阳天

电影《最后一盘沙》杀青已过去九个多月。秋彧拍完这部准备冲刺国际大奖的文艺片后，他似乎打开了海外各大制作公司的大门，出现了墙内开花墙外香的迹象。不少国外知名导演在得知郑路桥和秋彧合作后，纷纷与秋彧直接或间接取得联系，希望他去试镜自己执导的电影。这次秋彧到美国一口气试镜了三部大制作电影，最终谈妥了一部烧脑悬疑类的文艺电影，将在五个月后开拍，他饰演该片的男二号郑小虎，是一名具有双重人格的中餐厅老板。

今天，朝北区结束了连续一周的阴雨天，迎来了难得的艳阳天。

刘星睿和东东得知前一天晚上秋彧已回到家中，便一同驱车前来祝贺。一进秋彧家，二人便察觉到屋里恢复了昔日欣欣向荣的景象，屋子一尘不染，龇牙、饺子和汤圆已从宠物店接了回来，干干净净、活蹦乱跳。从那宽大的办公桌上堆放的剧本和喝剩的咖啡分析，秋彧刚才看剧本来着。他们还闻到一股非常熟悉但好久未曾闻到的沉香味。

刘星睿激动且一语双关道："秋彧，你终于回来了。"

"是的，我回来了。"秋彧何等聪明，他立刻明白了刘星睿的意思，语气坚定地说道。

"我真是太开心了！"刘星睿欢呼道。

"真是幼稚，出了这门，别给人说我认识你，简直太丢人了。"秋彧佯装嫌弃地说道。

"好久没这么开心了，秋哥、睿哥，咱们终于挺过了最艰难的时刻。"东东也开心地说。

刘星睿郑重其事地说："彧子，该和你说正事了。前段时间你在美国试镜那么忙，我怕你分心就没告诉你。关于那件事，目前有了最新进展。"

"什么进展？"秋彧一听，犀利的眼神看向刘星睿，急促地问。

"真是功夫不负有心人，我们发现了高娟筠的下落，当初，是她自己悄悄出国的，现在耐不住寂寞，背着楚天然又偷跑回国。我们最近已经和她取得了联系，还面对面交谈过。当我们把推测的事情经过告知她后，从她吃惊且躲闪的眼神里，可以确定咱们的推测是属实的。"

"秋哥，我和睿哥劝她自首，把她知道的一切都说出来，争取公安机关的宽大处理。我们还说，如果等我们报警了，她就失去了自首坦白的机会。当时她没说什么，但看她的反应，似乎有些动心。"东东又补充道，"这几天，睿哥派了咱的人盯着她，一来是暗中保护她的人身安全，以防楚天然那边下手；二来如果发现她有异动，比如又要远走高飞，就立刻报警。"

"是的，咱们之前也不是没有想过报警，但当时由于高娟筠已经逃到了国外，要想将这件事的背后主使楚天然绳之以法，没有高娟筠的证词，就凭咱们当时掌握的证据是很难给楚天然定罪的。即使他被拘留，没有确切的证据，又得给他放出来，索性不要打草惊蛇。但是今日不同往日，如果我们争取到了高娟筠愿意向警方坦白，那么这次的胜算就很大了。"刘星睿细细思量着说。

门铃被急促的按响。刘星睿问秋彧："你今天约了客人？"

"没有。"

"我去开。"东东说着过去开门，直接惊呼道，"怎么会是你，小孙？"

秋彧和刘星睿惊得同时扭头，果然看到站在门口的是楚天然的助理小孙。

"秋哥，刘哥，东哥，你们能让我进门吗？我有重要的事要说，门口说不方便。"小孙面如土色，边说边左右张望着，仿佛惧怕着什么一样，神色慌张。

刘星睿看到他就来气，本来还想怼他一句这里不欢迎你，但见秋彧甩过来眼神，就硬生生把这句话吞了下去。

"进来吧。"秋彧简短干脆，不带任何感情地说。

小孙见大家落座，猛地语出惊人地对秋彧道："我手里有楚天然害你的证据。要听听吗？"

所有的人都大吃一惊，面面相觑。犹豫了片刻，秋彧挑着眉说："你说的是录音吗？"

"是的。"小孙回答道，随即拿出一个录音笔按了开关。

传出来的是郑颜柔的声音："楚哥，咱们给秋彧玩一出仙人跳怎么样？我就看不惯他和那姓斐的腻腻歪歪，我不信他能一直不栽跟头。"

"你这鬼点子还挺多的，但是秋彧可是出了名的不近女色，克己慎行，我怕你这出仙人跳对他作用不大，还把自己搭上。不过，除非……"楚天然的声音也从录音笔中缓缓传出。

"除非什么呀，楚哥你就别卖关子了。"

"除非得先在酒里下药，并且给他灌下去，让他在神志不清时和陌生女子共处一室，然后让女子拍他的裸照。到时，即使他什么都没干，也是跳进黄河都说不清楚了。"

"要说老谋深算，还得是楚哥你。放心吧，酒里下药，灌他喝下这些琐碎事交给我来，过几天的《都市繁华》杀青宴，我看就是难得的好机会，只是那个陌生女子到哪去找？"

"这事不用你操心了，你只管下药和灌酒。"

"一言为定。楚哥。"

录音到这就断掉了，空气出奇的安静，时间一下子静止了。虽然录音和他们的猜测一样的，可真听到楚天然和郑颜柔亲口说出时，还是让他们震惊和愤怒。

缓了一会儿，秋或问小孙："你为什么要把这个录音放给我们听，还选择在现在这个时间点而不是事情刚发生的时候？"

小孙看着秋或，眼里噙着泪水，声音微颤地说："我，我也是受害者。我知道你们通过高娟筠，查到了楚天然亲舅开的KTV了。其实他舅也是个幌子，真正的老板是楚天然。这些年，这个畜生不知祸害了多少无辜少女，通过设计圈套把她们拉下水，深陷沼泽不能自拔，我的女朋友就是其中之一，最后我女朋友因痛苦不堪选择了吞药自杀。"

"所以，你选择了以助理身份卧底在楚天然身边，借机搜集他犯罪的证据？"刘星睿问道。

"没错，我潜伏在他身边多年，当牛做马，逐步取得了他的信任，也知道了更多他的秘密。我相信这次他肯定逃不掉了。"小孙语气坚决地说。

"除了这个录音，你是不是还搜集到什么？"秋或敏感地问。

"秋哥，你猜得不错，单一个录音还不足以给他定罪，我手里还有他是KTV正主儿的凭证，以及他大量洗钱、偷税漏税的证据。"

"那你为什么不直接把这些证据交给相关部门，而先联系我们呢？"

"虽然我手里有这些物证，但没有至关重要的人证。其实，我一直在偷偷关注着你们的动向，知道你们在争取高娟筠自首。我刚说的这些都能成为你们和高娟筠谈判的资本，而我目前还不便出面。还有一点，就是你们要抓紧，动作要快。楚天然做事一贯很是谨慎，切记。"

小孙说着看了看表，又说："我出来的有点儿久，该走了。有事让东东和我保持联系，我们加有微信。"

"好，保护好自己。"秋彧感激地说道。

送走小孙，秋彧、刘星睿和东东三人你看看我，我看看你，一时不知该从何说起，这信息量太大了。片刻之后，刘星睿说："那个畜生，真是什么坏事都能干得出。不过真相就要大白了，他也快要去他该去的地方了。"

"是啊，刘哥，虽然之前咱们就猜到了，但是那个录音听得我浑身发冷。郑颜柔好坏啊，之前觉得她只是蠢，现在发现她既蠢又坏。"东东愤怒地说。

"睿子，尽快把小孙说的话转述给高娟筠，争取她的自首。另外，就是……"秋彧正要说下去，电话响了，他一看赶忙接起道，"路桥导演，您好，很久没联系了，今天您这是？"

"小秋啊，我特别激动地给你打电话，是想告诉你一声，刚依旺斯电影节的主办方通知我，说咱们的《最后一盘沙》获得了三项提名，分别是最佳编剧、最佳男演员和最佳导演，一片同时斩获三个重量级奖项的提名，简直太棒了！"郑路桥导演兴奋地在电话那头喊道。

"那真是太好了，恭喜郑导，恭喜编剧老师。"秋彧似乎有点儿意外，激动地说道。

"我们同喜同喜。对了，小秋你大概什么时间去美国拍戏，不会和依旺斯颁奖典礼重了吧，现场开奖的感觉简直不要太爽，可千万别错过了。"郑路桥导演兴奋地说到，真是一个童心未泯的老头。

"路桥导演，请您放心，我争取一定到现场。对了，您和编剧老师取得联系了吗？她参加不？"秋彧问。

"她说还没确定呢。好啦，先不说了，我这里来了客人，期待我们再次见面。"

"是不是《最后一盘沙》有最新情况？"刘星睿见秋彧挂断电话后，急不可耐地喊道。

"是的，获了依旺斯电影节的三个最佳提名，分别是最佳编剧、最佳导演和最佳男演员。"秋彧冷静地说道。

"什么？最佳男演员提名？这不就是你吗？彧子，你这下终于熬出了头。"刘星睿边喊着边抱起了秋彧。

"刘星睿，你注意影响，矜持一点儿。"秋彧挣脱了刘星睿的怀抱，说道。

东东哈哈大笑说："今天咋都是好消息，看来终于时来运转，期待秋哥重回巅峰！"

"特别感谢你俩，这段时间要不是你们的默默支持，我不会这么快熬了出来。刚小孙说的事拜托你们善后了，我呢，有件很重要的事去做，一会儿就出发！"秋彧神秘地说道。

"要去哪儿，彧子？你不是才回北城？"刘星睿忙问。

"安城。"

安城从秋彧嘴里说出，刘星睿和东东瞬间秒懂，他们默不作声，陷入沉思中。过了半晌，刘星睿说："去吧，彧子，只管去做你想做的。"

"是啊，秋哥，加油！一定要马到成功。"东东激动地应和。

安城国际机场，人来人往。戴着帽子和墨镜的秋彧，一下飞机就上了约好的专车，直达宁安江那个熟悉的小区。抬头望着那个温馨的房间，他在楼下徘徊着，一支接一支抽着烟，思忖如何上门和如何开口。不知过了多久，开来一辆扎眼的亮红色法拉利，缓缓停到前方。车上款款下来一位气质绝佳、仪态万千的女子，还有一名高大帅气、文质彬彬的年轻男子。男子下车后要对女子说什么，却被她礼貌地打断。男子明显不愿放弃，继续想表达下去。

秋彧被争执声吸引了，有意无意地瞥了一眼，整个人不由自主地有些颤抖，女子清冷的气质再加上明艳的长相，除了斐霏还能是谁？秋彧知道，距离上次见到斐霏已过去快两年了，可她一直住在自己的心里，没离开过一天。秋彧看到男子上前去拉扯斐霏，就本能地大步走过去，一把抓住男子的胳膊，此时的秋彧嘴里还叼着没来得及灭掉的烟。

"你谁啊？"莫名其妙被人抓住胳膊，男子生气地吼道。

斐霏与秋彧的目光相遇了，刹那间，她那明亮的大眼睛睁得又圆又亮，闪烁着光芒，时间在这一刻静止，斐霏的目光像是长在秋彧的身上，一眼万年。

斐霏终于回过神来，冷冷地问："你怎么来了？"

还未等秋彧张口，男子抢先问："霏霏，这人是谁啊？你认识吗？"

"我是她的男朋友。"秋彧目不斜视地盯着斐霏，说道。

男子顿时大吃一惊，迷茫地看着斐霏，寻求验证道："霏霏，这是真的？"

"前男友。"斐霏冷冷地说，眼睛却依然直勾勾地盯着秋彧。

"前男友？我明白了，就是那个害你被网曝的明星？霏霏，我今天可要替你好好教训一下他。"男子的胳膊还被秋彧抓在手中，却说着要教训他的话。

斐霏将目光收回，对男子说："小远，你先回吧。我们有事需要处理。"

"我就在这陪着你，料他也不敢对你怎么样。"

"小远，真不用，我自己的事会自己处理好的。"斐霏再次婉拒道。

男子见斐霏态度强硬，自己也不好再强留，勉勉强强地说："那好吧，我先回去了。要有什么事，第一时间给我打电话。"

秋彧放开了他，男子狠狠地瞪了一眼，还夸张的先指指自己的眼睛，再指指秋彧，意思他会一直盯着秋彧的。

"你什么时候还学会抽烟了？"斐霏淡淡问道。

秋彧这才想起嘴上还叼着半根烟，赶紧掐灭扔进附近的垃圾桶，折回来后问："他是谁？"

"我说这位男士，他是谁好像跟你没啥关系吧？"斐霏冷漠地说，"你来这儿不会是找我的吧？"

"狒狒，我今天来，是真诚向你道歉的。经历了这么一段至暗时刻，我曾想过放弃，就此沉沦，但一想到这辈子我可能再也见不到你，我就非常难过，心就颤抖起来，我给自己鼓劲儿，一定要咬牙挺过。好在现在守得云开见月明，邪不压正，害我的人马上就要得到惩罚了。狒狒，你还愿意继续做我的女朋友吗？"秋彧敞开心扉地问道，脸颊早已湿润，滴落下来的泪水浸湿了他胸前那条狒狒钻石项链。

"秋彧，你真自负，凭什么觉得我会等你这么久？说分开的是你，求复合的也是你，两个人的事凭什么你一个人说了算？我问你，提分开时，有没有想过我的感受？"斐霏情绪激动地吼道。

"狒狒，你先冷静一下。我为我之前的自私道歉。当时，我确实是觉得我的事情牵连到你了，而且你当时正处于公示期，马上就要当大学老师了，我怕影响你的入职，而且我要去弄清楚事情的前因后果，当时我认为我们分开是最好的，那时确实是忽略了你的感受。但是，我现在明白了，感情是两个人的事情，不是一个人说了算的，这样对另一方是不公平的。所以我为我之前的武断而道歉。狒狒，你可以原谅我吗？"秋彧诚恳地道歉。

看到秋彧这么坦诚的道歉，斐霏心软了下来，就说："恋人本就是一体的，哪有说一方遇到困难，就舍弃了对方，临阵逃脱的？就算是为了对方着想，也不能不顾对方的感受，更不能随便替对方做决定。你所谓对对方好，在对方看来并不一定是最优的选择。所以，以后不管遇到什么困难，就算是打着'为了对方好'的名号，也不能轻易说放手。'相濡以沫，共同经历风雨，方才见到彩虹'，真的是需要两个人、一辈子去进修的。"

斐霏的话，让秋彧眼睛闪出希望的光芒，他激动地问："你是同意了？文雨非非？"

"啊？文雨非非，你怎么知道的？难道郑老头儿给你说了？"斐霏听到秋彧喊她的笔名，大惊失色地问。

"看来我真猜对了。你不要冤枉郑导，他的嘴很严，什么都没说。郑导最初找我时，我就感到十分奇怪，当时影视圈、娱乐圈的人唯恐避我不及，怎么会主动找我合作呢，应该是你背后出了不少力吧。我看到《最后一盘沙》的剧本，当即有似曾相识的感觉，一种莫名的熟悉感。再看编剧名叫文雨非非，文雨非非叠加在一起不就是斐霏吗？"

"我还是低估你了，一直以来瞒得好辛苦，没想到你早就猜到了。其实我也没出多少力，幸运的是我之前写的剧本居然被郑老头给看上了，然后呢我就跟他大力地推荐了你，他看了你以往的作品，没想到事就成了。所以呀，你不要放在心上，主要还是你的演技征服了郑导。"斐霏挠着头，轻描淡写地将自己的功劳一笔带过。

"那我俩扯平了，好吗？你还是我的女朋友，狒狒。"秋彧乘胜追击地问。

"什么就扯平了，这能是一码事吗？一次是你抛弃了我，一次是我隐瞒了你，其实不是我想隐瞒，因为你不想见我啊，我去哪里给你说我是文雨非非的？再说，这时间可真是个好东西，能冲淡一切事物，包括爱情，所以呀这一年多时间过去了，现在我对你已经没得什么感情喽。"斐霏借机戏弄着秋彧，发泄着昔日累积的怨气，谁让他这么久都不来找自己。

"是吗？可是你脖子里这条贴身戴的项链我可是认得，不就是跟我现在戴的这条是情侣款吗？"秋彧看穿了斐霏那想要戏耍自己的小心思，因此就动手把她脖子里一直戴的那条狒狒钻石项链从衣服里揪了出来，看到那条被精心呵护的项链时，他欣喜又炫耀地说。

"秋彧，谁让你动手动脚了，我看你是欠揍。"斐霏被看穿了小心思，尴尬地追着秋彧就要打他，秋彧则是不停地躲闪，跟她玩闹。

这欢乐的一幕已经是好久未曾看到，再次看到的时候依旧温暖迷人。

Part18 爷青回

　　秋彧在安城待了有一段时间。他每天外出，忙忙碌碌，颇为神秘。

　　这天，他刚吃完早餐，刘星睿便打来了电话："彧子，那件事终于要尘埃落定了，恭喜你，终于洗清了冤屈。你猜姓楚的畜生还干过什么见不得人的勾当？算了，就不恶心你了，反正楚天然和郑颜柔已被拘留。"

　　"印证了那句老话，法网恢恢疏而不漏。他干过这么多伤天害理的勾当，这是罪有应得。"秋彧感慨道。

　　"是啊，你这样的大明星他们都敢陷害，那些个弱势群体，简直无法生存。"

　　"你呀，就别损我了，成不？"秋彧干笑了两声说，一想到自己被陷害的经历，就不免有些尴尬。

　　"行行，再不提了，以后你可得再注意点儿，再谨慎点儿。"刘星睿叮嘱着，又说了一些工作上的事，二人便结束了通话。

　　挂了刘星睿的电话，秋彧立即拨通斐霏的电话，问："狒狒，你在哪儿，一会儿有事没？"

　　"今天是周末，我自然在家，你想要干吗？"

　　"那就好，二十分钟后下楼。"

　　阳光明媚，晴空万里。热辣的太阳照在钻石白的车子表面，反射出的光亮，像钻石一样光彩夺目，熠熠生辉。斐霏走出楼道，一眼便看到这辆车，她定睛一看，车上正是穿着一身西装的秋彧，她问道："喂，你这是哪儿借来的车？这么新，还是安城牌照。"

　　"新买的。"

　　"买的？新买的为啥上安城的牌？"

　　"我为啥就不能有安城的牌？"秋彧反问，又小声嘟囔，"以后我会常住安城，用北城牌照岂不是很不方便？"

　　"你说什么？"斐霏没听清后半句话，不等秋彧回答又夸赞道，"不过这车的内饰真是好看，坐着也好舒服。我记得，你不是喜欢黑色吗，怎么买了一辆白色的？"

　　"小女孩开白色的车安全啊。你要是喜欢的话，送你了，怎么样？"秋彧试探性地问。

　　"你开什么玩笑？"

　　"没开玩笑。你老坐那个什么小远大远的车，也不是个办法呀！不如自己开方便。"秋彧一本正经地看了看斐霏，正色道。

　　"哟，吃醋了？你说的是陈小远，那天我出门办事，偶遇到他，就顺道送我一程。那是我第一次坐他的车。"

　　"第一次？那他怎么还对你动手动脚？我要不是在现场，说不定他还……"秋彧吃起了陈小远的飞醋。

　　"他确实是向我表白过。"斐霏说道，看着秋彧眼神变得不善，她笑着说，"但我拒绝了。他太小了，当我弟弟还不错。"

　　"看来你真琢磨过他啊，还考虑过人家的年龄。"

　　"这车什么味儿，咋这么酸？"斐霏调侃着秋彧，发现车上的储物盒中放着几盒薄荷糖，便好奇地问："你什么时候喜欢吃糖了？"

"我在戒烟。所以想抽时就吃一颗糖。"

"不错，总算知道吸烟对人的身体有危害了。"斐霏开心地说。

"还不是因为你有咽炎，我才戒的。以后我俩常待在一起，总不能让你闻烟味吧。"秋彧半真半假地说。

"谁说我们要常待在一起？再说，你是我什么人，随便就送我一辆车？"

"既然你这么说，那我跟你要一个名分，老公，好不好？"秋彧用商量的语气问道。

斐霏看秋彧不像是在开玩笑，顿时语塞，气氛有些微妙和暧昧，毕竟她还不想就这么轻易地原谅他，想通过这次的事让他长长记性，别下次他遇到危险了又怕拖累自己就又将自己晾到一边了，再说这还没正面答应继续做他的女朋友呢，他就得寸进尺想当自己的老公了，想得美。

想到这儿，斐霏说："什么就老公了，男朋友都还不是，你不要得寸进尺。"接着就转移着话题，问："对了，你要带我去哪里啊？"

"想知道？那你喊我一声老公。"秋彧不放弃地说。

"不说就不说，看你能憋到什么时候。"斐霏假装生气地说。

秋彧扭头看着斐霏，眼里充满欢喜和宠爱。斐霏被看的脸颊发烫，嘟囔着："喂，你看我干吗？开车就开车，看路。"

"你好看嘛。"秋彧嬉皮笑脸地说。

斐霏一时无语，忙用手捂住脸，害羞道："不给看。"

"小气鬼。"秋彧继续逗她。

一个个粉红泡泡不断在车里冒出，闻着香甜无比，浪漫极了。

车子行驶在凤栖梧的别墅小区里，秋彧像回自己家一样，非常熟练地在小区内行驶。

"秋彧，这谁家啊？带我来这儿干吗？"斐霏带着疑惑问。

　　"进去你就知道了。"秋彧神神秘秘地说着，丝毫不给斐霏透露半点儿消息。

　　小区内每一户的装修风格都不一样，每户之间的距离好远，隔着非常大的私人花园、公共绿化带，甚至还有一条人工挖凿的河流，居住在这里，私密性和舒适性都得到了保障。秋彧在小区开了十来分钟，终于在一幢充满着现代化和科技感的三层别墅门前停了下来。

　　"走，进去看看。"秋彧一把拉住刚刚下了车的斐霏，边说边拽着她往里走。

　　进入别墅，斐霏瞬间被惊呆了。挑空的客厅的中央，放着一只巨大无比的玫瑰花束，花束外围堆了几层明黄色的向日葵花束，整体摆出一个巨型狒狒造型的花海，给人一种极致的视觉享受，浪漫无比。

　　"这？"斐霏半天才回过神来，回头发现秋彧早已单膝跪在地上，用颤抖的左手，从上衣口袋里掏出一枚耀眼的钻戒，戒指上镶嵌着一颗鸽子蛋大小的黄钻，钻石流光溢彩、璀璨夺目。

　　这一刻，时间为秋彧和斐霏暂停，极静的空间里只听秋彧激动且认真地说："斐霏，从我认识你以来的那天起，我的心就一点一点被你的喜怒哀乐给填满了。是你让我打开了自己厚重的硬壳，愿意踏出这第一步去寻找爱情，释放自己的感情；也是你让我体会到了温暖、快乐、激动、欣喜这些我曾刻意忽视的情感；还是你让我明白了爱情是两个人的事情，并不是谁能替谁做决定，而是要相扶相持携手共进退。喜欢黄色的你，是那么的光明、轻快，充满着希望和活力，就像那一个个惹人欢喜的艳阳天一样，温暖地感染着身边每一个人，传递着积极的能量与满满的爱意。我承认，就是在这样的每一个艳阳天里，通过和你相识、相知，渐渐的我爱上了你，你成了我的唯一。经历过之前的事情，也让我幡然醒悟，更加地明白了爱情的真谛。我保证，不论未来会再遇到什么困难、险阻，我都不会再放开你的手，哪怕是打着对你好的名义，除非是你自己先放手。因此，我想认真并且严肃地问一问，斐霏，你愿意嫁给我吗？愿意与我相濡以沫、相伴相随地走完这一生吗？"

听着秋彧的话，斐霏的泪水早已沾满衣襟，她脱口而出："秋彧，我愿意，我愿意成为你的妻子。"

秋彧给斐霏戴上如艳阳天般明艳灿烂的黄钻戒指，缓缓站起，与斐霏相拥相吻。随后，拿出一个精美的太阳形状的钥匙扣，上面挂着一串钥匙，递给斐霏道："狒狒，这是房里所有的钥匙，还有外面那车的钥匙，以后你就是这个家的女主人。"

"什么？你的意思是，这房子是你买的？什么时候的事啊？我还以为这是你为求婚而专门租的别墅。"

"狒狒，你好可爱呀。没看出来，这是你喜欢的极简装修风格吗？这阵子我早出晚归的，就忙了这个事。这就是我们以后的家。我知道你喜欢待在安城，这里有你的父母、亲戚、朋友，还有你的工作，而我的工作灵活性比较大，可以跨地，并且我最近在筹备安城的独立工作室，以后我们就在安城生活。"

"真的吗，那你以后就在安城这边工作了？咱们就定居安城了？那太好了！谢谢你，秋彧，我非常满意，非常开心！"斐霏满眼欢喜的欢呼道，然后又想起了什么，补充着说："对了，我刚刚坐在车上的时候就问你，为什么要穿西装啊，这么正式的，你也没回答我，也不提前给我透露一点儿，害得我在今天这么重要的日子里穿得这么随便。"

"我要是提前透露，还有什么惊喜啊，再说了，回自己的家，你可不就得穿舒服点儿。"

"就你会说，我今天开心，就不和你计较了。"斐霏还没说完，被秋彧又一把拉到了怀里，拥吻着。

时光浅浅声声慢，岁月深深步步真。

窗外，艳阳高照，窗内，岁月静好。

时间转瞬即逝，此前，秋彧和斐霏已去巴黎参加了依旺斯电影节，现在回到安城，准备迎接他们的大日子——婚礼。

秋彧想在去美国拍电影前，迎娶斐霏，征得斐霏同意后，秋彧便开始筹备婚礼。他想给斐霏一个最完美、最温馨的婚礼，而斐霏不想大操大办，也不想请很多不相干的人来，她对婚礼的定义是朋友间的聚会，简单、温馨、舒适即可。秋彧随了她的意思，就选择在凤栖梧自家别墅的后花园举办婚礼派对。别墅后花园足有五百平方米，可以容纳一百五十人就餐，只邀请至亲之人。婚礼的主色调采用斐霏最喜欢的黄色系，有香槟色的桌布，鹅黄色、橘黄色、明黄色的气球、鲜花等装饰物，相得益彰。各家媒体给予婚礼极高的关注，但苦于秋彧没有接受任何品牌赞助，就没任何一家媒体收到邀请函，媒体倒是想着偷拍，无奈凤栖梧的安保十分到位，就只好围在凤栖梧的外围，准备扒一点儿边角料，如哪辆车是来参加婚礼的，车上坐着谁等八卦新闻。

终于，这一天到来了。一大早上，阳光和煦、碧空如洗，客人们已经来的七七八八的了，在等候新娘子的时候，都围在新郎秋彧的周围聊着天，喝着喜茶，吃着喜糖、喜果，好不惬意。

"彧子，你这小子真是走了狗屎运了，依旺斯电影节最佳男演员的称号就这么幸运地落在你小子头上了，一个字，牛！不过，你当时上台说的那段获奖感言真的是把老子给感动哭了！嘿，还真没想到编剧文雨非非就是斐霏啊，你是不是在拿到《最后一盘沙》剧本的时候就知道编剧是她了，所以才答应出演的？嘿，你别说，这还就是天注定的缘分啊。还是非常替你开心啊，过了今天以后，你就是别人的人了，还是非常的不舍啊。"刘星睿感慨万千、滔滔不绝。

"你猜，文雨非非，合在一起是哪俩字？"刘星睿用手指在桌上比画着，一旁的东东抢着说："睿哥，这文雨非非合在一起不就是霏姐的名字嘛！"

"嘿，东东你这臭小子，是不是现在能耐了，当上经纪人，又带上艺人了，就不把我这个前辈放眼里了？"刘星睿调侃着东东。

"不敢，睿哥你永远是我的好大哥。不过，不是我自吹自擂，我家艺人范才修真是老天爷赏饭吃的演技实力派，只要睿哥多多提携，他一定有出人头地的那一天。"东东欣赏地看着身旁的饭饭。

"东哥，谢谢您嘞。不过别在这么多前辈面前夸我，我脸都红了。"饭饭被夸得都有些不好意思了。

秋彧说："饭饭，你霏姐新写的剧本里，有个草根形象的男一号，我觉得特别适合你，和你霏姐沟通，争取一下。"

"男一号？那可太好了，谢谢秋哥。"饭饭欣喜若狂地说道。

这边热聊着，那边沈微鹿到了，他蹦跳着跑过来，手拿一个精美礼盒，老远就喊："秋哥，恭喜你们啊，这是礼物，我专门挑的一对腕表，祝福你们甜甜蜜蜜。"

"鹿子，你可破费了，这表可不便宜。"秋彧接过礼盒说。

"等我结婚时，你也要送份大礼，让我赚回来。"沈微鹿开玩笑地说，之后又一脸埋怨地补充，"秋哥，之前你出了那么大的事，一夜之间就和我们失联了，给你打过多少电话，也去过你家，就是联系不上你，看来你真心没拿我当朋友。"

"那不是事出有因嘛。那会儿别人对我都唯恐避之而不及，你倒好，还凑过来，我当然要赶你了。你也是艺人，咱还在一个公司，你必须避嫌。事情没弄清楚前，直接把你拉黑为好，想着等处理好再和你解释。不过你霏姐教训过我了，哥知错了，以后有福同享，有难同当。"秋彧真诚地解释道。

"秋哥，你变了，学会了道歉。还是霏姐牛。"沈微鹿说。

"这和狒狒扯得上关系吗？你小子真是。"秋彧嘟囔着。

"是霏姐调教得好！"沈微鹿调皮地贫嘴，接着拽着秋彧的胳膊说："欢迎秋哥重回娱乐圈顶流之位！秋哥，楚天然一伙人简直太可恨了，人面兽心，十分狠毒，被绳之以法是恶有恶报的结果。秋哥，你最近有关注粉丝评论吗？大家对你获依旺斯最佳男演员可谓是祝福满满啊！"

沈微鹿兴高采烈的絮絮叨叨着，正在此时，斐爸斐妈和李沫伊、李槿逸以及李家兄妹的父母一同走了进来。

秋彧赶紧招呼沈微鹿坐在了刘星睿的旁边喝茶，然后迎了上去，亲切地喊道："叔叔，阿姨，你们来了。"然后又和李沫伊、李槿逸点了点头，打了招呼。

"新娘子呢？"李沫伊问。

"霏霏在化妆间呢，万万也在，你去吧。"秋彧对李沫伊说着，顺势坐到了斐爸边上。

斐爸盯着秋彧，一脸严肃地说："小秋啊，你也知道，之前叔叔呢，是不同意你和霏霏在一起的。但是，看到你出了事后，首先顾及的是斐霏的安全，并自己独立调查事件，从这些行为中我看到了你作为男人的担当。你提出分手后，斐霏的难过和伤心，我也看在眼里，你们确实是真心相爱的。在经历过考验后，你们又走到了一起，说明你们有很深的缘分。我希望你们幸福。以后要互相扶持，共同进退。互敬、互谅、互帮、互助地坚定走下去。"

"谢谢，您的叮嘱，我一定铭记在心，不负嘱托！"秋彧郑重地说。

"好孩子，看到你和霏霏要生活在一起，阿姨替你们高兴。以后你们一定要好好相处，多站在对方的角度和立场上，体谅对方的不易。"斐妈也在反复叮咛。

"阿姨，放心，我们会的。我一定好好爱护和珍惜斐霏。"秋彧认真地说。

听完二老的嘱托，秋彧将目光移到坐在旁边静静聆听的李槿逸身上，用疑问的眼神询问他。李槿逸立刻会意："秋彧，我只有一句话，你一定要对斐霏好，如果做不到，别怪我不客气了。"

"我还是那句话，不给你不客气的机会。"秋彧回击道，二人相视一笑，泯去种种恩怨，击掌为誓。

大家陆续入座，包括秋彧的母亲和弟弟、妹妹，就是秋天和秋萌，甚至还有他们的母亲叶阿姨。斐霏332教研室的同学橘子师兄、云梦师姐、饺子师弟、桃桃等，自然在受邀之列。玖龙安菜馆的玖姨两口子也赶来帮忙，做几个拿手好菜，招待嘉宾。

所有人一起见证秋彧和斐霏的幸福瞬间。喜气洋洋、其乐融融的景象，让人倍感暖风拂面，温馨惬意。

婚礼进行曲响起，新娘斐霏挽着斐爸的胳膊款款走来，那一刻斐霏宛若天仙，仪态万千。只见她戴凤冠，着霞帔，身披大红色中式龙凤呈祥款式的蜀锦嫁衣，上面凹凸有致、明暗相间的绣花在太阳光的照射下透着华丽典雅的气息。斐霏化了与之相匹配的典雅的新娘妆，显得更加娇羞妩媚。颈间那串珍珠项链晶莹圆润、高雅纯洁，衬托的斐霏落落大方、华贵大气，与她手腕上的那只秋母送的满绿冰种帝王绿翡翠手镯搭配，更是相得益彰、惊艳全场，不仅仅吸引了秋彧的目光，更是吸引了在座每一位贵宾的眼球。当斐爸缓缓地把斐霏的手交到了秋彧手里时，在座的贵宾都激动万分、热泪盈眶，纷纷真诚地在心里送上了自己的祝福，祝福这对新人百年好合，幸福美满！

此时，金黄色的阳光，洒满了婚礼现场，温暖又迷人！

七年后。

法国依旺斯电影节，秋彧和斐霏一同出现在颁奖典礼现场。然而，秋彧不再是以演员身份出席的，他是以电影《问路》的导演身份受邀出席。秋彧凭借此片获得了本届依旺斯电影节最佳导演的提名。

当颁奖嘉宾在台上念出最佳导演是秋彧时，现场沸腾了！这是依旺斯电影节史上，唯一一位既获过最佳男演员又获得最佳导演的传奇人物。秋彧也是不敢相信自己的耳朵，看着身旁的斐霏和他们的孩子秋欢欢、秋喜喜，为自己鼓掌欢呼，才走上台领奖。他紧紧抓住话筒，激动地说："这次我不再是以演员的身份而是以导演的身份站在这里领奖，这一切源于七年前我妻子斐霏女士给我的生日礼物，是她偷偷帮我申请了美国南加州大学电影学院导演系专业的入学资格，圆了我少年时代的导演梦想。在我赴美读书期间，我以导演的身份筹拍了这部电影《问路》，这也要感谢我的妻子斐霏女士能写出这么好的剧本并且这么放心地把它交给了我，同时也要感谢本部影片的男主角范才修的精彩诠释，从而赋予了这部作品以多彩的意义和无穷的价值。在这里，我还要感谢我的妻子斐霏女士将我的两个宝贝儿子秋欢欢和秋喜喜带到了这个世界上，是他们带给了我们生命中全新的体验，美好和感动。我爱你们！七年前的依旺斯，是我的妻子斐霏女士成就了我最佳男演员的荣誉；七年后的依旺斯，亦是我的妻子斐霏女士让我收获了最佳导演的称号，所以，我只想说，谢谢你，斐霏，我爱你！秋之斐，永远的艳阳天！"

现场掌声雷动，经久不衰。秋欢欢、秋喜喜更是兴奋得指着舞台上的秋彧，激动地喊着"爸爸，爸爸"，斐霏则是默默地流下了喜悦的眼泪，百感交集。

秋之斐，艳阳天！

后记

很小的时候，我便产生了写书、出书的想法，这可能是源于父亲是位作家的缘故，他经常念叨他的工作，于是我耳濡目染。但是写什么、怎样写，我却手足无措。有段时间我买了些教人写作的书籍，里面印象最深刻的话就是每天坚持写下去，不管有多少字，日积月累总会有所收获。然而，我苦于没有一个清晰的写作思路，因此常常处于混沌之中，一团糨糊。我明白，如果缺乏写作灵感，只有写作的皮毛技巧，就只能在原地打转、徘徊，所谓的志向也是空头支票。

2022年冬天，在我苦写博士毕业论文后期，就想着找点儿其他有趣的事，放松一下早已疲惫不堪的大脑。不知亲爱的读者会不会这样，就是当你在攻坚克难之时，你就越想着干点儿别的事来转移一下紧绷的注意力，比如打扫房间，收拾整理衣物，摆弄一下首饰，浇浇花、锄锄草，于是这本书的灵感便在我最为繁忙的时候悄然而至。写博士论文造成的紧张感，迫使我在高压环境中想透口气，写写轻松、愉悦的文字放松，因此灵光乍现萌生出写一部现代言情小说的想法。

为什么是这样的一个爱情故事而不是别的故事呢？这得益于2021年夏天，我独自去横店近一个月，领略到了一些别样的风景。差不多花了一个下午，就把故事大纲和人物小传顺了下来，当整个故事脱口而出时，我自己都被吓了一大跳。没想到得来的会如此顺畅。回到西安后，疫情加剧，我也没能逃过一劫，在卧室隔离期间，更不想写那用词讲究、逻辑严谨的论文，因此那十来天的时间，全部给了我的斐霏和秋彧。俗话说，万事开头难。当我敲下第一个字、第一句话时还是战战兢兢、如履薄冰的，但当写完第一页、第二页，以及第一章节时，一切就变得那么顺理成章了。刚开始觉得能写满20万字，应该是一项非常艰难的巨大工程，没想到5万字很快写完，10万字接踵而至。再然后，看到博士论文一点一滴也写到16万字之多，就愈发觉得长篇小说也并没想象的那么难写。当你有了可操作化的具体思路后，脑子里仿佛就会闪过一张张动态的画面，像放电影一样，你的工作是，需要如实地将画面转化为文字，记录即可。我一向认为，最能打动人的是故事本身，而不是华丽的用词，因此当你能把动人的故事呈现出来时，哪怕用的是最朴实无华的语言，也是非常扣人心弦的。当然，我不知道我的故事是否能打动您，但我尽力朝这个目标前进，就是用最平实的语言，描述好最动听的故事。

如果我没读博，也就没这本小说。可能有人要问我，怎样能把读博和小说创作联系起来？其实我要说的是，读博的这一整套学习、研究的经历，教会了我获得吸收能力、提高学习能力的路径，让我学会了自给自足，发现了自我探索的乐趣，这对于小说写作大有裨益。

回顾读博六年的匆匆岁月，喜悦、欢乐、苦闷、孤独等情绪夹杂在一起，让人五味杂陈，却也在尽力还原生活本来的模样。记得未发表论文，还在努力摸索奋进的日子里，那种抱有期待又害怕失败的心情让人刻骨铭心。看电影的时候也会联想到论文写作，觉得一部好电影就是在展示着一篇好论文，它们之前具有的相通性，让人觉得二者之间的底层逻辑是一致的，比如电影首先要交代背景知识，提出讲述的故事是什么，以及为什么要讲这个故事，即它的价值体现在哪些方面。其次，需要通过各种表情、动作，以及语

言等来定义出现的人物并将人物的形象变的立体、清晰，然后需要厘清各
种人物之间所具有的复杂关系，而对这些关系的阐释，就好比论文写作中假
设的论证部分，最后通过故事情节的展示而揭示电影所传递的价值观念，好
比是论文写作的理论贡献部分。因此，感谢那段摸索论文如何写作的日子，
能让我潜下心来，将论文写作与生活结合起来，发现出很多之前没发现的事
物，让我明白了很多道理与规律，对我的认知一再进行更新与丰富。细细想
来，这又何尝不是小说创作的经历呢？所以，感谢读博的经历，为我的小说
创作开疆辟土，夯实了认知的基础。我不觉惊叹，知识和能力在不同领域之
间，确实存在着某种程度上的互通有无作用，当契机出现时，就可以实现跨
领域的融会贯通。

　　读博的经历确实非常值得感恩，但我更应该感谢的，是一向默默支持
我的家人，我的父亲和母亲，不论我做出什么样的决定，他们常常对我报以
理解、尊重和支持。这里不是说对我个人的事情他们没有其他意见，而是当
存在很多种不同声音的时候，他们常常使自己的观点以一种持有保留意见的
形态存在，而对我自己的决定往往给予最大的尊重。在这里，我要向我的家
人致以最诚挚的感谢，你们是我最坚强的后盾与支柱。读博不是一件易事，
是你们的理解、包容、支持以及鼓励，才让我有信心完成了博士学业，谢谢
你们不计回报的付出。

　　有意义地度过人生更不是一件易事，但我觉得初心不改、不负韶华的
笃定前行，应该是一条不错的途径。

　　谢谢大家！

2023年10月5日初稿

2024年春节假期修订